安東尼・杜爾 Anthony Doerr

——以科學的眼睛觀察世界，用詩人之心感受生命

安東尼・杜爾費時十年寫作《呼喚奇蹟的光》，架構出一個不凡的故事空間，堆疊童話傳說、神奇的機械發明，同時生動刻劃了人類所處的大自然。海底的貝殼、黑夜的光、天空飛翔的鳥兒……上天下地的種種生物，還有煤炭的生成、收音機的構造，這些人類探索科學和大自然的意象，皆被轉化成故事材料，讓人思考科技和人性的善惡兩面。

故事從一場令讀者無法喘息的空襲畫面寫起，全書以如珍珠般的短篇章串聯而成，這個新穎的結構形式，讓歐美大小讀書俱樂部爭相選讀，讀者既能享受參與故事的樂趣，也能在不長篇累牘的短捷篇章中，感受作者文筆的奧妙優美。安東尼・杜爾觀察入微，文筆細膩，隱喻優美，令人嘆爲觀止。他巧妙融合瑪莉蘿兒和韋納的生命歷程，藉此闡述即使身處險境，人們依然排除萬難，秉持良知，設法善待彼此。以失明女孩爲主角的設計，開拓了讀者的五感及想像空間。《呼喚奇蹟的光》耗時十年，出自一位「句句令人驚艷」的作家之手，格局宏偉，爲一部感人至深的時代作品。

呼喚奇蹟的光　　得獎紀錄

- ★ 普立茲獎得獎小說
- ★ 美國國家圖書獎決選
- ★ 美國卡內基年度最佳小說獎
- ★ 《紐約時報》年度十大好書
- ★ 美國總統歐巴馬選書
- ★ 北美獨立書商「書店大獎」（Indie Choice Book Award）
- ★ 美國亞馬遜年度小說
- ★ NPR全國公共廣播電台年度選書
- ★ 《娛樂週刊》 年度選書
- ★ 《華盛頓郵報》年度選書
- ★ 《西雅圖時報》年度選書
- ★ 《衛報》年度選書
- ★ 《科克斯書評》年度選書
- ★ 美國《書單》網站年度Top 10 小說

ALL THE LIGHT WE CANNOT SEE

A NOVEL

ANTHONY DOERR

呼喚奇蹟的光

WINNER PULITZER PRIZE FOR FICTION

安東尼・杜爾——著

施清真——譯

書評

◎「一部富涵想像力且設計精密的小說，靈感來自二戰的恐怖回憶，由極短且優雅篇章串成，探索人性和科技力量帶來的矛盾。」

——普立茲得獎理由

◎「這些故事顯露出的反叛精神，或許正代表我們這個時代的追求。」

——美國國家圖書獎評審

◎「絢爛斑斕……描寫人性的衝突和昇華，閃耀光芒的作品裡高貴又迷人的角色……」

——《歐普拉雜誌》

◎「精雕細琢……沉思人類的命運以及自由意志。往往只是一個小小的決定，就能改變一個人一生的命運。」

——《紐約客》

◎「目眩神迷……一場試煉看我們能將夢做得多高多遠，帶領我們穿越黑夜迎向光明。」

——《娛樂週刊》

◎「瑪莉蘿兒和韋納的相遇，是故事最有感染力的高潮。杜爾的情節安排，展現角色多層次象徵：女主角是一位眼睛看不到的信使，同時也是顛覆霸權的角色、可能的受難者。而迷惘的男主角，作爲一個信息的接收者，和女主角的相遇別具啟發意義。」

——《紐約時報》，週日書評版

◎「迷人的敘事，精美的書寫……每一篇短章節的鋪排，都透露重要訊息，直到故事最後，情節開展如同魔術盒子被打開般令人驚喜，裡頭藏著我們人心最珍貴的寶物。」

——《華盛頓郵報》

◎「美麗浩瀚……具有書寫的野心，且氣勢磅礡。」

——《洛杉磯時報》

◎「令人著迷，精緻美麗……《呼喚奇蹟的光》中的『光』，成爲小說的重要主題，隨著故事進行反覆出現。杜爾專注描寫他的角色如何做出生命抉擇，關注那些迷失的靈魂。」

——《紐約時報》選書

◎「不論外在世界的刻劃以及角色心理狀態的描繪，這本小說都堪稱上乘之作。兩個角色不但有趣，而且讓讀者深刻地同情他們，跟著他們一頁一頁走下去，期待著他們能擁有快樂的結局……」

——《圖書館期刊》，星級書評

◎「杜爾捕捉二戰時的景況和戰火的聲音，讓人耳目一新地回顧歷史，角色的美善讓人印象深刻。」

——《科克斯書評》，星級書評

◎「如果一本故事的成功，取決於他能感動多少讀者、能留下多少讓人印象深刻的角色，那麼杜爾榮獲普立茲獎之作《呼喚奇蹟的光》兩者都做到了。杜爾讓讀者相信，儘管在充滿絕望、殘忍，以及道德抉擇兩難的戰爭時刻，世界依然充滿光明。」

——《出版人週刊》，星級書評

◎「讓你彷彿身歷其境，翻到故事最後一頁時，不再感傷生命的逝去，並且獲得啟發。杜爾引人入勝的寫作技巧，同時展現遼闊的視野和精準的敘事結構。從歷史來看，小說背景為二戰法國遭佔領時期，短篇章且兩個敘事軸線交替，貫穿整部作品，也帶領讀者走一遭過往的歷史和事件。在這場摧毀歐洲的戰爭裡，兩個主角分處敵對陣營，各自有其生命經歷，看似平行發展，實則交織相連。杜爾精巧地重現了法國遭戰火襲擊的歲月，還有在敵軍佔領下艱難生存的人們。」

——《書單》，星級書評

獻給溫蒂・威爾 Wendy Weil 1940－2012

一九四四年八月，碉堡古城聖馬洛——法國布列塔尼翡翠海岸最璀璨的珠寶——幾乎在大火中付之一炬……碉牆之內的八百六十五棟樓房，只有一百八十二棟依然屹立，而且全都遭到程度不一的破壞。

——菲利浦・貝克

若非借助於收音機，我們不可能奪取權力，也不可能使出種種手段操弄。

——德國納粹宣傳部長喬瑟夫・戈培爾

ZERO

CHAPTER 0

7 AUGUST 1944

傳單

黃昏時分，一張張傳單如大雨從空中傾瀉。疾風似地飛越城牆，盤旋於屋頂上，迴旋翻轉，急急竄入屋舍間的窄巷。鵝卵石的巷道閃爍著燦燦白光，整條街道彷彿隨之天旋地轉。**緊急通告本市居民**，它們通報。**即刻前往空曠地區**。

潮水攀升。鵝黃的盈月高掛天際。東方濱海旅館的屋頂上、旅館後方的花園中，六名美軍炮兵扛起燒夷彈，推入迫擊炮口。

轟炸機

午夜時分，一架架轟炸機飛越英倫海峽。「星塵」[1]，「暴風雨」[2]，「好心情」[3]，「配槍老媽」[4]，總共十二架，皆以歌曲命名。遙遙之下的大海隨同滑動，海面上數不盡的白頂波紋。再過不久，飛行員就能分辨地平線上一個個沐浴在月光中的小島嶼。

法國。

通訊裝置劈啪作響。轟炸機刻意降低高度，行進速度幾近散漫。沿海各地的防空炮台發射一道道紅色的光束。陰暗的破船隱隱現形，有些匆匆奔逃，有些遭到擊毀，其中一艘船頭截斷，火舌再度竄升，閃閃爍爍。一個最靠近外海的小島上，羊群驚慌失措，歪歪斜斜地奔竄於岩石間。

一架架轟炸機內，飛行員透過瞄準窗口仔細觀看，默默數到二十。四、五、六、七。在飛行員眼中，這個坐落於花崗岩岬角、逐漸逼近的碉堡之城，看來像是一顆礙眼的壞牙，漆黑而危險，有如最後一個等著被除去的膿瘡。

女孩

城中一隅，弗柏瑞四號一棟又高又窄、樓高六層的屋子裡，十六歲的盲女瑪莉蘿兒．勒布朗跪在頂樓的一張矮桌前，一座模型佔據整張桌面，模型中的迷你城市，恰是她所居住的碉堡之城。數百座迷你房屋、商店和旅館遍布城牆之內，座座皆是比例精確的微型複製品。大教堂的尖塔形如鋸齒，聖馬洛城

1 Stardust，一九二七年灌製的美國流行歌曲，老牌紅星康妮．法蘭西絲、納京高等人都曾翻唱，是美國最流行的爵士歌曲之一。

2 Stormy Weather，一九三三年灌製的美國老歌，最知名的版本是一九四三年的同名電影主題曲，由蓮納．荷恩演唱，比莉．哈樂黛也曾翻唱。

3 In the Mood，葛倫米勒爵士大樂團一九三九年灌製的爵士名曲，一九四〇年曾經連續十三周高居排行榜，是搖擺爵士樂的代表作品。

4 Pistol-Packin' Mama，一九四三年灌製的美國流行歌曲，平克勞斯貝、安德魯姊妹、威利．尼爾遜等人都曾翻唱，是美國最著名的經典鄉村歌曲。

堡古樸方正，濱海一排排華屋，屋頂冒出小小的煙囪。一道細長圓弧的防波堤自莫勒海灘延伸而出；一座優美、狀若網脈的中庭聳立於魚市場中央；一張張迷你長椅密布在小小的廣場上，最小的椅子跟蘋果籽差不多大小。

瑪莉蘿兒伸出指尖，輕輕撫過一公分寬的鋸齒牆垛，沿著模型畫出一個歪斜的星星。她摸到城牆上的開口處，有四座禮炮瞄準大海。「荷蘭堡壘，」她輕聲說，手指滑下小小的階梯。「寇迪爾街。傑克・卡地亞街。」

房間的角落擺著兩個裝滿清水的鍍鋅水桶。只要有辦法，她的叔公交代，隨時把桶子裝滿水。三樓的浴缸也一樣。誰知道什麼時候又會停水。

她的手指溜回迪南城門南方，再度輕撫大教堂的尖塔。她整個晚上不停撫摸模型，等著艾提安叔公回家。叔公是這棟樓房的屋主，昨晚趁她睡著時出門，至今尚未回返。這會兒天又黑了，時針又轉了一圈，整條街安靜無聲，她無法入眠。

她可以聽到轟炸機已經飛到五公里外。雜音嗡嗡作響，聲響漸隆，有如貝殼之中的哼鳴。

當她打開臥室的窗戶，轟炸機的雜音更加宏亮。除此之外，夜晚一片死寂：沒有引擎聲，沒有話語聲，沒有談笑聲，沒有警報聲。鵝卵石小徑沒有踢踢躂躂的腳步聲。甚至連海鷗都不見蹤影。只聽見一條街之外、六層樓之下，高漲的潮水撲打著城牆的牆基。

還有別的。

某個窸窸窣窣的聲音，距離非常近。她悄悄推開左手邊的百葉窗，手指撫過右手邊的窗板，往上摸索。窗板間夾了一張紙。

她拿起紙張，湊到鼻前一聞。紙張帶著新印的油墨味，說不定還有一絲汽油味。紙張觸感簇新；八成尚未在外飄盪太久。

瑪莉蘿兒雙腳套著襪子，猶豫地站在窗邊。她的後方就是她的臥室，一個個貝殼沿著衣櫃的櫃頂陳列，一顆顆小石沿著牆邊的護壁板擺放。她的手杖擱在牆角；她那本巨大的點字字典攤放在床上，書頁朝下，等著她翻閱。轟炸機嗡嗡作響，聲響漸隆。

男孩

北邊五條街外，一名白髮、年方十八、名叫韋納．芬尼的德國一等兵在微弱的嗡嗡聲中醒來。聲音斷斷續續，音量略勝貓咪心滿意足的呼嚕聲。一群蒼蠅拍打著遠處的窗台。

他在哪裡？機槍油氣味黏膩，稍微帶點化學藥劑的味道；新建的子彈木箱，飄散著生木的氣味；老舊的床單透出一股股樟腦丸的臭味——他在旅館裡。沒錯，*L'hotel des Abeilles*，蜜蜂旅館。

天還沒亮。天候尚早。

海面傳來嘶嘶轟轟的聲響；高射炮緩緩升起。

一名高射炮下士匆匆跑向走廊另一頭，朝著樓梯間前進。「下去地窖，」他轉頭大喊，韋納打開野戰燈，捲起毛毯，塞進帆布袋，沿著走廊前進。

不久之前，蜜蜂旅館尚稱優雅宜人。藍色的百葉窗色澤閃亮，餐室供應擺在碎冰上面的新鮮生蠔，繫著領結的布列塔尼侍者站在吧檯後方擦拭玻璃杯。旅館備有二十一間客房、壯觀的海景，以及一個跟卡車一樣龐大的大廳壁爐，巴黎民衆週末假日來此休憩，啜飲開胃酒，在那之前，部長、副部長、修道院長、海軍上將等官方特使曾經偶爾造訪，在那之前的數百年，兇手、強盜、歹徒、船員等飽經風霜的海賊亦曾下榻此處。

之前整整五世紀、早在旅館尚未興建之前，這裡曾是一個海盜的住家。海盜家財萬貫，爲了研究蜜蜂，他金盆洗手，遷居聖馬洛郊外的田野，勤作筆記，直接從蜂巢採食蜂蜜。門楣上方的橡木木箱依然可見蜜蜂的雕刻；中庭蓋滿常春藤的噴泉，形似蜂巢。韋納最喜歡樓上客房的天花板壁畫，客房宏偉華麗，壁畫稍微褪色，畫中的蜜蜂跟孩童一般大小，飄浮在藍天之中，工蜂身形巨大，翅膀透明精緻，狀似慵懶，六角形澡缸上方的壁畫只見一隻女王蜂，女王蜂身長三公尺，複眼點點，腹部布滿金黃色的細毛，盤據了整個天花板。

過去四星期，旅館卻已不再是個旅館，而成了一處要塞。一個奧地利特遣防空部隊在每一扇窗戶釘上木板，翻倒每一張床鋪。他們加強門口的戒備，在樓梯間堆滿一箱箱炮彈。花園客房所在的旅館四樓——客房附有法式陽台，開窗望去便是城牆——成了高速防空炮的進駐之處。這門名爲「八八毫米炮」的古舊高速防空炮可以發射二十一點五磅、射程十五公里的炮彈。

奧地利士兵稱大炮爲「女王殿下」。過去一星期，士兵們悉心照料大炮，有如工蜂們服侍女王蜂。他們爲她上油，修理她的炮口，潤滑她的鋼輪；他們在她的基座堆滿沙包，好像獻上供品。

尊貴的八八毫米炮殿下——殺傷力強大，意欲保護全體的皇族。

當八八毫米炮連發兩炮，韋納剛好站在樓梯井，再走幾階就到一樓。他頭一次近距離聽到大炮發射，感覺好像旅館的上半截遭到撕扯。他手臂大張，遮住耳朵，跌跌撞撞往前衝。震波直下地基，然後再度攀升，牆面不停震動。

韋納可以聽到兩層樓上方的奧地利士兵們慌亂地重新裝填炮彈，也可以聽到剛才發射的兩枚炮彈咻咻飛越海面，距離旅館已有兩、三公里之遙。他意識到其中一位士兵正在哼歌，說不定不只一位，說不定他們全在哼歌。八名納粹空軍，對著他們的女王哼唱情歌，沒有一位活得過這個鐘頭。

韋納循著手中野戰燈的光束衝過大廳。第三枚巨炮發射，附近某處的玻璃炸得粉碎，煤灰轟轟隆隆沿著煙囪傾注而下，旅館牆壁震盪低鳴，有如敲鐘。韋納擔心他的牙齒會被這個聲音震落。

他用力拉開地窖的門，暫且停步，眼前一片昏花。「是時候了嗎？」他問。「他們眞的來了？」

但是誰會在那裡回答？

聖馬洛

街頭巷尾，最後一批尚未撤離的市民一覺醒來，輕聲抱怨，嘆了口氣。老小姐，妓女，年過六十的男子。遲遲拖延的人，出賣國家的人，不信邪的人，喝醉酒的人。各個教派的修女。窮人。頑固之人。盲人。

有些匆匆跑到防空洞。有些告訴自己這只是演習。有些慢條斯理地抓條毯子、一本祈禱書，或是一副紙牌。

諾曼第登陸已經過了兩個月。瑟堡已被收復，卡昂和雷恩重歸盟軍旗下，法國西部的半數領地也已重獲自由。東部戰線中，俄軍已經重新奪下明斯克；波蘭家鄉軍起義，對抗佔領華沙的納粹德軍；幾份報紙甚至大膽暗示戰爭局勢已經逆轉。

但在這個歐陸邊緣的碉堡小城，這個德軍在布列塔尼海岸的最後據點，情勢依然尚未逆轉。

當地居民們悄悄耳語，德國人已經整修中世紀城牆之下、長達兩公里的地下通道；德國人也已興建全新防禦設施、全新水管溝渠、全新撤軍路線，以及複雜到令人困惑的地下綜合社區。舊城對岸「城市碉堡」的堡壘之下，一間間密室儲藏著綳帶彈藥，甚至還有一所地下醫院，最起碼人們如此相信。德國人還蓋了一座中央空調、容積高達二十萬公升、管線直通柏林的水塔，囤積大量噴火詭雷和一盒盒潛望瞄準鏡，庫存的彈藥甚至足以一年三百六十五天、天天朝向海面發射。

當地居民們悄悄耳語，一千名德國人準備爲國捐軀。說不定五千人。說不定更多。

聖馬洛：四面環水的碉堡之城。城市與法國其餘地區僅以一條堤道、一座大橋與一小塊沙地相連，關聯相當薄弱。我們自始至終以聖馬洛人自居，當地居民宣稱，其次是布列塔尼人，逼不得已才說自己是法國人。

暴風雨的映照中，聖馬洛的花崗石泛出藍色的光芒。當潮水漲到最高點，海水悄悄漫入市中心的地下室。當潮水退到最低點，成千上百、布滿藤壺的沉船遺骸冒出水面。

三千年來，這個海角一隅的小城屢遭圍攻。

然而今非昔比。

一個祖母把吵鬧不休的幼童抱到胸前。一公里外，一個在聖賽旺郊外巷子裡撒尿的醉鬼，從樹籬中拉出一張紙。**緊急通告本城居民**，紙上說。**即刻前往空曠地區**。

防空導彈在外島閃閃發光，舊城城內的德國巨炮再度發射，炮彈咻咻作響，咆哮飛過海面。距離海灘二分之一公里、一座名爲「國際碉堡」的要塞之中，三百八十名囚禁在此的法國人擠在月光照耀的中庭，抬頭凝視。

四年的佔領，隆隆而至的轟炸機，究竟所爲何來？解放？或是根除？

小型軍械火光四射，劈劈啪啪。高射炮的炮聲隆隆，好像敲打軍鼓。十二隻棲息在大教堂尖塔的鴿子俯衝而下，直衝塔底，盤旋迴轉，飛往大海。

弗柏瑞街四號

瑪莉蘿兒獨自站在她的臥房裡，嗅聞一張她無法閱讀的傳單。防空警鈴嗚嗚作響。她關上百葉窗，重新鎖上窗戶。飛機一秒秒逼近；每一秒鐘都不容遲疑。她應該趕快衝到樓下。她應該摸索走到廚房那個裝了一扇活板門的角落，活板門通往地窖，地窖之內塵埃密布，堆滿遭到白蟻侵蝕的氈毯，以及許久不曾開啟的舊式硬殼箱。

她反而走回床旁的矮桌前，跪到城市模型的旁邊。

她的手指再一次摸尋外圍城牆、「荷蘭堡壘」，和通往地面的小小階梯。這一扇窗，沒錯，就是這裡，眞正的城市裡，一名婦人每個星期天站在窗邊拍打地氈。還有這一扇窗，一個小男孩曾從窗中大喊：**喂，妳走路小心一點。妳瞎了嗎**？

屋子的窗框嘎嘎作響。高射炮再度發射一連炮彈。地球的旋轉座標歪斜了一丁點。

在她的指尖下，迷你埃斯特雷街和迷你弗柏瑞街交會。她的手指往右移動，五指掠過幾個門口。一、二、三。四。她已經這樣做了多少次？

弗柏瑞街四號：這棟樓房歸她叔公艾提安所有，窄高、破舊、有如鳥巢般。在這裡，她度過了四年歲月。孤零零地跪坐在六樓，等待十二架美國轟炸機隆隆逼近。

她把小小的正門往裡一按，一個暗釦鬆動，小小的屋子往上一彈，跳出模型。小屋躺在她的手中，跟她爸爸的香菸盒差不多大。

這時轟炸機飛得好近，她膝下的地板甚至輕輕顫動。房外的走廊上，一盞掛在樓梯井上方的水晶吊燈搖搖晃晃，叮噹作響。瑪莉蘿兒把迷你小屋的煙囪旋轉九十度，然後推開三塊疊架成屋頂的木板，翻轉小屋。

一顆鑽石落到她的掌心。

鑽石冰冷，跟鴿蛋一樣大小，形似一滴淚珠。

瑪莉蘿兒一手緊捏小屋，另一手緊捏鑽石。感覺房間巍巍顫顫，不堪一擊。巨大的指尖似乎即將穿牆而入。

「爸爸？」她輕聲說。

地窖

蜜蜂旅館的大廳下，岩床被劈鑿出一個海盜的地窖。木箱、櫃子、木栓板後面的牆壁是一塊塊光溜溜的花崗岩。天花板靠著三根巨大的橫樑支撐，橫樑是人工劈砍，數百年前從布列塔尼的某個古老森林拖運至此，借用好幾隊馬匹之力搬移上樑。

一盞孤零零的燈泡搖搖晃晃，每樣東西都蒙上搖曳的光影。

韋納．芬尼坐在工作檯前的一張摺疊椅上，檢查電池的電量，戴上耳機。這座鋼面收音機備有雙向無線電收發機和一米六的天線，他可以用它聯絡樓上另一部同型收發機、兩枚城牆之中的防空導彈，以及河口對岸的地下指揮部。

無線電收發機逐漸白熱，發出嗡嗡的聲響。一位觀測員對著頭戴式耳機念出方位，一位炮手重複一次以示確認。韋納揉揉雙眼，他的後面堆滿捲成圓筒的織錦掛毯、祖父的時鐘、原木雕花衣櫃、裂痕密布的巨幅風景油畫，這些德軍沒收的珍奇寶藏擠成一團，一直堆到天花板。他對面的架子上擺著八、九個石膏頭像，至於功用爲何，他猜不到。

魁梧的上士法蘭克．沃克海默走下狹窄的木頭階梯，低頭走過一根根橫樑。他對著韋納溫和地笑笑，在一張金黃絲面的高背扶手椅坐下，把機關槍橫置在大腿上，他的大腿粗壯結實，機關槍看起來簡直像指揮棒一樣袖珍。

韋納說：「開始了嗎？」

沃克海默點頭。他關掉野戰燈，在黑暗中眨眨他那出奇秀氣的眼睫毛。

「大概會持續多久？」

「不會太久。我們在這裡很安全。」

工程師貝恩德最後才下來。他身材矮小，一頭棕髮，雙眼一高一低。他隨手關上地窖門，把門閂上，走下樓梯，走到一半就坐下，一臉陰沉，看不出是害怕還是堅毅。

門一關上，空襲警報聲聽來不那麼刺耳。在他們上方，天花板的電燈泡閃閃爍爍。

水，韋納心想，我忘了水。

第二枚防空導彈從市區遙遠的一隅發射，八八釐米炮隨之再展神威，炮聲宏亮，殺氣騰騰，韋納聽著炮彈在尖銳的聲響中朝向天空發射，天花板劇烈顫動，塵灰有如瀑布般傾瀉而下。透過頭上的耳機，韋納可以聽到樓上的奧地利士兵依然哼唱：

auf d' Wulda, auf d'Wulda, da scheint d'Sunn a so gulda[5]

沃克海默睡眼惺忪撫弄長褲的一個印漬。貝恩德窩起雙手，對著手掌吹氣。無線電收發機隨著急勁的風聲、氣壓和彈道劈啪作響。韋納想起家鄉：伊蓮娜太太朝著他的小鞋彎下腰，幫他的鞋帶繫了一個雙結。天窗外繁星點點，迴旋天際。他的小妹佳妲裹著一條被毯，左耳戴著收音機的耳機，長長的耳機線垂掛在耳際。

四層樓之上，奧地利士兵把另一枚炮彈推入八八毫米、熱氣騰騰的炮膛，再度確認轉動裝置，雙手遮住耳朵，發射炮彈，但在地窖中，韋納只聽到小時候從收音機傳出的話語。**歷史女神俯瞰地球。只有**

歷經最熾熱的火焰，才可達到淨化的境界[6]。他看到一片奄奄一息的向日葵田野。他看到一群黑鳥從樹梢轟然飛向四方。

炮轟

十七、十八、十九、二十。瞄準窗下方的大海正急急逼近。屋頂一一現形。兩架較小的轟炸機以白煙標註陣線，前導轟炸機炮火齊發，其他十一架一併跟進。炸彈斜斜落下；轟炸機一飛衝天，火速散開。

黑煙裊裊，直升天際，天空布滿點點烏黑的斑紋，放眼望去，天色陰暗。瑪莉蘿兒的叔公跟其他數百位民眾被關在離岸二分之一公里的「國際碉堡」，他瞇著眼睛抬頭仰望，心中暗想，**蝗蟲**，隨即迷迷糊糊地想起小時候教會學校的舊約聖經箴言：**蝗蟲沒有君王，卻分隊而出**。

一列惡魔的隊伍。一袋袋翻倒的青豆。上百顆破碎的念珠。上千種隱喻，無一足以形容：每架轟炸機投擲四十枚炮彈，總共四百八十枚，合計七萬兩千磅炸藥。

5 奧地利民謠。意即：莫爾道河，莫爾道河，陽光是如此閃耀。

6 納粹宣傳部長約瑟夫・戈培爾（Paul Joseph Goebbels，1897-1945）的演說辭。

炮火如雪片般襲向城市，聲勢有如颶風。小茶杯從架上滾落，油畫從掛釘上滑落，再過四分之一秒，再也聽不見空襲警報，所有聲音都聽不到了。隆隆的炮聲足使中耳的耳膜剝落。防空炮發射最後一批炮彈。十二架轟炸機毫髮無傷，折回遁入深藍的夜空。

弗柏瑞街四號的六樓，瑪莉蘿兒爬到她的床下，緊緊抓著那顆鑽石和那座小屋，摟在胸前。

蜜蜂旅館的地窖裡，天花板那盞孤零零的燈泡一閃一閃地熄滅。

ONE

CHAPTER 1

1934

法國國立自然歷史博物館

六歲的小女孩瑪莉蘿兒．勒布朗個子高高的，一臉雀斑，住在巴黎。當她爸爸讓她跟著其他孩童到他工作的博物館參觀，她的視力已經急遽惡化。導覽員是個駝背、上了年紀的警衛，個頭跟孩童差不多高。他拿著手杖猛敲地板，引起大家注意，然後帶領數十位歸他看管的孩童穿過花園，走向展覽室。

孩子們看著工程人員用推車拉起一截恐龍大腿骨化石。他們觀看櫃中的長頸鹿標本，標本背部有些地方的皮毛已經脫落。他們窺視標本師傅的抽屜，抽屜裡擺滿羽毛、獸爪和玻璃眼球；他們翻閱兩百頁蠟葉標本，一頁頁裝點著蘭花、雛菊和香料藥草。

最後他們爬上十六階樓梯，走進礦石館。導覽員爲他們展示巴西瑪瑙、紫水晶，和一塊擱在架上的隕石，據他所言，這塊隕石跟太陽系一樣古老。然後他叫大家排成一列，帶著他們走下兩段曲折的階梯，穿過幾個通道，停在一道只有一個鑰匙孔的鐵門前面。「參觀活動到此結束，」他說。

一個女孩說：「但是鐵門後面有些什麼？」

「鐵門後面是第二道上了鎖的門，面積稍微小一點。」

「在那後面呢？」

「第三道上了鎖的門，面積更小。」

「在那後面呢？」

「第四道門、第五道門，一直數、一直走，直到你走到第十三道門，門上了鎖，大小跟一隻鞋子差不多。」

孩子們傾身向前。「然後呢？」

「第十三道門的後面是……」——導覽員揮揮一隻皺得不像話的手——「……火海星鑽。」

衆人一臉困惑，不耐煩地動來動去。

「得了吧，你們從來沒聽過火海星鑽？」

孩童們搖搖頭。瑪莉蘿兒瞇起眼睛，抬頭望著天花板上一盞盞沒有燈罩的燈泡，燈泡之間相隔三公尺，沿著天花板串成一列；在她的眼中，各個燈泡都環繞在迴旋轉動的七彩光圈之中。

導覽員把手杖掛在手腕上，雙手交握。「這個故事說來話長，你們想要聽一個漫長的故事嗎？」

他們點頭。

他清清嗓子。「好幾百年前，在一個如今我們稱之爲『婆羅洲』的地方，一位王子從乾枯的河床裡挖出一塊藍色的石頭，他覺得非常漂亮。但在返回皇宮的途中，王子受到一群騎在馬上的壞人攻擊，胸口被刺了一刀。」

「刀子刺到心臟？」

「眞的嗎？」

一個男孩說：「噓，別吵。」

「盜匪偷走他的戒指、馬匹、每一樣隨身物品。但是他把藍色小石子緊緊握在手中，所以盜匪沒有發現。奄奄一息的王子勉強爬回皇宮，然後昏迷了十天，到了第十天，他坐起來，張開眼睛，手中依然握著石頭，照顧他的人全都嚇了一大跳。

蘇丹王的醫生們說王子的傷勢如此嚴重，根本不可能活下來，但他居然沒死，簡直是個奇蹟。照顧他的人說石頭肯定具有神奇療效。蘇丹王的珠寶工匠們則另有高見：他們說這顆石頭是世間最巨大的鑽石原石。宮中手藝最高超的珠寶工匠花了八十天切磨，大功告成之時，鑽石煥發出璀璨的藍光，有如熱帶的海洋，但是中心一抹艷紅，好像水滴之中包納著火焰。蘇丹王幫王子把鑽石鑲在皇冠之上，根據傳說，當年輕的王子坐上寶座，陽光剛好照在皇冠上的鑽石，王子散發出耀目的光彩，光彩是如此奪目，進訪的臣民們甚至分不出何爲王子的身影、何爲鑽石的光影。」

「你確定這是眞的嗎？」一個女孩問。

「噓，別吵，」剛才那個男孩說。

「這顆鑽石就是衆人皆知的『火海星鑽』。有些人相信王子是神仙，只要他保有這顆鑽石，誰都無法殺害他。但是怪事接二連三地發生：王子戴上皇冠的時間愈久，他的運氣愈來愈差。一個月之內，他接連失去了兩個弟弟，一個溺斃，一個被毒蛇咬死。六個月之內，他的父親也因病過世。更糟糕的是，蘇丹王的探子捎來消息，說東方出現大批軍隊來襲。

「王子召集父王的國師們，人人都說他應該準備應戰，只有一位高僧說他做了一個夢，大地女神託夢告訴他，火海星鑽是她爲了情人海龍王特製的禮物，她把鑽石放入河中，讓河水把鑽石送交海龍王手中，但當河水乾枯，王子卻把鑽石挖了出來，女神因而大怒，盛怒之中，她詛咒鑽石和每一個把鑽石留在身邊的人。」

孩子們聽到這裡，全都把身子往前傾，瑪莉蘿兒也一樣。

「大地女神的詛咒是：鑽石的主人永遠不會死，但是只要他留下鑽石，每一個他心愛的人都會遭逢傾盆大雨般的厄運。」

「永遠不會死？」

「但是如果鑽石的主人把火海星鑽丟回大海之中，鑽石因而物歸原主，女神就會解除詛咒。因此，已經登基爲蘇丹王的王子想了三天三夜，終於決定留下鑽石。鑽石救了他一命；他相信鑽石讓他百害不侵。他下令割掉高僧的舌頭。」

「哎喲，」年紀最小的男孩驚叫。

「大錯特錯，」個子最高的女孩說。

「敵軍入侵，」導覽員說。「摧毀了皇宮，殺光所有人，王子從此下落不明，其後的兩百年，沒有人聽過火海星鑽，有些人說火海星鑽已被切割成更小的鑽石；有些人說王子依然帶著鑽石，居住在日本或是波斯，殷實務農，而且似乎永遠不老。

「因此，火海星鑽被歷史遺忘。直到有一天，一名法國珠寶商到印度的戈爾康達礦區出差，有人爲他展示一顆水滴形的鑽石，一百三十三克拉，淨度幾近完美。鑽石有如鴿蛋大小，他寫道，有如大海般碧藍，但是中心散發出火焰般的紅光。他做了一個鑽石的鑄模，寄交洛林省一位熱愛珠寶的公爵，同時警告公爵據傳鑽石受到詛咒。但是公爵一心只想得到鑽石，所以珠寶商把鑽石帶到歐洲，公爵把它鑲在一根手杖上，到哪裡都帶著它。」

「啊，糟了。」

「一個月之內，公爵夫人感染了喉疾，兩名他們最喜愛的僕人從屋頂上摔下來，跌斷了頸子。然後公爵的獨生子騎馬出了意外，不幸身亡。雖然每個人都說公爵氣色極佳，從不曾如此神采奕奕，但是他不敢外出，也不敢接見訪客。最後他終於相信自己手中這顆鑽石就是受到詛咒的火海星鑽，他堅信不移，甚至請求國王把鑽石鎖在皇家博物館裡，而且附加兩個條件：一，鑽石必須深藏在一個特製的金庫裡；二，金庫兩百年後才可以開啟。」

「然後呢？」

「至今已經過了一百九十六年。」

一時之間，孩童們全都靜默無聲。其中幾個扳著手指算一算，然後大家同時舉手。「我們可以看一看嗎？」

「不行。」

「連打開第一道門都不行？」

「不行。」

「你看過鑽石嗎？」

「還沒有。」

「這麼說來，你怎麼知道鑽石是不是眞的在裡頭？」

「你非得相信不可。」

「先生，鑽石值多少錢？你可以用它買下艾菲爾鐵塔嗎？」

「一顆如此巨大、如此稀有的鑽石，很可能價値五座艾菲爾鐵塔。」

大家紛紛驚呼。

「這十幾道門是爲了防止小偷闖進去？」

「說不定啊，」導覽員眨眨眼睛說。「這十幾道門是爲了防止詛咒闖出來。」

孩童們全都安靜了下來。其中兩、三個往後退了一步。

瑪莉蘿兒拿下眼鏡，周遭隨之模糊一片。「但是，」她問，「爲什麼不乾脆拿起鑽石，丟到大海裡面？」

上了年紀的警衛看著她，其他孩童也看著她。「妳什麼時候看過有人把價值五座艾菲爾鐵塔的鑽石丟到海裡？」一個年紀較大的男孩問。

有人大笑，瑪莉蘿兒皺皺眉頭。那不過是一道有個黃銅鑰匙孔的鐵門。

參觀活動到此結束，孩童們一哄而散，瑪莉蘿兒被帶到生物進化館，回到她爸爸身邊。他扶正她鼻樑上的眼鏡，取下她髮間的一片樹葉。「我的小寶貝，玩得開心嗎？」

一隻褐色的小麻雀忽然飛下椽木，停駐在她面前的地磚上。瑪莉蘿兒攤開手掌，伸了出去，麻雀頭一歪，想了想，然後拍拍翅膀，展翅離去。

一個月之後，她雙眼全盲。

同盟礦區

韋納．芬尼在巴黎東北方五百公里、一個名爲「同盟礦區」的地方長大，礦區位居德國埃森郊外，面積一千五百公頃，產製鋼鐵和無煙煤，四處都是坑洞。火車滾滾而行，來回於架高的渠道之間，煙囪冒出裊裊的黑煙，光禿禿的樹木矗立在礦渣堆上，好像地底下冒出乾枯的雙手。

韋納和妹妹佳妲是「兒童之家」裡的小孩，這棟樓高兩層、紅磚砌成的孤兒院位於維多利亞路，房間裡盡是病童的咳嗽聲，新生兒的啼哭聲，以及破舊的硬殼行李箱，箱內擺著孩童父母辭世之前的遺物：拼布洋裝、鏽跡斑斑的結婚紀念餐具、褪色的古董黑白照片，照片中的父親已遭礦坑吞噬。

韋納剛出生的幾年，生活最為窮困。人們群聚在「同盟礦坑」的閘門外，為了工作大打出手，一顆雞蛋索價兩百萬德國馬克，風濕熱好像豺狼一樣悄悄逼近「兒童之家」。沒有奶油，沒有肉，水果只存在於記憶之中。情況最悽慘的幾個月，有些晚上，孤兒院長只能用芥末粉和清水烘烤糕點，餵養院中數十名孩童。

但是七歲的韋納似乎過得相當自在。以他的年紀而言，他的個子算是太小，一對招風耳，講話的聲音高亢悅耳；一頭白髮令人駐足觀看——雪白、奶白、灰白，那種沒有顏色的色彩。每天早上，他繫好鞋帶，把一疊疊報紙塞進外套裡禦寒，出外探尋世界。他採集雪花、蝌蚪、冬眠中的青蛙；他哄騙貨架空空如也的糕點師傅給他一塊麵包；他經常出現在廚房，手裡拿著給小寶寶吃的新鮮牛奶。他還自己製作東西，諸如紙盒、簡陋的雙翼飛機、舵盤管用的玩具船。

每隔兩天，他就提出一些讓孤兒院長聽了嚇一跳的疑問：「伊蓮娜太太，我們為什麼會打嗝？」

或是：「如果月亮如此巨大，伊蓮娜太太，為什麼看起來如此渺小？」

或是：「伊蓮娜太太，蜜蜂怎麼知道自己叮了人就會死？」

伊蓮娜太太是個來自阿爾薩斯的清教徒修女，她寵愛院童，縱容多於管束。她以高亢的音調哼唱法國民謠，私底下喜歡喝兩杯雪莉酒，而且經常站著呼呼大睡。有些晚上，她允許孩童們熬夜，聽她用法文述說她的童年往事：窩在山區過冬，白雪皚皚，屋頂的積雪達兩公尺，傳報員在街頭宣讀公告，寒冬之中，溪流冒出陣陣白煙，葡萄園覆上一層白霜，宛如聖誕歌曲中的世界。

「伊蓮娜太太，聾子聽得見自己的心跳嗎？」

「伊蓮娜太太，爲什麼膠水不會黏在瓶內？」

她會笑一笑。她會揉揉韋納的頭髮，輕聲說：「他們說你個子太小，韋納，他們說你出身不好，不該奢望。但是我對你有信心。我認爲你會成就大事。」然後她會叫他上去閣樓睡覺，韋納在閣樓佔了一張小床，小床靠牆，上方即是閣樓的天窗。

有時他和佳妲一起畫畫。他妹妹偷溜到韋納的小床邊，兩人臥躺，一支鉛筆傳來傳去。佳妲雖然比韋納小兩歲，但是兄妹之中，她對繪畫很有天賦。她尤其喜歡畫巴黎，她對巴黎的印象全都來自伊蓮娜太太一本羅曼史小說的封底照片，照片中的巴黎迷迷濛濛，街上一排排公寓，屋頂皆爲雙層斜坡，遠方有座層層格架的鐵塔。她畫出高聳的白色摩天大樓、設計繁複的鐵橋，以及河畔的群群人影。

其他時候，下課之後，韋納讓妹妹坐上一部他自己利用廢棄零件組裝的推車，拉著佳妲跑過礦區。他們嘎嘎地沿著長長的碎石子路往前衝，行經礦區小屋、火光熊熊的垃圾桶，以及一個個失業的礦工，礦工們成天蹲坐在箱底朝上的木箱上，動也不動，好像一座座雕像。推車的輪子經常鏗鏗鏘鏘地脫落，韋納耐心蹲下，重新拴緊螺釘。四周人影重重，第二班礦工匆匆走進倉房之際，第一班礦工趕著回家，人人彎腰駝背，飢腸轆轆，鼻頭青紫，頭盔下的臉龐好像烏黑的骷髏。「哈囉，」韋納經常輕快地打招呼，「午安，」但是礦工們通常沒有回答就蹣跚走過，說不定甚至沒看到他，他們的眼中只有一堆堆廢石，瓦解中的德國經濟隱隱向他們逼近，有如眼前層層疊架、搖搖欲墜的礦坑。

韋納和佳妲篩檢一堆堆閃亮的黑土；他們爬上小山似的生鏽機器。他們採集黑莓的果實和田中的蒲公英。有時他們設法從垃圾桶裡找到馬鈴薯皮、或是紅蘿蔔葉；有些午後，他們收集紙張畫畫，或是撿拾舊牙膏，從中擠出殘餘的幾滴牙膏曬製粉筆。韋納偶爾推著佳妲一路跑到九號礦坑的入口，九號礦坑是全礦區規模最龐大的礦坑，四處人聲沸騰，燈火通明，好像煤氣爐中央的燈蕊，一部五層樓高的煤礦電梯盤據其上，纜線晃來晃去，鐵鎚敲敲打打，礦工大聲喊叫，各式各樣的採礦器材朝著四面八方延伸，他們看著煤車從地底下慢慢冒出來，礦工們拿著午餐餐盒從倉房中魚貫而出，走向電梯的大嘴，好像一隻隻飛向誘蟲燈的昆蟲。

「礦坑底下，」韋納悄悄跟妹妹說。「爸爸就是死在礦坑底下。」

夜幕低垂之際，韋納拉著坐在推車上的小佳妲，一語不發地往回穿越「同盟礦區」緊密相連的鄰里。陣陣低垂的煤煙之中，兩個髮色宛如白雪的孩童，抱著零零星星、值不了多少錢的寶貝，走回維多利亞路三號，在那裡，伊蓮娜太太盯著炭爐，輕輕哼唱一首法國催眠曲，歌聲之中帶著倦意，一個幼童拉扯她圍裙的裙帶，另一個幼童在她懷中哭嚎。

鑰匙處

先天性白內障。兩隻眼睛都一樣。無可挽回。「妳看得見這個東西嗎？」醫生們問。「妳看得見那個東西嗎？」終其一生，瑪莉蘿兒再也看不見任何東西。那些她曾經熟悉的地方——她跟爸爸的四房公寓，街尾那個綠樹成蔭的廣場——如今都成了危機重重的迷宮。抽屜始終出現在不該出現之處。抽水馬桶是個無底洞。水杯不是太近，就是太遠；她的手指太粗，始終太粗。

什麼叫做失明？那邊應該有個牆壁，她雙手一摸，卻什麼都沒有。那邊應該什麼都沒有，她往前一跨，小腿卻被桌腳撞出一道印子。車輛在街上咆哮怒吼；樹葉在空中喃喃低語；血液在耳中颯颯作響。樓梯間、廚房裡、甚至她的床邊，大人們的話語傳達出絕望與哀傷。

「可憐的孩子。」

「可憐的勒布朗先生。」

「他的命運眞是坎坷，你知道的，父親戰時過世，太太難產身亡，現在又碰到這種狀況？」

「他們好像受到詛咒。」

「你們看看她，你們看看他。」

「應該把她送走。」

那幾個月，她瘀青累累，心情鬱悶；房間好像帆船一樣歪斜，房門半開，啪地打中她的臉頰。床鋪是她唯一的庇護，她拉高被毯，蓋到下巴，她爸爸坐在床邊的椅子上，一邊抽菸，一邊削製他那些袖珍的模型，小小的鐵鎚敲敲打打，小小的砂紙銼銼磨磨，節奏規律，令人心安。

絕望與哀傷沒有持續太久。瑪莉蘿兒畢竟年紀還小，而且她爸爸極有耐心。他跟她保證，世上沒有所謂的詛咒。運氣，或許吧，可能是好運，也可能是厄運，日日稍作牽引，導向成功或是失敗。但是沒有所謂的詛咒。

每星期六天，他天亮之前就叫她起床，她抬高兩隻手臂，動也不動，讓他幫她穿上衣服。褲襪，洋裝，毛衣。如果有時間，他就叫她試著自己繫鞋帶。然後他們在廚房一起喝杯咖啡：咖啡滾燙濃郁，她想加多少砂糖都可以。

六點三十分，她從牆角拿起她的白色手杖，一隻指頭勾住她爸爸皮帶的扣環，跟著他走下四樓，往前走六條街，來到博物館。

七點整，他打開二號入口的門鎖，迎面襲來種種熟悉的氣味：打字機的色帶，上了蠟的地板，岩石的塵灰。他們穿過生物進化館，腳步聲踢踢躂躂，回音裊裊，聽來耳熟。他跟一位夜警打招呼，然後跟另一位警衛問好，始終只是重複兩聲：**早安、早安**。

左轉兩次，右轉一次。她爸爸的鑰匙環叮叮噹噹。門鎖鬆動；大門搖搖擺擺地開啟。

鑰匙處的六座玻璃櫃掛著幾千把鑰匙。鑰匙型片和萬能鑰匙，圓頭長柄鎖和圓頭短柄鎖，電梯鑰匙和展示櫃鑰匙。有些跟瑪莉蘿兒的前臂一樣長，有些比她的拇指還短。

瑪莉蘿兒的爸爸是巴黎自然歷史博物館的總鎖匠。館區包括實驗室、倉庫、四座獨立分館、動物園、溫室，以及佔地數公畝、種植藥用和觀賞用花草的植物園，還有十二道閘門和樓閣，根據她爸爸的估計，整個館區加起來約有一萬兩千把鑰匙。沒有人加以反駁，因爲大家都所知有限。

整個早上，他站在鑰匙處前方，分發鑰匙給館中職員：動物園管理員最先報到，八點左右，行政人員匆匆前來，技術人員、圖書館員、研究助理隨後分批而至，研究員最後才零零散散地走進來。每一把鑰匙都以號碼和顏色編碼。從管理員到館長，館中每位職員都必須隨身攜帶鑰匙，沒有人可以把鑰匙帶出任職的單位，沒有人可以把鑰匙留在桌上。畢竟館中收藏了十三世紀的無價古玉、印度的水矽釩鈣石、科羅拉多州的紅紋石；一只翡冷翠藥盅安置在一道她爸爸設計的門鎖之後，藥盅為天青石雕製，專家學者年年遠自千里而來，細細審視。

她爸爸考考她。瑪莉，這是寶庫鎖、或是掛鎖？這是單純的木櫃小鎖、或是複雜的輔助鎖？他查問她各個展館在哪裡、展示櫃裡陳列著哪些物品。他不停把一些意想不到的東西擺在她的手裡：一個電燈泡、一塊魚類化石、一根火鶴鳥的羽毛。

每天早上，他逼她坐在點字學習手冊前，花一個小時研讀，連星期日都不例外。A是上方角落一個小點。B是縱線的兩個小點。*Jean. Goes. To. The. Baker. Jean. Goes. To. The. Cheese. Maker.*

下午他帶著她巡館。他幫門鎖上油，修理展示櫃，擦拭鎖眼蓋。他帶著她走過一個又一個長廊，進入一間又一間展館。狹長的走道通向宏偉的圖書館；玻璃門通往一間間洋溢著腐植土、濕報紙、山梗菜氣味的溫室。館內還有木工工坊、標本師的工作室、佔地數公畝的木架和藏放樣品的抽屜，儼然是一座座小型博物館。

有些下午，他把瑪莉蘿兒留在葛伐德博士的研究室，葛伐德博士是個上了年紀的軟體動物專家，鬍子聞起來始終像是潮濕的羊毛。他經常放下手邊的事情，開瓶馬爾貝克紅酒，以耳語般的聲音對瑪莉蘿兒描述賽昔爾群島、貝里斯、坦尚尼亞、桑吉巴群島等等他年輕時曾經造訪的礁岩。他叫她「小蘿兒」；他每天下午三點享用烤鴨；他的腦袋裡似乎蘊藏著無窮無盡的生物學拉丁名詞。

葛伐德博士研究室最裡頭的牆邊有排櫃子，櫃子的抽屜多得她數不清，他讓她一個個打開，准許她把各式各樣的貝殼捧在手中——海螺、榧螺、泰國帝王渦螺、玻里尼希亞蜘蛛螺——館中收藏超過一萬種樣本，含括世界上一半以上的已知物種，而瑪莉蘿兒有機會觸摸其中絕大部分。

「那個貝殼啊，小蘿兒，屬於一種紫羅蘭色的海蝸牛。蝸牛眼睛看不見，一輩子住在海面上。一被放入海水之中，它馬上攪動海水，製造出一個個泡泡，而且分泌黏液把泡泡黏在一起，做成一艘浮水筏，然後隨著海風四處漂浮，食用浮游到面前的水生微生物，但是如果遺失了浮水筏，它就沉到海底，一命嗚呼……」

龍骨板螺既輕巧又粗重，既堅硬又柔軟，既平滑又粗糙。存放在葛伐德博士書桌上的骨螺棘刺中空，螺紋隆起，殼口深邃，宛如一座融合了尖塔與洞穴的森林，自成一個國度。她撫摸把玩，大半個鐘頭都不厭倦。

她兩隻手動個不停：搜取，探索，試驗。牆上掛著一個山雀標本，胸前的羽毛柔軟得不可思議，鳥嘴跟細針一樣尖銳。鬱金香蕊尖的花粉，摸起來不像粉末，而像是一小球油脂。花園梧桐樹的樹皮，昆蟲學館的針插鍬形甲蟲標本，葛伐德博士研究室那個內裡光滑細緻的扇貝，她漸漸習知，不管是什麼東西，若是真心誠意地觸摸它，你就會愛上它。

在家中，她爸爸每晚把他們的鞋子收進同一個小櫃，外套吊上同一個掛鉤。瑪莉蘿兒走過六條釘在廚房地板、距離相等、具有摩擦力的膠帶，來到桌邊；她沿著一條她爸爸纏繞的粗繩，從桌邊走到洗手間。他把晚餐擺在圓盤上，以時針的方位描述不同食物的位置。馬鈴薯在六點鐘方向，我的小寶貝。蘑菇在三點鐘方向。然後他點燃香菸，回到廚房角落的工作桌前，繼續製作他的微型社區。他正比照附近鄰里，製作一座模型，窗戶高聳的房屋、雨水溝槽、洗衣店、麵包店、街尾的小廣場、廣場上的四張長椅和十株樹木，一樣都不缺。氣候溫煦的夜晚，瑪莉蘿兒打開她臥室的窗戶，聆聽夜幕緩緩籠罩附近各個陽台、屋頂、煙囪，慵懶而安詳，直到鄰里與她爸爸的模型在腦海之中融合為一。

星期二博物館休館。瑪莉蘿兒跟她爸爸晚點起床，喝杯濃郁香甜的咖啡，父女兩人走到萬神殿、花市，或是沿著塞納河散步。他們經常到書店逛逛，他遞給她一本字典、一本筆記簿、一本滿是照片的雜誌。「瑪莉蘿兒，總共有幾頁？」

她的指尖輕輕撫過書頁。

「五十二？」「七百零五？」「一百三十九？」

他把她的頭髮塞到耳後；他把她抱到空中轉一圈。他說她是他生命中的奇蹟。他說他絕對不會離開她，再過一百萬年都不會。

收音機

韋納八歲了，有天他在儲藏室後面的廢物堆尋寶，找到一大卷看起來像是線軸的東西。這件寶貝包括一個裹著電線的圓筒，圓筒夾在兩個木頭圓盤之間，上面冒出三條磨出鬚邊的電導線，其中一條的末端懸掛著一個小小的耳機。

佳妲六歲，一張圓圓的小臉，一頭亂糟糟的白髮，她蹲到她哥哥旁邊。「這是什麼？」

「我想，」韋納說，感覺空中某個櫥櫃剛剛開啟。「我們找到了一部收音機。」

在這之前，他僅僅瞥見收音機的模樣：他曾隔著一位長官家的蕾絲窗簾，隱約瞥見一部體積巨大的無線收音機；礦工宿舍有部手提收音機，教堂餐室也有一部。但他從來沒有親手摸過任何一部。

他和佳妲把收音機偷偷帶回維多利亞路三號，擱在檯燈下審視鑑定。他們把它擦得乾乾淨淨，解開纏繞的線團，洗淨耳機裡的汙泥。

收音機不管用。其他孩童站在他們旁邊，嘖嘖稱奇，過一會兒便逐漸失去興趣，斷定是個廢物。但是韋納把收音機帶到閣樓窗邊，研究了幾個鐘頭。他拆下每一個可被拆卸的零件；他把零件全都擱在地上，逐一拿起，對著日光細細端詳。

找到收音機三個星期之後的一個下午，戶外陽光燦爛，「同盟礦區」其他孩童說不定出外玩耍，他卻注意到最長的一條細線，也就是那條纏繞中央圓筒數百圈的金屬鋼絲，出現幾個非常微小的缺口。他慢慢地、小心地解開金屬鋼絲，把整部亂七八糟的收音機搬到樓下，叫佳妲進來幫他扶穩，以便他銲接缺口。然後他把金屬鋼絲重新纏繞在圓筒上。

「好，我們試試看，」他小聲說，他把耳機緊貼在耳旁，沿著線圈前後移動那個他判定是調頻栓的零件。

他聽到微弱的沙沙雜訊。然後耳機深處持續傳出話語聲。韋納的心跳幾乎停止；話語聲似乎在他腦中四處迴盪。

話語聲來得急，去得快。他把調頻栓移動零點五公分。沙沙，沙沙。再移動零點五公分。毫無聲響。

伊蓮娜太太在廚房揉麵團。男孩們在巷子裡大喊大叫。韋納操控調頻栓，前後移動。

沙沙，沙沙。

他正要把耳機遞給佳妲，忽然之間，他聽到線圈之中傳來小提琴的琴聲。弓弦劃過琴弦，樂聲高亢急促，清晰純淨。他試著穩穩按住調頻栓。第二把小提琴加入。佳妲湊過來，睜大眼睛看著她哥哥。

鋼琴追隨小提琴，接著是木管樂器。琴弦急急躍動，木管咚咚跟隨。更多樂器加入合奏。豎笛嗎？豎琴嗎？樂聲悠揚，音符緩緩跳動。

「韋納？」佳妲輕聲說。

他眨眨眼；他必須壓下淚水。起居室看起來一如往常：兩個十字架下方擺著兩個搖籃，煤灰飄散在爐嘴之中，護壁板的油漆層層剝落。水槽上方掛著一幅織景畫，畫中是伊蓮娜太太白雪皚皚的阿爾薩斯家鄉。但是現在多了樂聲。韋納感覺難以計數的交響樂團在他的腦海之中奮然而起，展現蓬勃生機。

室內似乎落入緩慢迴轉的漩渦，他妹妹叫了他一聲，口氣更加急切，他把耳機貼在她的耳旁。

「音樂，」她說。

他盡量固定調頻栓，使之不再動搖。訊號相當微弱，儘管耳機僅在十五公分之外，他卻已聽不到任何樂聲。

但他看著他妹妹的臉龐，佳妲面無表情，只有眼睫毛眨動，廚房中，伊蓮娜太太舉起沾了麵粉而花白的雙手，歪著頭端詳韋納，兩個年紀較大的男孩跑進屋裡，停下腳步，查覺周遭起了某些變化，那個備有四個端子接頭和拖曳天線的小收音機，動也不動地端坐在兄妹兩人之間的地板上，宛若奇蹟。

帶我們回家

瑪莉蘿兒通常有辦法打開她爸爸送給她當作生日禮物的益智小盒。這些她爸爸親手製作的木頭盒子通常形似屋舍，而且藏放著一些小玩意。開啟木盒的程序相當奇巧繁複：先用指尖摸到接縫，將下半部往右一推，然後拆下橫桿，取出藏在桿內的鑰匙，打開上半部，這就發現盒裡有個手鐲。

她七歲生日時，餐桌正中央原本擺放糖罐之處，豎立著一座袖珍牧人小屋。她推開一個隱藏在底部的抽屜，找到一個隱藏在抽屜下面的隔層，取出一把木頭鑰匙，把鑰匙插進煙囪。一塊方方正正的瑞士巧克力糖躺在裡面等著她享用。

「四分鐘，」她爸爸笑著說。「我明年得再加把勁。」

但是長久以來，他那座比照附近鄰里製作的迷你模型卻不像那些益智木盒，始終讓她猜不透。模型不像戶外的眞實世界。比方說，米貝爾街和蒙日街的路口離他們公寓只有一條街，但是模型中的迷你路口和眞正的路口，感覺就是不一樣。眞正的十字路口充滿各種噪音和氣味：秋日之時，路口聞起來像是汽油、蓖麻油、糕餅店的麵包、藥房的樟腦丸、花攤的飛燕草、甜豆和玫瑰。冬日之時，空中充滿烤栗子的清香；夏日夜晚，氣味慵懶遲緩，令人昏昏欲睡，四處都是催眠的談話聲，以及鐵椅刮過地面的嘎嘎聲。

但她爸爸模型中的同一路口，聞起來只有乾膠水和木屑的味道。模型中的街道空空蕩蕩，人行道冷冷清清；她伸手觸摸，模型頂多像是一帖不完備的迷你摹本。他堅持瑪莉蘿兒必須一再觸摸，熟悉房屋與街道的角度。十二月一個寒冷的星期二，瑪莉蘿兒失去視力已經一年多，她爸爸帶她沿著居維葉街，走到植物園的邊緣。

「小寶貝，我們每天早上都走這一條路。穿過這片西洋杉，前方就是生物進化館。」

「我知道，爸爸。」

他把她抱起來，在空中轉了三圈。「好，」他說，「現在妳帶我們回家。」

她張口結舌。

「我要妳想想那座模型，瑪莉。」

「我怎麼可能辦得到！」

「我在妳後面，離妳只有一步。我保證不會出事。妳有妳的手杖。妳知道妳在哪裡。」

「我不知道！」

「妳知道。」

她又急又慌，甚至不確定植物園在前方還是後方。

「鎮定下來，瑪莉，一步一公分，慢慢來。」

「太遠了，爸爸，這裡離家裡起碼六條街。」

世界天旋地轉。烏鴉高聲吶喊，煞車嘶嘶作響，某人在她左手邊拿著說不定是鐵鎚的東西重重敲打某種金屬。她跌跌撞撞地往前走，直到手杖的杖尖懸置在空蕩的前方。那是人行道的邊緣嗎？那是小池塘、樓梯、還是懸崖？她直角轉彎，往前走三步，這會兒她的手杖打到一面牆的牆基。

「爸爸？」

「我在這裡。」

六步、七步、八步。噪音轟隆轟隆——一個殺蟲的工人剛剛走出戶外，手中的唧筒震天響——猛然朝著他們來襲。再走十二步，一副繫在店門把手的鈴鐺叮叮作響，兩名女子走了出來，匆匆擠過她身邊，嚇了她一跳。

瑪莉蘿兒丟下她的手杖，哭了起來。她爸爸抱起她，把她摟在自己瘦長的胸前。

「外面的世界太大了，」她輕聲說。

「妳辦得到，瑪莉。」

她辦不到。

蓄勢待發

其他孩童在巷子裡玩跳房子、或是在運河裡游泳之時，韋納一個人坐在閣樓窗邊，試驗收音機。不到一星期，他閉著眼睛就可以拆卸分解，重新組裝。電容器，電感器，調頻線圈，耳機。一根電線引向地面，另一根朝向空中。他從來沒見過這麼符合邏輯的裝置。

他從存放補給品的木棚收集一截截短小的銅線；螺絲釘、一把歪七扭八的螺絲起子。他連哄帶騙，說動藥劑師的太太給他一副故障的頭戴式耳機。他從一個廢棄的門鈴拆下仍可使用的螺線管，焊接到一個電阻器上，製成一個擴音器。一個月之內，他已在各處補上新零件，接上電源，成功地重新組裝整部收音機。

每天晚上，他把他的收音機帶到樓下，伊蓮娜太太放任院童們聽收音機一小時。他們收聽新聞、音樂會、歌劇、大合唱、民俗節目，十二名孩童圍成半圓形坐在傢俱上，伊蓮娜太太也是其中之一，個頭也跟孩童差不多。

我們活在一個動盪激昂的時代，收音機說。**我們毫無怨言，我們穩穩踏在祖國的國土上，不因任何攻擊而動搖。**

年紀較大的女孩們喜歡音樂競賽、收音機健身操，以及一個名為「情侶們的四季祕笈」可是幼童們聽了抱怨連連的常態性節目。男孩們喜歡廣播劇、新聞、軍歌。佳妲喜歡爵士樂。韋納什麼都喜歡。小提琴、小號、大小鼓、演說——某人對著麥克風發表晚間演說，雖然遠在天邊，聲調依然高昂——一切有如魔術般神奇，令他心神馳往。

勇氣、信心、樂觀已在德國民眾的心中日漸高漲，這難道令人訝異嗎？收音機問道。**大家不都已經做好為國犧牲的準備，心中燃起一股新的信念？**

沒錯，時間一週接著一週過去，韋納確實感覺某些事情蓄勢待發。煤礦產量續增；失業率續降。星期天的晚餐有肉可吃。羊肉、豬肉、香腸——樣樣皆是一年前聽都沒聽過的奢侈品。伊蓮娜太太買了一張鋪了橘色燈芯絨的新沙發，以及一個裝了黑輪爐頭的爐子；柏林的主教法庭寄來三本新聖經；一座新的洗衣鍋爐運送到後門口。韋納得到新長褲；佳妲得到屬於她自己的一雙鞋。鄰里之中，家家戶戶的電話都管用，鈴鈴作響。

一天下午，從學校回家途中，韋納駐足藥行外面，鼻子貼著高高的玻璃窗往裡看：六十個三公分高的衝鋒隊員在此遊行，每個小小的玩具兵都穿著褐色的襯衫，戴著袖珍的紅色臂章，有些攜帶笛子，有些攜帶小鼓，幾名軍官跨騎在閃閃發光的黑馬上。一架洋鐵鑄製的水上飛機懸掛上方，飛機備有木製浮筒，電力啟動的螺旋槳不停轉動，一圈又一圈，頗具催眠效果。韋納透過玻璃窗研究了好久，試圖了解運作原理。

夜色已深，秋天悄悄來臨，韋納帶著收音機下樓，擱在餐具櫃上，其他孩童動來動去，興奮地等待。無線電接收器漸漸白熱，嗡嗡作響，韋納退後一步，雙手插進口袋，擴音器中傳出兒童合唱團的歌聲：**我們只想工作、工作、工作，參與國家榮譽的建設**。然後是來自柏林、國家製播的廣播劇，劇中描述一群侵略者夜晚悄悄潛入村中。

十二名孩童全都坐定；廣播劇中，侵略者假扮成鷹勾鼻的商店老闆、不老實的珠寶商、可恥的銀行家；他們販賣亮晶晶的廢物；他們迫使村裡的商家關門大吉。不久之後，他們密謀殺害睡夢中的德國小孩。最後終於有一位戒愼小心、爲人謙遜的鄰人察覺不妥，打電話報警，收音機裡傳來宏亮的聲音，聽起來是一群高大英挺的警察。他們破門而入。他們架走侵略者。愛國歌曲響起。人人再度歡欣喜悅。

光

一個又一個星期二接連而過，她始終辦不到。她帶著爸爸繞遠路走了六條街，結果卻離家更遠，令她又憤怒、又氣餒。但是八歲的那年冬天，瑪莉蘿兒訝異地發現自已摸出了頭緒。她輕撫廚房裡的模型，記數迷你長椅、樹木、街燈和門口。每天浮現出新的細節——模型裡每一個排水渠口、公園長椅和消防栓，現實生活之中全都有個一模一樣的化身。

瑪莉蘿兒帶著她爸爸走回家，每次離家愈來愈近，而且再也沒有出錯。四條街、兩條街、一條街。三月一個飄雪的星期二，他把她帶到另一個新地點，父女兩人站在塞納河畔，他抱起她轉了三圈，對她說：「帶我們回家。」自從他們進行這個訓練以來，她頭一次意識到自己心中沒有悄悄浮現恐懼。

她反而蹲坐在路旁。

周圍盡是從空中飄落的雪花，微微帶點金屬味。**鎮定下來，靜靜聆聽**。

車輛噗噗沿街行駛，融雪隆隆流過溝渠；她可以聽到雪花急急落下，拍打樹梢。她可以聞到半公里外植物園裡的柏樹。此處地鐵轟隆轟隆，急急行駛於人行道底下——啊，聖伯納堤岸站。此處天空雲朵散盡，她聽到樹枝劈啪作響——啊，古生物學館後面的狹長花園。這裡呢？她意識到這裡肯定是堤岸和居維葉街的角落。

六條街，四十棟房屋，廣場上十株小小的樹木，這條街跟這條街交會，那條街跟那條街交會。一步一公分，慢慢來。

她爸爸搖搖口袋裡的鑰匙。前方隱隱矗立著一棟棟高大宏偉的樓房，花園林立於樓房之間，聲響此起彼落。

她說：「我們朝左邊走。」

他們邁步走過居維葉街。三隻鴨子迎面飛來，拍動翅膀，動作劃一，朝向塞納河飛去。鳥兒們匆匆從她頭頂上飛過之際，她想像自己感覺得到陽光停駐在鳥翼上，照亮每一根羽毛。

吉福羅伊聖伊萊爾街左轉，道本通街右轉，三個排水渠口、四個排水渠口、五個排水渠口。慢慢朝左邊走，前方就是植物園的鐵欄杆，細長的鍛鐵圓桿狀似一個大鳥籠的籠條。

麵包店，肉店，熟食店，這會兒全都在她的對面。

「爸爸，現在過街安全嗎？」

「沒問題。」

右轉。直走。這會兒他們走到他們家那條街，她非常確定。在她身後一步之處，她爸爸頭一歪，朝著空中露出燦爛的笑容。瑪莉蘿兒知道他笑了，即使他站在她身後，即使他什麼都沒說，即使她眼睛看不見——白雪沾濕了她爸爸濃密的頭髮，他的髮絲四處亂翹，圍巾隨隨便便披在肩上，雪花依然飄落，而他的臉上閃爍著愉悅的笑容。

他們走向族長街，走到一半就抵達家門，瑪莉蘿兒摸到那株比她四樓窗口還高的栗樹，輕撫樹幹和樹皮。

熟悉的老朋友。

不到半秒鐘，她爸爸的兩隻手就伸到她的腋窩下，一把將她抱到空中，瑪莉蘿兒微微一笑，他的笑聲是如此真誠、如此具有感染性，終其一生，她都將設法謹記在心。雪花輕輕飄過上方的樹梢，父女兩人在家門前的人行道轉了一圈又一圈，同聲歡笑。

我們的旗幟在面前飛舞

韋納十歲的那年春天，「兒童之家」兩個年紀最大的男孩——十三歲的漢斯．薛利瑟和十四歲的賀瑞伯特．龐默賽爾——扛起二手背包，踢著正步走入林中。返回「兒童之家」時，兩人已是希特勒青年軍的成員。

他們攜帶彈弓，製作箭茅，躲在雪堆後面演練突襲。他們加入一群怒氣騰騰的礦工之子，大夥成群結黨，坐在市場廣場上，捲起衣袖，拉高褲管。「晚上好，」他們對著過往行人大喊。「你喜歡說『希特勒萬歲』也行！」

他們幫彼此剪了同樣的髮型，在小館子玩起摔角，吹噓他們即將接受的衝鋒槍訓練、即將駕駛的轟炸機、即將操作的坦克車大炮。**我們的旗幟象徵新時代**，漢斯和賀瑞伯特叨叨念誦，**我們的旗幟引領我們走向永恆**。進餐時，他們斥責年紀較輕的孩童崇尙外國貨，不管是英國汽車的廣告，或是法國童書的繪本，只要是外國貨都不行。

他們行禮的模樣看來可笑；他們的裝扮近乎荒誕。但是伊蓮娜太太帶著提防的眼神觀察這兩個男孩：不久之前，他們還是躲在小床上、哭著找媽媽的野孩子，現在他們已是指關節劈劈啪啪的小混混，襯衫口袋裡擺著對摺的元首照片。

只要漢斯和賀瑞伯特在場，伊蓮娜太太就盡量不說法文。她發現自己格外留意她的口音。鄰居隨意一瞥都足以讓她起疑。

韋納保持低調。跳營火，把煤灰抹在眼下，作弄小小孩？把佳妲的畫作揉得一團？千萬不可。別讓大家注意到你，不要引人側目，這才是上策。韋納最近常到藥行閱讀科學雜誌；紊波、通往地心深處的隧道、奈及利亞人利用鼓聲傳遞遠方的消息，這些都讓他大感興趣。他購買筆記簿，繪製雲室、電離子探測器、X光護目鏡的草圖。何不在搖籃加裝一個小馬達，搖哄小寶寶入睡？何不在他的推車車輪加上彈簧，幫他拉車爬上山坡？

一個勞工部的長官造訪「兒童之家」，講述礦坑的工作機會。孩童們穿上最乾淨的衣服，圍坐在他的腳邊。長官對大家解釋，年滿十五歲的男孩都必須到礦坑工作，無一例外。他提到光榮和勝利，他說他們即將有份固定的工作，實在非常幸運。當他拿起韋納的收音機、一句話都沒說就擺回原處，韋納感覺天花板悄悄壓低，四面牆壁朝他逼近。

他爸爸葬身在距離此地一點五公里的地底。屍體從未尋獲，鬼魂依然在隧道出沒。

「來自你們家鄉、你們土地的鋼鐵、黑煤和焦炭，」長官說，「造就了我們偉大的國家。柏林、法蘭克福、慕尼黑——若非你們家鄉，這些城市不可能存在。你們爲新秩序提供基石、爲槍炮提供子彈、爲坦克車提供裝甲。」

漢斯和賀瑞伯特檢視長官配著手槍的皮帶，眼神之中充滿熱切。廚具櫃上，韋納的小收音機發出連珠炮般的話語聲。

收音機說：這三年來，我們的元首勇於面對一個即將崩滅的歐洲……

收音機說：對德國的兒童而言，德國再度成為一個值得奮鬥的國家，這一切全都歸功於我們的元首。

往前十六步走到噴水池，十六步折返。往前四十二步走到樓梯間，四十二步折返。瑪莉蘿兒在腦袋裡繪製地圖，解開百碼想像的線繩，翻轉挪移，重新纏繞。植物學研究室聞起來像是膠水、吸墨紙和壓花。古生物學研究室聞起來像是岩石細塵和骨頭粉末。生態學研究室聞起來像是福馬林和擺了太久的水果，裡面擺滿厚重的玻璃罐，罐內漂浮著各種有趣的玩意，她只能倚賴別人為她描述，比方說顏色灰白、盤繞成一圈的眼鏡蛇，或是猩猩的斷手。昆蟲學研究室聞起來像是樟腦丸和油脂：葛伐德教授解釋說，這是一種叫做臭樟腦的防腐劑。辦公室聞起來像是打字紙、香菸、白蘭地、或是香水。有時四種味道齊備。

她跟隨電線和水管、欄杆和繩索、樹籬和人行道。她嚇到路人。她始終不知道電燈是否開著。她碰到的孩童充滿疑問：會不會痛？妳閉起眼睛睡覺嗎？妳怎麼知道現在幾點？

不會痛，她解釋。不暗，不是大家想像中的那種黑暗。世間萬物都是音感和觸覺的組合，層層交疊，起起伏伏。她繞著生物進化館走了一圈，小心行走於一塊塊嘎嘎作響的地板之間；她聽到博物館的樓梯傳來重重的腳步聲，搖搖學步的幼童大聲尖叫，老奶奶疲倦地嘆了一口氣，緩緩坐到一張長椅上。

還有顏色——這一點也是大家無法設想。在她的想像、她的夢境之中，事事物物都有顏色。博物館的建築物米黃、深棕、淡褐。館內的研究員有如丁香花般淡紫、檸檬般鮮黃、狐狸般黃褐。警衛室的無線收音機傳出鋼琴聲，聲聲慵懶，朝向鑰匙處投射出濃烈的墨黑和繁複的青綠。教堂鐘聲傳送出一個個古銅的圓弧，斜斜掃過窗台。蜜蜂銀白；鴿群薑黃、褐紅、偶爾金黃。那片她和爸爸每天早上散步行經的柏樹林，閃爍著萬花筒般的色彩，每個樹梢都是凝聚日光的多角寶盒。

她不記得她媽媽的模樣，但在她的想像中，她媽媽雪白，靜靜散發出明亮的白光。爸爸散發出上千種色彩，蛋白石般斑斕，草莓般豔紅，深邃的赤褐，狂野的草綠；他聞起來像是油脂與金屬，感覺像是那把開啟家門的鑰匙，一想到他，她的耳邊就響起他走路之時、一把把鑰匙在他口袋裡叮叮噹噹的聲音。跟處室主任講話時，他是一團橄欖綠；跟暖房的芙蕾瑞小姐聊天時，他是一團愈來愈明亮的橘紅；試圖燒菜時，他是一團鮮紅；晚間坐在工作桌前，一邊工作一邊小聲哼歌時，他散發出藍寶石般的光澤，香菸菸頭閃爍著點點晶藍。

她迷路；祕書和植物學研究室人員把她送回鑰匙處，有次甚至麻煩館長的助理。她好奇；她想知道海藻與地衣的差別，蚌狀海麗貝和角齒海麗貝兩種貝類有什麼不一樣。聲譽卓著的男士們扶著她的手肘，陪同她走過花園，或是帶著她走上樓梯。「我也有個女兒，」他們說。或是：「我在一群蜂鳥中找到她。」

「眞是抱歉，」她爸爸向他們致歉。他點燃一根香菸；他從她口袋裡掏出一把又一把鑰匙。「哎喲，」他輕聲說，「我該拿妳怎麼辦？」

九歲生日的早晨，她起床，發現兩件禮物。第一件禮物是個木盒，她摸了摸，找不到開口，她把盒子轉來轉去，花了一點時間才意識到其中一側裝了彈簧；她輕輕一推，盒子啪地彈開，裡面是一塊滑潤的卡門伯特起司，她直接送入口中。

「太簡單了！」她爸爸笑笑說。

第二件禮物重重的，裹著包裝紙，綁上細麻繩。裡面是一本用螺旋絲裝訂的超大點字書。

「他們說這本書適合男孩、或是非常喜歡冒險的女孩閱讀。」她聽得出他的笑意。

她指尖輕輕掃過凹凸印刷的書封。環—遊—世—界—八—十—天—「爸爸，這太貴了。」

「錢的問題讓我操心就好。」

那天早上，瑪莉蘿兒爬到鑰匙處的櫃檯下方，俯躺在地，十指指尖全都專注於書頁。書中的法文比較文言，點字的間距比她平日習慣閱讀的點字書近多了。但是過了一星期，讀來便輕而易舉。她摸尋她用來作爲書籤的緞帶，翻開書本，博物館隨之悄然而逝。

神祕的霍格先生跟機器一樣過日子。帕西帕托先生成爲他聽話的貼身男僕。兩個月之後，當她讀到小說的最後一行，她翻回第一頁，重讀一次。夜晚時分，她輕撫她爸爸的模型，指尖掠過鐘塔和展示窗。她想像儒勒．凡爾納筆下的人物沿著街道前進，在商店裡喋喋不休地閒聊；一公分高的麵包師傅將丁點大的麵包推進烤箱；三個微小的竊賊一邊商討如何下手，一邊緩緩開車經過珠寶店；微小的汽車嘟嘟囔囔堵在米貝爾街，雨刷左右滑動。族長街一棟樓房的四樓，她爸爸的迷你化身坐在迷你公寓窗邊的迷你工作桌前，拿著砂紙磨平一塊微小的木片，如同現實生活中的他；房間對面是個迷你女孩，個子瘦小，頭腦機敏，一本書攤開擱在她的膝上；她的心中蘊藏著某種強烈、巨大的渴求，隨著脈搏噗噗跳動，無畏無懼。

「你必須發誓，」佳妲說。「你發誓嗎？」她在生鏽的大鼓、破裂的內胎，以及溪底黏糊的爛泥之間，找到一條十公尺長的銅線。她的雙眼有如明亮的隧道。

韋納瞄了瞄樹林和小溪，再把目光移回妹妹身上。「我發誓。」

他們一起把銅線偷運回家，帶上閣樓，纏繞在窗外屋簷的一個釘孔上。然後他們把銅線接到收音機上，幾乎馬上就在一個短波波段聽到有人講話，那人說著一種奇怪的語言，聽起來字字都是z和s。

「那是俄文嗎？」

韋納覺得是匈牙利文。

微暗之中，佳妲目光灼灼。「匈牙利距離這裡多遠？」

「一千公里？」

她倒抽一口氣。

結果來自歐陸各地的聲音，穿過雲層、煤灰和屋頂，急急潛入「同盟礦區」。空中到處都是聲響。佳妲比照韋納在調頻線圈上畫出的刻度製表記錄，仔細拼出每一個他們接收到聲音的城市。**維若納** 65，**德勒斯登** 88，**倫敦** 100。羅馬。巴黎。里昂。深夜短波；夢想者與漫遊者的天下，瘋狂之人，喧嚷之人。

做完禱告、熄燈之後，佳妲溜到她哥哥在閣樓的房間；他們不但沒有一起畫畫，反而並排躺下，一直收聽到午夜、一點、兩點。他們聽到他們無法理解的英國新聞報導；他們聽到一位柏林的女士武斷而踞傲地解說雞尾酒會應當如何化妝。

有天晚上，韋納和佳妲聽到一個沙沙的廣播節目，節目中一個年輕人以輕柔、帶點口音的法文談到光。

各位小朋友，大腦當然是妥善藏放在百分之百的黑暗之中，那個聲音說，**它飄浮在頭殼的清澈液體中，絕對不在亮處。然而，它所架構的世界卻充滿了光，處處飄逸著色彩和躍動，這麼說來，小朋友們，這個活在沒有一絲光線的大腦，如何為我們建構出一個充滿了光的世界？**

廣播窸窸窣窣，劈劈啪啪。

「這是什麼？」佳妲輕聲說。

韋納沒有回答。法國人的聲音有如天鵝絨般柔滑。他的口音跟艾蓮娜太太的口音非常不一樣，但是他的聲調是如此熱切、如此動人，韋納發現自己竟然聽得懂每一個字。法國人談到光幻視和電磁學，然後稍作暫停，雜音大作，他似乎幫唱片翻了面，接著興致高昂地談到煤炭。

想一想你們家爐子裡那一塊閃閃發光的煤炭。各位小朋友，你們看見了嗎？那塊煤炭曾是一株綠色的植物，它可能是蕨草，也可能是蘆葦，生活在一百萬年、兩百萬年，說不定甚至一億年前。你們能夠想像一億年前的光景嗎？活在世上的每一個夏天，那株植物的葉子盡力吸取日光，把太陽的能量轉化為自己的能量，注入樹皮、樹枝、樹幹。因為植物食用日光，就像我們進食。但是植物終究難逃垂落凋亡，說不定落入水中，在泥炭中腐化，泥炭被捲入地層之中，如此過了好多、好多年——在漫漫的時間長河之中，一個月、十年、甚至你們的一輩子，都只是空中的一縷雲煙，彈指之間稍縱即逝。最後泥炭

終於乾涸，變得像塊石頭，有人把它挖出來，煤商把它送到你們家，說不定你們自己把它搬到爐邊，今晚，那道日光——那道一億年前的日光——溫暖了你們的家……

時間慢了下來。閣樓消失無蹤。佳妲也消失了。有誰曾以如此親切熟捻的語調，述說種種韋納最感興趣的事情？

張開你的雙眼，男子最後說，**在雙眼永遠閉上之前，盡情觀看周遭的一切**，然後傳來鋼琴聲，彈奏著一首寂寞的樂曲，在韋納耳中，琴聲宛如一艘銀閃閃的船隻駛過漆黑的河流，和諧的樂聲緩緩流動，帶著「同盟礦區」前往美好的未來：屋舍化為薄霧，礦坑隱入其中，煙囪倒下，一片古老的大海漫過街道，空中洋溢著希望與契機。

火海星鑽

謠言流竄於巴黎的博物館中，散布的速度有如風中的圍巾，內容之精采也不下圍巾艷麗的色澤。館方正在考慮展示一顆特別的寶石，這件珍奇的珠寶比館中任何收藏都值錢。

「我聽說啊，」瑪莉蘿兒偷聽到一位標本師告訴另一位標本師，「這顆寶石來自日本，年代非常久遠，以前的主人是十一世紀的幕府將軍。」

「我聽說啊，」另一位標本師說，「寶石來自我們館內的保險庫，而且自始至終藏放在保險庫裡，但是礙於法律，館方不准展示。」今天謠傳它是一顆非常罕見的白雲石，隔天謠傳它是一顆星形藍寶石，摸了手會著火。然後大家又說它是一顆鑽石，沒錯，絕對是顆鑽石。有些人稱它爲「牧羊人鑽石」，有些人稱它爲「大地之母」，但是大家很快都稱它爲「火海星鑽」。

瑪莉蘿兒心想：已經過了四年囉。

「這顆鑽石很邪惡，」門警室的一名守衛說。「每個主人的下場都很悽慘。我聽說歷任九位鑽石主人都自殺。」

第二個聲音說：「我聽說拿著鑽石的時候，若是沒有戴上手套，不到一個星期就會翹辮子。」

「不、不，如果你保有它，你死不了，但是你周遭的人不到一個月就翹辮子，說不定不到一年。」

「那我最好把它弄到手，」第三個聲音笑笑說。

瑪莉蘿兒心跳加速。十歲的她可以在想像的黑幕投注任何影像：一艘航行中的遊艇，一場使劍的戰役，一座色彩豔麗的羅馬競技場。她閱讀《環遊世界八十天》，讀到點字書平滑磨損；今年生日時，她爸爸送給她一本更厚的點字書：大仲馬所著的《三劍客》。

瑪莉蘿兒聽說鑽石顏色淺綠，跟顆大衣鈕釦一般大小。後來她又聽說它跟火柴盒一樣大。過了一天，鑽石的顏色變成天藍，跟小寶寶的拳頭一樣大。她想像憤怒的女神昂首闊步，行走於各個通道，將詛咒送進各個展館，有如散發朵朵毒雲。她爸爸叫她不要亂想。石頭就是石頭，雨水就是雨水，災禍只是運氣不佳。有些東西比其他東西稀罕，正因如此，所以世間才有鎖匙。

「但是，爸爸，你相信那是眞的嗎？」

「鑽石，或是詛咒？」

「鑽石和詛咒。」

「那些只是故事，瑪莉。」

但是不管哪裡出了問題，館員們莫不悄悄認定鑽石下了咒語。館內停電一小時——鑽石發威。水管漏水，植物學研究室一整排樣本全都報銷——鑽石發威。當館長太太在結了冰的孚日廣場摔跤，跌斷了手腕，館中簡直謠言滿天飛。

大約在此同時，瑪莉蘿兒的爸爸被館長請到樓上的辦公室，而且在裡面待了兩小時。在她的記憶之中，她爸爸可曾被叫進館長辦公室，開了兩小時的會？不，從來沒有發生這種狀況。

在那之後，她爸爸幾乎馬上埋首於礦石館工作。接連幾個星期，他推著一車車裝滿不同器材的推車進出鑰匙處，休館之後繼續工作到深夜，每天晚上總是帶著鋸屑和燃燒的金屬味回到鑰匙處。每次她提議陪他一起去，他總是支支吾吾地拒絕。他說她最好帶著她的點字練習簿待在鑰匙處、或是樓上的軟體動物研究室。

早餐之時，她纏著他問問題。「你正在幫那顆鑽石製作一個特別的展示櫃。某種透明的保險櫃，對不對？」

她爸爸點燃一根香菸。「拜託去拿妳的書，瑪莉，我們該出門了。」

葛伐德博士的回答也好不到哪裡。「小蘿兒，妳知道鑽石、或是每一種結晶體，爲何閃閃發亮嗎？因爲它們不斷累積一層又一層非常微小的原子，每個月累積數千個，疊架在彼此之上，如此過了千千萬萬年。故事和傳言也是這樣累積而來。每一顆年代久遠的寶石都累積了許多故事。那顆妳非常好奇的小鑽石，說不定見證了哥德人首領阿拉里克屠殺羅馬人；說不定曾在法老王的眼中閃閃發光。塞西亞的王妃們說不定戴著它跳舞跳了通宵。說不定為了搶奪它而引發了戰爭。」

「爸爸說詛咒只是為了嚇阻小偷而編出的故事。他說館裡收藏了六千五百萬種樣本，如果碰到適當的老師，每一個展品都非常有趣。」

「說是這麼說，」他說，「但是有些東西特別令人難以抗拒。比方說珍珠、或是開口在左側的左旋貝殼。即使是最優秀的研究人員，偶爾也會忍不住想把某樣東西放進口袋裡。這麼一個微小的東西卻是如此美麗、如此昂貴，只有意志力最堅強的人才抵抗得了這種誘惑。」

兩人都沉默了一分鐘。

瑪莉蘿兒說：「我聽說那顆鑽石來自上古時代，就像原始世界的光塊，後來從上帝的手中有如雨水般落入世間。」

「妳想要知道鑽石是什麼模樣，所以才這麼好奇。」

她翻轉手中的骨螺，把它貼在耳旁。上萬個抽屜，上萬個貝殼，收納著上萬聲耳語。

「不，」她說。「我想要知道爸爸絕對沒有接近它。」

張開你的雙眼

韋納和佳妲一次又一次聽到那個法國人的廣播。總是在他們就寢時分，總是念誦某一篇稿子，一天比一天熟捻，而且始終沒念完。

各位小朋友，今天讓我們想一想渦旋機械，你們肯定搔搔眉毛，想不透那是什麼……他們聽到廣播中談論海中生物，另外一次提到北極。佳妲喜歡那個關於磁鐵的節目。韋納最喜歡的節目講到光：日蝕與日晷，極光與波長。**我們怎麼稱呼看不到的光呢？我們稱它為「顏色」。但是電磁光譜的分布範圍從零到無限，因此，說真的，各位小朋友，從數學的觀點而言，所有的光都是肉眼看不見的……**

韋納喜歡蹲在閣樓的小房間裡，想像無線電波是長達一公里的豎琴琴弦，琴弦彎彎曲曲，飄盪在「同盟礦區」的空中，飛越森林，飛越城市，飛越磚牆。午夜時分，他和佳妲潛行於電離層之間，追尋那個豐潤優美、動人心弦的聲音。捕捉到那聲音的時候，韋納感覺自己身處一個截然不同的新世界、一個只有他知道的新地方，在這裡，偉大的發明可以成真，一個來自礦坑小鎮的孤兒可以解答種種隱藏在物理世界的重大謎團。

他和妹妹模擬那位法國人的實驗；他們利用火柴製作快艇，拿著縫衣針製作磁鐵。

「哥哥，他爲什麼不說他在哪裡？」

「說不定他不想讓我們知道。」

「他聽起來很有錢，而且很孤單。我敢打賭他從一棟豪華的莊園播音，莊園跟我們礦區一樣大，還有一千個房間和一千個僕人。」

韋納微微一笑。「可能吧。」

話語聲畢，又是鋼琴聲。說不定是韋納的想像，但是每次收聽廣播，他始終感覺音質比上次差了一點，話語聲似乎愈來愈微弱；好像那位法國人從船上播音，而船隻緩緩行進，愈走愈遠。

一星期又一星期過去了，韋納凝視窗外的夜空，佳妲在他身邊沉睡，他的心情煩躁不安，蠢蠢欲動。生命的風貌展現在一座座礦坑、一個個閘門之外，在礦坑之外的世界，人們探索意義重大的問題。他想像自己是個高大的工程師，一身白袍，昂首闊步走進實驗室；巨大的汽鍋熱氣騰騰，機械轆轆運轉，複雜的圖表貼滿牆面。他手執提燈，爬上彎彎曲曲的樓梯，走到星光照耀的天文台，透過目鏡觀測天象，望遠鏡巨大無比，鏡身沒入漆黑的夜空。

淡定

說不定那位上了年紀的導覽員精神不正常。說不定火海星鑽根本不存在，說不定詛咒**不真實**，說不定她爸爸說的沒錯：地球只不過是岩漿、地殼和海洋。重力與時間。石頭只是石頭。雨水只是雨水。災禍只是運氣不佳。

她爸爸傍晚早點回到鑰匙處。不久之後，他又帶著瑪莉蘿兒處理雜務，嘲弄她在咖啡裡放了小山似的方糖、警衛們的香菸比不上他愛抽的牌子。館內並未展示璀璨的寶石。館員們並未碰上從天而降的大禍；瑪莉蘿兒並未被毒蛇咬死，或是摔進下水道，跌斷了脊背。

十一歲生日的早晨，她一覺醒來，發現原本擱放糖罐的地方擺著兩個包裹。第一個包裹裡面是個光亮的木頭方盒，整個盒子由一塊塊滑動的木板製成，開盒需經十三道手續，她不到五分鐘就搞定。

「老天爺啊，」她爸爸說。「妳是打開保險箱的高手。」

方盒裡面擺著兩顆巴尼爾牛奶軟糖，她拆開包裝紙，一次把兩顆糖果丟進嘴裡。

第二個包裹裡面是一本厚厚的書，封面印著點字：海—底—兩—萬—里—

「書店的人說這本書分上下兩冊，這是上冊，如果繼續存錢，想說不定明年可以買下冊——」

她馬上開始閱讀。主角皮耶·阿羅納克斯（Prerre Aronnax）是一位知名的海洋生物學家，而且任職於她爸爸工作的博物館！他得知世界各地的船隻一艘接著一艘遭到撞擊。結束美國的科學探測任務之後，阿羅納克斯反覆思索這些事故的眞正原因。船隻是不是被一塊移動中的岩礁撞上？或是受到一隻巨大的獨角鯨攻擊？或是傳說中的北海巨妖？

但是我聽任自己陶醉在奇想之中，阿羅納克斯寫道，夠了，我現在就得把這些子虛烏有的幻想拋在一旁。

瑪莉蘿兒整天趴著閱讀。阿羅納克斯堅稱，人們應當藉由邏輯、理性和純科學探究費解的謎團，而非寓言和神話故事。她的手指遊走於緊密相連的字句之間；在她的想像中，她登上那艘名爲「亞伯拉罕·林肯號」的三帆快速戰艦，行走於甲板上，看著紐約市緩緩後退；紐澤西州的要塞施放禮炮，歡送她離岸；海浪翻騰，航道標誌起起伏伏。一艘雙信號燈的燈塔船悄悄滑過，美國逐漸消失在視線之外；眼前是閃閃發光、遼闊無際的大西洋。

機械原理

一位副部長帶著太太造訪「兒童之家」。伊蓮娜太太說他們前來參觀孤兒院。每個人都洗了澡；每個人都乖乖聽話。說不定啊，孩童們耳語，副部長夫婦考慮收養小孩。年紀最大的女孩們端出院中最後幾個沒有缺角的盤子，擺上裸麥麵包和鵝肝招待客人，在此同時，胖胖的副部長和他一臉嚴肅的太太審視起居室，好像地主前來視察某個礙眼的小精靈木屋。晚餐端上桌之時，韋納跟其他男孩坐在桌子的一側，大腿上擱著一本書。佳妲跟其他女孩坐在另一側，她的頭髮毛茸茸、亂糟糟，而且白得發亮，整個人看起來好像觸了電。

慈悲的天父，求您降福我們，並降福您惠賜的晚餐。伊蓮娜太太還多唸一段禱詞，為副部長祈福。大家低頭進餐。

孩童們心情緊張；連漢斯．薛利瑟和賀瑞伯特．龐默賽爾都穿著褐色的襯衫乖乖坐好。副部長夫人坐姿非常挺直，脊背好像是一截從樹上劈砍下來的橡木。

她先生說：「每個小孩都幫了忙？」

「當然。比方說，克勞蒂亞擺設麵包籃，雙胞胎幫忙調理鵝肝。」

高壯的克勞蒂亞．福斯特滿臉通紅，雙胞胎猛眨眼睫毛。

韋納心不在焉；他想著膝上這本海因里西．赫茲所著的《機械原理》。他在教堂地下室找到這本水漬斑斑、早已被人遺忘、書齡數十年的舊書，教區長准許他把書帶回家，伊蓮娜太太准許他把書留下，連著幾個星期，韋納不斷試圖解讀棘手的數理。他習知電流本身可能是靜態，但若加上磁力，忽然之間就發生波動。磁場與電路，傳導與感應。空間，時間，體積。空氣中充滿好多肉眼看不到的物質！他多麼希望自己有一雙可以看到紫外線、紅外線和無線電波的雙眼，由那雙眼睛望去，夜幕逐漸低垂的空中布滿無線電波，閃閃爍爍，穿過家家戶戶的門牆。

當他抬頭一看，發現大家都瞪著他。伊蓮娜太太的眼神帶著驚慌。

「先生，那是一本書，」漢斯．薛利瑟大聲說，然後從韋納的膝上搶下《機械原理》，書本重到他必須用兩隻手才舉得起來。

副部長夫人眉頭一皺，額頭的皺紋更深。韋納感覺自己的臉頰通紅。

副部長伸出一隻肥胖的手。「給我看看。」

「那是一本猶太人寫的書嗎？」賀瑞伯特．龐默賽爾說。「那是一本猶太人寫的書，對不對？」

伊蓮娜太太似乎打算開口，但她想了一下，還是沒說話。

「赫茲在德國漢堡出生，」韋納說。

佳妲忽然大聲冒出一句。「我哥哥算數非常快。他比任何一個學生都快。將來他說不定會贏得大獎，他說我們會前往柏林，跟隨偉大的科學家學習。」

年紀較輕的孩童們倒抽一口氣；年紀較長的孩童們嗤嗤竊笑。韋納狠狠盯著他的盤子。副部長皺著眉頭翻一翻書。漢斯．薛利瑟踢一踢韋納的腳踝，輕咳一聲。

伊蓮娜太太說：「佳妲，別再說了。」

副部長夫人叉起一口鵝肝送進嘴裡，細嚼慢嚥，拿起餐巾輕輕碰一下左右嘴角。副部長放下《機械原理》，往旁邊一推，然後低頭瞄了瞄手掌，好像書本弄髒了他的手。他說：「小女孩，你哥哥只去得了礦坑。他跟屋裡其他每一個男孩一樣，年滿十五歲就得進坑採礦。」

佳妲一臉怒容，韋納目光灼灼，凝視盤中凝結成團的鵝肝，一股莫名的情緒壓在心頭，不斷加壓，愈來愈緊繃。屋裡只有孩童們使用餐刀、咬嚼、呑嚥的聲音，如此持續到用餐結束。

謠言

謠言再起，窸窸窣窣沿著植物園的小徑流傳，飄過博物館的各個展館；滿臉皺紋的植物學者，窩在有如碉堡的辦公室裡研究珍奇的青苔，耳聞謠言迴盪在點點塵埃之中。大家說德國人快來了。

一位園丁宣稱德國人擁有六萬架滑翔機；德國人可以不吃不喝，整天行軍；德國人對每一個他們碰上的女學童霸王硬上弓，害她們懷孕。一位售票處的女士說，德國人攜帶迷藥，配戴火箭動力飛行帶；她還悄悄說，德國人的制服採用特別布料製作，比鋼鐵更強韌。

瑪莉蘿兒坐在軟體動物展示櫃旁邊的長椅上，專心聆聽每一群走過的民眾說話。一個男孩突然冒出一句：「他們有一種叫做『祕密訊號』的炸彈。炸彈發出聲音，凡是聽到聲音的人都會提著褲子衝進洗手間！」

笑聲四起。

「我聽說他們分發有毒的巧克力。」

「我聽說他們每到一處就把瘸子和腦筋不清楚的人關起來。」

每次瑪莉蘿兒爲爸爸轉述謠言，他始終帶著疑問的語氣重複「德國」二字，好像頭一次說起。他說德國進佔奧地利不值得擔心，他說大家都記得上一次大戰，沒有人會瘋狂到再來一次。他說館長不擔心，部門主管們也不擔心，因此，應當用功的小女孩也無需擔心。

他說的似乎沒錯：除了今天是星期幾之外，生活一切如常。每天早上，瑪莉蘿兒起床、穿衣，跟著她爸爸走過二號入口，聽著他夜警和警衛打招呼。**早安、早安。早安、早安。**研究員和圖書館員依然早上過來拿取他們的鑰匙，依然研究他們的象牙、他們的珍奇水母、他們的植物標本台紙。祕書們依然閒聊時裝；館長依然乘坐雙色德拉奇轎車來上班[7]；每天中午，非洲小販們依然悄悄推著三明治餐車沿著長廊前進，口中輕聲吆喝裸麥和雞蛋、裸麥和雞蛋。

瑪莉蘿兒在鑰匙處、洗手間、迴廊閱讀儒勒．凡爾納；生物進化館的長椅和花園沿途的數百道碎石小徑，亦是她閱讀的地方。她反覆閱讀《海底兩萬里》的上冊，讀了好多次，幾乎已經熟記。

海洋即是一切。地球十分之七都是海洋……只有海洋能夠接納種種生存於其中的珍奇巨物。大海只是起起伏伏，懷帶無窮情感；這一片遼闊無窮的空間，充滿蓬勃生氣。

夜晚時分，她躺在床上，置身尼莫船長的鸚鵡螺號潛水艇，海面驚滔駭浪，一片片珊瑚礁從她的頭上緩緩漂過。

葛伐德博士教她各種貝類的名稱：千足蜘蛛螺、黃寶螺、頂尖捲管螺，而且讓她依序觸摸貝類的棘刺、殼口和螺紋。他解釋海洋進化的分類系統以及地質學的演進；眼睛狀況最佳之時，她可以瞥見身後陳列著億萬年演進歷史之中的滄海一粟。

「幾乎每一種曾經存在的生物都已絕種，小蘿兒。我們憑什麼認爲相信人類有所不同？」葛伐德博士幫自己倒了一杯酒，幾乎帶著歡愉的口吻說道。她想像他的頭顱是個櫥櫃，裡面裝滿成千上萬個小小的抽屜。

整個夏天，花園之中飄散著蕁麻、雛菊與雨水的氣味。她和爸爸烤了一個桃子派，一不小心烤焦了，她爸爸打開每一個窗戶驅走煙霧，她聽到窗外的街道上傳來小提琴的樂聲。但是到了初秋，當她坐在植物園繁茂的樹籬下、或是在她爸爸的工作檯旁邊閱讀，每星期總有一、兩次，她把書本擺到一旁，堅信自己聞到了風中飄散著汽油味，好像一條機械大河正緩緩流向她，聲勢浩大，不可挽回。

更強壯、更快速、更明亮

每位少年都必須加入國家青年軍。韋納學校裡的每個男孩都參加軍事演習，接受體能標準測驗，而且必須在十二秒之內跑完六十公尺。事事攸關光榮、國家、競爭和犧牲。

忠誠過日子，男孩們一邊高歌，一邊成群走過礦區一角，**英勇上戰場，含笑上天堂**。

功課，雜務，運動。韋納熬夜聽他的收音機，或是逼促自己演算《機械原理》被沒收之前從書中抄下來的複雜數理。他邊吃飯邊打哈欠，跟年紀較輕的孩童們發脾氣。「你還好嗎？」伊蓮娜太太問，她

7 Delage，法國的汽車品牌，最早在一九〇五年成立，專門生產高級轎車，一九五四年停產。

窺視他的臉龐，他回了一句：「我沒事。」

赫茲的理論雖然有趣，但是他最喜歡製造東西，他喜歡手腦並用，心手相連，呈現出腦海中的藍圖。他修理鄰居的縫紉機和「兒童之家」的老爺鐘。他製作滑輪，把洗好的衣服從陽光普照的戶外拉回室內。他利用電池、鈴鐺和電線製作一個簡單的警鈴，這樣一來，若是有個不聽話的幼童跑到屋外，伊蓮娜太太馬上察覺。他發明一個削紅蘿蔔的機器：把手一拉，十九片刀片落下，紅蘿蔔分切成二十個整齊的圓片。

有一天，一位鄰居的收音機發不出聲音，伊蓮娜太太建議韋納檢查一下。他旋開黑色面板的螺釘，扭動裡面一根根機管，其中一根接觸不良，他重新調整，接回凹槽，收音機再度傳出聲響，鄰居高興地大聲歡呼。不久之後，每個星期都有人前來「兒童之家」，求見修理收音機的師傅。當他們看到十三歲的韋納揉揉眼睛從閣樓上走下來、濃密的白髮四處亂翹、手裡拿著自製的工具箱，眾人莫不一臉懷疑地瞪著他，勉強笑笑。

老式收音機的電路比較單純，機管裝配一致，修理起來最不費事。說不定油蠟從凝結器滴了下來，或是電阻器累積太多碳黑。就算是最新型的收音機，韋納通常琢磨得出解決之道。他拆解機件，盯視電路，手指沿著電子行進的路線摸索。電源，三級眞空管，電阻器，線圈。擴音機。他的思路繞著問題打轉，紊亂之中漸漸理出頭緒，棘手的關卡自行顯現，收音機很快就成功修復。

有時他們付他幾馬克。有時礦區的太太們幫他煎一條香腸、或是拿條餐巾包幾塊比司吉小麵包，讓他帶回家給妹妹。不久之後，韋納幾乎可以在腦中畫出附近每一部收音機所在之處：藥劑師家裡有部自製的晶體收音機，擱在廚房桌上；礦區主管的家裡有部美觀大方、內備十根眞空管的收音機，每次他試圖轉換頻道，手指都會觸電。就連最貧窮的礦坑小屋通常都有一部VE301國民收音機，這種大量製造的國產收音機印著老鷹和納粹十字，無法接收短波，只能收聽德國頻道。

收音機：有了它，一百萬隻耳朵得以傾聽同一張嘴巴說出的話語。透過「同盟礦區」各處的擴音器，德意志帝國沙沙的廣播聲有如一棵泰若自然的大樹般滋生；聽眾們倚向它的枝幹，有如貼近上帝的唇舌。但當上帝停止耳語，人們頓時慌張失措，急著尋找一個能讓情況步入正軌的人。

一星期七天，礦工們拖著煤炭走向亮處，煤炭研磨成粉，送進煉焦爐，焦煤在急冷塔中冷卻，裝進小車，推到火光熊熊的高爐，熔成鐵礦石，礦石精煉成鋼，製成短短的鋼條，裝上駁船，藉由水路運至各處，送入帝國飢餓的巨口。**只有經由最熾熱的火焰，淨化之效才可達成**，收音機輕聲耳語，**只有經由最嚴格的考驗，上帝遴選的子民才可興起**。

佳妲悄悄說：「今天有個名叫英佳．哈赫曼的女孩被趕出游泳池，他們說我們不可以跟一個血統不純正的女孩一起游泳，這樣不衛生。血統不純正，韋納，我們的血統也不純正嗎？我們身上不都流著一半爸爸的血、一半媽媽的血嗎？」

「他們的意思是一半猶太人血統。小聲一點。我們不是半個猶太人。」

「但我們的血統也是一半一半。」

「我們是百分之百的德國人，沒有所謂的一半一半。」

賀瑞伯特．龐默賽爾年滿十五歲，住進礦工宿舍，輪值第二班，負責防火。漢斯．薛利瑟成了「兒童之家」年紀最大的男孩，他做上百次伏地挺身；他打算參加埃森的示威遊行。巷弄裡傳來打鬥的消息，據稱漢斯縱火燒毀一部汽車。有天晚上，韋納聽到他在樓下跟伊蓮娜太太大喊大叫。大門啪地一聲關上；孩子們在床上翻來覆去；伊蓮娜太太在起居室走來走去，拖鞋輕輕左踏一步，右踏一步。夜晚陰冷潮濕，煤車嘰嘰嘎嘎駛過，遠處機械嗡嗡作響：活塞一抽一抽，運輸帶一轉一轉，平穩順暢，急如星火。

猛獸的印記

一九三九年十一月，一陣冷風吹來，乾枯的梧桐葉隨風飄蕩，一片片寬大的枯葉滾過植物園的碎石小徑。瑪莉蘿兒坐在居維葉街入口處附近重讀《海底兩萬里》——我辨識得出海藻有如緞帶般的葉片，有些是球狀，有些是管狀，紅藻，葉片細長的馬鞭藻——讀著讀著，一群孩童踩踏落葉而來。

一個男孩說了幾句話；另外幾個男孩大笑。瑪莉蘿兒從她的小說上移開手指。笑聲飄揚迴盪。第一個說話的男孩忽然湊到她的耳邊。「妳知道吧，他們對瞎了眼的女孩特別感興趣。」

他的呼吸急促。她伸出手臂往旁邊一劃，但是什麼都沒碰到。

她不曉得除了他之外還有幾個男孩。說不定三、四個。他聽起來似乎十二、三歲。她站起來，把那本大書抱在胸前，她可以聽到她的手杖沿著長椅椅緣滾動，喀噠喀噠滾到地上。

另外一人開口：「他們說不定先抓瞎了眼的女孩，然後再抓瘸子。」

第一個男孩呻吟了一聲，聽來怪誕。瑪莉蘿兒舉起她的書，好像保護自己。

第二個男孩說：「逼迫她們做些事情。」

「不堪的事情。」

遠處響起一個大人的聲音，那人大喊：「路易、彼得？」

「你們是誰？」瑪莉蘿兒壓著嗓門問。

「再見，瞎了眼的女孩。」

而後一片沉寂。瑪莉蘿兒聽著樹木窸窸窣窣；她的血液急急流竄。過了漫長而驚恐的一分鐘，她蹲下來，在長椅椅腳附近的落葉之間爬來爬去，直到手指摸到她的手杖。

商店販賣防毒面具。鄰居們在窗戶貼上紙板。博物館的參觀人數逐週衰減。

「爸爸？」瑪莉蘿兒問。「如果眞的打仗，我們會怎樣？」

「不會打仗。」

「但是如果打起來呢？」

他的手搭上她的肩膀，皮帶上的鑰匙鏗鏗鏘鏘，聽來熟悉。「那麼我們都會平安無事，我的小寶貝。館長已經提出幫我申請，我不必加入後備軍。我哪兒都不去，一直待在這裡。」

但是她聽到他急急翻閱報紙，啪啪翻過一頁又一頁，感覺緊張迫切。他點燃一支又一支香菸；他幾乎不停工作。一星期一星期過去，樹葉落盡，枝幹光禿，她爸爸始終沒有提議一起到花園散步。他們要是有一艘跟鸚鵡螺號一樣牢不可破的潛水艇就好囉。

女職員們沙啞的聲音飄過鑰匙處敞開的窗戶。「他們晚上偷偷溜進公寓，在廚房的櫥櫃、抽水馬桶和胸衣裡裝置炸彈，妳一打開收放食品的抽屜，手指就被炸斷。」

她晚上做惡夢。德國人安靜無聲，動作劃一，划著小艇來到塞納河畔；他們的小艇輕輕滑動，有如滑過油脂。他們從橋柱下方飛過，沒有發出任何聲響；他們牽著繫上鐵鍊的猛獸；他們的猛獸從船上跳下來，飛快衝過叢叢花朵，沿著樹叢往前衝。猛獸在生物進化館的台階上仰頭嗅聞，口水直流，貪婪飢渴。它們衝進博物館，分頭襲擊各個部門。窗戶霎時沾染烏黑的鮮血。

佳妲致函教授：

親愛的教授，我不知道你能不能收到這些信，或是電台會不會把信轉交給你，或是到底有沒有電台。我們最起碼已經兩個月沒有聽到你的廣播。你是不是停止播音？說不定我們這邊出了問題？柏蘭登堡有一種名爲「德意志三號」的新型傳輸器，我哥哥說那種傳輸器高達三百三十多公尺，是全世界第二高的人造建築，幾乎可以蓋過其他所有波段。史特萊斯曼老太太說——她是我們的鄰居——她可以從她補牙的銀粉裡聽到新型傳輸器的廣播。我哥哥說如果你有一根天線、一個整流器，以及某個權充喇叭的東西，倒也不無可能。他說你可以用一段鐵絲網接收收音機訊號，因此，說不定牙齒裡的銀粉也可以。

我喜歡思考這事。教授，你覺得呢？牙齒裡的歌聲？伊蓮娜太太說我們下課必須直接回家，她說我們不是猶太人，但是我們很窮，一樣不安全。現在收聽國外廣播算是犯法，你可能因此被送去做苦工，一天十五個鐘頭敲碎石塊、或是製作尼龍襪子，甚至被送進礦坑。沒有人肯幫我寄這封信，連我哥哥都不肯，所以我打算自己寄。

晚上好，你喜歡說「希特勒萬歲」也行

他五月滿十四歲。時值一九四〇年，沒有人膽敢譏笑希特勒青年軍。伊蓮娜太太烤了一個布丁，佳妲把一塊石英包在報紙裡，雙胞胎姐妹漢娜和蘇珊娜．葛麗茲模仿士兵，踏著正步在房裡走來走去。五歲大的洛爾夫．哈普法爾坐在沙發角落，眼睫毛沉重地一眨，好像快要睡著了。一個剛被送進孤兒院的小女嬰坐在佳妲的大腿上，沒牙的小嘴咬著手指頭。窗簾之外的遠方，一堆垃圾起火燃燒，遠遠望去，火光一閃一閃，隨風飄搖，直升天際。

孩童們唱歌，狼吞虎嚥吃下布丁，伊蓮娜太太說：「該上床了，」韋納關掉收音機，大家低頭祈禱，他扛著收音機走上閣樓，整個人感覺沉重。巷弄之中，一個個十五歲的男孩慢慢走向礦坑電梯，手執頭盔和提燈在閘門外排隊等候。他試圖想像他們乘坐電梯直下礦坑，沉悶的燈光零星一閃而過，離他們愈來愈遠，電纜嘎嘎作響，衆人靜默無聲，慢慢沉向永恆的黑暗，在那片黑暗之中，男人們好像小貓似地刮鑿土石，頭頂上一塊塊隆起的岩石，延伸至一公里半之外。

再過一年。他們將會給他一個頭盔、一盞提燈，把他連同其他人推入地底的樊籠。

他已經好幾個月沒有聽見那個法國人的短波廣播。他已經整整一年沒有碰過那本沾滿水漬的《機械原理》。不久之前，他聽任自己夢想著柏林及那裡偉大的科學家：發明肥料的費立茲．哈柏，發明塑膠的赫爾曼．施陶丁格，將無形的電磁波化爲有形的赫茲。這些偉大的科學家都在柏林進行研究。**我對你有信心**，伊蓮娜太太曾說。**我認為你會成就大事**。如今在他的惡夢中，他走在礦坑隧道裡，坑頂平滑漆黑，他穿越之時，一塊塊岩石從坑頂落下。牆壁四分五裂；他蹲下爬行，很快就無法抬頭，也無法移動

雙臂。坑頂重達億萬公噸；它滲出一股寒意；它壓得他把鼻子貼在地面。正要醒來之前，他感覺自己的後腦杓劈啪一聲，四分五裂。

雨水從雲中潺潺落下，由屋頂流到屋簷。韋納把額頭貼著閣樓上的窗戶，望穿屋外的雨滴，屋頂下方只見更多濕漉漉的屋頂，家家戶戶被圍困在鍊焦爐、煉制廠和煤氣廠的高牆之中，礦坑和廠房綿延無盡，一公頃接著一公頃，延伸到他的視線之外，直達各個村莊、各個城市，以及不斷發展、不斷擴張的德意志帝國。一百萬人已經做好準備，爲國犧牲自己的性命。

晚上好，他心想。要不就是「希特勒萬歲」。現在每個人都選擇後者。

再見，瞎了眼的女孩

戰爭不再是個問號。公文已經傳送各處。館中收藏必須善加保護。一小隊貨車開始把東西運到鄉間的莊園。鎖具和鑰匙的需求量從來沒有這麼高。瑪莉蘿兒的爸爸工作到半夜、凌晨一點。每個木箱都必須用掛鎖鎖好，每一份運輸清單都保存在安全之處，裝甲卡車轟轟隆隆群聚在裝卸月台，化石和古老的手稿必須妥善保護；還有珍珠、金塊、一顆跟老鼠一樣大的藍寶石。瑪莉蘿兒心想，說不定包括火海星鑽。

從某方面而言，那年春天似乎非常平靜：溫暖，和煦，夜夜香氣宜人，慵懶閒散。但是事事散發出緊繃的氣氛，好像整座城市是個汽球，而某人不斷灌氣，幾乎到了爆破的地步。

蜜蜂忙著在植物園一排排盛開的花朵間工作。懸鈴木的種子一顆顆墜落，人行道上聚積了一團團蓬鬆的絨毛。

如果他們進攻的話；他們為什麼打算進攻；他們瘋了才打算進攻。

撤退就是挽救性命。

送貨服務中止。博物院的各個入口出現沙包。兩名士兵拿著望眼鏡在古生物學館的屋頂窺視。但是遼闊的穹蒼依然一片清朗，空中沒有飛艇、轟炸機、或是超人傘兵留下的蹤跡，只見最後一列鳴鳥從冬天的居所返鄉，輕盈的春風蛻變爲比較濕熱、綠意盈盈的夏日微風。

謠言。光影。空氣。那年五月似乎是瑪莉蘿兒記憶之中最美麗的五月。十二歲生日那天，當她早上醒來，原本擺著糖罐之處居然沒有一個益智小盒；她爸爸實在太忙。但是桌上擺著一本書：《海底兩萬里》的下冊，書本跟沙發椅墊一樣厚。

興奮之情直竄她的指尖。「你怎麼有辦法——」

「不客氣，瑪莉。」

傢俱被拖來拖去，東西被運上卡車，窗戶被釘上木板，他們家中的牆壁被震得微微顫動。他們走到博物館，她爸爸心不在焉地跟在門口相迎的警衛說：「他們說我們守住了河口。」

瑪莉蘿兒坐在鑰匙處的地上，翻開她的書。上冊結束之時，阿羅納克斯教授僅僅旅行了六千里，還有好多值得期待的探險。但奇怪的是，書中字句似乎無法串連。一天當中，一群凶狠的鯊魚無時不刻跟在船隻後方，她讀了讀，但是似乎掌握不住字句之間的邏輯。

有人說：「館長離開了嗎？」

另一個人說：「週末之前就走。」

她爸爸的衣物聞起來像是稻草；他的手指散發機油的臭味。工作、工作、不停工作，疲累地休息幾個小時，天一亮回去博物館繼續工作。卡車運走一車車骨骸、隕石、裝在罐裡的八爪魚、蠟業標本、埃及黃金、南非象牙、二疊紀的化石。

六月一日，一架架飛機越過城市上空，飛行高度驚人，徐徐穿過層層雲朵。當風勢稍緩、附近無人啟動引擎，瑪莉蘿兒站在動物學館外面，聽見飛機在空中嗚嗚作響。隔天，收音機廣播漸漸消失，門警室的警衛猛敲收音機一側，用力搖來搖去，但是喇叭只傳出沙沙的雜音，好像每根天線都是燭蕊，有人走到跟前，兩隻指頭一捏，掐滅了火光。

巴黎的深夜，瑪莉蘿兒跟著她爸爸走回家，懷裡緊緊抱著她那本厚厚的書，她覺得自己可以察覺周遭一陣顫動，隱藏在嘰嘰喳喳的蟲鳴之中，好像冰上負載了太多重量，出現蛛網般的裂縫。最近這一陣子，整個城市似乎變得跟她爸爸製作的模型一般大小，而且籠罩在一隻大手的黑影之中。

難不成她以爲這輩子都得以跟著爸爸長居巴黎？難不成她以爲每天下午都得以坐在葛伐德博士的身旁？難不成她以爲爸爸每年生日都會送她一個益智木盒和一本小說？難不成她以爲可以閱讀儒勒·凡爾納和大仲馬的每一部作品，甚至拜讀巴爾札克和普魯斯？難不成她以爲她爸爸始終爲她晚上輕輕哼歌，製作一棟棟小小的房屋？難不成她以爲始終得以知曉大門距離麵包店幾步（四十步）、麵包店距離小餐館又是幾步（三十二步）？難不成她以爲每天早上醒來始終有些白糖讓她加進咖啡裡？

早安，早安。

馬鈴薯在六點鐘方向，瑪莉，蘑菇在三點鐘方向。

現在呢？現在會如何？

製作襪子

韋納半夜醒來，發現十一歲的佳妲跪在他小床旁邊的地上。短波收音機擺在她的大腿上，一張畫紙擱在她旁邊的地上，一個她想像中的城市若隱若現地出現在畫紙上，城裡有著好多扇窗。

佳妲拿下耳機，瞇起眼睛。微光之中，她那頭濃密的亂髮比平常更燦爛，好像劃亮了的火柴。

「女青年軍命令我們製作襪子，」她輕聲說，「爲什麼需要這麼多雙襪子？」

「德意志帝國肯定需要襪子。」

「爲了什麼？」

「爲了雙腳，佳妲。爲了士兵。別吵我，讓我睡吧。」樓下一個小男孩齊格飛・費雪好像得到信號似地，立刻尖叫一聲，然後又哭喊了兩聲，韋納和佳妲等了等，兩人聽到伊蓮娜太太一步步走下樓梯，輕聲安撫，屋裡再度恢復寧靜。

「你只想演算數學習題，」佳妲輕聲說。「把玩你的收音機。你不想了解外面發生了什麼事情嗎？」

「妳在收聽什麼？」

她叉起手臂，重新戴上耳機，沒有回答。

「妳在聽一些妳不該聽的廣播嗎？」

「關你什麼事？」

「這樣很危險，當然關我的事。」

她伸出手指塞住另一隻耳朵。

「其他女孩似乎不在乎，」他輕聲說。「她們不在乎製作襪子、收集報紙之類的事情。」

「我們轟炸巴黎，」她說。她說得很大聲，他壓下一股衝動，強迫自己不要伸手蒙住她的嘴巴。佳妲抬頭瞪視，一臉挑釁，神色肅然，好像一陣無形的寒風刮過她的臉龐。「我在收聽這個，韋納。我們的飛機正在轟炸巴黎。」

奔逃

整個巴黎市區，人們把瓷器打包收進地窖，把珍珠縫進衣服下襬，把金戒指藏進書脊。博物館辦公室的打字機全被搬空。走道成了包裝區，地上撒滿了稻草、木屑和麻繩。

正午時分，總鎖匠被叫進館長辦公室。瑪莉蘿兒盤腿坐在鑰匙處的地上，試著閱讀她的小說。尼莫船長正要帶著阿羅納克斯教授跟他的同伴們潛入海底，慢慢駛過牡蠣岩床，搜獵珍珠，但是阿羅納克斯教授擔心碰到鯊魚，雖然她很想知道接下來的發展，但是字字句句似乎逐行分解。字彙退化爲字母，字母退化爲難以辨識的凸點。她覺得自己的雙手好像被套上厚厚的連指手套。

走廊盡頭的門警室裡，一名警衛轉動無線收音機的旋鈕，但只聽到斷斷續續的沙沙聲。他關掉收音機，博物館陷入一片沉寂。

拜託讓這整個狀況是一道益智習題、一個爸爸精心設計的遊戲、一道她必須猜出的謎語。第一道門，一個號碼鎖。第二道門，一個附加鎖。如果她對著鎖孔輕輕說出神奇的暗號，第三道門就會開啟。爬過第十三道門，一切就會恢復正常。

外面的市區中，教堂鐘聲敲了一下。一點，一點半。但她爸爸依然還沒回來。她等了又等，博物館裡忽然傳出幾聲巨響，說不定來自花園或是遠方的街上，聲音悶悶的、重重的，好像有人拖著一袋袋雲朵混製成的水泥往前走。每次砰地一響，櫃中成千把掛在木栓上的鑰匙就微微晃動。

沒有人在迴廊上走來走去。震盪聲再度響起——感覺更接近、更大聲。鑰匙鏗鏗鏘鏘，地板吱吱嘎嘎，她覺得自己可以聞到一縷縷從天花板傾瀉而下的塵灰。

「爸爸？」

一片靜默。沒有警衛、沒有工友、沒有木匠、沒有祕書小姐踩著高跟鞋喀噠喀噠走過長廊。他們可以不吃不喝，整天行軍。每碰上一個女學生，他們就霸王硬上弓，害她們懷孕。

「哈囉？」她的聲音很快被一片靜默吞沒，走廊空空蕩蕩，安靜得令人驚心，她好害怕。

不到一會兒，外面傳來鏗鏗鏘鏘的鑰匙聲，腳步聲連連，她爸爸大叫她的名字。一切發生得好快。他拉開一個個巨大、低矮的抽屜；他用力搖晃幾十個鑰匙圈。

「爸爸，我聽到——」

「動作快一點。」

「我的書——」

「妳最好把書留在這裡。書太重了。」

「丟下我的書？」

他拉著她走出去，鎖上鑰匙處。陣陣恐慌似乎穿越戶外一排排大樹襲來，有如地震的震波。

她爸爸說：「警衛呢？」

路邊傳來士兵們的話語聲。

瑪莉蘿兒的知覺全都亂了譜。那聲轟轟隆隆是飛機嗎？那股味道是煙霧嗎？那人在說德文嗎？

她可以聽到她爸爸跟一個陌生人交談幾句，遞交幾把鑰匙。然後他們匆匆穿越閘門，走向居維葉街，擦身掠過似乎是沙包、或是悶聲不響的警察、或是其他最近安插在人行道當中的物品。

六條街，三十八個排水渠口。她一個個數完。她爸爸已在窗戶釘上一條條薄木板，因此家中相當悶熱。「一下子就好，瑪莉蘿兒，我待會兒再解釋。」她爸爸似乎忙著把東西塞進他的帆布背包。**食物**，她心想，試圖藉著聲音辨識一切。咖啡。香菸。麵包？

外面傳來某種巨響，窗玻璃隨之顫動，他們的碗盤在櫥櫃裡嘎嘎作響，汽車喇叭嗚嗚哀鳴。瑪莉蘿兒走向她的模型城市，輕輕撫過一棟棟房屋。這家還在。這家還在。這家還在。

「上個洗手間，瑪莉。」

「我現在不想上。」

「說不定再過好一陣子才有機會上洗手間。」

他幫她穿上冬天的大衣，扣上鈕釦，即使現在是六月中旬。他們匆匆下樓，走到街上。在族長街，她依稀聽到遠方傳來重重的踏步聲，好像成千上萬民眾往前行進。她跟在她爸爸身邊，一隻手緊緊抓著她的手杖，另一隻手拉著他的帆布背包，周遭一切都與邏輯脫節，有如置身惡夢。

右轉，左轉，走過一條條漫長的鵝卵石小徑。他們很快就走到她從未造訪的街道，她非常確定這裡已經超出她爸爸那座模型的範圍。當他們接近擁擠的人群，瑪莉蘿兒早就不曉得自己走了幾步。到處都是人，她甚至可以感覺大家散發的熱氣。

「火車上會涼快一點，瑪莉。館長已經幫我們買了車票。」

「我們可以上車嗎？」

「閘門還沒開。」

人群之中散發出緊張與焦慮，令人非常不安。

「我好害怕，爸爸。」

「抓住我，別放手。」

他帶著她朝著另一個方向前進，他們走過一條人聲鼎沸的通道，然後沿著一條聞起來像是汙泥水溝的小巷往前走。不管走到哪裡，她爸爸帆布背包裡的工具始終碰來碰去，叮叮噹噹，遠處始終不斷傳來汽車喇叭聲。

不到一分鐘，他們發現自己置身另一群慌亂的民眾之中。人聲迴盪在高牆；周遭全是濕衣服的氣味，擠得她喘不過氣來。某人在某處拿著擴音機大聲唱名。

「爸爸，我們在哪裡？」

「聖拉薩車站。」

「車站裡有德國人嗎？」

「沒有，我的小寶貝。」

「但是他們很快就會來？」

「大家是這麼說。」

「他們來了之後，我們怎麼辦？」

「他們到來之前，我們已經坐上火車。」

她右手邊有個小孩尖叫哭號。一個男人帶著驚恐的語氣，喝令大家讓開一條路。一個女人在附近悲哀地叫喚：「塞巴斯蒂安？塞巴斯蒂安？」一聲接著一聲，不停呼喊。

「天黑了嗎？」

「太陽才剛下山，我們休息一下，保存體力。」

有人說：「第二軍團遭到殲滅，第九軍團遭到攔阻，法國最精良的艦隊發揮不了功用。」

有人說：「巴黎會被佔領。」

行李箱滑過地磚，一隻小狗高聲狂吠，列車長吹一下口哨，某個巨大的機器隆隆啟動，然後嘎然停頓。瑪莉蘿兒試著安撫自己的腸胃。

「老天爺啊，我們有車票耶！」有人在她後面大喊。一陣推擠。眾人慌張失措，一陣歇斯底里橫掃人群。

「爸爸，它看起來像是什麼？」

「瑪莉，妳說什麼？」

「車站。夜晚。這些看起來像是什麼？」

她聽到他啪地一聲按下打火機點燃香菸，吸了一口，菸草嘶嘶作響。

「整個城市一片漆黑。沒有街燈，窗戶也沒有透出燈光。空中偶爾閃過探照燈的燈光，搜尋飛機的蹤影。有個女人穿著禮服，另一個女人端著一疊盤子。」

「軍隊呢？」

「瑪莉，沒有軍隊。」

他握住她的手。她心中的恐懼稍減。雨水滴滴答答流經雨溝。

「爸爸，我們現在怎麼辦？」

「等著火車開過來。」

「其他人呢？」

「他們也盼望火車出現。」

席德勒先生

宵禁之後有人敲門。韋納、佳妲和其他六個孩童坐在長長的木桌旁邊做功課，伊蓮娜小姐先把黨徽別在衣領上，然後才開門。

一個腰間配戴手槍、左手手臂綁著納粹十字布條的一等兵從雨中踏了進來。他站在低矮的天花板之下，感覺出奇高大。韋納想到那部藏在小床下木製急救箱裡的短波收音機，不禁心想：**他們曉得了**。

一等兵四下環顧——燒著煤炭的爐子，吊掛晾乾的衣服，身高不足的孩童——神情既是鄙夷，也是敵視。他的手槍墨黑，似乎吸盡屋裡所有的光芒。

韋納只敢冒險偷瞄佳妲一眼。他妹妹專心盯著這位訪客。一等兵從起居室桌上拿起一本書——那是一本童書，主角是個會講話的火車——逐頁翻過，丟回桌上，然後喃喃說了幾句話，韋納聽不清楚他說些什麼。

伊蓮娜太太雙手交握，擱在圍裙前面，韋納看得出來她藉此遏止雙手發抖。「韋納，」她以緩慢、有如睡夢般的聲調叫喚，雙眼卻始終盯著一等兵。「這位先生說他有部收音機需要——」

「把你的工具拿過來，」一等兵說。

走出去之時，韋納只回頭看了一眼：佳妲的額頭和手掌緊貼著客廳的玻璃窗，她背光，而且離得太遠，他看不出她臉上的表情。而後雨絲遮掩了她的容顏。

韋納的身高只及一等兵的一半，一等兵走一步，他必須走兩步才趕得上。他跟著走過礦區職員的住家和山坡坡底的哨站，來到礦區官員的住宅區。雨絲斜斜掃過燈光，他們走過幾個人的身邊，人人都對一等兵敬而遠之。

韋納不敢冒險提問。心臟每次跳動，他就興起一股想要逃跑的衝動。

他們走向住宅區最宏偉的一棟屋子，逐漸接近大門入口，他見過這棟屋子上千次，卻從來不曾如此接近。二樓的窗台上掛著一幅被雨淋得濕垮垮的深紅旗幟。

一等兵輕敲後門，一位穿著高腰洋裝的女僕接下他們的外套，熟練地拍去外套上的雨水，掛在一個黃銅腳架的衣帽架上。廚房飄著蛋糕的香味。

一等兵帶著韋納走進飯廳，一位窄臉、髮間別著三朵雛菊鮮花的女子坐在裡面的一張椅子上，閒閒地翻閱雜誌。「兩隻濕淋淋的鴨子，」她說，然後再度低頭翻閱。她沒說請坐。

紅色的地毯綿密厚重，韋納一腳踩上去，粗革皮鞋的鞋底幾乎陷進地毯裡；餐桌上方掛著一盞豪華的枝形吊燈，小小的電燈泡一閃一爍；印花壁紙的玫瑰纏繞交錯，布滿牆面。爐火在壁爐中慢慢燃燒。牆上各處掛著祖先們的照片，古色古香的錫版相片加了框，照片中的老祖宗個個皺眉。那些妹妹們偷聽外國廣播電台的男孩們就是被抓到這裡？女子一頁接著一頁翻閱雜誌。她的指甲是璀璨粉紅。

一名男子走下樓梯，身上那件襯衫極爲雪白。「天啊，他個子眞小，不是嗎？」他對一等兵說。「你就是那個出名的收音機維修員？」男子頭髮濃密黝黑，看起來像是彩繪在頭殼上。「魯朵夫・席德勒，」他說，然後下巴一抬，微微一擺，示意一等兵退下。

韋納試著深深吸口氣。席德勒先生扣上袖釦，在霧濛濛的鏡前攬鏡自顧。他的雙眼澄淨湛藍。

「嗯，小夥子，你不太喜歡講話，是嗎？那部搞怪的收音機就在那邊。」他指指隔壁房間的一部美國飛歌牌超大型收音機。「兩個傢伙檢查過了，還是修不好。我們聽說你很會修理收音機，不妨試試看，對不對？她啊，」——他朝著那名女子點點頭——「急著想要收聽她的廣播節目。喔，她當然也想聽聽新聞。」

他講話的那種口氣，韋納一聽就明瞭那名女子對新聞節目其實不感興趣。她的頭抬也不抬。席德勒先生微微一笑，彷彿是說：**小夥子啊，你我都知道歷史演進需要一段比較漫長的時間，對不對？**他的牙齒非常細小。「慢慢修理吧。」

韋納在那部收音機前蹲下，設法鎮定下來。他扭開開關，等著電子管變熱，然後小心翼翼地轉動旋鈕，從右側轉到左側，搜尋頻道。轉了一圈之後，他把旋鈕轉回右側，依然沒有聲響。

他從未接觸過如此精良的收音機：斜面控制面板，磁調濾波，體積跟冰庫一樣巨大。內備十根電子真空管、全波、超外差接收器，外面罩上雙色胡桃木，刻上精美的卵形紋飾。收音機本身備有短波，頻道寬廣，而且裝設一個大型衰減器——這部收音機比「兒童之家」所有家當加起來還要值錢。如果有意收聽，席德勒先生說不定可以聽到來自非洲的廣播。

靠牆之處陳列著一排排綠色與紅色書脊的書冊。一等兵已經退下，席德勒在另一個房間裡，站在檯燈暈黃的燈光之中，對著一具黑色的話機說話。

他們不是逮捕他。他們只是叫他修理收音機。

韋納拆下背面的面板，仔細檢查內部。電子管一切正常，看來沒有遺失任何零件。「好吧，」他喃喃自語。「好好想一想。」他盤腿坐下；他檢查電路。席德勒先生、那名女子、書冊、雨滴慢慢消逝，直到眼前只見收音機及其複雜的線路。他試圖想像電子跳動的路徑，信號鏈有如一條小徑，穿過人群擁擠的城市；射頻信號由此處發射，穿過格網式排列的揚聲器，傳至可變電容器，朝向變壓器線圈移動……

他看到了。其中一條電阻線有兩個缺口。韋納把目光移到收音機頂端，偷偷觀望；在他的左邊，女子閱讀她的雜誌；在他的右邊，席德勒先生在講電話，一邊講話，一邊不時伸出拇指和食指捏掐條紋長褲的摺痕，讓長褲更爲筆挺。

之前那兩個傢伙怎麼可能看不出如此單純的故障？他覺得老天爺送了一份大禮。這實在太簡單了！韋納拼接電線，重新纏接電阻線，插上收音機的插頭。他扭開開關，多少以爲收音機會冒出火花，但是收音機反而傳出薩克斯風的慵懶樂聲。

坐在桌旁的女子放下雜誌，雙手托腮。韋納從收音機後面爬出來，一時之間，他心中沒有其他念頭，只有一股勝利的快感。

「他光是想一想就修好了！」女子驚嘆。席德勒先生遮住電話機的話筒，轉頭一看。「他像隻小老鼠似地坐在那裡想了想，不到半分鐘，收音機就修好了！」她興高采烈地揮動閃閃發亮的指甲，爆發出孩童般的笑聲。

席德勒先生掛掉電話。女子走過起居室，在收音機前面跪下——她光著腳，裙子的下襬露出潔白光滑的小腿。她轉動旋鈕，收音機先是劈啪作響，然後傳出高亢的樂聲，這部收音機的音質是如此純淨清晰，韋納從來沒聽過這種聲響。

「喔！」她又大笑。

韋納動手收拾他的工具。席德勒先生站在收音機前面，似乎打算拍拍他的頭。「太好了！」他說。他帶著韋納走到餐桌旁，吩咐女僕把蛋糕端過來。蛋糕馬上送達：樸拙的白盤上擺了四塊切成楔形的蛋糕，每塊撒了精細的糖粉，還有一團鮮奶油。韋納驚呼一聲。席德勒先生笑笑。「奶油是違禁物品。我知道，但是，」——他把食指貼在嘴唇上——「依然有辦法得手。吃吧。」

韋納拿了一塊。糖粉從他的嘴角飛瀉而下。另一個房間裡，女子轉動旋鈕，喇叭傳出聲聲訓誡，她聽了一會兒，拍拍手，光著腳跪在原地，錫版照片的祖宗們板著臉孔往下瞪視。

韋納吃下一塊，再吃一塊，伸手拿起第三塊。席德勒先生饒富趣味地看著他，頭稍微一歪，似乎正在考慮某事。「你的長相很特別，不是嗎？你那頭白髮，好像觸了電。你爸爸是誰？」

韋納搖搖頭。

「沒錯，『兒童之家』，我眞笨。再吃一塊，來，多加一點鮮奶油。」

女子再度拍拍手，韋納的肚子咕咕一響，他可以感覺席德勒先生緊盯著他。

「大家都說掌管礦區不是一個理想的職位，」席德勒先生說。「他們說：『你難道不想派駐在柏林或是法國嗎？你難道不想駐紮在前線，親眼見證德軍長驅直入，遠離這些煤灰煤炭嗎？』」——他朝著窗外揮揮手——「但是我告訴他們，我駐守在戰事的中央地帶。我告訴他們，這裡是燃料跟鋼鐵的來源。這裡是國家的熔爐。」

韋納清清嗓子。「我們一切都是爲了和平。」他照本宣科，一字不漏地說出他和佳妲三天前在德意志廣播電台聽到的口號。「爲了造福世界。」

席德勒先生笑笑，那口細小整齊的白牙再次令韋納驚嘆。

「你知道什麼是歷史最重要的課題嗎？歷史由勝利者書寫，這就是最重要的課題。誰是勝利的一方，歷史就由誰斷定。人人按照自己的利益行事，沒錯，我們當然顧及自己的利益。你說說哪一個人、或是哪一個國家不是如此？琢磨出你的利益何在，這才是訣竅。」

只剩下一塊蛋糕。收音機咕嚕咕嚕，女子開懷大笑，席德勒先生的神情，韋納判定，完全不像他那些戒慎小心、焦慮緊張的鄰人——那些習於看著心愛之人每天早上消失於礦坑之中的鄰人。席德勒先生帶著使命感，神情專一；他是一個對於自己的優勢與特權感到無上自信的男人。那位跪在五公尺之外的女子，塗著燦亮的指甲油，露出光滑的小腿，韋納看在眼裡，感覺是如此陌生，好像她是來自不同星球，好像她從那部飛歌牌超大型收音機裡走入世間。

「你擅長使用工具，」席德勒先生說。「展現出超乎年齡的智慧。有些機構適合像你這樣的男孩。比方說海斯彌耶將軍創立的學校，教學品質無與倫比，提供機械科學方面的課程，還有解碼、火箭推進系統，全都是最先進的科技。」

韋納不知道該看哪裡。「我們沒有錢。」

「這正是那些機構的高明之處。他們希望招收勞工階級，也就是那些思想尚未受到中產階級腐化的學生，」——席德勒先生皺皺眉頭——「比方說電影等等。他們想要招收勤奮用功、格外傑出的男孩。」

「是的，先生。」

「格外傑出，」他重複一次，點點頭，好像只是自言自語。他吹聲口哨，一等兵隨之回返，手裡拿著頭盔，飛快地瞄一眼剩下的那一塊蛋糕，然後移開目光。「埃森有個招生委員會，」席德勒先生說。「我會幫你寫封信。來，收下。」他遞給韋納七十五馬克，韋納飛快把紙鈔塞進口袋裡。

一等兵大笑。「鈔票好像燙傷了他的指頭！」

席德勒先生的注意力已經轉向其他地方。「我會寫封信給海斯彌耶，」他重複一次。「這樣對我們有利，對你也有利。我們都是爲了造福世界，不是嗎？」他對韋納眨眨眼。然後一等兵拿給韋納一張宵禁通行證，帶著他走出去。

韋納走路回家，試圖思量方才之事意義多麼重大，渾然不覺空中飄著小雨。九隻蒼鷺有如花朵般矗立在焦化廠旁邊的河道中，一艘駁船汽笛聲大作，煤車緩緩駛來駛去，拖曳機一如往常轟轟隆隆，聲聲迴盪在暗夜之中。

「兒童之家」的每個孩童都被送上床休息。伊蓮娜太太坐在門邊，膝上堆了一大疊洗乾淨的襪子，一瓶雪莉酒擱在兩腿之間。佳妲坐在她後面的桌旁，目光灼灼地瞪著他。

伊蓮娜太太說：「他叫你過去做什麼？」

「他只是叫我修理收音機。」

「沒有其他事情？」

「沒有。」

「他們有沒有問問題？關於你，或是其他小孩？」

「沒有，伊蓮娜太太。」

伊蓮娜太太吐了一大口氣，好像已經憋了兩小時。「謝天謝地。」她雙手揉揉太陽穴。「妳可以上床睡覺了，佳妲，」她說。

佳妲遲遲沒有行動。

「我修好了，」韋納說。

「這才是個好孩子，韋納。」伊蓮娜太太喝了一大口雪莉酒，閉上雙眼，頭往後一仰。「我們幫你留了一份晚餐。」佳妲上樓，眼神之中充滿不確定。

廚房的每樣東西看起來都沾了煤灰，擁擠不堪。伊蓮娜太太端來一個盤子，盤上只擺了一個切成兩半的水煮馬鈴薯。

「謝謝，」韋納說。他嘴中依然留有蛋糕的餘味。古董鐘的鐘擺不停晃動。蛋糕、鮮奶油、厚重的地毯、席德勒夫人的粉紅色指甲和修長的小腿——種種悸動在他腦海之中迴旋，有如旋轉木馬。他記得自己拉著推車，帶著車上的佳妲，來到他們的爸爸夜復一夜消失於其中的九號礦坑，好像爸爸說不定會拖著沉重的腳步從電梯裡走出來。

光，電，大氣。空間，時間，重量。海因里西·赫茲的《機械原理》。海斯彌耶的知名學府。**解碼，火箭推進系統，全都是最先進的科技。**

張開你的雙眼，那個法國人曾在收音機中說，**在雙眼永遠閉上之前，盡情觀看周遭的一切。**

「韋納？」

「什麼事，伊蓮娜太太？」

「你不餓嗎？」

伊蓮娜太太：世上只有她像是他的母親。韋納吃下馬鈴薯，即使他並不餓。然後他把七十五馬克交給她，她看到這筆錢，眨了眨眼睛，然後還給他五十馬克。

他上樓，聽著伊蓮娜太太上洗手間、爬上她自己的床鋪，屋裡安靜到了極點，他數到一百，然後從小床上起身，從急救箱裡拿出小小的短波收音機——收音機已有六年歷史，他一再改良，更換電線，裝設新的螺線管，收音機到處都是他改裝的痕跡，佳妲標註的記號繞著調頻線圈打轉——帶到屋後的小巷，拿起磚石用力擊碎。

大批撤離

巴黎民眾持續擠過閘門。到了清晨一點，憲兵們已經無法掌控群眾，四個多小時以來，沒有火車進站，也沒有火車離站。瑪莉蘿兒在她爸爸的肩上睡著了。鎖匠師傅仔細聆聽，但聽不到火車的汽笛聲，也聽不到車廂之間的聯軸嘎嘎作響；火車毫無蹤影。清晨時分，他決定最好步行上路。

他們走了整個上午。行行復行行，巴黎已不復見，放眼望去盡是一簇簇綿延的綠樹，其間夾雜著低矮的房舍和孤單矗立的商店。正午時分，他們走到沃克雷松附近一條新建的高速公路，慢慢穿越一部部堵在路上的汽車，沃克雷松在他們家西方，距離家中整整十五公里，瑪莉蘿兒這輩子從未離家如此遙遠。

他們爬上一座低矮的山丘，她爸爸站在山丘上，環顧四方，放眼望去盡是綿延的車陣：蓬式汽車，小貨車，一輛帆布車頂、V-12引擎、環抱式設計、閃亮簇新的轎車夾在兩部騾車之間，有些車輛裝了木製車軸，有些車輛汽油耗盡，有些車輛把傢俱綁在車頂，還有幾部車輛把整個農場搬上拖車，雞隻和豬隻關進木籠，牛隻跟在拖車旁邊重重踏步，狗犬靠著擋風玻璃嘶嘶喘氣。

整個隊伍舉步維艱，行進速度只比步行快一點。來往車道皆寸步難行——人人步履蹣跚，朝西前進，遠離家園。一個騎在腳踏車上的女人配戴幾十條人造珠寶項鍊。一個男人用手推車拖拉一張真皮扶手椅，一隻黑色的小貓坐在椅墊中央舔拭貓毛。女人們推著塞滿瓷器、鳥籠、水晶器皿的嬰兒車。一個身穿燕尾服的男人邊走邊喊「看在老天爺的份上，讓我過去吧」，但是沒有半個人讓路，他跟大家的行進速度同樣緩慢。

瑪莉蘿兒緊跟在她爸爸身後，牢牢抓住她的手杖。每走一步，耳邊就隱隱傳來一個問題，在她身旁打轉：**還有多遠才到聖日耳曼？姑姑，有沒有東西可吃？誰有汽油？**她聽到先生斥喝太太；她聽到一個小孩在前面的路上被卡車輾過。下午時分，三架飛機低空飛過，轟轟隆隆，速度飛快，人們就地俯臥，有人尖叫，有人滾到路旁的溝渠裡，把臉埋進野草。

到了傍晚，他們已經走到凡爾賽的西邊。瑪莉蘿兒的腳後跟流血，襪子也已磨破，每走一百步就跌跤。當她宣告自己再也走不動，她爸爸抱著她走離公路，爬上山坡，穿過芥末花叢，一直走到一處農田，數百公尺之外有座小小的農舍，農田刈割到一半就停手，割下的乾草尚未耙攏，也尚未捆紮，好像農夫們工作到一半就奔逃。

鎖匠師傅從帆布背包裡掏出一條麵包和幾條白香腸，他們靜靜食用，然後他抬高她的雙腳，擱在自己的大腿上。他往東張望，暮色之中，他勉強可以看出灰色的車陣沿著路邊緩緩前進，汽車喇叭嗚嗚低鳴，聲聲恍惚。有人大叫一聲，似乎叫喚走失的小孩，大風一吹，叫喚之聲隨風飄逝。

「爸爸，有些東西著火了嗎？」

「沒有東西著火。」

「我聞到煙味。」

他脫下她的襪子，檢查她的腳後跟。在他的手中，她的雙腳輕若小小鳥。

「那是什麼噪音？」

「那是蚱蜢的叫聲。」

「天黑了嗎？」

「快要天黑了。」

「我們要睡在哪裡？」

「這裡。」

「這裡有床嗎？」

「沒有，小寶貝。」

「爸爸，我們要去哪裡？」

「館長交給我一個地址，他說那個人會幫我們。」

「那個人住在哪裡？」

「一個叫做埃夫勒的小鎮。我們會跟一位吉亞納先生碰面，他跟博物館的關係很好。」

「埃夫勒多遠？」

「步行兩年才走得到。」

她緊抓他的臂膀。

「我開開玩笑，瑪莉。埃夫勒不遠，如果我們找到交通工具，明天就到了。妳別擔心。」

她勉強安靜了十幾秒鐘，然後再度開口：「但是現在呢？」

「現在我們睡一覺。」

「沒有床怎麼睡？」

「我們把草地當作床鋪，妳說不定會喜歡。」

「到了埃夫勒，我們就有床鋪？」

「我覺得應該會有。」

「如果他不讓我們待下呢？」

「他會的。」

「如果他不會呢？」

「那麼我們就去聖馬洛找我的叔叔，也就是妳的叔公。」

「艾提安叔公？你說他瘋瘋癲癲。」

「沒錯，他確實有點瘋瘋癲癲，說不定百分七十六不正常。」

她沒笑。「聖馬洛多遠？」

「夠了，別再問了，瑪莉。吉亞納先生會讓我們待在埃夫勒，我們會有一張柔軟的大床。」

「爸爸，我們還有多少食物？」

「還有一些，妳還餓嗎？」

「我不餓，我想要節省食物。」

「好吧，我們節省食物。好了，別說話，休息一下。」

她躺下，他又點了一支菸，只剩下六支了。蝙蝠俯衝直下，飛過一群群有如雲朵般的小蟲，小蟲一哄而散，旋即重新匯集成群。**我們是老鼠**，他心想，**而空中盡是盤旋飛舞的老鷹**。

「妳很勇敢，瑪莉蘿兒。」

女孩已經入睡。夜幕低垂，抽了菸之後，他輕輕放下瑪莉蘿兒的雙腳，拿起她的大衣蓋在她身上，打開帆布背包，憑著觸覺找到那個裝滿木工工具的盒子，小鋸子、大頭針、圓口鑿、雕刻鑿刀、細緻研磨的砂紙，其中多件傳承自他的祖父。他從盒子的襯裡掏出一個小袋子，袋子爲粗麻布所製，一條束帶繫緊袋口。他一整天都克制自己不要查看，這時他打開袋子，把袋裡的東西倒在掌心。

他的手中躺著一顆栗子大小的鑽石。即使在這個天光只及平日四分之一的時刻，鑽石依然散發出燦爛的藍光，感覺異常冷硬。

館長說另有三顆作爲誘餌的贗品，加上眞品，共有四顆鑽石。其中一顆留在館中，另外三顆被送往三個不同的地點。一顆跟著一位年輕的地質學家往南，一顆跟著警衛處主任往北，一顆在凡爾賽西方的田野之中，安置在巴黎國立自然歷史博物館總鎖匠丹尼爾·勒布朗的工具盒裡。

三顆贗品，一顆眞品。館長說他們最好都不知道自己手邊的鑽石是眞是假。他還一臉嚴肅地殷殷告誡，他們都應該表現得好像自己攜帶著眞正的鑽石。

鎖匠師傅告訴自己，他手邊這一顆絕對不是眞品。主任絕對不可能把一顆一百三十三克拉的鑽石交給一個工匠，讓他帶著離開巴黎。但是當他凝視鑽石，他卻無法不自問：**可能嗎**？

他環顧田野。樹木，天空，稻草。夜幕有如天鵝絨般落下，空中已見幾顆蒼白的星星。瑪莉蘿兒呼吸平穩，沉沉入睡。**他們都應該表現得好像自己攜帶著真正的鑽石**。鎖匠師傅把鑽石放進袋中，綁好束帶，悄悄放回帆布背包。他可以感覺背包稍微沉甸甸，好像他已把它悄悄擺進腦海之中，打出一個心結。

數小時之後，他醒來看見一架飛機急速飛過，擾亂了星空。飛機微微發出撕裂天空的聲響，從頭頂上飛過，隨即消失無蹤。過了一秒鐘地面才開始震盪。

夜空的一角，叢叢樹林之外，爆發出一抹艷紅。在一閃一閃的紅光之中，他發現空中不只這一架，滿天都是飛機，十二架來回俯衝，從各個方向飛速而來，一時之間，他分不清東西南北，他感覺自己不是仰望，而是俯視，好像探照燈的燈光打向赤紅的水面，天空變成了海洋，飛機變成了飢餓的魚群，在黑暗中苦苦糾纏它們的獵物。

TWO

CHAPTER 2

8 AUGUST 1944

聖馬洛

門板高高彈起，啪地一聲與門框脫節。磚塊化爲石粉。土石與岩塊迸裂，塵土飛揚，直衝天際。屋頂的石板被炸得飛向空中，碎石尚未落到地面，十二架轟炸機便已轉向攀升，高踞海峽上空，重新排出陣式。

火舌蹦蹦跳跳，沿著牆壁攀升。停在路邊的汽車著了火，窗簾、燈罩、沙發、床墊、公共圖書館的兩萬冊藏書也遭到火舌染指。火光熊熊，火花迸裂；火勢宛如潮水，漫向城牆各處，飛濺巷道，席捲屋頂，流竄停車場。黑煙隨著塵土而至；灰燼隨著黑煙降臨。一座報攤搖擺晃蕩，起火燃燒。

聖馬洛人躲進地穴與土窖，從城中各處送出祈願：**敬愛的天主，以您之名，求您護佑這個城市和市民，不要忽視我們，阿門**。老人家緊緊抓住防風燈；孩童尖叫；狗犬哀號。連棟式宅邸之中一根根具有四百年歷史的橫梁，一瞬之間被烈焰吞噬。舊城一隅、緊鄰西方城牆之處陷入火海，火焰沖天，火苗直逼一百公尺。火焰是如此貪婪，致使舉凡重量超過一隻小貓咪的物品全被捲進火舌。招牌從托架中脫落，朝向熱氣晃動；盆栽滑過碎石子地，翻倒傾覆。一群從煙囪中驚飛而出的雨燕沾染了火苗，有如褐色的光點飛越城牆上空，俯衝入海爲自己滅火。

位居克羅斯街的蜜蜂旅館，一時之間幾乎失去了重量，旅館隨著扶搖直上的火焰升起，碎瓦殘垣隨之傾瀉而下，一塊接著一塊落回地面。

弗柏瑞街四號

瑪莉蘿兒左手握著鑽石，右手握著小屋，縮成一團躲在床下。棟木的鐵釘發出尖銳的聲響，哀聲嘆息。水泥和玻璃的碎片有如瀑布般傾瀉而下，直衝地板、桌上的模型城市和她頭頂上的床墊。

「爸爸、爸爸、爸爸、爸爸，」瑪莉蘿兒喃喃說著，但是她的身體似乎與聲音脫節，話語悄悄墜落，無人聽聞。她的心中升起一個念頭：聖馬洛的地基靠著一株巨樹的樹根支撐，巨樹位於聖馬洛正中央、一個從來沒有人帶她造訪的廣場，樹根糾結纏繞，密布於聖馬洛的地底，但是巨樹被上帝之手連根拔起，花崗石跟著崩坍，一堆堆、一塊塊、一團團岩石隨著樹幹飛起，然後是一鬚鬚肥厚的樹根——盤結的樹根就像是另一株上下顛倒、植入土中的大樹，葛伐德博士或許這麼形容，不是嗎？——城牆紛紛崩塌，街道緩緩陷落，整街的華屋有如玩具般倒下。

謝天謝地，周遭慢慢恢復平靜。外面隱約傳來叮叮噹噹的聲響，說不定是玻璃碎片紛紛掉落街上，聽起來優美而怪異，好像一顆顆寶石從空中四處散撒。

不管她的叔公在哪裡，他可能逃過這一劫嗎？

任何人可能逃過這一劫嗎？

她呢？

屋子嘎嘎吱吱，滴滴答答，哀聲連連。然後傳來一個有如大風吹過茂草的聲響，只不過較爲急切。聲響飄過窗簾，傳入她的耳中深處。

她聞到煙味，立刻知曉。火。她臥室窗戶的玻璃已經破裂，她聽到的聲響來自窗外，遠方某個東西著了火，某個龐然大物，說不定是附近鄰里，說不定是整個城鎮。

牆壁、地板，和她的床鋪底面依然冰涼。屋子尚未著火。但是能夠持續多久？

鎮定下來，她心想。專心深深吸氣，深深吐氣。來，再吸口氣。她待在床下，喃喃說著：「這不是真的。」

蜜蜂旅館

他記得什麼？他記得他看到工程師貝恩德關上地窖的門，坐在樓梯上。他記得他看到魁梧的法蘭克．沃克海默坐在金黃色的扶手椅上，掏撿長褲上的某樣東西。然後天花板的燈泡一閃一閃地熄滅，沃克海默打開野戰燈的開關，隆隆巨響襲向他們，聲音大到幾乎像個武器，吞噬了一切，震動了地殼，一時之間，韋納只看見沃克海默手中的燈光飛掠而逝，好像一隻受到驚訝的金龜子。

他們被拋棄了。在那一秒鐘、一小時，或是一天之中——誰曉得究竟過了多久？——韋納感覺自己回到「同盟礦區」，站在礦工們幫兩隻騾子在田邊挖掘的洞穴旁，時值冬季，韋納至多五歲，騾子的皮膚已經幾乎透明，皮囊之內的骸骨隱約可見，小小一團泥土堵住驢子張開的雙眼，他飢腸轆轆，餓到心想驢子身上是否剩下任何部分可以食用。

他聽到鐵鏟的鏟刃敲擊小圓石。

他聽到他妹妹吸氣。

然後，他被一股不知名的力量猛然拉回蜜蜂旅館的地窖，好像他身上繫了一條定位繩索，而繩索已經拉扯到了極限。

地板停止晃動，聲響卻未減弱。他伸手遮住右耳，隆隆巨響彷彿上千隻蜜蜂嗡嗡鳴叫，離得好近。

「這裡吵不吵？」他問，但聽不到自己發問。他的左臉依然濡濕。先前戴在頭上的耳機不見蹤影。工作檯在哪裡？收音機在哪裡？什麼東西重重壓在他身上？

他從肩上、胸前和髮間扯下熱騰騰的碎石和木片。找到野戰燈，查看其他人，查看收音機。查看出口。找出他的聽力哪裡出了問題。這些都是合理的程序。他設法坐起，但是天花板變低了，他撞到了頭。

熱氣。溫度漸漸攀升。他心想：我們被困在盒中，而盒子已被扔進火山口。

時間一秒秒消逝。說不定一分分消逝。韋納保持跪姿。光線。再來是其他人。再來是出口。再來是他的聽力。說不定樓上的納粹空軍已經勉強越過斷瓦殘垣，前來相助。但他找不到他的野戰燈，他甚至站不起來。

在全然的漆黑之中，他的眼前閃爍著上千個跳躍的紅點和藍點。火焰？鬼魅？光點橫掃地板，直逼天花板，散發出詭譎、冷硬的光芒。

「我們是不是死了？」他對著黑暗大喊。「我們死了嗎？」

走下六樓

一枚炮彈颼颼飛過屋頂，悶悶地墜落在不遠之處，轟炸機的隆隆巨響卻依然近在咫尺。東西劈劈啪啪落到屋頂——炮彈碎片？煤渣？——瑪莉蘿兒大聲說：「妳待在頂樓，太高了，」然後強迫自己從床底下爬出來。她已經逗留太久。她把鑽石擺回模型小屋，將屋頂的三塊小木板歸位，把煙囪轉回原位，把小屋放進洋裝的口袋。

她的鞋子呢？她在地上爬來爬去，但感覺只摸到木屑和尖銳的碎片，說不定是粉碎的玻璃窗。她找到她的手杖，套著襪子的雙腳踏出門外，走到走廊另一頭。這裡的煙味較濃，地板依然冰涼，牆壁也不燙。她在六樓的洗手間小解，克制自己不要沖馬桶，因爲她知道水箱不會重新注水。她再度伸出雙手，確定前方沒有傳來熱氣，然後繼續前進。

往前六步走到樓梯口。另一枚炮彈颼颼飛過上空，瑪莉蘿兒不禁哆嗦。炮彈在河口對岸某處引爆，她頭頂上的水晶吊燈隨之叮噹作響。

磚塊和碎石有如大雨般傾瀉而下，煙塵有如雨絲般緩緩飄落。走下八階彎曲的樓梯來到五樓；第二階和第五階嘎嘎作響。抓住欄杆的支柱，轉身，再走八階。四樓。三樓。她在樓梯轉角處停步，檢查一下她叔公裝設在電話桌下方的絆腳線。鈴鐺懸掛在原處，那條穿過牆上小洞、直通一樓的鐵絲依然拉得很緊。沒有人進出家門。

沿著走廊往前八步，走進三樓的浴室。浴缸裝滿了水，有些東西漂浮其中，說不定是天花板的灰泥，她跪下來，感覺粗礪的砂石刮過膝蓋，但她把嘴唇貼在水面，喝了一肚子水，能喝多少，就喝多少。走回樓梯口，下樓。二樓。一樓：樓梯的扶手深深印刻著葡萄藤。衣帽架倒下，走廊上有些尖銳的碎片——她判定是飯廳小櫃裡的瓷器——她盡量小心行走。

樓下幾扇窗戶肯定也被炸碎：她聞到更多煙味。她叔公的羊毛外套掛在玄關的掛鉤上；她穿上外套。她的鞋子依然不見蹤影——她到底把鞋子擺在哪裡？廚房一團混亂，四處都是倒下的架子和滾落的鍋盤。她繼續往前走，走過一本食譜，食譜頁面朝下掉落在地，好像一隻被獵槍打中的小鳥。她在櫥櫃裡找到昨天吃剩的半條麵包。

廚房中央的地上有道小門，小門裝了鐵環，直通地窖。她推開小餐桌，拉開門板。

老鼠的巢穴，濕冷陰暗，擱淺貝類的腥臭，好像數十年前大潮猛然進襲，而後好整以暇，慢慢退去。瑪莉蘿兒站在敞開的門邊，舉足不前。外面飄來一陣煙味，地窖深處傳來一股濕冷，聞起來幾乎跟煙味打對台。煙：她叔公說那是飄浮在空中的粒子，上億個飄來飄去的碳分子。丁丁點點的起居室、咖啡館、樹木。甚至人類。

第三枚炮彈從東方呼嘯襲向市區。瑪莉蘿兒再度感覺模型小屋在她口袋裡晃動。她拿著麵包和手杖，邁步爬下梯子，動手一拉，關上活板門。

受困

眼前出現燈光，韋納暗自祈禱，希望燈光不是出自他的想像。一道琥珀的光芒游移於塵土之間，掃過斷垣殘瓦，照亮一大塊坍塌的石牆，一截扭曲的棚架也亮了起來。燈光飄過一組金屬檔案櫃，檔案櫃歪曲變形，好像一隻大手從天而降，把它拆成兩半。翻覆的工具箱，斷裂的木釘板，一打完好無缺、裝滿螺絲釘和鐵釘的罐子，一一在燈光之中現形。

沃克海默。他拿著野戰燈，不斷探照遠遠一角的瓦礫——石塊、水泥、迸裂的木板擠壓成一團，混亂無比。韋納花了一秒鐘才意識到這裡是樓梯井。

或說殘存的樓梯井。

地窖整個角落被炸得精光。燈光又逗留一秒鐘，好像容許韋納衡量一下狀況，然後轉向右側，搖搖晃晃地朝著某個東西移動。反光之中，韋納透過一團團飄揚的灰塵，依稀看見沃克海默魁梧的側影東閃西躲，跌跌撞撞，行走於鋼筋和水管之間。燈光終於固定在一處，重重黑影懸掛在半空中，沃克海默叼著野戰燈，抬起磚頭、石塊、灰泥，移開一塊又一塊碎裂的木板和泥牆——韋納看到沉重的瓦礫之下埋著某個東西，一個身影慢慢現形。

工程師貝恩德。

貝恩德滿臉塵土，一片灰白，但是雙眼空洞，嘴巴張開，宛如一個深紅的孔穴。韋納耳中依然隆隆作響，貝恩德高聲尖叫，韋納卻聽不見他的叫聲。沃克海默抬起貝恩德，年長的工程師像個小孩躺在沃克海默的懷裡。沃克海默緊緊咬住野戰燈，抱著貝恩德穿越遭到炸毀之處，一路低頭躲閃，避免撞上垂掛的天花板，角落那張金色扶手椅依然挺立，只不過沾滿灰白的塵土，沃克海默把貝恩德放在扶手椅上，幫他坐好。

沃克海默伸出大手，托住貝恩德的下顎，慢慢闔上他的嘴巴。韋納離他們只有幾公尺，聽不出任何動靜。

周遭的地基再度震動，熾熱的塵土從四處傾瀉而下。

沃克海默拿起野戰燈，循著殘存的天花板照了一圈。三根巨大的梁木已經出現裂痕，但是尚未完全崩塌。他們之間的灰泥石牆布滿蛛網般的裂痕，水管斷成兩截，從牆壁裡冒出來。燈光轉回他的後方，照亮翻覆的工作檯和收音機被壓垮的機盒，最後終於找到韋納，他舉起一隻手，遮住燈光。

沃克海默走了過來，那張充滿掛念的大臉愈貼愈近，鋼盔下的雙眼深邃巨大，感覺熟悉。他的髖骨高聳，鼻子狹長，鼻尖閃閃發亮，圓圓滾滾，好像股骨末端的圓形關節，下顎有如寬闊的大陸。他慢慢摸一摸韋納的臉頰，指尖所及，盡是鮮血。

韋納說：「我們必須逃出去。我們必須想辦法逃出去。」

逃出去？沃克海默的嘴唇動了動。他搖搖頭。**我們沒有其他出路**。

THREE

CHAPTER 3

JUNE 1940

莊園

逃離巴黎兩天之後，瑪莉蘿兒和她爸爸來到小鎮埃夫勒。餐廳要嘛釘上木板，要嘛擁擠不堪。兩個身穿晚禮服的女人臀貼著臀，縮成一團坐在大教堂的階梯上。一個男人俯臥在市場的攤位之間，可能是不省人事，也可能更糟。

郵局關閉。電報線路故障。最近期的一份報紙已是一天半之前。市府前面領取汽油券的隊伍從門口延伸到街角。

頭兩家旅館客滿。第三家不願開門。鎖匠師傅發現自己不時東張西望，小心提防。

「爸爸，」瑪莉蘿兒喃喃說道，聲音之中充滿困惑。「我的腳。」

他點了一支菸；只剩三支。「瑪莉，快到了。」

他們走到城西的邊緣，路上空空蕩蕩，放眼望去一片田野。他一再查看館長給他的地址。**弗朗索瓦．吉亞納先生，聖尼古拉斯街九號**。但當他們來到吉亞納先生的住所，卻發現屋子著了火。暮色漸深，悶熱無風，縷縷黑煙緩緩升起，飄過樹梢。一部汽車衝進門警室的一角，把門撞得與鉸鏈脫節。屋子——或說屋子僅存的部分——相當宏偉；正面二十扇法式門窗，實木百葉窗面板寬長，全新粉刷，屋前的樹籬剪得整整齊齊。一座莊園。

「我聞到煙味，爸爸。」

他帶著瑪莉蘿兒沿著碎石路往前走。每走一步，他的帆布背包似乎更加沉重——難不成是因為深藏在內的鑽石？碎石路面沒有一灘灘閃亮的積水，前方也沒有蜂擁的消防車隊。一對雙子甕翻覆在前庭的石階上，一盞迸裂的水晶吊燈胡亂散落在大門口的樓梯各處。

「爸爸，什麼東西起火燃燒？」

一個男孩從煙霧渺渺的暮光之中走向他們，男孩頂多跟瑪莉蘿兒一樣大，灰燼在他身上留下一條條印記，他推著一部裝了輪子的餐車走過碎石路，銀製夾鉗和湯匙懸掛在餐車旁，鏗鏗鏘鏘，車輪搖晃顛簸，喀喀噠噠。餐車四角都有一個胖嘟嘟、笑嘻嘻的小天使。

鎖匠師傅說：「這是弗朗索瓦．吉亞納先生的家嗎？」

男孩走過他們身旁，不置可否。

「你知不知道吉亞納先生——」

餐車鏗鏗鏘鏘，愈走愈遠。

瑪莉蘿兒用力拉拉他的衣襬。「爸爸，拜託。」

她的大衣貼著黑色的樹幹，臉色蒼白，神情驚恐，他從來沒看過她這麼害怕。他對她可曾做出這麼多要求？

「一棟房子著火了，瑪莉，大家在偷東西。」

「哪棟房子？」

「我們大老遠過來投奔的房子。」

他看著門框的餘燼飄過她的頭頂，微風一吹，點點火星隨風而逝。屋頂破了一個大洞，映著逐漸漆黑的夜空。

又有兩個男孩從灰燼中跑出來，兩人抬著一個他們一樣高的鍍金畫框，畫中一位早已仙逝的老祖宗在黑夜中怒目而視。鎖匠師傅舉起雙手，示意他們停步。「房子遭到飛機轟炸嗎？」

一個男孩說：「屋裡還有很多東西。」帆布畫布有如波浪般微微抖動。

「你知道吉亞納先生的下落嗎？」

另一個男孩說：「他昨天跟著其他人逃到倫敦。」

「別告訴他們任何事情，」第一個男孩說。

男孩們扛著他們的戰利品蹣跚走向車道另一頭，消失在黑暗之中。

「倫敦？」瑪莉蘿兒輕聲說。「館長的朋友在倫敦？」

一頁頁焦黑的紙張飛過他們腳邊。一隻隻燕子在樹間耳語。一顆爆裂的瓜果軟趴趴地棄置路旁，好像一個被砍下的頭顱。鎖匠師傅看得夠多了。從早到晚，一公里接著一公里，他聽任自己想像吉亞納先生將設宴款待。小小的馬鈴薯熱氣騰騰，他和瑪莉蘿兒拿起叉子用力一壓，加上一匙香氣四溢的奶油。紅蔥頭、蘑菇、蛋黃全熟的白煮蛋、法式白醬。咖啡，香菸。他將把鑽石交給吉亞納先生，吉亞納先生將從胸前的口袋掏出長柄眼鏡，鏡片貼近平靜的雙眼，告訴他鑽石是眞是假。然後吉亞納先生將把鑽石埋在花園裡，或是藏在牆壁後方的某個暗櫃，事情就此告一段落。他的責任已了。他再也不必掛念。吉亞納先生將幫他們安排一間單人房，他們洗個澡，說不定有人幫他們洗衣服。吉亞納先生說不定講些他館長朋友的趣事，隔天早上，鳥兒將嚶嚶鳴叫，剛剛送達的報紙將宣告雙方做出合理的退讓，佔領自此告一段落。他將回到鑰匙處，每天晚上花時間幫小小的木屋裝上小小的框格窗。**早安，早安**。一切如同往常。

但是一切全都不如往常。樹木著了火，屋子冒著煙，天色幾乎全黑，鎖匠師傅站在車道的碎石路上，心中升起一股不安：說不定有人正要前來逮捕他們。說不定有人知道他攜帶著什麼東西。

他帶著瑪莉蘿兒快步走回路上。

「爸爸，我的腳。」

他把帆布背包甩到胸前，叫她兩手圈住他的脖子，背著她往前走。他們走過被撞毀的門警室和肇禍的汽車，不但沒有朝著東邊的市中心前進，反而轉身西行。騎著腳踏車的人影匆匆而過，人人愁眉不展，神情之中帶著懷疑和恐懼。說不定鎖匠師傅的雙眼已被心中的懷疑和恐懼所蒙蔽。

「別走太快，」瑪莉蘿兒哀求。

他們在距離路邊二十步的野草堆裡休息。夜色愈來愈凝重，貓頭鷹高踞樹梢，咕咕叫喊，蝙蝠盤旋水溝之上，緊緊追趕小蟲。鎖匠師傅提醒自己，鑽石只不過是一塊在地殼深處擠壓了億萬年的煤炭，而後隨著火山爆發浮出地表，有人加以切割，有人加以磨光。它跟一片樹葉、一面鏡子、一個人的性命沒什麼不同，窩藏不了所謂的詛咒。世間只有機緣。因緣際會與物理科學。

所以囉，他攜帶的只不過是一塊玻璃。一個避人耳目的障眼法。

在他的後方，埃夫勒上空的朵朵雲層冒出白光。一道。兩道。那是閃電嗎？他隱約可見前方幾公畝尚未收割的稻草，以及幾棟黑漆漆的農舍——說不定是房屋和穀倉。周遭毫無動靜。

「瑪莉，我看到一家旅館。」

「你說旅館都客滿。」

「這家看來友善，來，旅館不太遠。」

他又背著他的女兒上路，往前再走半公里。他們走近之時，房屋依然黑漆漆，穀倉在不到一百公尺之外。他試圖忽略自己的血液急急奔竄，專注於其他聲響。沒有狗犬，沒有火炬。說不定農夫也已逃逸。他把瑪莉蘿兒放在穀倉門前，輕輕敲門，耐心等候，再敲幾下。

門鎖全新，是把德國製的單扣掛鎖。他拿起他的工具，輕而易舉地打開。穀倉內擺著燕麥和水桶，馬蠅欲振無力地繞著圈子飛舞，但是沒看到馬匹。他打開一個馬廄，扶著瑪莉走到角落，脫下她的鞋子。

「到囉，」他說，「有個客人剛把他的馬牽進大廳，所以說不定暫時有些怪味。但是拿行李的小弟已經把他趕出去，妳瞧，他走了，拜拜，小馬！拜託進去馬廄睡覺！」

她神情恍惚，似乎不知置身何處。

屋後有個花園。昏暗之中，他勉強辨識出玫瑰、大蔥、生菜和草莓，但草莓大多還沒成熟。白蘿蔔看來甜美多汁，根鬚沾滿黑色的泥土。四下沉靜；窗戶裡沒有冒出手執步槍的農夫。鎖匠師傅帶回滿滿一懷的蔬菜，打開水龍頭，注滿一鐵桶的清水，悄悄關上穀倉的門，摸黑餵女兒吃東西。然後他折起他的外套權充她的枕頭，用他的襯衫擦擦她的小臉。

只剩兩支香菸。吞雲。吐霧。

運用邏輯思考。事出有因；凡事必有解決之道。每副鎖具都有專屬的鑰匙。你可以回去巴黎，或是留在這裡，或是繼續前進。

戶外傳來貓頭鷹咕咕低鳴。遠方雷聲隆隆，說不定是炮聲，說不定兩者皆是。他說：「小寶貝，這家旅館非常便宜，櫃台的旅館老闆說我們的房間一晚四十法郎，但是如果我們打點床鋪，房價對折。」

他聆聽她的呼吸聲。「所以我說：『喔，我們可以自己打點床鋪。』他說：『好，我會提供一些鐵釘和木板。』」

瑪莉蘿兒依然面無笑容。「這下我們去找艾提安叔公？」

「沒錯，瑪莉。」

「那個百分之七十六瘋瘋癲癲的叔公？」

「戰爭的時候，他看著你祖父——也就是他的哥哥——撒手西歸。大家說他『腦袋受到毒氣汙染』，後來他說他看到東西。」

「哪些東西？」

隆隆的雷聲似乎愈來愈近。穀倉輕輕顫動。

「那些不存在的東西。」

蜘蛛在屋椽間布網。飛蛾在窗邊拍拍翅膀。空中飄起細雨。

入學考試

「國立政治教育學院」的入學考試在「同盟礦區」南方三十公里的埃森舉行，考場是個歌舞廳，三部跟卡車一樣大的電暖器排列在最裡面的牆邊，場內相當悶熱，其中一部整天發出鏗鏘巨響，而且蒸氣騰騰，雖然多次嘗試，依然無法將之關閉。戰務部的旗幟有如坦克車巨大，從屋椽垂掛而下。

共有一百位考生，全部都是男孩。一位身穿黑色制服的校方代表把他們排成四列縱隊。他踱步前進，胸前的勳章叮噹作響。「諸位都想進入這所全世界最優秀的學校，」他大聲說，「入學考試持續八天，我們只錄取最純正、最強健的考生。」第二位校方代表分發制服：白襯衫、白短褲、白襪子。男孩們就地脫下衣服。

韋納數了數，二十六個男孩跟他年紀相仿。只有兩人比他矮小。只有三人不是金髮。沒有人戴眼鏡。

男孩們身穿嶄新白色制服站了整個上午，填寫種種夾在筆記板上的問卷。四下寂靜無聲，只聽到鉛筆的沙沙聲、主考官前後踱步，以及巨大的電暖器鏗鏘作響。

你的祖父在哪裡出生？你父親的眼睛是什麼顏色？你的母親是否曾經在辦公室工作？一百一十個關於家世的問題中，韋納只答得出十六題，其他全憑猜測。

你的母親是哪裡人？

問卷的時態是現代式，沒有所謂的「生前」。他回答：德國人。

你父親是哪裡人？

德國人。

你母親講哪種語言？

德文。

他記得伊蓮娜太太今天一早穿著睡袍，站在走廊的油燈旁，挑三揀四地打理他的背包，其他孩童依然沉睡，她一臉茫然，好像無法接受事情進展得如此迅速。她說她以他爲傲。她說韋納應該全力以赴。「你是個聰明的男孩，」她說，「你會表現得很好。」她的眼中慢慢盈滿淚珠，好像淚水在體內洩洪，逐漸淹沒了她。

下午時分，考生們跑步。他們爬過路障之下，操練伏地挺身，攀爬從天花板懸掛而下的繩索——一百位身穿白色制服的男孩井然有序，人人看來一個模樣，在主考官們的眼中，有如一群家畜。韋納在折返跑步排名第九，攀爬繩索排名倒數第二。他再怎樣努力都不盡理想。

傍晚時分，男孩們一蜂窩地走出門廳，有些人的爸媽一臉驕傲，開著車子前來迎接，有些人三兩成群，蓄意走向大街；大家似乎都知道上哪裡去。韋納一個人慢慢走到六條街之外的旅社，他在這家簡陋的旅社以每晚兩馬克租了一個床位，他躺下，置身一個個居無定所、喃喃自語的過客之間，聆聽鴿子、鐘樓和埃森市街來往車輛的聲響。這是他頭一次離開「同盟礦區」，在外過夜，他無法不想到佳妲，自從發現他把他們的收音機摔爛之後，佳妲就不跟他說話。她瞪著他，神情之中帶著指控，她的眼神是如此嚴厲，他甚至不得不把頭轉開。她的雙眼似乎說道：**你背叛了我**，但他之所以銷毀收音機，難道不是爲了保護她嗎？

第二天早上進行人種檢驗。他們只叫韋納抬高手臂，設法不要眨眼睛，在此同時，一位查核員拿著鋼筆型手電筒照射他的瞳孔。他汗流浹背，動來動去，一顆心莫名其妙地砰砰跳。一名身穿白袍、鼻息帶著洋蔥味的技術人員丈量韋納鬢角之間的距離、頭顱的周長、嘴唇的厚度和形狀。他們使用測徑器評估他的雙腳、手指的長度、雙眼之間的距離、肚臍眼。他們丈量他的陰莖，而且拿著一把木製量角器，測量他鼻子的角度。

另一名技術人員拿著色差表比對韋納眼睛的顏色，色差表標示出六十餘種藍彩，韋納的眼睛是天藍色。爲了估量韋納的髮色，技術人員從他的頭上卡嚓剪下一綹頭髮，比對其他三十餘綹夾在木板上、顏色由最深到最淺的樣本。

「*Schnee*，」技術人一邊喃喃自語，一邊做個記號。**白雪**。韋納的頭髮比木板上顏色最淺的樣本更白。

他們檢查他的視力，幫他抽血，採集他的指紋。到了中午，他不禁懷疑自己身上還有哪些部位可供測量。

接下來是口試。共有幾所國立政治教育學院？二十所。誰是全國最偉大的奧運選手？他不知道。元首的生日是幾月幾日？四月二十日。誰是全國最偉大的作家？何謂凡爾賽合約？哪一架是全國最快速的飛機？

第三天進行更多賽跑、攀繩、跳躍訓練。項項計時。技術人員、校方代表和主考官——人人身穿顏色深淺稍有不同的制服——手執極爲尖細的量規，草草在方格紙上做紀錄，方格紙一張接著一張收入眞皮檔案夾，檔案夾的封面印著一道金黃的閃電。

考生們竊竊私語，神情急切地猜測。

「我聽說學校裡有帆船、獵鷹和射擊場。」

「我聽說他們每一個年齡組只招收七名學生。」

「我聽說只招收四名。」

他們裝出自信滿滿的態勢，一臉渴望地談到學校；他們非常希望入選。韋納告訴自己：**我也是**。**我**

也是。

但是其他時候，雖然滿懷壯志，他依然不時感到迷惘；他的腦海之中浮現佳姐拿著收音機碎片的模樣，一股不確定的感覺悄悄浮上心頭。

考生們攀爬牆壁；一再競跑，全力衝刺。到了第五天，三人宣告放棄。到了第六天，又有四人打道回府。時間一小時一小時過去，歌舞廳似乎愈來愈熱，到了第八天，空中、牆壁、地板都沉浸在熱氣之中，充滿男孩們的汗臭味。進行最後一項測驗之時，每個十四歲的男孩都必須爬上一座二十五公尺高的梯子，梯子隨便釘在牆上，看起來相當危險。爬到梯頂、頭碰到屋椽之後，他們就得踏上一個小小的平台，閉上眼睛往下跳，下面會有十二位考生撐開一面國旗接住他們。

頭一個爬上梯子的是一位矮矮胖胖、名叫赫恩的農家小子。他很快爬上梯子，但是一站到眾人頭頂上的平台，他馬上臉色慘白，膝蓋顫抖得非常厲害。

有人喃喃說道：「娘兒們。」

一位主考官無動於衷地觀看。男孩站在平台一側，往下一瞄，好像望向迴旋的無底深淵，然後閉上眼睛。他不停前後搖晃，時間一秒秒過去，感覺非常漫長。主考官凝視手中的碼表，韋納緊緊抓住國旗的邊緣。

歌舞廳裡幾乎人人駐足觀望，就連其他年齡組的考生也湊過來看看。男孩又搖晃了兩下，大家都看得出來他快要昏了過去，即使如此，依然無人上前相助。

他終於往前跨步，斜斜跳下。下面的考生們趕緊抬著國旗跑到另一邊，及時接住他，但是他太重，國旗被壓得從眾人手中滑落，他兩隻手臂先著地，聽起來好像一堆柴火啪地斷成兩截。

男孩坐起。他的兩隻手臂都撞彎了，看來觸目驚心。他對著大家眨眨眼，神情之中帶著一絲好奇，好像試圖想起自己怎麼坐在這裡。

然後他放聲尖叫。韋納移開視線。四個男孩奉命把傷者抬出去。

其餘十四歲男孩一個接著一個爬上梯子，顫慄發抖，往下一跳。其中一個從頭哭到尾。另外一個撞上地面之時扭傷了腳踝。還有一個等了最起碼兩分鐘才往下跳。第十五個男孩遙望歌舞廳另一端，好像凝視著漆黑冰冷的大海，然後爬下梯子。

韋納拉著國旗靜靜觀看。輪到他之時，他告訴自己，絕對不可躊躇。他眼中隱隱浮現「同盟礦區」參差交錯的鐵工廠、吐著火舌的煉製廠、有如螞蟻般從電梯裡蜂擁而出的礦工、吞噬了他爸爸性命的九號礦坑。佳妲坐在起居室窗邊，躲在陣陣雨絲之後，看著他跟隨一等兵走向席德勒先生的家。鮮奶油和糖粉的滋味，席德勒太太光滑的小腿。

傑出不凡。意想之外。

我們只錄取最純正、最強健的考生。

小女孩，你哥哥只去得了礦坑。

韋納快步爬上梯子。木頭階梯勉強磨平，攀爬之時，木刺不斷掐入他的掌心。從上俯瞰，繪著白色圓圈和黑色十字的暗紅色國旗出奇渺小。一張張蒼白的臉孔圍成一圈，仰頭凝視。梯頂溫度更高，酷熱難忍，汗臭味令他頭重腳輕。

韋納毫不遲疑地跨向平台邊緣，閉上眼睛，往下一跳。他落到國旗正中央，男孩們緊抓著邊緣，不約而同發出痛苦的呻吟。

他翻滾一下，站了起來，毫髮無傷。主考官按下碼表，在筆記板上草草書寫，抬頭一望。他們互看了半秒鐘。說不定不到半秒鐘。然後主考官繼續低頭書寫。

「希特勒萬歲！」韋納大喊。

下一個男孩邁步爬上梯子。

布列塔尼

晨間，一部搬運傢俱的古舊貨車停下來讓他們搭便車。她爸爸把她抱上載貨車台，帆布蓋頂的車台上已經擠了十二個人。引擎轟轟隆隆，噗噗搭搭；貨車的行進速度幾乎步行一樣緩慢。

一名女子操著諾曼第口音祈禱；有人分享法式肉醬；每樣東西都帶著雨水的味道。空中沒有俯衝而下的德國斯圖卡轟炸機，也沒有火光熊熊的機關槍。貨車裡的衆人甚至從未見過德國人。瑪莉蘿兒花了半個早上的時間試圖說服自己，最近幾天只是她爸爸精心設計的考驗，貨車並非駛離巴黎，而是朝著巴黎前進。她想要說服自己他們今晚就會返回家中，她爸爸手製的模型將擱在房間角落的小桌上，糖罐將擺在餐桌的一角，小小的湯匙將架在罐緣。窗戶微微開啟，族長街上販賣起司的商家將鎖上店門，封住起司濃郁的香氣，在她的記憶中，起司商家每天傍晚總是如此；栗樹的樹葉將吱吱喳喳，絮絮低語，她爸爸將煮一壺咖啡，幫她放一缸熱騰騰的洗澡水，對她說聲：「瑪莉蘿兒，妳表現得好極了，我以妳為傲。」

貨車一路搖晃，從公路、鄉間小路開到泥土小徑。野草擦過車身。到了下半夜，他們開到康卡勒西邊，貨車的汽油耗盡。

「快到了，」她爸爸輕聲說。

瑪莉蘿兒半睡半醒、步履蹣跚地跟著前進。路面幾乎比小徑一樣狹窄。四周聞起來像是潮濕的稻穀和修剪中的樹籬；他們懶洋洋地往前走，在緩緩的腳步聲中，她可以聽到沉重、規律、幾近遲緩的怒號。她拉扯她爸爸的衣角，直到他停下腳步。「軍隊。」

「大海。」

她頭一歪。

「那是大海，瑪莉，我跟妳保證。」

他背起她。這會兒海鷗呱呱大叫，她聞到潮濕的岩石、鳥屎、海鹽，即使她以前從來不知道海鹽也有氣味。大海說著穿越岩石、大氣和天空的語言，喃喃低語。尼莫船長怎麼說來著？暴君管不了大海。

「我們正走過城牆，進入聖馬洛，」她爸爸說，「大家把這裡稱為『碉堡之城』。」他為她描述眼前景象：裝了吊閘、抵禦敵人的城牆，花崗岩興建的豪宅，聳立在屋頂上的尖塔。他的腳步聲迴盪在高聳的房屋之間，回音有如雨水般落在他們身上，他背著她奮力行走，她已經大到懂得猜疑，他口中這個古怪有趣、和善殷切的城市，說不定怪異可怕。

小鳥在上空扯著嗓門尖叫，好像被人勒住脖子。她爸爸左轉。瑪莉蘿兒感覺他們似乎轉來轉去走了四天，朝著一座迷宮的中央前進，這時他們躡手躡腳，走過最後一個小室的哨椿，裡面說不定有隻沉睡中的怪獸。

「弗柏瑞街，」她爸爸喘著氣說。「到了，肯定是這裡，是嗎？」他迴轉，循著原路往回走，爬上一條小巷，然後轉個身。

「沒有人可以問路嗎？」

「到處黑漆漆，瑪莉，大家都睡了，或是假裝睡了。」

他們終於走到一個鐵門口，他把她放下，讓她站在路邊的石塊上，他按一下電鈴，她可以聽到屋內鈴聲大作。毫無反應。他又按了一下，依然毫無反應。他按了第三次。

「這是叔公的家嗎？」

「沒錯。」

「他不知道我們要來，」她說。

「他在休息。我們也該休息了。」

他們靠著鐵門坐下，鍛鐵感覺冰涼。鐵門的後面是一扇厚重的木門。她把頭靠在他的肩上；他脫下她的鞋子。世界似乎微微搖擺，市鎮似乎緩緩漂逝。遙望沿岸，法國境內似乎人人咬嚙指甲，四處逃竄，跌跌撞撞，低聲啜泣，大家一覺醒來，望見灰暗、冷然的晨光，不敢相信周遭發生了什麼事。這會兒街道屬於誰？田地呢？樹木呢？

她爸爸從襯衫口袋裡掏出最後一支香菸，點了菸。

他們身後的屋裡，隱隱傳來腳步聲。

她爸爸一報上名字，門後的呼吸聲頓時變成驚呼，甚至屏息。外邊的鐵門嘎嘎開啟；裡面的大門也慢慢打開。「老天爺啊，」一個女人說。「妳好瘦——」

「曼奈克太太，這是我的女兒瑪莉蘿兒。瑪莉蘿兒，這是曼奈克太太。」

瑪莉蘿兒試圖屈膝行禮。那隻托住她臉頰的手粗壯結實，好像是地質學者或是園丁的手。

「老天爺啊，山不轉路轉，走來走去總會碰頭。但是，乖孩子啊，妳的襪子，妳的腳後跟！妳一定餓壞了。」

他們踏進一個狹窄的玄關。瑪莉蘿兒聽到鐵門鏗鏘關上，女人接著鎖上大門。兩道附加鎖，一道鎖鍊。他們被帶進一個聞起來像是香料和麵團的房間；肯定是廚房。她爸爸解開她大衣的釦子，幫她坐下。「我們非常謝謝妳，我知道現在很晚了，」他喃喃說道，那位年長的婦人——曼奈克太太——手腳俐落，極有效率，顯然已經忘卻先前的訝異；她說別客氣；她把瑪莉蘿兒的椅子移向桌旁。火柴啪地劃亮；清水注入鍋中；冰箱開了又關。瓦斯爐嘶嘶作響，鍋爐叮叮噹噹，不到一秒鐘，一條熱毛巾蒙上瑪莉蘿兒的臉頰，一壺冰涼香甜的清水擱到她的面前，每啜一口都感覺幸福。

「噢，城裡完全沒有空房，」曼奈克太太一邊講話，一邊走來走去，她說話慢吞吞，好像講述童話故事。她似乎矮小；她穿了一雙結實厚重的鞋子。她的聲音渾厚沙啞，好像水手或是老菸槍。「有些人住得起旅館，付得起租金，但是很多人擠在倉庫和稻草堆裡，東西也不夠吃。我願意收容他們，但是你叔叔啊，你知道的，他說不定會不高興。沒有汽油，沒有煤油，英國人的船老早就離開。他們把帶不走的東西全都燒光，我剛開始不相信，但是艾提安無時不刻都開著收音機——」

蛋殼啪地破裂。奶油在滾燙的鍋中噗噗作響。她爸爸正在簡述他們逃亡的過程：火車站、驚慌失措的群眾，他略過埃夫勒那一段，但是瑪莉蘿兒的注意力很快就轉移到環繞在四周的香味：雞蛋、菠菜、融化的起司。

一個煎蛋捲擺到她的面前。她把臉湊向熱騰騰的香氣。「請給我一根叉子，好嗎？」老婦人大笑；瑪莉蘿兒馬上喜歡上這種笑聲。一根叉子立刻送到她的手中。

雞蛋有如雲朵般鬆軟，好像縷縷金絲。曼奈克太太說：「我想她很喜歡，」然後再度大笑。

另一個煎蛋捲旋即送上。這會兒輪到她爸爸狼吞虎嚥。「親愛的，吃些桃子，好嗎？」曼奈克太太喃喃說，瑪莉蘿兒可以聽到開罐頭的聲音，香甜的汁液泌泌流進碗中。幾秒鐘之後，她吃下一片片汁液淋漓，有如陽光般璀璨的蜜桃。

「瑪莉，」她爸爸喃喃說，「妳的吃相！」

「但是桃子——」

「我們還有很多，妳儘量吃。我每年都做桃子罐頭。」瑪莉蘿兒吃下整整兩罐。曼奈克太太接著拿起一塊碎布幫瑪莉蘿兒擦腳，撣掉她大衣的灰塵，鏗鏗鏘鏘把盤子推到水槽裡，說了一句：「來支香菸吧？」她爸爸快樂地嘆息，劃亮一根火柴，兩個大人抽起香菸。

一道門開啟，說不定是一扇窗，瑪莉蘿兒可以聽到催人入夢的波濤聲。

「艾提安叔叔還好吧？」她爸爸說。

曼奈克太太說：「他有時像個死人似地自我封閉，有時像隻信天翁似地大吃大喝。」

「他還是不肯——」

「沒錯，已經二十年囉。」

說不定大人們喃喃說了更多話。說不定瑪莉蘿兒應當好奇一點——她叔公爲什麼看到不存在的東西；她認識的每個人、她所知的每件事有何下場——但是她吃得好飽，血液緩緩流過動脈，感覺暖騰騰。窗戶微啟，城牆之外，海浪一波接著一波衝擊岸邊，濤聲不絕，她置身布列塔尼的邊境、法國最遙遠的一隅，她與大海之間僅僅隔著磚石交疊的城牆，說不定德軍正如無情的熔岩般進犯。但是瑪莉蘿兒緩緩墜入有如夢境之地，或說記憶中的夢境：夢中她六歲、或是七歲，剛剛失去視力，她爸爸坐在她床邊的椅子上，抽著香菸，雕鑿著小小的木塊，夜幕悄悄蒙上巴黎數以千計的屋頂和煙囪，周圍每一道牆壁、每一個天花板都慢慢消失，整座城市融入煙霧之中，最後睡意終於有如黑影，緩緩籠罩了她。

你受到徵召

每個人都想聽一聽韋納的經歷。應考的感覺如何、他們叫你做些什麼，拜託，一五一十地告訴我們。年紀最小的孩童們拉扯他的衣袖；年紀較長的孩童們一臉敬意。這個一頭白髮、愛做白日夢、受到拔擢的礦區小夥子。

「他們說跟我差不多年齡的孩子，校方只錄取兩人，說不定三人。」佳妲坐在桌子另一頭，他可以感覺佳妲也正專心聆聽。他手邊還剩下一些席德勒先生的酬金，他用其中三十四馬克買了一部人民收音機；這種兩根電子管、低電力的收音機，甚至比他以前幫鄰居們修理的國產收音機更便宜。如果不加以改裝，這種收音機只能接收德國境內的長波廣播，除此之外什麼都接收不到，更別提外國節目。

當他拿出收音機，孩童們高興地尖叫。佳妲看來無動於衷。

馬汀．薩奇問：「考試題目包括很多數學嗎？」

「那裡有沒有起司？有沒有蛋糕？」

「他們有沒有讓你用步槍射擊？」

「你有沒有坐坦克車？我打賭你有。」

韋納說：「他們提出的問題，我只答得出其中一半。我絕對不可能被錄取。」

但是他被錄取了。他從埃森返家五天之後，信函由專人送達「兒童之家」。簇新的信封上印著一隻老鷹和一個十字。沒貼郵票。好像來自上帝的急件。

伊蓮娜太太正在洗衣服，男孩們圍在新收音機旁，收聽一個叫做「兒童俱樂部」的廣播節目。佳妲和克勞蒂亞．福斯特帶著三個年紀較輕的女孩去市場看木偶戲；自從韋納返家之後，佳妲跟他說的話，總共不超過六個字。

你受到徵召，信函說。韋納將到舒爾普福塔的「國立政治教育學院」第六分校報到。他站在「兒童之家」的起居室，試圖領會這個消息。龜裂的牆壁，下陷的天花板，老舊的長板凳，這處礦區造就了多少孤兒，這對長板凳就負載了多少孩童？他找到了出路。

舒爾普福塔。地圖上一個小黑點，位居薩克森省，鄰近紐倫堡。東方三百公里。他作夢也難以想像自己可能前往那麼遙遠的地方。他茫然地拿著信函走到小巷，伊蓮娜太太正在巷子裡燙洗床單，熱騰騰的蒸氣有如巨浪般湧動。

她重複了好幾次。「我們付不起。」

「我們不必付錢。」

「多遠？」

「搭火車五個鐘頭。他們已經付了車資。」

「什麼時候？」

「兩個星期。」

伊蓮娜太太：縷縷髮絲黏貼在她的臉頰，雙眼底下垂掛著暗紅的眼袋，鼻孔紅通通，細長的十字架緊貼著濡濕的喉口。她感到驕傲嗎？她揉揉眼睛，心不在焉地點點頭。「他們會大肆慶祝。」她遞回信函，遙望巷尾一排排被濕衣服壓得下垂的吊衣繩和煤桶。

「誰會大肆慶祝？」

「每個人。鄰居們。」她忽然笑笑，笑聲有點驚人。「比方說那個沒收你書本的副部長。」

「但是佳妲不會。」

「沒錯，佳妲不會。」

他在腦海中演練他打算對妹妹提出的種種理由。責任。義務。每個德國人都應當善盡職責。穿上你的靴子，出外努力工作。**一個民族，一個帝國，一個元首**。小妹，我們都有必須扮演的角色。但是女孩們回家之前，他被錄取的消息已經傳遍整條街。鄰居們接踵上門，搖頭晃腦，連連驚嘆。礦工的太太們送來豬腳和起司；韋納的錄取信函在眾人之間傳來傳去；識字的人為不識字的人大聲朗讀。佳妲一回家就看到滿屋興高采烈的人群。

雙胞胎姐妹漢娜和蘇珊娜．葛麗茲繞著沙發狂奔，興奮地繞了一圈又一圈，六歲的洛爾夫．哈普法爾高唱**奮起！奮起！榮耀全都歸於祖國！**其他幾個孩童一起加入，韋納沒看到伊蓮娜太太在起居室一角跟佳妲說話，也沒看到佳妲跑上樓。

當晚餐鈴聲響起，她沒有下樓。伊蓮娜太太請漢娜．葛麗茲帶領大家做飯前禱告，她跟韋納說她會跟佳妲談一談，她說他最好待在樓下，畢竟大家都是爲他而來。每隔幾分鐘，那幾個字就如同火光在他腦海中閃爍：**你受到徵召**。每過一分鐘，他在這棟屋裡就少待一分鐘。他的生命就消逝了一分鐘。

晚餐之後，頂多五歲大的齊格飛．費雪繞過桌子走過來，拉拉韋納的衣袖，遞給他一張從報紙撕下來的照片。照片中六架轟炸機飄浮在如同山嶽的雲層之上，陽光傾瀉而下，點點日光凝結在機身之上，駕駛員的黑領巾隨風飄揚。

齊格飛．費雪說：「你會讓他們瞧瞧我們多麼厲害，對不對？」他神情熱切，看來堅信不疑；這話似乎爲韋納在「兒童之家」的年歲畫上句點，讓他更想追求些什麼。

「我會的，」韋納說。孩童們全都注視著他。「我絕對會的。」

住下

瑪莉蘿兒在教堂的鐘聲之中醒來：兩聲，三聲，四聲，五聲。淡淡的霉味。鵝絨枕頭極爲老舊，早已不再蓬鬆。床鋪後方的牆上貼著絲質壁紙。她在凹凸不平的床上坐起，當她伸展手臂，她幾乎碰得到兩側的牆壁。

鐘聲裊裊，漸漸歇止。她幾乎睡了一整天。那個悶悶的巨響是什麼？人群？或是依然只是濤聲？她雙腳踏到地上。磨破了的腳後跟隱隱抽痛。她的手杖呢？她慢慢往前走，以免小腿撞上東西。窗簾後面的窗戶太高，她搆不到。她走到窗戶對面，摸到一個五斗櫃，抽屜開到一半就撞到床。

這裡的氣候啊；手指頭一捏就感受得到。

她摸索走出門外，這是哪裡？走廊？她站在門外，那個悶悶的巨響聽起來比較微弱，幾乎只是喃喃低語。

「哈囉？」

四下沉靜。然後樓下遠遠傳來沉重的腳步聲，曼克奈太太穿著厚重的鞋子，爬上一階階狹窄彎曲的樓梯，老菸槍似的呼吸聲愈來愈近。三樓，四樓——這棟房子到底多高？——曼奈克太太喊了一聲「小姐」，她被人牽著手帶回她先前醒來的房間，坐在床沿。「妳想上洗手間嗎？妳肯定想上洗手間，然後洗個澡。妳睡得很熟，妳爸爸到市區設法發個電報回辦公室，但我跟他保證他肯定白費功夫，就像從一團黑蜜糖裡挑揀一根根羽毛。妳肚子餓？」

曼奈克太太拍打枕頭，撢撢被子。瑪莉蘿兒試圖專心回想某些微小而實在的物品：巴黎家中的模型，葛伐德博士研究室的小貝殼。

「這整棟房子都屬於我的叔公嗎？」

「每個房間都是他的。」

「他怎麼有錢買房子？」

曼奈克太太笑笑。「妳直接切入重點，是不是？他的爸爸，也就是妳的曾祖父，把房子留給妳叔公。妳曾祖父是個成功的商人，賺了很多錢。」

「妳認識他？」

「我從艾提安先生小時候就在這裡工作。」

「我的祖父呢？妳也認識他嗎？」

「是的。」

「我現在可以見見艾提安叔公嗎？」

曼奈克太太猶豫了一下。「大概不行。」

「但是他在家？」

「是的，小傢伙，他始終在家。」

「始終？」

曼奈克太太厚實的大手握住她的小手。「我們洗個澡吧。妳爸爸回來之後再跟妳解釋。」

「但是爸爸什麼都不跟我說。她只說叔公跟我祖父一起上戰場。」

「沒錯。但是妳叔公，嗯，他回來的時候——」曼奈克太太試圖找出適當的說詞，「——跟他離開的時候判若兩人。」

「妳的意思是他比較容易受到驚嚇？」

「我的意思是他迷失了，好像陷阱裡的小老鼠。他看到死人穿過牆壁，以及街角種種可怕的事情。

現在妳叔公不出門。」

「從來不出門？」

「好多年都不出門。但是艾提安先生非常神奇，妳等著瞧吧，他什麼事情都懂。」

瑪莉蘿兒聽著屋子的木板嘎嘎作響、海鷗嘶鳴、聲聲浪濤輕拍窗板。「曼奈克太太，我們在空中嗎？」

「我們在六樓。這張床不錯，是嗎？我覺得妳跟妳爸爸應該可以在這裡好好休息。」

「窗戶打得開嗎？」

「親愛的，當然可以。但是我們最好把窗戶關著，尤其是現在——」

瑪莉蘿兒已經站到床上，沿著牆壁摸索。「從這裡可以看到海嗎？」

「我們應該關上窗戶，拉下百葉窗，但是打開一會兒也無妨。」曼奈克太太轉動把手，拉開兩扇窗板，稍微拉高百葉窗。海風馬上飄進房裡，清香、明亮、帶點鹹味，浪濤怒吼，忽高忽低。

「曼奈克太太，外面那裡有蝸牛嗎？」

「蝸牛？海裡？」她又發出那種爽朗的笑聲。「跟雨點一樣多。妳對蝸牛感興趣？」

「是的、是的、是的。我以前在樹上和花園裡找到蝸牛，但是從來沒有找到海蝸牛。」

「嗯，」曼奈克太太說。「妳可來對了地方。」

曼奈克太太在三樓的澡缸放了一缸溫水，瑪莉蘿兒坐進澡缸，聽著曼奈克太太把門關上。浴室狹小，地板被洗澡水的重量壓得嘎嘎作響，牆壁也是吱吱嘎嘎，她好像置身尼莫艦長的鸚鵡螺號。腳後跟的抽痛慢慢消逝，她把頭埋到水面下，如果她永遠不出門，連著數十年躲在這棟奇怪、狹窄的屋子裡，那該有多好！

晚餐時間到了，她被套上一件硬梆梆、單排鈕釦、年代久遠的洋裝，下樓吃飯。他們坐在廚房的方桌旁，她爸爸和曼奈克太太分坐桌頭和桌尾，大家膝蓋碰膝蓋，窗戶緊閉，百葉窗拉下。一部收音機斷斷續續、急促匆忙、喃喃唸出一個個部長的名字——戴高樂訪問倫敦，菲利浦．貝當取代了保羅．雷諾。他們享用燉魚湯佐綠番茄。她爸爸說已經三天沒有收到信件。電報線故障。最近期的一份報紙已是六天以前。收音機中，廣播員宣讀公益分類廣告。

流落奧朗日地區的尚彌盧先生尋找他的三個小孩，孩子們和行李箱先前被留置在塞納河畔的伊夫里。

日內瓦地區的法蘭西斯探詢任何關於瑪莉珍妮的消息，瑪莉珍妮最後一次露面的地點是吉特利。

路克與亞柏特的母親為他們禱告，不管他們身在何處。

拉比亞先生探詢太太的消息，他太太最後一次露面的地點是奧賽車站。

葛特瑞先生希望母親知道他在拉瓦勒一切安好。

梅濟約太太探詢六個女兒的下落，女兒們先前被火車送往勒東。

「大家都搞丟了某個人，」曼奈克太太喃喃說，瑪莉蘿兒的爸爸關掉收音機，電子管喀噠喀噠，逐漸冷卻。樓上依稀傳來同一個播報員的聲音，繼續朗讀一個個名字。說不定這只是她的想像？她聽到曼奈克太太站起來收拾碗盤，她爸爸重重吐菸，好像煙霧在肺裡過於沉重，他樂於擺脫。

那天晚上，她和她爸爸爬上蜿蜒的樓梯，一起走進六樓那間狹小、眞絲壁紙破裂磨損的房間，並肩睡在同一張凹凸不平的床鋪上。她爸爸焦慮地翻弄他的帆布背包，緊張地摸摸門閂，不安地把玩火柴。不久就傳來一股熟悉的味道：啊，法國長壽菸。當她爸爸拉開窗板，她聽到窗板吱吱嘎嘎、啪地開啟，海風嘶嘶而入，感覺親切，說不定是海風混雜著濤聲，她聽不出兩者的差異。種種氣味隨之而來：海鹽、稻草、魚市場、遠處的濕地，沒有任何味道讓她聯想到戰爭。

「爸爸，我們明天可以到海邊走走嗎？」

「說不定不行。」

「艾提安叔公呢？」

「我想他在他五樓的房間裡。」

「看著一些不存在的東西？」

「瑪莉，我們很幸運有個艾提安叔公。」

「我們也很幸運有個曼奈克太太。爸爸，她好會燒菜，不是嗎？她的手藝說不定只比你好一點？」

「沒錯，只比我好一丁點。」

瑪莉蘿兒很高興聽到他話語中的笑意。但是她可以感覺他的笑意掩藏著千百個思緒，個個煩擾不安，好像受困的小鳥。「他們會佔領我們？爸爸，這話是什麼意思？」

「這話的意思是，他們會把他們的卡車停在廣場上。」

「他們會命令我們講他們的語言嗎？」

「他們說不定會命令我們把時間撥快一小時。」

屋子嘎嘎作響。海鷗嘶鳴。他又點了一支香菸。

「爸爸，佔領算是一種職業嗎？有沒有人專門負責這種事情？」

「這是軍事控制，瑪莉。好了，妳問得夠多了。」

安靜無聲。心跳撲通撲通，二十下，三十下。

「一個國家怎麼可以命令另一個國家調撥時鐘？如果大家不肯呢？」

「那麼很多人都會遲到，或是早到。」

「爸爸，你記得我們的公寓嗎？我的書、我們的模型和窗台上的松果？」

「當然記得。」

「我把松果按照大小排列。」

「它們還在那裡。」

「眞的嗎？」

「我想是吧。」

「你怎麼知道？」

「我的確不知道。但我相信它們還在那裡。」

「爸爸，德國士兵會不會爬到我們的床上？」

「不會。」

瑪莉蘿兒躺得挺直。她幾乎可以聽到爸爸的大腦在頭殼內運轉。「一切都會沒事，」她悄悄說，一隻手摸到他的額頭。「我們會在這裡待一陣子，然後我們會回去我們的公寓，那些松果會擱在窗台上，

《海底兩萬里》會擱在鑰匙處的地上，跟我們先前離開的時候一樣，而且沒有人會爬到我們的床上睡覺。」

大海隱隱傳來頌歌。有人走在遠方的鵝卵石街道上，靴跟踢踢躂躂。她好希望她爸爸會回答：**沒錯，小寶貝，妳說的一點都沒錯**。但是他什麼都沒說。

別說謊

他無法專注於課業、閒聊，或是伊蓮娜太太交代的家事。每次閉上眼睛，舒爾普福塔軍校的某些景象就壓得他喘不過氣：朱紅的旗幟，驍勇的馬匹，閃閃發光的實驗室。德國最優秀的男孩。有時他覺得自己象徵衆所矚目的未來，凝聚了衆人的目光。但是有時他的眼前閃過那個入學考試的胖小子：小夥子臉色慘白，高高站在歌舞廳上方的平台上，重重摔下，狀似悽慘，大家卻動也不動，無人出手相助。

爲什麼佳妲不能爲他高興？爲什麼在找到出路的此時此刻，他腦海之中居然隱隱響起莫名的警訊？

馬汀．薩奇說：「再跟我們說一次那些手榴彈！」

齊格飛．費雪說：「還有獵鷹！」

他三度打定主意提出辯解，佳妲三度急急轉身，大步離去。佳妲不停幫伊蓮娜太太照顧幼童，或是出去市場，或是找些理由幫忙做家事，始終忙碌，始終外出。

「她不肯聽我說，」韋納告訴伊蓮娜太太。

「再試試看吧。」

不知不覺之中，他只剩下一天就得啟程。他不到天亮就起床，看見佳妲睡在女生寢室的小床上。她雙手抱著頭，羊毛毯子亂七八糟地裹住肚子，枕頭塞在床墊和牆壁之間的縫隙裡——即使在睡夢之中，她看起來亦是摩拳擦掌。她的小床上方貼滿一張張她親手繪製、精美動人的鉛筆畫；她畫了伊蓮娜太太的村子，也畫了巴黎，畫中的巴黎有著成千上百的白色的屋頂，飛鳥成群，翱翔天際，俯瞰其下。

他叫了她的名字。

她拉緊身上的毯子。

「拜託跟我出去走走，好嗎？」

他想不到她竟然坐了起來。他們趁著大家還沒醒來之前走出室外。他一語不發地帶著她往前走。他們爬過一道又一道籬笆，佳妲沒把鞋帶綁好，所經之處留下條條印記。薊草刮過他們的膝蓋。旭日東升，地平線上出現一個小小的光點。

他們在一個灌溉渠道的旁邊停步。往年的冬季，韋納經常拉著推車帶著佳妲來到此處，觀看人們沿著結冰的渠道比賽溜冰。農夫們把刀刃綁在鞋底，鬍鬚沾滿冰霜，五、六人同時颼颼前進，距離非常接近，利用長約十三、十四公里的渠道較勁。溜冰者眼中的神情，有如跑了一大段路的馬匹，韋納看著他們，感覺他們急速劃穿凝滯的空氣，聽著他們的冰鞋嘎嘎前進，而後緩緩消逝，心情總是興奮不已——他覺得自己的靈魂似乎脫離軀殼，跟著他們飛躍而去。但當他們繞過彎道繼續前進，只留下冰上一道道白色的刻痕，他的心情立即降溫，他拖著佳妲走回「兒童之家」，滿心寂寥，孤單落寞，比先前更覺受困於此，無路可逃。

他說：「去年冬天沒有人過來溜冰。」

他妹妹盯著渠道，她的雙眼淡紫，頭髮亂翹，難以梳理，說不定比他的頭髮更白。白雪。

她說：「今年也不會有人過來。」

她身後的礦區有如悶燒中的漆黑山脈。即使在這個時刻，韋納也聽得到遠處的機械有如擊鼓轟轟作響，早班的礦工乘坐電梯入坑，大夜班的礦工乘坐電梯出坑——人人眼中帶著倦意，臉龐被煤灰染黑，乘坐冉冉上升的電梯，迎接早晨的陽光——一時之間，他頓感焦慮，好像過了今晨就會發生某些不幸的大事。

「我知道妳肚子餓——」

「你會變得跟漢斯和賀瑞伯特一樣。」

「我不會。」

「跟他們那種男孩子相處久了，你就會變得跟他們一樣。」

「這麼說來，妳希望我待下來？下去礦坑？」

他們看著小徑另一頭有人騎上腳踏車。佳妲雙手插到腋下。「你知道我以前收聽什麼嗎？你知道你把我們的收音機摔壞之前，我收聽什麼節目嗎？」

「噓，佳妲，拜託妳小聲一點。」

「來自巴黎的廣播。他們跟德意志廣播電台說的完全不一樣。他們說我們是惡魔，我們犯下窮凶惡極的罪行。你知道什麼叫做窮凶惡極嗎？」

「拜託，佳妲。」

「只因大家都這麼做，所以你就照著做，」佳妲說，「這樣對嗎？」

種種疑問有如滑溜溜的鰻魚潛入心中。韋納強將壓下。佳妲不滿十二歲，還是個小孩。

「我每星期都會寫信給妳，如果有空的話，一星期兩封。妳不一定非得把信拿給伊蓮娜太太看。」

佳妲閉上眼睛。

「這種情況不會持久，佳妲，說不定兩年。被錄取的男孩們，大概一半熬不到畢業。但是說不定我會學到一些東西；說不定他們會教導我成為一個合格的工程師。說不定我可以學開飛機，就像小齊格飛說的。別搖頭，我們一直想要看看飛機內部是什麼樣子，對不對？我會開飛機載著我們飛往西方，妳、我，還有伊蓮娜太太，如果她想要加入我們。或者我們可以搭火車，我們可以搭火車穿越森林和山間的小村莊，經過每一個我們小時候伊蓮娜太太提過的地方。說不定我們可以一直坐到巴黎。」

陽光愈來愈燦爛。青草嘶嘶輕響。佳妲張開眼睛，但是沒有看著他。「別說謊。你自己欺騙自己，哥哥，但是不要欺騙我。」

十小時之後，他坐上火車。

艾提安

連著三天，她沒有碰到她的叔公。他們抵達之後的第四天晚上，她摸索著上洗手間，忽然踩到某個小小、硬硬的東西。她蹲下去，伸出手指摸到它。螺紋，平滑。一層又一層，垂直交疊，尖端逐漸變細。孔口寬大，呈橢圓形。她輕聲說：「啊，海螺。」

她往前走一步，摸到另一個貝殼。第三個，第四個。貝殼鋪出一條彎道，繞過洗手間，直通五樓那個房門緊閉，如今她已經知道歸誰所有的房間。房門之後傳來交響樂團悠悠的鋼琴聲。一個聲音說道：「進來吧。」

她以為房裡會有一股老人家的酸臭，但是聞起來卻帶著肥皀、書本、乾海草的清香，幾乎像是葛伐德博士的研究室。

「叔公？」

「瑪莉蘿兒。」他的聲音低沉溫和，好像一匹藏放在抽屜裡、只有特殊場合拿出來撫摸賞玩的絲綢。她伸手往前一摸，一隻冰冷細瘦的手握住她的手。他說他這兩天好多了。「很抱歉沒辦法早點跟妳碰面。」

鋼琴依然叮叮咚咚；聽起來好像十二架鋼琴同時演奏，琴聲似乎來自四面八方。

「叔公，你有多少部收音機？」

「我帶妳瞧瞧。」他把她的雙手擱在一個架上。「這一部是外差式立體聲道收音機，我自己組裝的。」她想像一個微小的鋼琴家，身穿燕尾禮服，在那部收音機裡演奏。然後他拉著她的雙手擱在一部巨大的箱型收音機上。第三部收音機則跟烤麵包機差不多大小。他說他總共有十一部收音機，聲音之中流露出小男孩般的驕傲。「我可以聽到航行於海上的船隻。馬德里，巴西，倫敦，我還聽過一次來自印度的廣播。我們在市區邊緣，而且房間在五樓，收訊效果非常好。」

他讓她翻翻兩個盒子，一個裝了保險絲，另一個裝了開關。然後他把她帶到書櫃前：數百本書籍的書脊；一個鳥籠；一隻隻藏放在火柴盒裡的金龜子；一個電動老鼠夾；一個他說內置一隻毒蠍的玻璃紙鎮；一罐罐各式各樣的連接器；上百種她辨識不出的東西。

整個五樓都是他的天下——除了樓梯的轉角處，整層樓只有這麼一個大房間。三扇大窗面向屋前的弗柏瑞街，另外三扇面向屋後的巷子，房裡有一張古舊的小床，床單平整，四角緊緊塞在床墊之下。一張附帶抽屜和活動面板的小書桌。

「這就是我的房間，」他說，聲音近似耳語。她的叔公和善、充滿好奇，而且百分之百神智健全。沉靜：他全身上下散發出這種氣息，勝過其他種種印象。有如大樹般沉靜。有如一隻在黑暗中眨眼的老鼠。

曼奈克太太端來三明治。艾提安叔公沒有儒勒．凡爾納的小說，但是他說他有達爾文的著作，而且爲她朗讀《小獵犬號之旅》。朗讀之時，他直接爲她把英文譯爲法文——跳動的蜘蛛物種繁多，似乎無止無盡……。收音機的樂聲緩緩傳送，她趴在小書桌上打個盹，肚子飽飽，全身暖烘烘，隨著收音機上語調高高升起，思緒飄向遠方，那種感覺眞是美好。

電報處在六條街之外，瑪莉蘿兒的爸爸把臉貼在玻璃窗上，看著兩部德國軍用三輪摩托車呼嘯駛過聖文森城門。市區家家戶戶拉下百葉窗，但是窗片之間、窗台之上露出千百雙窺望的眼睛。摩托車後面跟著兩部卡車，車聲隆隆，一部黑色賓士轎車壓陣，悄悄前進。小小的車隊駛向高聳的聖馬洛城堡，陽光照在銀白的車頂和車身，耀眼奪目。

車隊終於緩緩開上城堡前方的碎石車道，停在點點苔蘚的高牆之前。一個上了年紀、膚色出奇古銅的男子——說不定是市長，有人說明——拿著一條白手帕相迎，那雙水手般的大手微微顫動，幾乎看不出他在發抖。

德國人爬出他們的座車，總共十幾位。他們的靴子閃閃發亮，制服整潔畢挺。兩人手拿康乃馨；一人催促一隻繫上皮圈的小獵犬往前走。幾個人張口結舌地抬頭仰望城堡的石牆。

一個身材矮小、穿著戰地指揮官制服的男人從賓士轎車的後座現身，伸手撣去大衣衣袖上某樣令人無從察覺的東西。他跟一位瘦巴巴的副官講了幾句話，副官隨之為市長翻譯。市長點點頭，然後矮小的男人消失在高大的門後，過了幾分鐘，副官拉開樓上窗戶的百葉窗，暫且凝視市區各個屋頂，然後攤開一面深紅的旗幟，將旗幟的圓孔眼固著在窗台上。

同學們

那是一座童話故事裡的城堡：八、九棟石砌樓房隱蔽於山腳下，屋頂赭紅，窗戶狹長，尖塔，角樓，屋頂的磚瓦之間冒出雜草。一條優美的小溪蜿蜒流過運動場。就連「同盟礦區」最清朗之日的最清朗時刻，韋納也從未呼吸過如此潔淨、毫無塵埃的空氣，一位獨臂舍監慷慨激昂、滔滔不絕地闡述規則。「這是你們閱兵的制服，這是你們操練的制服，這是你們上體育課的制服。吊帶在背後交叉，在胸前平行。衣袖捲到手肘。人人配戴小刀，插在皮帶右方的劍鞘裡。若想發言，舉起你的右手。時時刻刻排隊站立，每列十人。不准攜帶書本、香菸、食物、私人物品，除了制服、靴子、小刀、鞋油，置物櫃裡不准收放其他東西。熄燈之後不准交談。星期三投遞家書。你們將一掃怯懦、軟弱、猶豫。你們將成為一座瀑布、一排齊發的子彈——人人將以同樣速度朝著同樣方向全速前進，奮力達成同樣目標。你們將捨棄安適；你們將只為職責而活。你們將為國家喝采，為民族喘息。」

他們明白嗎？

男孩們高聲大喊「明白」。校內共有四百個男孩，加上三十位教師和五十位士官、廚師、園丁和工友等職員。有些軍校生年僅九歲，年紀最大的十七歲。日耳曼民族的臉龐，高挺的鼻子，尖長的下顎，藍色的雙眼，人人如此，無一例外。

韋納跟其他七位十四歲的男孩同住一間小小的寢室。睡在上鋪的男孩叫做弗雷德瑞克，個子跟蘆葦一樣細長，皮膚跟牛奶一樣白皙。他來自柏林，跟韋納一樣是新生，父親是大使特助。開口說話之時，弗雷德瑞克的注意力往上飄揚，好像搜尋空中的某些東西。

韋納和他穿上硬梆梆的新制服，坐在學校餐廳的長木桌旁，共進他們的第一餐。有些男孩低聲交談，有些男孩獨自進餐，有些男孩狼吞虎嚥，好像好幾天沒吃東西。暮光斜斜照進三扇拱窗，中空的光影流瀉而下。

弗雷德瑞克甩動指頭說：「你喜歡小鳥嗎？」

「當然喜歡。」

「你知道灰鴉嗎？」

韋納搖搖頭。

「灰鴉比大部分的哺乳動物聰明，甚至勝過猴子。我看過灰鴉把敲不破的堅果丟到路中央，等著車子輾過，然後啄食果子。韋納，我們會變成好朋友，我相當確定。」

每間教室都掛著元首的肖像，元首板著臉，皺著眉頭怒視眾人。學生們坐在沒有靠背的長椅上聽課，木頭課桌刻痕累累，歷年以來，隨扈、修士、奉召入伍的士兵、軍校生等等不計其數的男孩，無聊之餘留下這一道道刻痕。開學第一天，韋納走過一間科學實驗室，實驗室的大門半掩，他探頭一看，瞥見一個跟「同盟礦區」的藥房同樣大小的房間，房裡一排排簇新的水槽和玻璃櫃，櫃內擺著亮晶晶的燒杯、量筒、天平、本生燈。弗雷德瑞克不得不拉著他走開。

開學第二天，一位蒼老的顱相學家對全體學生發表演講。餐廳的燈光調暗，投影機呼呼作響，一個畫滿圓圈的圖表出現在遠遠一端的牆壁上。老先生站在投影機的螢幕下，揮動一根細長的木棍，棍尖點過一個個小方格。「白色的圓圈代表純種德國人。黑色的圓圈代表擁有部份外國血統。請注意第二組的第五號。」他用木棍點一下螢幕，螢幕隨之晃動。「你們瞧瞧，一個純種德國人跟一個擁有四分之一猶太血統的人結婚，這樣依然可以容許。」

半個小時之後，韋納和弗雷德瑞克研讀詩學的歌德主義，然後參加野戰訓練，練習磁化鐵針。舍監宣讀有如迷宮般複雜的課程表：星期一，機械、國家歷史、人種學；星期二，馬術、定向賽跑、軍事歷史。每個學生都必須學習清理、拆解和使用毛瑟手槍，連九歲的學童也不例外。

午後，他們在身上綑上一條彎曲的子彈帶，出外跑步。跑向馬槽；跑向國旗；跑上山丘。扛著同學跑步；舉著步槍跑步。跑步，爬行，游泳。再跑幾圈。

滿天繁星的夜晚，朝露似水的清晨，緘默行軍，強制修行——韋納從未置身如此信念專一的團隊，從未如此渴望融入。在一排排的宿舍裡，軍校生閒聊高山滑雪、比劍、爵士樂俱樂部、家庭女教室、捕獵野豬；他們罵起髒話技巧高超，大談哪些香菸品牌以電影女明星的名字命名；他們說到「打個電話給上校」，他們的母親是某某男爵夫人。有些男孩之所以被錄取，原因並不在於哪一方面特別傑出，而是因爲他們的父親是部長的手下。他們講話的方式也是一絕：「你怎能指望荊棘裡長出果子！」「你這個混蛋，我眨眨眼就讓她懷了我的種！」「小夥子，挺著點，跳跳舞吧！」有些軍校生各方面表現完美——姿態端正，槍法高超，靴子擦得亮晶晶，靴面上甚至看得到白雲的倒影。有些軍校生的皮膚有如奶油，瞳孔有如藍寶石，手背上布滿細緻優美的青筋。但是在校方的鞭策下，他們暫且不分貴賤，全都只是**同學們**。他們一起擠過鐵門，一起在餐廳裡大口吞下炒蛋。他們踢正步走過方院、進行唱名、向軍旗行禮、射擊步槍、跑步、洗澡，人人一起受罪。他們都是一團陶土，而富泰、油光滿面的指揮官是陶匠，隨手捏出四百個一模一樣的陶壺。

我們身強力壯，他們高唱，我們堅毅不屈，我們從未屈服，我們還得征服許多堡壘。

韋納時而疲倦，時而困惑，時而激奮。他的命運有此一百八十度的轉變，想來大感震懾。他背誦詩詞，牢記每一條走到教室的路徑，藉此壓抑心中的懷疑；他也牢記他看到的科學實驗室：九張實驗桌，三十把椅子，線圈，各式各樣的電容器，增幅器，電池，收放在亮晶晶玻璃櫃中的焊鐵。

弗雷德瑞克跪在上鋪，拿著一副古董雙筒望遠鏡，窺視敞開的窗外，並且在床鋪的橫桿上做記號，記錄他觀測的鳥類。鷺鷗底下一道刻痕。夜鶇底下六道刻痕。戶外的操場上，一群十歲大的學童舉著火炬和納粹旗幟走向河邊，大風勁揚，他們稍作暫停，火炬的火光在風中急急閃動。然後他們繼續前進，歌聲迴盪在空中，有如閃亮、輕顫的雲朵飄進窗內。

喔，讓我去，讓我去從軍，
這樣我才不會死於枉然！
我不要白白一死，
我要葬身神聖的戰場。

維也納

士官長萊茵霍爾德．馮．朗佩爾今年四十一歲，年紀還沒有大到無法受到拔擢的地步。他的嘴唇紅潤濡濕，臉頰蒼白，幾乎像是生魚片一樣透明；他行事得體，天生就曉得何謂正當合宜，幾乎從不逾矩。他已婚，住在斯圖加特，太太逆來順受，從不抱怨他總是不在家，平日收集各種顏色的磁貓，將之按照顏色深淺，陳列在家中客廳的兩層櫥架上。他有兩個女兒，而他已經九個月沒見到她們。大女兒維若妮卡嚴肅認真。她寫給他信裡經常包含**神聖的任務**、**引以為傲的成就**、**史上前所未見**等字眼。

馮．朗佩爾對於鑽石獨具天賦，切割打磨的手藝不下於歐洲任何一位亞利安珠寶商，而且通常一眼就看得出贋品。他在慕尼黑攻讀晶體學，在安特衛普跟著一位打磨師見習，甚至曾經造訪倫敦的寶石中心查特豪斯街——那是一個陽光燦爛的午後，他來到一間不起眼的寶石店，聽從命令掏空每一個口袋，有人帶著他走上三樓，穿過三道上了鎖的房門，他在桌旁坐下，一個鬍子有如新月、兩端往上翹起的男人，示意准許他檢視一顆九十二克拉的南非裸鑽。

戰爭開打之前，萊茵霍爾德．馮．朗佩爾的生活相當寫意：他是個寶石鑑定師，店鋪設在斯圖加特的古老公使館後方，他在二樓幫人鑑定寶石，客戶們攜帶寶石上門，他告訴他們寶石價值多少錢。有時他重新切割，或是提供徵詢，協助難度較高的切磨。若是偶爾欺騙客戶，他便告訴自己珠寶生意就是這麼回事。

他的職務因戰爭而擴充。如今馮．朗佩爾士官長獲致千載難逢的機會——自蒙古王朝、歷代可汗以降，數百年來無人得以從事跟他同樣的工作，說不定他是史上第一人。德軍幾星期之前才攻佔法國，但他已經見識了他六輩子都想像不到的寶物。一個十七世紀地球儀，球體跟部小車一樣大，紅寶石標示出火山，藍寶石群聚於南北極，鑽石代表世界首都。他手握一把最起碼具有四百年歷史的匕首——沒錯，親手握著！——把手是白潤的玉石，而且鑲嵌著翡翠。就說昨天吧，昨天前往維也納途中，他沒收一套稀有的瓷器，瓷器共計五百七十件，每一個盤子的盤緣都鑲著一顆欖尖形的鑽石。至於警方從哪些地方沒收這些寶物，他沒有過問。他已經親自把它們裝進木箱，釘上木板，用白漆漆上號碼，看著木箱被運上一輛二十四小時專人守衛的火車。

等著被送往上級指揮部。等著裝載更多寶物。

今天這個夏日的午後，馮．朗佩爾士官長來到維也納一座積滿灰塵的圖書館，一位身穿褐色鞋子、褐色絲襪、褐色裙子和褐色襯衫的清瘦祕書，帶著他走過一排排雜誌架，祕書架好小梯，爬上階梯，伸手拿取。

塔維涅，一六七六年，《印度遊蹤》

彼得．賽門．帕拉斯，一七九三年，《蘇聯帝國南部諸省遊記》

史垂特，一八九八年，《寶石圖鑑》

各方謠傳元首正在彙整一份清單，目的在於收集全歐洲和俄國的寶物。據傳他打算把奧地利的林茲改建成天神之都，使之成爲全世界的文明首府。宏偉的長廊，紀念館，希臘雅典瑞城，天文館，圖書館，歌劇院——建材全爲大理石，處處一塵不染。在城市正中央，他計畫興建一座長達一公里的博物館，昭顯人類文明的偉大成就。

馮．朗佩爾聽說確實有此文件，而且長達四百頁。

他坐在一排排藏書之間的桌子旁邊，他試圖翹腳，但是今天他的胯下有點浮腫，雖然不痛，感覺依然有點奇怪。瘦小的圖書館員把書拿過來，他慢慢翻閱塔維涅和史垂特的著作，以及約翰．麥爾肯撰寫的《波斯掠影》。他讀到各種關於鑽石的記載，比方說來自莫斯科、重達的三百克拉的黑金寶鑽「梵天之眼」，重達四十八點五克拉的德勒斯登青綠彩鑽。將近傍晚之時，他找到了那則記載：一位死不了的王子、一位警告王子關於女神之怒的高僧、一個數世紀之後堅信自己買到同一顆鑽石的法國貴族。

火海星鑽。成色天藍，略帶淡灰的天藍，中央一抹艷紅。根據記載，重量爲一百三十三克拉。要嘛已經遺失，要嘛已於一七三八年遺贈法王，前提是鑽石必須上鎖藏放兩百年。

他抬頭看看。吊燈燈光暈黃，一排排的書脊漸漸與燈光融爲一色。他下定決心踏遍歐洲，找出這一顆掩藏於自身層層光芒之中的小圓石。

德國佬

她爸爸說他們的武器光可鑑人，好像從來不曾使用。他說他們的靴子乾乾淨淨，制服一塵不染。他說他們看起來好像剛剛走出備有空調的火車。

市區那些三兩成群、順道過來跟曼奈克太太在廚房裡聊天的女士們說，德國人（她們將之稱爲「德國佬」）已經把每一家藥妝店貨架上的每一張明信片搜刮一空；她們說德國佬購買稻草娃娃、糖漬黃杏、糕餅店櫥窗裡過期的蛋糕。德國佬在維迪耶先生的店裡購買襯衫、默旺先生的店裡購買女性貼身內衣；德國佬需要分量多到驚人的奶油和起司；德國佬已經喝乾每一瓶酒窖管理員願意賣給他們的香檳。

希特勒啊，這些女人輕聲說，正在參觀巴黎的紀念碑。

宵禁令頒布施行。戶外不准播放音樂。公共場合不准跳舞。市長宣布，國家目前處於非常時期，民衆的行爲舉止必須受到管制。但是誰授權他頒布命令，這點倒是不清楚。

每次走進她爸爸的身邊，瑪莉蘿兒就聽到他颼颼劃亮另一根火柴，雙手窸窸窣窣在口袋裡摸索。早上他在曼奈克太太的廚房、香菸店、郵局閒晃，有時站在郵局外面跟著冗長的人群一起排隊，等著使用電話，下午他修理艾提安叔公家裡的東西，比方說鬆開的櫃門、或是嘎嘎作響的樓梯板。他請問曼奈克太太鄰居們是否可靠。他不停扳弄工具箱的扣環，直到瑪莉蘿兒哀求他住手。

艾提安叔公有時和瑪莉蘿兒一起坐下，操著輕柔的聲音爲她朗讀；有時卻宣稱頭痛，把自己關在房裡，鎖上房門。曼奈克太太經常偷偷拿給蘿兒瑪莉幾塊巧克力、或是幾片蛋糕；今天早上，她們在一杯杯裝滿清水和白糖的玻璃杯擠入檸檬汁，而且瑪莉蘿兒愛喝多少，曼奈克太太就讓她喝多少。

「曼奈克太太，他會在裡面待多久？」

「有時一、兩天，」曼奈克太太說。「有時久一點。」

一星期、兩星期，他們在聖馬洛已經待了兩星期，瑪莉蘿兒漸漸感覺自己的生活從中間斷，好像那本《海底兩萬里》點字書，分成了上下兩冊。上冊之中，瑪莉蘿兒和她爸爸住在巴黎，上班工作，現在則是下冊，書中德軍騎著摩托車穿過一條條奇怪狹長的街道，她的叔公消失在自家屋宅之中。

「爸爸，我們什麼時候離開？」

「巴黎一傳來消息，我們就上路。」

「我們爲什麼非得睡在這個小房間？」

「如果妳想要的話，我確定我們可以清理樓下另一個房間。」

「那個我們對面的空房間呢？」

「妳叔公和我都同意不要使用那個房間。」

「爲什麼？」

「因爲那是妳祖父的房間。」

「我可以去海邊嗎？」

「今天不行，瑪莉。」

「我們不能出去附近走走嗎？」

「外面太危險。」

她好想尖叫。外面究竟有什麼危險？當她打開臥房的窗戶，外面沒有尖叫聲和爆炸聲，只有她叔公稱之爲塘鵝的鳥兒呱呱大叫，還有大海，偶爾有架飛機隆隆飛過上空。

她把時間花在熟悉這棟屋子。一樓是曼奈克太太的天下：乾乾淨淨，適合走動，成群訪客從廚房的門口走進來，交換鄰里的閒話與醜聞。一樓還有飯廳、玄關和走廊，走廊上擺著一個裝滿古董碗盤的櫥櫃，每次有人走過，櫥櫃就輕輕晃動，廚房旁邊的小門通往曼奈克太太房間，房裡有張床鋪、一個水槽和一個便壺。

走上十一階蜿蜒的階梯便是二樓，這裡有一間陳舊的縫紉室和女僕的房間，每樣物品聞起來都讓人感覺此處曾經風光一時。樓梯的那個轉角處，曼奈克太太告訴她，護柩者一時失手，棺材滾到樓下，棺材裡躺著艾提安叔公的姨婆。「棺材一翻，她從二樓滑到一樓，大家全都嚇壞了，但是她看起來完全沒事，好得很呢！」

三樓堆積更多物品：裝了罐子的紙箱，金屬鐵盤，生鏽的豎鋸；一桶桶形似電子零件的物品；抽水馬桶旁邊堆了一疊疊機械使用手冊。走上四樓，物品更是散置各處，房間、走廊和樓梯口全都堆滿雜物：一籃籃肯定是機械零件的物品，一個個裝滿螺絲釘的鞋盒，一座座她曾祖父製作的古董娃娃屋。艾提安叔公巨大的書房佔據整個五樓，有時安靜無聲，有時充滿人聲、樂聲，或是沙沙的雜音。

再上去就是六樓；左邊是她祖父的小房間，正前方是洗手間，右邊是她跟她爸爸休息的小房間。大風吹過之時——而且這裡幾乎隨時都刮大風——牆壁嘎嘎作響，百葉窗劈劈啪啪，各個房間都是風聲，屋子中央的樓梯蜿蜒而上，整棟屋子似乎反映她叔公的心境：惴惴不安，與世隔絕，但是充滿了蛛網密布般的神奇。

廚房之中，曼奈克太太的朋友們七嘴八舌地批評瑪莉蘿兒的頭髮和雀斑。這些女士說，巴黎人排了五個鐘頭買麵包，民眾宰殺寵物食用，拿起磚塊壓碎鴿子，用來燒湯。沒有豬肉，沒有兔肉，沒有花椰菜。汽車的車前燈全都漆成藍色，晚上整個城市跟墓園一樣靜悄悄：沒有公車，沒有火車，幾乎沒有一滴汽油。瑪莉蘿兒坐在方桌旁，面前擱著一盤餅乾，想像這些老婦人眼珠混濁，手背青筋密布，耳朵格外巨大。

廚房的窗外傳來各種聲響：一隻家燕啾啾啼叫，城牆上的腳步聲踢踢躂躂，升降索鏗鏗鏘鏘打上桅桿，港口裡的鉸鏈和鐵鍊嘎吱作響。鬼魂。德國人。海蝸牛。

郝普曼

技術科學的指導老師是郝普曼博士。臉頰紅潤、個子矮小的博士脫下鑲了黃銅鈕釦的外套，搭在椅背上，命令韋納班上的軍校生從實驗室後頭一個上了鎖的玻璃櫃裡，拿出一個個鉸鏈接合的金屬盒。

每個盒裡裝了齒輪、鏡片、保險絲、彈簧、鐵鍊和電阻器。還有一大綑銅線，一把袖珍鐵槌，一個跟鞋子一樣大的雙端子電池——韋納這輩子從來沒碰過如此精良的配備。個子矮小的教授站在黑板前，畫出摩斯密碼操作線路的配線圖。他放下粉筆，修長的手指十指交握，命令班上的男孩們利用工具盒裡的零件組合線路。「你們有一個鐘頭的時間。」

男孩們大多臉色發白。他們把東西一樣樣倒到桌上，小心翼翼地捅一捅零件，好像這些零碎的小東西來自未來。弗雷德瑞克從他的工具盒裡隨便掏出幾個零件，舉高對著燈光檢視。

一時之間，韋納似乎回到「兒童之家」閣樓裡的小房間，彷彿又是那個腦海之中縈繞著種種疑問的小男孩。**什麼是光？如果你住在火星，你可以跳的多高？**2×25**和**2×5＋20**之差為何？**然後他從他的工具盒裡拿起電池、兩張金屬薄板、幾根小鐵釘，以及那把袖珍鐵槌。不到一分鐘，他就依配線圖製作出一個震盪器。

個子矮小的教授眉頭一皺。他測試一下韋納的震盪電路，果然管用。

「不錯，」他說，他站到韋納的桌前，雙手擱到背後。「接下來從你們的工具盒裡拿出碟狀磁鐵、一根鐵絲、一個螺絲釘和電池。」教授狀似對著全班發言，但是只看著韋納。「你們只能使用這些零件。誰可以製作出一個簡單的馬達？」

幾個男孩一臉無聊地撥弄他們的工具。大家多半只是盯視。

韋納感覺郝普曼博士的注意力有如探照燈般集中在他身上。他把磁鐵黏在螺絲頭，將螺絲釘的尖端按向電池的正極。當他把鐵絲從電池的負極繞到螺絲頭，磁鐵和螺絲釘開始旋轉。整個過程花不到十五秒。

郝普曼博士的嘴巴半張，臉頰潮紅，十分激動。「這位同學，你叫什麼名字？」

「報告長官，我叫韋納．芬尼。」

「你還會些什麼？」

韋納仔細端詳他桌上的零件。「門鈴？摩斯密碼信標？歐姆計？」

其他男孩脖子一彎。郝普曼博士的嘴唇粉嫩，眼瞼薄得難以置信。即使眨眨眼睛，他依然好像盯著韋納。「好，全都製作一個。」

飛天沙發

市場和夏特布里昂廣場的樹幹上出現海報，籲請民眾交出槍械，若不合作，即遭槍殺。隔天中午，形形色色的布列塔尼人成群結隊繳交槍械：農夫們拉著騾車遠從數公里之外而來，老水手拿著古董手槍，拖著沉重的步伐蹣跚而至，幾個獵人低著頭交出步槍，目光之中帶著盛怒。

結果卻只收取了一小堆槍械，說不定總共三百件，其中半數鏽跡斑斑，成果有點見不得人。兩個年輕的憲兵把槍械搬上卡車車廂，沿著狹窄的街道行駛，穿過堤道揚長而去。沒有訓誡，沒有解釋。

「拜託，爸爸，我不可以出去嗎？」

「快了，小寶貝。」但是他心不在焉；他抽菸抽得好兇，好像把自己燒成了菸灰。他最近經常熬夜，發瘋似地製作聖馬洛的模型，每天添增房屋，建造城牆，標示街道，他宣稱模型是爲了瑪莉蘿兒而製，這樣一來，她才可以習知聖馬洛的街道，就像她習知他們在巴黎的鄰里。木頭，膠水，鐵釘，砂紙；他孜孜不倦，拚命工作，但是這些噪音與氣味非但沒有讓她心安，反而激發更強烈的焦慮。她爲什麼必須習知聖馬洛的街道？他們打算在這裡待多久？

在五樓的書房裡，瑪莉蘿兒聽著她叔公朗讀另一頁《小獵犬號之旅》。達爾文已經探訪巴塔哥尼亞尋獵三趾鴕鳥，遠至布宜諾斯艾利斯研究貓頭鷹，造訪大溪地丈量瀑布。他格外注意奴隸、岩石、閃電、雀類，以及紐西蘭的碰鼻儀式。她尤其喜歡書中描述的南美洲海岸，大海一片漆黑，岸邊的樹林有如城牆，難以貫穿，陣陣微風吹向大海，腐爛的海帶臭氣沖天，下崽的海豹高聲哀號，氣味與聲響隨著微風飄向大海。她喜歡想像夜晚時分，達爾文靠著船上的欄杆，遙望點點螢光的海浪，目視企鵝留下的亮綠尾流。

「晚安，」她對叔公說，站上他書房裡的小書桌。「我說不定只是一個十二歲的女孩，但我是個勇敢的法國探險家，來此幫你進行探險。」

艾提安操著英國口音。「晚安，小姐，妳何不跟我一起進入叢林、品嘗幾隻蝴蝶？那些蝴蝶跟晚餐餐盤一樣大，說不定沒有毒，誰曉得呢？」

「達爾文先生，我非常樂意品嘗幾隻你的蝴蝶，但我想先吃這些餅乾。」

有些晚上，他們玩飛天沙發的遊戲。他們爬上小書桌，並肩坐下，然後艾提安說：「小姐，我們今晚去哪裡？」

「叢林！」或是：「大溪地！」或是：「莫三比克！」

「噢，這次旅途相當漫長，」艾提安換個不同的聲音說，聲調遲緩、平穩、輕柔，好像講話慢吞吞的列車長。「遙遠的彼方是大西洋，海面在月光下閃閃發亮，妳聞得到海洋的味道嗎？妳可以感覺這裡多麼寒冷、海風吹拂妳的頭髮嗎？」

「叔公，我們在哪裡？」

「妳不曉得我們在婆羅洲嗎？這會兒我們飄過樹梢，一片片巨大的葉子在我們下方閃閃發光，那邊還有咖啡樹，妳聞得到嗎？」瑪莉蘿兒確實聞到某些味道，至於那是因爲她叔公把咖啡渣拿到她鼻子底下，或是因爲他們眞的飛越婆羅洲的咖啡樹，她可不想判定。

他們暢遊蘇格蘭、紐約，以及聖地牙哥，而且不只一次穿上冬天的外套，造訪月球。「瑪莉，妳難道不覺得我們輕飄飄嗎？妳幾乎連一根肌肉都不必使力也可以也可以行走自如！」他讓她在那張裝了輪子的椅子上坐定，一邊推著她轉圈，一邊喘氣，直到她笑得發痛，再也笑不出來。

「來，試吃一片新鮮的月亮，」他邊說、邊餵她吃一片好像起司的東西。遊戲接近尾聲之時，他們再度並肩而坐，用力捶打椅墊，直到四周慢慢恢復平靜。「啊，到了，」他說，聲音較爲輕緩，口音漸漸消失，語調之中再度隱隱帶著一絲陰鬱。「我們回家囉。」

角度總和

韋納被傳喚到技術科學指導教授的辦公室。當他走進辦公室，三隻皮毛光亮、尾巴修長的獵犬繞著他打轉。一對綠罩古典桌燈照亮室內，在朦朧的光影中，韋納可以看到書架上擺滿百科全書、風車模型、袖珍望遠鏡和稜鏡。郝普曼博士站在他那張巨大的書桌後面，身穿他那件鑲了黃銅鈕釦的外套，好像自己也剛進辦公室。一簇簇濃密的捲髮垂散在他象牙色的額頭，他輕輕拉扯他的皮手套，逐一拉鬆每一個指頭。「請幫壁爐加一塊柴火。」

韋納轉身走到辦公室另一頭，翻動一下煤塊，火光隨之再現。他意識到角落還有第三個人，這人身材非常高大，睡眼惺忪地坐在一張顯然過小的扶手椅上。他名叫法蘭克・沃克海默，十七歲，是個高年級生。沃克海默來自北方某個農村，對低年級的軍校生而言，這位巨人般的學長是個傳奇人物。據說他曾把三名新生扛在頭頂，涉水過河；據說他曾抬高指揮官的座車，一直抬到車軸下方塞得進千斤頂。有人謠傳他曾徒手壓碎一個共產黨員的氣管，另一個謠言則是他抓住一隻流浪狗的鼻口，挖出狗犬的雙眼，只爲了讓自己習慣看著芸芸眾生受苦。

他們叫他「巨人」。即使燈光昏暗，閃閃爍爍，韋納依然看到沃克海默的前額青筋攀爬，有如藤蔓。

「從來沒有一個學生製造得出一部引擎，」郝普曼說，稍微背對沃克海默。「最起碼無法獨力完成。」

韋納不知道如何回答，所以什麼都沒說。他再次翻動柴火，火星四濺，直升煙囪。

「你會解三角函數嗎？」

「報告長官，我只會解那些我能夠自學的題目。」

郝普曼從抽屜裡拿出一張紙，在紙上書寫。「你知道這是什麼嗎？」

韋納瞇起眼睛看看。

$$\ell=\frac{d}{\tan\alpha}+\frac{d}{\tan\beta}$$

「報告長官，那是一個方程式。」

「你了解它的用途嗎？」

「利用已知的兩個點，找出未知的第三點及其方位。」

郝普曼的藍眼閃爍著光采；他看起來好像剛剛發現一件珍奇寶物擱在正前方。「如果我告訴你已知的兩點，以及兩點之間的距離，你解得出方程式嗎？你畫得出三角形嗎？」

「我覺得我可以。」

「在我的桌前坐下，芬尼，坐在我的椅子上。來，這是鉛筆。」

韋納坐在書桌的椅子上，他的靴子甚至碰不到地面。爐火在房中注入熱氣。別想魁梧的沃克海默、他那雙巨大的靴子、他那個有如磚塊的下巴。別想那位個子矮小、貴族氣派、在壁爐前面走來走去的教授。別想現在時間已晚。別想架上擺滿有趣的東西。專心思考這個方程式：

$$\begin{cases}\tan\alpha=\sin\alpha/\cos\alpha\\ \sin(\alpha+\beta)=\sin\alpha\cos\beta+\cos\alpha\sin\beta\end{cases}$$

現在把 d 移到方程式的前頭。

$$d = \frac{\ell \sin\alpha \sin\beta}{\sin(\alpha+\beta)}$$

韋納把郝普曼的數據代入方程式。他想像田野中兩位觀察員步測兩人之間的距離，然後雙眼對準一個遠方的地標：或許是一艘帆船，或許是一座高聳的煙筒。當韋納請問有沒有計算尺，教授馬上悄悄遞到桌上，似乎早知他會提出這個要求。韋納頭也不抬就接下，開始計算正弦。

沃克海默在旁觀看。個子矮小的教授雙手擱在身後，來回踱步。柴火劈劈啪啪。室內只聽見獵犬的呼吸聲和計算尺的游標喀噠滑動。

韋納終於說：「報告長官，十六點四三。」他畫出三角形，標出各邊的間距，把紙張遞回去。郝普曼查看一本真皮簿子裡的紀錄。沃克海默在椅子上稍微移動；他的注視既是好奇，也帶著懶散。教授低頭閱讀，掌心緊貼在桌面，心不在焉地皺眉頭，好像等著某個念頭消逝。一股強烈的懼意忽然席捲韋納，但是郝普曼把眼光移到他身上，那股懼意慢慢消退。

「根據你的申請文件，你畢業之後想到柏林攻讀電機。你是孤兒，對不對？」

他又瞄了沃克海默一眼。韋納點點頭。「我妹妹——」

「科學家的研究取決於兩個因素：他個人的興趣，以及他那個時代的福祉。你了解嗎？」

「我想我了解。」

「我們活在一個非比尋常的時代。」

興奮之情湧入韋納的胸中。火光照亮擺滿書籍的房間——所有決策與要事都發生在這種地方。

「你晚餐之後就到實驗室工作。每天晚上都進實驗室，連星期天也不例外。」

「是的，長官。」

「明天就開始。」

「是的，長官。」

「沃克海默會關照你。來，收下這些小餅乾。」教授拿出一個繫著蝴蝶結的錫桶。「歇口氣吧，芬尼。你不能每次到我的實驗室都憋氣。」

「是的，長官。」

冷風颼颼吹過長廊，風聲是如此清亮，韋納聽了不禁暈眩。三隻飛蛾沿著他寢室的天花板飛舞。他解開靴子的鞋帶，摸黑折疊長褲，把裝了小餅乾的錫桶擱在上面。弗雷德瑞克從床角窺探。「你到哪裡去了？」

「我有餅乾，」韋納輕聲說。

「我今晚聽到雕鴞的叫聲。」

「噓，」隔兩張床的男孩叫他們安靜。

韋納把一塊餅乾遞上去。弗雷德瑞克輕聲說：「你知道什麼是雕鴞嗎？雕鴞跟滑翔翼一樣大，非常罕見，這一隻八成是尋找新地盤的年輕公鳥，他棲息在表演場旁邊的白楊樹上。」

「喔，」韋納說。一個個希臘文字在他眼前閃動：等腰三角形，函數，正弦曲線。他看到他自己身穿白袍，昂首走過機器。

將來他說不定會贏得大獎。

解碼、火箭推進，全都是最先進的科技。

我們活在一個非比尋常的時代。

走廊傳來舍監踢踢躂躂的腳步聲，弗雷德瑞克趕緊躺回床上。「我看不到它，」他輕聲說，「但我聽得一清二楚。」

「閉嘴！」另一個男孩說。「你會害我們挨鞭子。」

弗雷德瑞克不再多說。韋納停止咀嚼。舍監的腳步聲歇止：他要嘛已經轉身離開，要嘛暫且駐足門外。外面的操場上，有人正在劈砍木柴，斧頭敲擊木塊，劈劈啪啪，周遭的男孩們心懷恐懼，急急喘氣，韋納一一聆聽，全都聽在耳裡。

教授

艾提安為瑪莉蘿兒朗讀達爾文的作品，唸到一半，他忽然停下來。

「叔公？」

他緊閉雙唇，緊緊張張地呼吸，好像對著一匙熱湯吹氣。他輕聲說：「有人來了。」

瑪莉蘿兒什麼都沒聽見。沒有腳步聲。沒有敲門聲。曼奈克太太在樓上掃地，掃帚刷過樓梯間。艾提安把書遞給她。她可以聽到他拔掉一個收音機的插頭，被電線纏繞。「叔公？」她重複一次，但是他已經走出書房，躊躇焦躁地下樓——他們有危險嗎？——她跟著他走到廚房，她可以聽到他用力推開廚房的餐桌，移到一旁。

他拉起地板中央的一個鐵環。活板門下方有個四四方方的坑洞，裡面冒出一股潮濕、令人不安的氣味。「一步一步往下走，趕快。」

這是個地窖嗎？她的叔公看到什麼？她一隻腳剛踏上梯子最頂端的一階，曼奈克太太就踩著結實厚重的鞋子，重重踏步走進廚房。「艾提安先生，你沒搞錯？拜託喔！」

艾提安的聲音從地底傳上來：「我聽到某個聲音，有人來了。」

「你把她嚇壞了。沒事，瑪莉蘿兒，來，上來。」

瑪莉蘿兒踏上地面，她的叔公在地底下自個兒輕聲哼唱童謠。

「曼奈克太太，我可以下去陪他。叔公，我們再朗讀幾段我們的書，好不好？」

據她推測，這個地窨只不過是一個陰暗的坑洞。活板門開著，他們在一張捲起的地毯上坐了一會兒，聽著曼奈克太太在上方的廚房裡一邊哼歌、一邊泡茶。艾提安叔公坐在她的身旁，微微顫抖。

「你知道嗎？」瑪莉蘿兒說，「被閃電擊中的機率是一百萬分之一。葛伐德博士教我的。」

「一年之中，或是一生之中？」

「我不確定。」

「妳應該問問他。」

她又聽到那種嘴唇緊閉、焦躁不安的呼吸聲。好像他全身上下都催促他趕快逃跑。

「叔公，你若出門，將會如何？」

「我會非常不安。」他的聲音輕得幾乎聽不見。

「但是什麼事情讓你不安？」

「置身戶外。」

「哪一方面？」

「遼闊的空間。」

「不一定每個地方都遼闊，家裡附近這條街就不太寬闊，對不對？」

「不像妳習慣的那些街道。」

「你喜歡雞蛋和無花果。還有番茄。我們吃了這些東西當午餐。它們都生長在戶外。」

他輕聲笑笑。「沒錯。」

「你不想念外面的世界嗎？」

他默不作聲；她也沉默不語。兩人都翱翔於迴旋的回憶之中。

「我的世界全在這裡，」他說，輕敲達爾文的書。「也在我的收音機裡，全都唾手可得。」

她的叔公像個小孩，他的物質需求不高，而且完全不受世事的約束。但是她可以感覺他心中縈繞著一股恐懼，懼意是如此深沉、如此浩大，她幾乎可以感覺驚恐在他的心中砰砰跳動，好像某隻猛獸無時不刻在他思緒的窗沿喘氣。

「拜託再幫我朗讀幾段，好嗎？」她提出請求，艾提安翻開書本，輕聲朗讀：「對一個動植物學家而言，當他首度獨自漫步走進巴西的叢林，心中那種感受，實非愉悅所能形容……」

念了幾段之後，瑪莉蘿兒開門見山地說：「叔公，跟我說一說六樓那間我臥室對面的房間。」

他停止朗讀。呼吸聲再度急促焦慮。

「那個房間最裡面有一道小門，」她說，「但是上了鎖。門通往哪裡？」

他好一陣子不說話，她甚至擔心自己惹他生氣。但是他站了起來，兩隻膝蓋像是小樹枝一樣劈啪作響。

「叔公，你又頭痛了嗎？」

「跟我來。」

他們緩緩爬過蜿蜒的樓梯，一直走到六樓。到了六樓的樓梯口，他們左轉，然後他打開那個曾經是她祖父的臥室。房裡有張小小的單人床，一支釘掛在牆上的原木船槳，一扇掛著長窗簾的窗戶，一艘擱在架上的模型小船，她已輕撫許多次。房間最裡面有個衣櫥，衣櫥非常巨大，她搆不到頂端，兩隻手臂同時伸長也碰不到兩側。

「這些是他的東西？」

艾提安拔開衣櫃旁邊那道小門的門栓。「來吧。」

她摸索前進。乾燥，密閉空間的熱氣。老鼠逃竄。她的手指摸到一座梯子。

「梯子通往閣樓，不算太高。」

七階階梯。爬到梯頂之後，她站定；她感覺前面有個空地，夾在屋頂兩端斜長的山形牆之間。天花板的尖頂只比她高一點。

艾提安隨後爬了上來，牽起她的手。她的腳踢到地上的纜線。纜線蛇行於一個個布滿灰塵的盒子之間，壓倒一個鋸木架；他牽著她走過一團團纜線，來到閣樓的另一頭，她伸手一摸，摸到一張似乎是鋪著絨布的鋼琴長椅，他扶她坐下。

「這裡是閣樓。我們前方是煙囪，來，把手放在桌上，沒錯，就是這裡。」桌面擺滿一個個金屬盒：玻璃管，線圈，開關，量尺，至少一部留聲機。她意識到閣樓這一頭完全被某部機器佔據。豔陽之下，他們頭頂上的瓦片熱氣騰騰。艾提安幫瑪莉蘿兒戴上一副耳機。透過耳機的聽筒，她可以聽到他搖動曲柄，扭開某個開關，一首悠揚純真的樂曲隨即響起，琴聲輕柔，聲聲入耳，彷彿直接朝向她的腦海發聲。

琴聲漸逝，一個沙沙的聲音說：**想一想你們家爐子裡那一塊閃閃發光的煤炭。各位小朋友，你們看見了嗎？那塊煤炭曾是一株綠色的植物，它可能是蕨草，也可能是蘆葦，生活在一百萬年、兩百萬年，說不定甚至一億年前……**

過了一會兒，這個聲音再度被琴聲所取代。她的叔公拉下耳機。「我哥哥小時候是個萬事通，」他說，「但是大家最常提到他的聲音。聖文森的修女們甚至希望由他擔任主唱，籌組一個唱詩班。亨利和我啊，我們兄弟有個夢想，我們希望一起灌唱片、賣唱片。他有一副好嗓子，我的腦筋動得快，而且當年大家都想要留聲機，卻幾乎沒有人為孩童製作節目。於是我們聯繫巴黎一家唱片公司，他們表示有興趣，我寫了十篇關於科學的廣播稿，亨利複誦演練，最後終於開始錄製。當時妳爸爸年紀還小，但是他經常過來聽一聽，那是我這輩子最快樂的時光。」

「然後戰爭爆發。」

「我們成了通信兵。妳祖父和我負責架設通信電報纜線，維持前方戰地軍官和後方指揮部門的聯繫。大部分的夜晚，敵軍對著戰壕上方發射所謂的『照明彈』，一閃即逝的點點星光從降落傘落下，懸浮在半空中，目的在於照亮可能的目標，方便狙擊手執行任務。照明彈一亮，火光所及之處的士兵全都愣在原地，直到火光熄滅爲止。有些時候，八、九十枚照明彈，一枚接著一枚發射，在那種銀白的火光中，黑夜變得凝重而詭異。四下寂靜無聲，只有照明彈嘶嘶作響，然後你聽到狙擊手的子彈颼颼劃過黑暗，深深落入泥地。我們盡可能緊守在彼此身旁。但有時我嚇呆了，全身動彈不得，甚至連手指和眼瞼都僵住。亨利經常守在我的右側，輕聲念誦那些我們錄製的廣播稿，有時唸了整晚，唸了又唸，好像在我們周圍織出一張保護網，一直唸到天亮。」

「但是他過世了。」

「而我活了下來。」

她意識到他的恐懼植基於此。一道你無法控制、無法熄滅的火光即將照亮你，引導子彈擊中目標，這樣不會讓人害怕嗎？

「叔公，誰製造了這些東西？這部機器？」

「我戰後製造的。花了好多年。」

「它有何功用？」

「它是一部無線電傳輸器。這個開關，」——他把她的手拉到開關旁邊——「供給麥克風電源，這個開關控制電唱機。這是預調擴音機，這些是眞空管，這些是線圈。天線沿著壁爐的煙囪往上延伸，長度爲十二公尺。妳摸摸這個槓桿？妳可以把能量想像成海浪，而傳輸器發送一波波平穩的浪濤。妳的聲音形成干擾，打斷了這一波波海浪……」

她停止聆聽。這裡好多灰塵，既令人困惑，卻也令人著迷。這些東西到底多陳舊？十年？二十年？

「你傳送什麼？」

「我哥哥錄製的唱片。巴黎的唱片公司失去興趣，但是每天晚上，我播放我們錄製的十張唱片，直到大部分的唱片都已磨損。我還播放他的歌曲。」

「那首鋼琴彈奏的曲子？」

「德布西的《月光曲》。」他觸摸一個頂端插了小球的金屬圓柱。「我只要把麥克風塞進電唱機的喇叭，這就行了！」

她靠向麥克風，說了一句：「哈囉，大家好。」他笑笑，笑聲一如往常輕柔。「有沒有小孩聽到你們錄製的唱片？」

「我不知道。」

「叔公，信號可以傳送多遠？」

「非常遠。」

「英國？」

「沒問題。」

「巴黎？」

「當然可以。但我不想傳送到英國或是巴黎。我覺得如果傳輸器的威力夠強，我哥哥說不定聽得到我講話。這樣一來，我說不定可以保護他、讓他安息，就像他始終保護我。」

「你播放哥哥的聲音？即使他已經過世？」

「還有德布西。」

「他有沒有回答？」

閣樓發出滴答聲。這會兒哪個鬼魂沿著牆壁飄動，試圖偷聽他們講話？她幾乎可以感覺叔公的恐懼。

「沒有，」他說。「從來沒有。」

韋納致函佳妲

親愛的佳妲小妹：

有些男孩說郝普曼博士跟位高權重的部長們關係密切。他不願回答[redacted]。[redacted]。但他說他隨時需要我的協助！我傍晚過去他的實驗室，他吩咐我幫一部他正在測試的收音機檢查電路。還有三角函數。他叫我盡量發揮創意；他說創意爲德意志帝國注入活力。他命令一個高年級的學長拿著碼錶站在我旁邊——這人非常魁梧，大家叫他「巨人」——測試我多快可以算出答案。三角形、三角形、三角形。我說不定一個晚上演算五十題。他們沒告訴我爲什麼。但妳絕對不會相信這裡有銅線電纜；他們有[redacted]。巨人出現之時，每個人都讓開，不敢擋他的路。

郝普曼博士說我們可以盡情發揮，製造任何東西。他說元首已經請來科學家們幫他控制天氣。他說元首將研發射程直達日本的飛彈。他説元首將在月球興建一座城市。

親愛的佳妲小妹：

今天操練的時時，指揮官告訴我們雷諾爾．西克爾的故事。他是一位年輕的下士，有一天，部隊長需要一個人深入敵方偵測他們的防衛。部隊長徵求志願者，只有雷諾爾．西克爾一個人站起。但是雷諾爾．西克爾隔天被捕。隔天耶！波蘭人抓到他，對他處以電刑拷問，指揮官説，他們在他身上施加大量電流，致使他的大腦化爲腦漿，但在他們動手之前，雷諾爾．西克爾説了一句令人讚嘆的話。他説：

「我只後悔我僅有一條性命爲國家犧牲。」

大家都説接下來有個非常重要的考試，試題比其他考試都困難。

弗雷德瑞克説，雷諾爾．西克爾的故事是個[redacted]。光是待在巨人身邊——他叫做法蘭克．沃克海默——其他男孩就不敢欺負我。我的身高幾乎只到他的腰側。他似乎是個成年男子，而不是男孩。他跟雷諾爾．西克爾一樣忠貞，懷藏在他的雙手、心臟和骨骼之中。請告訴伊蓮娜太太學校的伙食非常充足，我吃得很多，但是這裡沒有人烘烤得出跟她一樣的麵粉蛋糕，説眞的，沒有人比得上她。叫小齊格飛打起精神。我天天想著妳。勝利萬歲。

親愛的佳妲小妹：

昨天是星期日，我們到森林裡操練。獵人們大多上了戰場，所以森林裡到處都是貂鼠和野鹿。其他同學坐在樹蔭下大談光榮的勝利、我們即將越過英倫海峽、摧毀[redacted]，郝普曼博士的三隻獵犬各叼了一隻兔子回來，但是弗雷德瑞克帶回上千顆漿果，他用襯衫包住漿果，衣袖被懸鉤子撕成一條條，望遠鏡的盒子也被扯開，我說：你會被大罵一頓，他低頭看看他的衣服，好像根本沒注意到自己那副模樣！弗雷德瑞克光是聽到小鳥的叫聲就辨識得出哪一種鳥類。我們聽到雲雀、田鳧、風鳥、灰鷸，以及十多種我忘了名稱的鳥類在大湖上空啼叫。我覺得妳會喜歡弗雷德瑞克。他看見了其他人看不到的光景。我希望妳的咳嗽好多了，伊蓮娜太太也是。勝利萬歲。

香水商

他名叫克勞德．萊維特，但是大家都叫他「大克勞德」。他在弗柏瑞街開了一家香水店，雖已營業十年，生意卻不怎麼樣，只有在民眾醃製鱈魚、城裡的岩石開始發臭之時，店裡才門庭若市。

這會兒卻出現新的商機，大克勞德可不願錯過。他花錢請康卡勒附近的農夫宰殺羔羊和兔子，然後把鮮肉藏進他太太一對同樣款式的尼龍皮箱，扣上箱內的扣帶，親自帶著皮箱搭火車前往巴黎。這種錢非常好賺：有些星期，他的利潤高達五百法郎。純粹基於供需原理。當然不免需要一些文件；某些高層官員聽到風聲，索取回扣。克勞德這種聰明人才搞得懂繁複的生意往來。

今天他熱得過頭；汗水一滴滴流下他的脊背和身側。聖馬洛好熱。十月已至，海面應該吹來陣陣清冽的冷風；樹葉應該巍巍顫顫地落在小巷。但是海風來了又去，好像判定它不喜歡這裡的種種改變。

整個下午，克勞德盤坐在店裡，低頭看著玻璃陳列櫃裡上百個裝了花卉、東方菸草、薰香的小瓶子，閃爍著粉紅、胭脂紅、以及淺藍的色澤，沒有顧客上門，一部電扇朝著他的臉吹風，電扇規律地轉動，先轉到左側，再轉到右側，他不看書，不看報，幾乎動也不動，只有不時把手伸到凳子下，從圓圓的錫桶裡抓一把小餅乾塞進嘴裡。

下午四點左右，一小群德國士兵沿著弗柏瑞街閒逛。他們身材瘦高，臉頰紅潤，神情誠摯莊重；他們目光嚴肅；他們扛著步槍，槍口朝下，槍管晃來晃去，好像黑管豎笛。他們對著彼此大笑，鋼盔下的臉龐似乎散發出璀璨的朝氣。

克勞德明知應該憎恨他們，但是他敬佩他們的才能、儀態、迅速確實的舉止。他們似乎總是朝著某處前進，而且絕不懷疑，也不猶豫。他自己的同胞卻缺乏這種精神。

士兵們在聖飛利浦街轉個彎，隨即不見人影。克勞德的指尖撫過橢圓的玻璃陳列櫃。他太太在樓上拿著吸塵器打掃；他可以聽到吸塵器不停轉動。睡意正濃之時，他忽然看到那個住在街尾的巴黎人走出艾提安．勒布朗的屋子，這人瘦小、鷹勾鼻，鬼鬼祟祟躲在電報處外面，削修小小的木頭房子。

巴黎人跟德國士兵朝向同一個方向前進，前腳腳尖貼著後腳腳跟，一步一步往前走。他走到街尾，在一本拍紙簿草草記上幾筆，一百八十度轉身，掉頭往回走。走到街尾時，他抬頭看看利包特先生的屋子，再記上幾筆。抬頭一望，低頭一望。測量。咬咬鉛筆的橡皮擦，好像有點緊張。

大克勞德走到窗邊。這可能是個機會。佔領軍會想要知道有個陌生人一邊步測距離，一邊繪製房屋的草圖。他們會想要知道他長得什麼模樣、受到何人贊助、經過何人批准。

這下可好。這下好極了。

鴕鳥心態

他們依然尚未返回巴黎。她依然不可以出門。瑪莉蘿兒天天計算自己已經在叔公家關了幾天。一百二十天。一百二十一天。她想著閣樓裡的傳輸器，想著它如何將她祖父的聲音傳送到大海的另一端——**想一想你們家爐子裡那一塊閃閃發光的煤炭**——有如達爾文從普利茅斯、維德角、帕塔哥尼亞一路航行到福克蘭群島，飄過浪濤，越過國界。

「你完成模型之後，」她問她爸爸，「我就可以出去？」

砂紙擦磨的聲音並未停歇。

曼奈克太太的訪客們傳進廚房的消息相當嚇人，而且難以置信。數十年音信全無的表親忽然來信哀求供應閹雞、火腿和母雞。牙醫藉由函購賣酒。香水商屠宰羔羊，裝在皮箱裡，搭火車帶到巴黎販售，賺取暴利。

在聖馬洛，鎖上大門、豢養鴿子、私藏肉品都得罰款。松露消失無蹤。氣泡酒不見蹤影。大家不敢直視對方，也不敢站在門口聊天。沒有人做日光浴，沒有人唱歌，沒有情侶傍晚在城牆上漫步——這些雖是不成文的規定，其實跟明文禁止差不多。冰冷的風從大西洋呼嘯而來，艾提安把自己關在他哥哥以前的臥室，瑪莉蘿兒把玩書房裡的貝殼，藉此承受一連數小時的淒風苦雨。她伸出手指輕輕撫摸，按照大小、物種、型態排列，一再檢查，試圖確定自己沒有錯置任何一個貝殼。

她當然可以出去吧？挽著她爸爸的手臂出去散步？半小時就好？但是每次她爸爸說不行，她的記憶深處就響起一個聲音：**他們說不定先抓瞎了眼的女孩，然後再抓瘸子。**

逼她們做些事情。

城牆之外，幾艘軍用船前後巡航，麻布捆紮成束運到外地，加工編織爲繩索、吊索、或是降落傘的拉繩。海鷗從空中丟下牡蠣、貽貝、或是蛤蜊，擊中屋頂，屋頂嘩啦一響，嚇得瑪莉蘿兒從床上跳起來。市長宣布徵課新稅，曼奈克太太的一些朋友喃喃說他出賣了市民、大家需要一個有魄力的男人等等，但是其他人問說市長還能怎麼做。這段時期大家都抱持鴕鳥心態。

「曼奈克太太，是誰把頭埋在沙子裡？我們，還是他們？」

「說不定每個人都逃避現實，」她喃喃說。

曼奈克太太最近經常跟著瑪莉蘿兒一起趴在桌上打盹。她花了好久才爬上五樓，把餐點送到艾提安的房間，而且一路哮喘。大多早晨，她在大家還沒起床之前就開始烘烤糕點；十點左右，她出門，嘴裡叼根菸，端著糕點或是燉菜，走到鎮上送給生病或是受困無援的人。她爸爸始終待在樓上製作模型，砂磨，釘裝，切割，丈量，一天比一天投入，一天比一天瘋狂，好像跟某個只有他知道的截止日期賽跑。

弱者中的弱者

負責野外演習的司令官是個名叫巴斯提恩的准尉，這人以前是個學校老師，行事狂熱，走起路來威風八面，肚皮圓滾滾，外套上掛滿一個個顫動的勳章。他的臉上布滿水痘留下的疤痕，肩膀看起來好像是從軟黏土削砍下來。他無時無刻穿著長筒釘靴，軍校生開玩笑說他連出生之時都穿著釘靴，一路踢出娘胎。

巴斯提恩勒令他們牢記地圖，研究陽光的角度，親手裁剪牛皮製作皮帶。每天下午，不管天氣如何，他站在田裡大聲咆哮國家下達的指令：「富足和興旺有賴於嚴酷蠻幹。只有你們的手臂和拳頭可以確保你們的老奶奶照常喝茶吃餅。」

一把古董手槍垂掛在他的皮帶上；最勤奮的學生們抬頭看著他，閃亮的眼神充滿仰慕。在韋納眼中，他看來像是一個有辦法長期施加嚴酷暴行的人。

「軍團是一副軀體，」他一邊解釋，一邊揮舞手中的橡皮管，特意讓管子的尖端颼颼飛過一個男孩的眼前。「如同人類的軀體。我們訓練你們每一個人排除軀體之中最孱弱的環節，同樣道理，你們也必須學習革除軍團之中最孱弱的份子。」

十月的一個午後，巴斯提恩從隊伍中拉出一個走路內八的男孩。「你先來。你叫什麼名字？」

「報告長官，我叫巴克。」

「巴克。你告訴我們，巴克，誰是你們之中最弱的一個？」

韋納心生懼意。他比同年齡的軍校生都矮小。他試圖挺起胸膛，盡可能拉長身高。巴克的目光掃過一排排軍校生。「他？」

巴克選了一個韋納右手邊遠遠一端的男孩，韋納不禁鬆了一口氣。這人好像叫做厄斯特某某，全體學員之中，只有幾個人是黑髮，他便是其中之一。這個選擇倒是相當保險；厄斯特確實跑得很慢。他的雙腿尚未發育到健步如飛的地步。

巴斯提恩命令厄斯特向前一步。厄斯特轉頭看看同學們，下嘴唇不停發抖。

「哭哭啼啼也沒用，」巴斯提恩說，他遙指田地的另一頭，那裡有排大樹，劃穿田野中的綠草。「你比其他人提早十秒鐘起跑。你得在他們趕上你之前跑到我面前，了解嗎？」

厄斯特沒有搖頭，也沒有點頭。巴斯提恩裝出一副無可奈何的模樣。「我一舉起我的左手，你馬上往前跑。我一舉起我的右手，你們其他這群蠢蛋馬上往前跑。」巴斯提恩隨即搖搖擺擺地走開，橡皮管繞在脖子上，手槍在身體的一側晃來晃去。

六十個男孩靜靜等候，輕輕呼吸。韋納想著佳妲雪白的頭髮、銳利的眼神、直率的舉止；絕對沒有人會誤以爲她是弱者中的弱者。這會兒厄斯特某某已經全身顫抖，上自手腕，下至腳踝，全身抖個不停。巴斯提恩走到大約一百五十公尺之外便停步，轉身舉起左手。

厄斯特拔腿往前衝，雙臂幾乎筆直，邁開大步，步伐凌亂。巴斯提恩從十開始倒數。「三，」他從遠處大聲喊叫。「二，一。」倒數完畢，他的右手一抬，全體拔腿飛奔。黑髮男孩厄斯特超前他們最起碼五十公尺，但是大家立刻拉近距離。

五十九個男孩匆匆忙忙，你推我擠，拚命追趕同一個男孩。大家拚命往前衝，韋納設法跟隨在隊伍中央，一顆心噗噗跳，困惑不已：弗雷德瑞克在哪裡？他們爲什麼追趕這個男孩？如果他們追趕上他，他們應當怎麼辦？

只有當年那個單純的他才不知道接下來會如何。但他已不是當年的他，他很清楚他們會怎麼做。

幾個跑在外側的男孩速度特快；他們已經趕上前方那個孤單的身影。厄斯特的手腳忽上忽下，劇烈晃動，但是他顯然不習慣全速短跑，失去了衝勁。綠草波動，陽光斜斜映照樹林，大家愈來愈接近，韋納感到氣惱：厄斯特爲什麼不能跑得快一點？他爲什麼不好好練跑？他先前怎麼可能通過入學考試？

跑得最快的學生往前一衝，試圖從背後抓住厄斯特。他幾乎得手。黑髮的厄斯特快要被抓到了，韋納懷疑自己是否多多少少希望如此。但是厄斯特趕在其他人劈劈啪啪衝過去之前的一剎那，跑到了司令官面前。

強制交出

瑪莉蘿兒苦苦糾纏了她爸爸三次，他才大聲朗讀那個通知：**當地民眾必須交出所有收音機。收音機必須在明天中午之前送交沙特爾街二十七號，違令者將被視為蓄意謀反，予以拘捕。**

一時之間，沒有人說半句話，一股熟悉的焦慮在瑪莉蘿兒的心中轟轟作響。「他在——」

「他在妳祖父的房間裡，」曼奈克太太說。

明天中午之前。家中一半的空間，瑪莉蘿兒心想，都被收音機及其組裝所需的零件佔據。

曼奈克太太用力敲敲亨利祖父的房門，但是沒有得到回應。下午，他們把艾提安書房裡的裝備打包裝箱，曼奈克太太和爸爸拔下收音機的電源，一台台擺進木箱，瑪莉蘿兒坐在小書桌上，聽著古舊的 Radiola Five、G.M.R. Titan、G.M.R. Orphee，以及艾提安一九二二年大老遠從美國訂購的三十二伏特 Delco 農場用收音機，一部接著一部失去聲響。

她爸爸用紙板包住體積最大的一部，利用古舊的台車，噗噗通通地拖著它走下樓梯。瑪莉蘿兒坐下，雙手擱在膝上，想著閣樓那部傳輸器、纜線和開關，手指漸漸發麻。一部為了跟鬼魂說話而建造的機器。它算是收音機嗎？她該不該提起？爸爸和曼奈克太太知道嗎？他們似乎不曉得。傍晚時分，霧氣隨著冰冷、帶著腥臭的氣味漫入市區，他們在廚房吃馬鈴薯和紅蘿蔔，曼奈克太把一盤餐點放在亨利祖父的門外，敲敲房門，但是房門未見開啟，餐點動都沒動。

「爸爸，」瑪莉蘿兒問，「他們打算如何處理這些收音機？」

「把它們運到德國，」爸爸說。

「說不定把它們扔到海裡，」曼奈克太太說。「來，小傢伙，喝妳的茶，這不是世界末日。我今晚會幫妳多加一條毯子。」

隔天早上，艾提安依然關在他哥哥的房間裡。他究竟知不知道自己家中發生了什麼事，瑪莉蘿兒無從得知。早上十點，她爸爸動手把一箱箱東西運到沙特爾街，一趟，兩趟，三趟，當他回來把最後一部收音機搬上古舊的台車，艾提安依然沒有露面。瑪莉蘿兒緊握曼奈克太太的手，靜靜聆聽——鐵門鏗鏘關上，她爸爸推著台車沿著弗柏瑞街前進，車軸彈動，嘎嘎作響，直到他漸漸走遠，沉寂再度進佔周遭——這一切，她全都聽在耳裡。

博物館

萊茵霍爾德·馮·朗佩爾士官長早早起床，他穿上制服，打點儀容，把他的小型放大鏡和鑷子擺進口袋，捲起他的白手套。清晨六點，他已經穿戴整齊，擦亮皮鞋，扣好槍袋，行頭齊備，坐在旅館大廳。旅館老闆爲他送上麵包和起司，餐點裝在一個黑柳條編織籃子裡，上面蓋著一條棉質餐巾，看來清清爽爽，一切井然有序。

旭日尚未東升，他走在街上，街燈閃閃發光，城市漸漸甦醒，他聽著嘈雜的聲響，看著巴黎市民展開新的一天，感覺眞是舒坦。他沿著居維葉街前進，左轉走進植物園，園中的樹木朦朦朧朧，高聳壯觀，宛如一把把只爲他遮陽的大傘。

他喜歡早到。

他走到生物進化館的入口，兩位夜警呆住了，他們瞄了一眼他衣襟和袖口的條紋，喉結不禁一緊。一個矮小、身穿黑色法藍絨襯衫的男人一邊走下階梯，一邊用德文道歉；他說他是副館長。他以爲士官長再過一小時才會到達。

「我們可以講法文，」馮·朗佩爾說。

另一個男人跟著匆忙現身，這人皮膚極爲細緻，眼神之中顯然帶著驚恐。

「士官長，我們非常榮幸帶您參觀館內的收藏，」副館長小心翼翼地說。「這位是礦石學家胡布林教授。」胡布林眨兩下眼睛，讓人覺得像是一隻被關在籠裡的小動物。兩位警衛站在通道另一頭觀看。

「我可以幫您拿籃子嗎？」

「不了，謝謝。」

礦石館非常狹長，馮．朗佩爾幾乎看不到盡頭。各區不乏空空如也的展示櫃，陳列架的絨布只見一個個模糊的印子，標記出已被移走的礦石是什麼形狀。馮．朗佩爾挽著籃子，慢慢踱步，忘卻一切，專心觀看。留置館中的寶藏是多麼驚人！一對陳列在灰色矩形支架的帕拓石水晶璀璨華美。一塊綠玉閃爍著粉嫩的顏彩，看起來像是晶狀的大腦。一排來自馬達加斯加的碧璽，色澤是如此炫目，讓他忍不住伸手觸摸。晶礦石；白雲母的磷灰晶體；五顏六色的天然鋯英石；還有數十種他不知其名的礦石。他心想，這些人一星期經手的礦石，說不定超過他一輩子所見。

每個礦石都登錄在一本非常厚重、花了數世紀累計的對開本目錄裡。臉色蒼白的胡布林為他展示內頁。「路易十三以藥學博物館之名開始收藏，玉石專治腎臟，灰泥專治胃疾，到了一八五〇年，目錄裡已有二十萬則記載，堪稱是礦石學寶貴的遺產……」

馮．朗佩爾不時從口袋裡掏出筆記簿，記上幾筆。他慢條斯理，好整以暇。當他們走到盡頭，副館長伸出手指，輕輕摸過皮帶。「士官長，希望館內的收藏讓您留下深刻的印象。您喜歡我們為您安排的導覽嗎？」

「非常喜歡。」天花板的燈光似乎距離他們好遠，寬廣的展館一片沉寂，安靜得讓人喘不過氣。

「但是，」他慢條斯理地宣布，「那些沒有公開展示的收藏呢？」

副館長和礦石學家互看一眼。「士官長，您已經參觀了我們能夠為您展示的每一件收藏。」

馮．朗佩爾盡量保持語調和緩，彬彬有禮。這裡畢竟是巴黎，而非波蘭。就算想要找麻煩，也得謹慎行事。他不可以逕自徵收。他爸爸以前怎麼說來著？**把障礙當作機會，萊茵霍爾德。把障礙當作啓**

示。「我們可不可到其他地方，」他說，「好好談一談？」

副館長辦公室在三樓的角落，俯瞰一座座花園：胡桃木鑲板，暖氣調得過熱，加了框的蝴蝶標本和金龜子標本交互陳列，作為飾品。那張重達半公噸的辦公桌後方掛著一張法國生物學家拉馬克的素描，整個辦公室只掛了這幅炭筆繪製的人物肖像。8

副館長在辦公桌後面坐下，馮·朗佩爾坐在他的對面，籃子擱在兩腳之間。礦石學家站著。一位脖子修長的祕書小姐端來茶水。

胡布林說：「士官長，我們不斷擴充館內的收藏。世界各地紛紛工業化，影響所及，礦石瀕臨耗竭。我們盡量收集現存的各種礦石，對博物館的策展人而言，每一種礦石都同樣珍貴。」

馮·朗佩爾笑笑。他意識到他們費盡心思跟他耍花招，這點倒是讓人感佩。但是他們難道不明白勝負已成定局？他放下他那一杯茶，開口說道：「我想要看看你們最珍貴的收藏。我對一件你們最近從保險庫裡取出的珍品尤其感興趣。」

副館長抬起左手耙耙頭髮，頭皮屑有如大雪般落下。「士官長，您先前參觀的礦石有助於探索電化學和數理結晶學的基本原理，國家博物館超越一般收藏家的喜惡，我們的任務在於保障下一代——」

馮·朗佩爾微微一笑。「我願意等。」

「您誤會我的意思，先生，您已經看過我們可以讓您觀賞的收藏。」

「我願意等著看看那件你們不可以讓我觀賞的收藏。」

副館長盯著他的茶。礦石學家動來動去，似乎正與內心的怒火交戰。「我深諳等待之道，」馮·朗佩爾用法文說。「這是我多項才華之一。我向來不太擅長運動或是數學，但即使是小時候，我也具有異常的耐性。我經常陪伴我母親上美容院，我坐在椅子上，一等就是好幾個鐘頭，我不看雜誌，不玩玩具，兩隻腳甚至沒有前後晃動。每一位母親都大感佩服。」

兩位法國人煩躁不安。哪些人在辦公室的門外豎起耳朵聆聽？「如果你想坐下，請便，」馮．朗佩爾對胡布林說，然後拍拍他旁邊的一張椅子。但是胡布林沒有坐下。時間一分分過去。馮．朗佩爾嚥下最後一口茶，小心翼翼地把杯子放在副館長辦公桌的桌緣。某處一座電扇忽然運轉，轉動了一會兒才停頓。

胡布林說：「士官長，我不清楚我們在等什麼。」

「我在等你們說實話。」

「我可不可以——」

「待著，」馮．朗佩爾說。「坐下。我確定兩位若是大聲下達命令，外面那位看起來像是長頸鹿的小姐聽得見，對不對？」

副館長翹起二郎腿，變換一下坐姿，繼續翹腿坐定。現在八成已經過了中午。「說不定您想參觀一下骸骨？」副部長試探地說。「人類館非常壯觀。我們的動物學收藏極爲——」

「我想看看那些你們沒有展示出來的礦石。特別是其中一件。」

---

8 拉馬克，Jean-Baptiste Lamarck，1744－1829，法國生物學家，重要著作包括《動物哲學》，為演化論的先驅，達爾文在《物種起源》當中經常引用。

胡布林喉頭緊縮，臉色一陣青一陣白。他沒有聽命坐下。副館長似乎認命地接受這種僵局，從抽屜裡拉出一疊精心裝訂的文件，低頭閱讀。胡布林改變一下站姿，似乎想要離開，但是馮・朗佩爾只說：「拜託你待著，直到我們解決此事爲止。」

依馮・朗佩爾之見，等待是一種戰爭。你只需告訴自己絕對不能輸。副館長的電話響了，他伸手想要拿起話筒，但是馮・朗佩爾舉起一隻手，示意阻止，電話響了十、十一聲，然後陷入沉靜。差不多過了整整半小時，胡布林盯著鞋帶，副館長拿支銀色的筆，不時在他的文件上作筆記，馮・朗佩爾依然動也不動，然後有人輕輕敲門。

「各位先生？」那人說。

馮・朗佩爾大聲說：「我們很好，謝謝。」

副館長說：「士官長，我有其他事情待辦。」

馮・朗佩爾的聲調依然平穩。「你必須在這裡等候。你們兩位都一樣。你們必須在這裡跟我一起等候，直到我見到那一件我專程過來參觀的東西，我們才各自回到工作崗位，繼續手邊重要的工作。」

礦石學家的下巴不停顫抖。電扇又開始運轉，而後停頓。馮・朗佩爾猜想，或許是五分鐘的定時裝置。他等著電扇再度轉轉停停，過了一會兒，他把籃子抬到膝上，指指一把椅子，聲調輕緩：「請坐，胡布林博士，坐著比較舒服。」

胡布林沒有坐下。時間已是下午兩點，市區數百座教堂的鐘聲響起，路人沿著小徑漫步，秋季最後幾片落葉盤旋飛舞，飄落大地。

馮・朗佩爾攤開餐巾，鋪在膝上，拿出起司。他慢慢剝開麵包，香脆的外皮迸出如瀑布般的碎屑，掉落在他的餐巾上。他咀嚼麵包，幾乎可以聽到副館長和胡布林的肚子咕咕叫。他無意分享，逕自食用。用餐完畢之時，他擦擦嘴角。

「兩位先生，你們對我有所誤解。我不是禽獸，我不是來此摧毀你們的收藏。你們的館藏屬於全歐洲、全人類，不是嗎？我只是爲了某件小東西而來。某一樣比你們的膝蓋骨更小的東西。」他邊說邊看著礦石學家，礦石學家滿臉通紅，望向遠方。

副館長說：「士官長，這太荒謬了。」

馮．朗佩爾摺起餐巾，放回籃中，把籃子擺到地上。他舔舔指尖，逐一挑揀外套的麵包屑，然後直直盯視副館長。「查里曼高中，對不對？在查里曼街上？」

副館長的眼角微微抽動。

「你女兒在那裡上課？」馮．朗佩爾坐著轉身。「史坦尼拉斯學院，胡布林博士，是嗎？你那對雙胞胎兒子在那裡上課，學校在巴黎第六區？這會兒那兩個可愛的男孩不就正要走路回家嗎？」

胡布林雙手搭在他旁邊那張空椅的椅背，指關節慘白。

「一個拿著小提琴，另一個拿著中提琴，我說的對不對？他們正在穿越一條條忙碌的街道。對十歲的小男孩而言，那段路程還眞是漫長。」

副館長挺直身子。馮．朗佩爾說：「我知道它不在館內，兩位先生。就連職位最低的工友都不會笨到把那顆鑽石留在這裡。但我想看看你們以前把它藏放在哪裡。我想知道你們認爲怎樣的地方夠安全。」

兩名法國人都一語不發。副館長繼續看著文件，即使馮．朗佩爾很清楚他已無心閱讀。下午四點，祕書再度輕輕敲門，馮·朗佩爾請她退下。他集中注意力，專注於眼睛的眨動。脈搏在他頸部跳動，撲答，撲答，撲答，撲答。依馮·朗佩爾之見，其他人的處理方式通常比較粗拙。他們會採用測謊器、炸藥、槍桿、蠻力。但是他認爲自己的策略最巧妙。馮·朗佩爾採用的器具最廉價：他只運用分針與時針。

鐘聲響了五下。暮光滲入花園，緩緩流逝。

「士官長，拜託，」副館長說。這會兒他雙手壓在辦公桌上，抬頭往上看。「現在很晚了，我必須上洗手間。」

「請便，」馮·朗佩爾指指桌旁的一個金屬字紙簍。

礦石學家的臉色一沉。電話再度響起。胡布林咬咬指甲。副館長露出痛苦的神情。電扇嘎嘎運轉。戶外的花園中，日光已從樹梢消逝，馮·朗佩爾依然等待。

「你的同事，」他對著礦石學家說，「他講求邏輯，不是嗎？他不相信傳說，但你似乎比較感性。你不想相信，你告訴自己不要相信，但是你的確相信。」他搖搖頭。「你曾把那顆鑽石握在手裡。你曾感受到它的魔力。」

「這太荒謬了，」胡布林說。他的眼睛骨碌碌，好像一隻受到驚嚇的小馬。「這種行爲像是野蠻人。士官長，我們的小孩安全嗎？我這就提出要求，請你讓我們確定我們的小孩平安無事。」

「你是個科學家，卻相信迷思。你崇尚理性，卻也相信神話、女神和詛咒。」

副館長深深吸口氣。「夠了，」他說。「夠了。」

馮·朗佩爾的脈搏急速跳動：已經奏效了嗎？這麼快就達到效果？他可以再等兩天、三天，等到周遭衆人有如海浪般在他腳邊化爲細碎的浪花。

「士官長，我們的小孩安全嗎？」

「你若想讓他們平安無事，他們就會平安無事。」

「我可以用電話嗎？」

馮．朗佩爾點點頭。副館長伸手拿取聽筒，對著聽筒說聲「西薇」，稍待片刻，然後放下聽筒。祕書小姐拿了一串鑰匙走進來，然後從副館長辦公室的抽屜裡拿出另一把鑰匙，鑰匙鎖柄細長，造型優美，設計單純，掛在一個鑰匙圈上。

一樓展館的盡頭有個上了鎖的小房間。房間需用兩把鑰匙才打得開，而副館長似乎不太熟悉這副門鎖。他們帶著馮．朗佩爾走下一道迴旋的石階，走到石階盡頭，副館長打開另一扇鐵門。他們穿過一個個迴廊，走過一名警衛身旁，警衛坐在椅子上，一看到他們馬上放下報紙，挺直身子。在一個毫不起眼、堆滿罩布和木箱的石砌房間裡，礦石學家推開一塊三夾板，一個式樣簡單的保險箱赫然呈現在眼前，副館長輸入密碼，輕易開啟。

沒有警鈴。只有一個警衛。

保險箱裡有個盒子，看起來有趣多了。盒子重到必須由副部長和礦石學家齊力搬動。盒子造型典雅，製作精細，幾乎看不到木工的鑿痕。沒有品牌名稱，沒有號碼鎖。盒子應該是中空，但是看不到明顯的絞鏈，而且沒有鐵釘，沒有接著點；它看起來像是一塊光可鑑人的實心原木。肯定是專門訂製，出自行家之手。

礦石學家把鑰匙插進盒底一個幾乎看不見的小孔；鑰匙一轉，盒子的一側冒出另外兩個小孔。副館長把兩把相稱的鑰匙插入小孔之中，開啟五條不同的鎖軸。
三個重疊的圓筒鎖，相輔相成。
「太精巧了，」馮．朗佩爾輕聲說。
整個盒子慢慢開啟。
盒裡擺著一個小小的絨布袋。
他說：「打開吧。」
礦石學家看看副館長，副館長拿起小袋，解開袋口，把一件包起來的物品倒在掌心。他伸出一隻指頭，慢慢挪開一層層包裝，裡面是一顆鴿蛋大小的藍鑽。

衣櫥

違反燈火管制的民眾要嘛被罰款，要嘛被抓起來接受審問，但是曼奈克太太通報，迪厄旅館整夜燈火通明，而且每個鐘點都有德國士兵進出，人人步伐蹣跚，一邊把襯衫下襬塞進褲腰，一邊整理長褲。瑪莉蘿兒撐著不睡，等著聆聽叔公的動靜。最後她終於聽到走廊對面的房間喀噠開啟，腳步聲輕輕擦過地板。她想像一隻故事書裡的小老鼠偷偷摸摸從地洞裡爬出來。
她爬下床，試著不要吵醒她爸爸，悄悄穿過走廊。「叔公，」她輕聲說。「別害怕。」
「瑪莉蘿兒？」他身上帶著一股冬日將至的味道，暮氣沉沉，沉重凝滯。

「你還好嗎？」

「好點了。」

他們站在樓梯口。「我們收到一張通知單，」瑪莉蘿兒說。「曼奈克太太把單子留在你桌上。」

「一張通知單？」

「關於你的收音機。」

他走到五樓。她可以聽到他急急嘟囔，手指輕輕撫過剛剛清空的架子，。一個個熟悉的老朋友全都消失無蹤。她等著他發出怒吼，但只聽到他呼吸急促、輕輕哼唱一首法國童謠……

Á la salade, je suis malade, Au céleri, je suis guéri[9]……

她扶著他的手肘，幫他坐上小書桌。他依然喃喃自語，試圖說服自己逃出內心深處的暗礁，她可以感覺他散發出的恐懼，惡毒而致命，讓她想到動物學研究室一桶桶福馬林冒出的滾滾濃煙。

雨點輕輕打在窗台，艾提安的聲音從遠方飄來。「全都被收走了？」

「閣樓那一部還在。我沒提。曼奈克太太知道這回事嗎？」

「我們從來沒有談起。」

「叔公，你把它藏起來了，對不對？如果有人上門搜查，他們看得到嗎？」

「誰會上門搜查？」

9 法國童謠。意即：沙拉，我生病了。芹菜，我痊癒了。

瑪莉蘿兒默不作聲。

他說：「我們依然可以把它交出去，就說我們一時疏忽？」

「最後期限是昨天中午。」

「他們說不定會諒解。」

「叔公，你真的認爲他們會相信你忘了繳交一部信號可達英國的傳輸器？」

急速的呼吸聲再起。黑夜繞著靜默的軸心悄悄轉動，無聲無息。「幫幫我，」他說。他在三樓的房間找到一把千斤頂，兩人一起爬上六樓，關上她祖父臥房的房門，跪到那個巨大的衣櫥旁邊，甚至不敢冒險點燃一支蠟燭。他把千斤頂悄悄移到衣櫥下方，抬高左側，在櫥腳底下塞進一塊摺疊的破布，然後抬高右側，重複剛才的舉動。「好，瑪莉蘿兒，把雙手擺在這裡，用力推。」她心頭一震，忽然頓悟：他們打算把衣櫥挪到通往閣樓的小門前面。

「使勁用力推，準備好了嗎？一、二、三！」

巨大的衣櫥挪動了三公分。挪動之時，兩扇裝了鏡子、厚重結實的櫥門輕輕相觸，微微作響。她感覺他們好像推著屋子在冰上走動。

「我爸爸曾說，」艾提安喘著氣說，「連耶穌也沒辦法把這個衣櫥抬上這裡，他說他們肯定以衣櫥爲中心，建造了這棟屋子。好，再來一次，準備好了嗎？」

他們推一推，休息一下，推一推，休息一下。衣櫥終於穩穩矗立在小門之前，擋住通往閣樓的入口。艾提安再度抬高櫥腳，拉出破布，重重坐到地上，用力喘氣，瑪莉蘿兒在他旁邊坐下，晨光尚未漫過市區，兩人已沉沉入睡。

點名。早餐。顱相學，操槍訓練，實戰演習。厄斯特在巴斯提恩的操練中被點名為最弱的一個，五天之後，這個黑髮的男孩離開了學校。再過一星期，又有兩個男孩打退堂鼓。六十個學生變成五十七個。每天傍晚，韋納在郝普曼博士的實驗室工作，有時將數字代入三角測量公式，有時計算工程數據：郝普曼博士正在設計一部定向無線電收發機，他希望韋納加強收發機的效能與功力。個子矮小的博士說，收發機必須能夠迅速重新調撥，傳輸多重頻道，而且計算它所接收的傳輸角度。韋納辦得到嗎？

他幾乎重新改裝原有的設計。有些晚上，郝普曼愈講愈開心，他詳細解釋螺線管和電阻器的功用，說明懸掛在屋椽上的蜘蛛屬於什麼種類，甚至興高采烈地聊起科學家們在柏林的聚會，據他所言，每一番對談幾乎都揭露全新的研究方向。相對論，量子力學——在那些夜晚，他的心情似乎好到樂於回答韋納提出的任何問題。

但是隔天晚上，郝普曼可能變個模樣，冷淡得嚇人；他拒絕討論問題，一語不發地監督韋納工作。郝普曼博士說不定結識高官貴人——他桌上那具電話直通一百公里之外的各個長官，長官們說不定手指一擺，即可遣派十二架飛燕戰鬥機自機場升空，全力炮轟某個城市——思及至此，韋納不禁陶陶然。

我們活在一個非比尋常的時代。

他不知道佳妲是否已經原諒他。她在信中大多說些無謂的瑣事——我們很忙；伊蓮娜太太跟你問好——要不就是被審查人員塗了好多黑線，等到送達他的寢室，信件的內容已經支離破碎。她因為他離家而傷心嗎？或者她也跟他一樣，正在學習硬起心腸自保？

沃克海默似乎跟郝普曼一樣充滿了矛盾。在其他男孩眼中，魁梧的沃克海默性情凶暴，一身蠻力，但當郝普曼前往柏林出差，沃克海默有時走進博士的辦公室，帶回一部歌蘭蒂真空管收音機，接上短波天線，實驗室中頓時盈滿古典音樂的樂聲。莫札特、巴哈，甚至義大利音樂家韋瓦第，愈感傷愈好。這個巨人般的男孩經常靠在椅背上，緩緩半閉雙眼，椅子被他龐大的身軀一壓，吱吱嘎嘎地發出抗議。

爲什麼始終計算三角形？他們製造的無線電收發機有何功用？郝普曼知道的兩個基點是什麼？他爲什麼必須知道第三個基點？

「韋納同學，這只是數字，」郝普曼說，這是他最喜歡的座右銘。「純粹只是數學。你必須訓練自己這麼想。」

韋納試圖利用弗雷德瑞克驗證不同理論，但是他發現弗雷德瑞克的行動飄忽，有如行走於夢中。他長褲的腰身過度寬鬆，褲腳也已磨破。他的眼神既是熱切，卻也迷濛；他好像幾乎沒有意識到自己槍法失準，錯失目標。大多夜晚，弗雷德瑞克入睡之前始終喃喃自語：幾句詩文、鵝群的習慣、他聽到蝙蝠啪地一聲飛過窗邊等等。

禽鳥，始終是禽鳥。

「……北極燕鷗啊，韋納，它們從南極飛到北極，果眞是世界級的導航員，說不定是世間最漂泊的動物，每年遷徙七萬公里……」

冬天灰白的日光籠罩馬廄、葡萄園、射擊場，鳴禽展翅高飛，急急越過山丘，候鳥往南遷徙，一波波壯觀的人字形列隊飛過學校的尖塔，校園彷彿成了候鳥南遷的通路。偶爾一群候鳥從天而降，棲落在遼闊的菩提樹之間，躲藏在樹葉底下嬉鬧不休。

有些十六、七歲的高年級軍校生，比較容易獲准使用槍彈而培養出一種嗜好，他們朝著樹間發射槍彈，看看能夠擊中多少隻小鳥。大樹平靜沉穩，看起來沒有小鳥棲居；有人扣動扳機，樹梢馬上朝向四方猛烈搖動，不到半秒鐘，上百隻小鳥高聲尖叫，驚慌奔逃，好像整棵大樹被炸得四分五裂。

有天晚上，弗雷德瑞克把額頭倚向宿舍的玻璃窗，望著窗外。「我恨他們，我好恨他們這麼做。」餐廳鈴聲響起，大家邁開步伐，快快奔跑，一頭褐髮、視力不佳的弗雷德瑞克墊底，靴子的鞋帶拖拖拉拉。韋納幫弗雷德瑞克清洗飯盒，跟他分享習題解答、鞋油、從郝普曼博士實驗室取得的甜食；野外出操時，他們並肩跑步。一個質材輕巧的黃銅別針別在每個人的翻領上；一百一十四隻釘靴踏著小徑的碎石，發出銀閃閃的光芒。城堡的尖塔和城垛隱隱出現在他們下方，彷彿象徵昔日的榮景。韋納的血液噗噗流過大腦，一心只想著郝普曼的收發機、焊錫、保險絲、電池和天線；他和弗雷德瑞克腳步一致，兩人的皮靴同時踏著地面。

電報

SSG35 A NA513 WUX

電報副本

一九四〇年十二月十日

丹尼爾・勒布朗先生
法國聖馬洛
月底返回巴黎一路留神

沐浴

最後再次急急上膠磨光，發瘋似地埋頭苦幹，瑪莉蘿兒的爸爸終於完成聖馬洛的模型。模型尚未上漆，未盡完美，色澤不齊，呈現六種不同木材的紋理，而且遺漏細節。但是模型尚稱完備，如果他女兒非得使用，應當綽綽有餘；城牆環繞著這個形狀不規則的島嶼，島上八百六十五棟房屋全都就位。

他感到不安。過去這幾個星期，一切都不合邏輯。博物館請他保管的鑽石不是眞品。如果鑽石是眞品，博物館肯定早已派人過來拿取。不，鑽石肯定是贗品。但是當他拿起放大鏡檢視，鑽石深處爲什麼散發出一道道有如火焰般的艷麗微光？爲什麼他老是聽到背後傳來腳步聲，轉頭一看卻沒有半個人？爲什麼他想著那個無稽的傳言？爲什麼他覺得這顆他擺在亞麻小袋、隨身攜帶的鑽石引來災禍，置瑪莉蘿兒於險境，甚至導致法國受到侵略？

荒誕無稽。可笑之至。

他已經嘗試每一種不驚動別人的測試。

他試過把它包在氈布裡，拿起鐵鎚一敲——鑽石完好無缺。

他試過用半塊石英刮擦——鑽石毫無刮痕。

他試過燭光燒炙，他試過丟入水中，他試過燒水煮沸。他把鑽石藏在床墊下、他的工具盒裡、他的鞋子裡。有天晚上，他把鑽石悄悄塞進曼奈克太太窗台上的天竺葵花壇，幾小時之後，他堅信天竺葵漸漸枯萎，於是趕緊把它挖出來。

今天下午，火車站有張熟悉的臉孔偷偷窺視，這人排在他後面，與他相隔大約四、五人。這人矮胖、多汗、雙下巴，他見過。他們瞪視對方；過了一會，這人悄悄移開目光。

艾提安的鄰居。那個香水商。

幾個星期之前，爲了模型進行測量時，鎖匠師傅看到這人站在城牆上，手執相機遙望大海。這人不可信任，曼奈克太太說。但他只是一個排隊等著買票的男人。

邏輯。常理之本。每一把鎖都有相稱的鑰匙。

兩個多星期以來，館長的電報始終迴盪在他的腦海中。這個最後的指令——**一路留神**——如此模稜兩可，令人發狂。他應該帶著鑽石上路，或是將它留下？他應該帶著瑪莉蘿兒一起走，或是將她留下？搭乘火車？或是改採其他比較爲安全的行進方式？

還有一點，鎖匠師傅暗自思量，如果電報根本不是館長發送的呢？

種種問題不斷迴繞。輪到他站在購票窗口時，他只買了一張早班火車的車票，經由雷恩轉往巴黎。買了車票之後，他走過一條條狹窄陰暗的街道，回到弗柏瑞街。他將奉命行事，然後這事就會畫下句點。他將回去上班，執掌鑰匙處，鎖藏館中展品。不到一星期，他將無事一身輕，搭乘火車回到布列塔尼，接瑪莉蘿兒回家。

曼奈克太太準備了燉肉和長棍麵包當作晚餐。用餐之後，他帶著瑪莉蘿兒走上搖搖晃晃的樓梯，來到三樓的浴室。他在大大的鑄鐵澡缸裡注滿清水，轉過身去，等著她脫下衣服。「妳想用多少肥皂都可以，」他說，「我多買了幾塊。」火車票依然對折，擺在他的口袋裡，感覺像是背叛。

她讓他幫她洗頭。瑪莉蘿兒的手指不停劃過肥皂泡，好像試圖測量泡沫的重量。一想到女兒，他內心深處始終懷藏一絲恐慌：他生怕自己不是一個好爸爸，他擔心自己始終搞不清楚規則，每一件事都做錯了。那些巴黎的媽媽啊，她們推著娃娃車走過植物園，或是在百貨公司選購連襟毛衣，她們走過彼此身邊，微微點頭彼此致意，在他的眼中，她們似乎懷藏著某些育兒常識，但他卻一無所悉。他怎麼可以確定自己做得沒錯？

但是他也感到自傲——畢竟他獨自撫養女兒長大。況且他女兒是如此充滿好奇、如此具有韌性、如此堅強。身爲這麼一個小女孩的父親，他覺得自己只是一個狹窄的渠道，引領她走向更宏大、更寬廣的未來，思及至此，他不禁感到卑微。此時此刻，他跪在她身旁，幫她梳洗頭髮，心中就湧起這種感覺：他對女兒的愛，似乎將會超越他的軀體。方牆將會消逝，甚至整座城市都將隱退，但是他的驕傲、他的卑微、他對女兒的愛依然熾熱，未曾減退。

排水管嗚咽作響；堆滿雜物的屋子漸漸圍攏。瑪莉蘿兒抬起濡濕的小臉。「你要離開了，對不對？」

此時此刻，他慶幸她看不到他的神情。

「曼奈克太太跟我說了那封電報。」

「我不會離開太久，瑪莉，說不定一星期，頂多十天。」

「什麼時候？」

「明天。妳還沒起床之前。」

她往前一傾，靠向膝蓋。她的背部修長白皙，一節節脊骨劃分爲二。她曾經握著他的食指入睡。她曾經帶著她的書爬到鑰匙處的長椅下，手指好像蜘蛛似地劃過一行行點字。

「我得待在這裡？」

「是的，妳跟曼奈克太太和艾提安叔公待在這裡。」

他遞給她一條毛巾，扶著她爬出浴缸，站上磁磚地板，他在門外等她穿上睡衣，陪她走到六樓，走進兩人的小房間，即使他知道她不需要他的帶領。他在床沿坐下，她跪在模型旁邊，伸出三隻手指按住大教堂的尖頂。

他找到髮梳，根本懶得開燈。

「十天，爸爸？」

「頂多十天。」牆壁嘎嘎作響；窗簾之間的窗戶黑漆漆；市鎮已準備就寢。屋外的某處，德軍的潛水艇悄悄升上水面，身長十公尺的章魚眨著大眼睛，匆匆游過淒冷的黑夜。

「我們連一個晚上都沒有分開過，對不對？」

「從來沒有。」他的目光掃過漆黑的房間。他口袋裡的鑽石好像幾乎有了生命。如果今晚睡得著，他會夢見什麼？

「爸爸，你不在的時候，我可以出去嗎？」

「我一回來妳就可以出去，我保證。」

他極盡輕柔，梳理女兒潮濕的髮絲。一下，兩下，梳理之際，他們可以聽見窗戶被海風吹得嘎嘎作響。

瑪莉蘿兒雙手撫過一棟棟房屋，口中喃喃念誦街名。「寇迪爾街，傑克．卡地亞街，弗柏瑞街。」

他說：「妳花一星期就會熟悉每一條街。」

瑪莉蘿兒的手指慢慢移到外圍的城牆。城牆之外便是大海。「十天，」她說。

「頂多十天。」

弱者中的弱者#2

十二月榨乾了城堡的每一道光。太陽幾乎尚未從地平線升起，就已開始緩緩落下。空中飄起白雪，一回，兩回，而後白雪鋪蓋草地，自此再不消融。韋納可曾見過如此潔淨、飄落之際完全沒有沾染煤灰的白雪？偶爾有隻雀鳥，或因遠方的風雪，或因戰爭的炮火，因而迷失了方向，暫且棲落在小方院之外的菩提樹上，堪稱唯一來自外界的信使。除此之外，一星期左右總有兩位一臉稚嫩的下士造訪——他們始終在謝飯禱告之後、男孩們剛吃下第一口餐點之時走進餐廳——兩人走過一幅幅家徽紋飾，站到一個軍校生身後，悄悄在他耳邊知會他的父親已經為國捐軀。

有些夜晚，一個高年級的班長大喊**立正**，男孩們站上他們的長椅，巴斯提恩司令官隨即搖搖擺擺地走進來。男孩們靜靜地低頭瞪視餐點之時，巴斯提恩一排接著一排點閱，伸出一根指頭畫過每個人的脊背。「想家嗎？我們不應該掛念我們的家園。最終而言，我們都歸屬於元首。個人的家園算什麼？」

「不算什麼！」男孩們放聲大喊。

每天下午，不管晴雨，司令官吹吹口哨，十四歲的男孩們快步跑到室外，他隱身於眾人後方，外套被鮪魚肚撐得鼓起，軍服的勳章叮噹作響，橡皮管颼颼舞動。「你們有兩種死法，」他說，鼻息在冷風中化為一朵朵白霧。「你們可以像隻獅子一樣奮戰，你們也可以像是從牛奶裡掏出頭髮一樣，輕輕鬆鬆翹辮子。微不足道的無名小卒——那些人就是輕鬆翹辮子。」他的眼光掃過眾人，揮舞手中的橡皮管，極具戲劇效果地睜大雙眼。「你們想要怎麼死？」

一個刮著大風的午後，他命令赫爾穆特．羅戴爾出列。赫爾穆特來自南方，個子瘦小，不怎麼起眼，幾乎無時無刻雙手握拳。

「羅戴爾，依你之見，隊裡哪個人最弱？」司令官揮舞橡皮管。赫爾穆特．羅戴爾馬上回答：「報告長官，他最弱。」

韋納感覺心頭一沉。羅戴爾直指弗雷德瑞克。

巴斯提恩命令弗雷德瑞克出列。就算他這位好友因為恐懼而臉色凝重，韋納也看不出來。弗雷德瑞克看起來若有所思，幾乎稱得上冷靜。巴斯提恩把橡皮管掛在脖子上，步履維艱地穿過田野，積雪深及他的小腿，他慢慢前進，直到整個人不過是遠方的一團黑影。韋納試圖直視弗雷德瑞克的雙眼，但是他的目光卻已飄到一公里之外。

司令官舉起左手，大聲一喊：「十！」話語隨著強風飄過寬闊的田野，回音不絕於耳。弗雷德瑞克眨了幾下眼睛——他在課堂上被教官點到名字的時候也經常如此——似乎等著自己回過神來。

「九！」

「趕快跑，」韋納輕聲催促。

弗雷德瑞克跑步相當在行，比韋納還行，但是今天下午，司令官計數的速度似乎比往常快，弗雷德瑞克起頭已經慢了一步，積雪阻礙他的行進，他跑不到二十公尺，巴斯提恩就舉起右手。

男孩們馬上拔腿狂奔。韋納跟其他人一起往前跑，試圖待在隊伍的後段，人人的步槍頂著背部，齊聲發出切、切、切的聲響。速度最快的幾個男孩感覺比平常更快，好像不願老是被人趕上。

弗雷德瑞克拚命奔跑。但是跑得最快的男孩們有如一隻隻延攬自各地的獵犬，速度和渴望服從高居全國之冠，在韋納眼中，他們似乎比往常更狂熱、更堅定地往前奔跑。他們等不及想要看看某人被趕上之後的下場。

距離巴恩斯坦十五步之處，弗雷德瑞克被男孩們拖倒在地。

眾人圍繞在他們身旁，弗雷德瑞克和跑得最快的男孩們跌跌撞撞地站起來，人人臉上沾滿白雪。巴斯提恩大步向前。學生們圍在他們的司令官身旁，胸膛劇烈起伏，很多人雙手搭在膝上。男孩們的鼻息凝聚為飄渺的白雲，大風一吹，隨即逝去。弗雷德瑞克站在中央，一邊喘氣，一邊眨眨修長的眼睫毛。

「通常，」巴斯提恩神閒氣定地開口，幾乎像是自言自語。「大家必須花多一點時間才追得上頭先起跑的同學。」

弗雷德瑞克朝著天空瞇起眼睛。

巴斯提恩說：「這位同學，你是不是最弱的一個？」

「報告長官，我不知道。」

「你不知道？」巴斯提恩稍作停頓，臉上隱隱閃過一絲敵意。「講話的時候看著我。」

「報告長官，有些人在某些方面比較弱。有些人的弱點則是其他方面。」

司令官緊閉雙唇，眼睛一瞇，臉上慢慢露出強烈的恨意，好像雲朵飄逝，一時之間，巴斯提斯兇殘而扭曲的眞面目表露無遺。他從頸上扯下橡皮管，遞給羅戴爾。

羅戴爾抬頭眨眨眼。「來，趕快，」巴斯提恩催促，好像逼迫一個心不甘情不願的男孩踏進一灘冷水。「好好教訓他。」

羅戴爾低頭看著橡皮管：三尺長的管子黑壓壓，凍得硬梆梆。說不定只過了幾秒鐘，韋納感覺卻好像過了幾小時，寒風吹過沾滿冰霜的野草，雪花颼颼飄過銀白的大地，韋納忽然想念「同盟礦區」，思鄉之情有如潮水般在心中湧現：童年的午後，拖著坐在推車上的妹妹，漫步於擁擠的礦坑之間。巷弄狹窄雜亂，值班的工人扯著嘶啞的嗓門大喊大叫，男孩們沙丁魚似地擠在宿舍裡休息，外套和長褲掛在牆壁四周的掛鉤上。午夜時分，伊蓮娜太太有如天使般在小床之間走動，口中喃喃說道：**我知道很冷，但是你們瞧瞧，我在這裡陪著你們**。

佳妲，請妳閉起眼睛。

羅戴爾往前一步，揮揮橡皮管，啪地一聲掃過弗雷德瑞克的肩膀。弗雷德瑞克後退一步，大風勁揚，吹過田野，巴斯提恩說：「再一下。」

一切皆以慢動作呈現，氣氛凝重遲緩，令人心驚。羅戴爾往後一靠，再度出手，這次打中弗雷德瑞克的下巴。韋納強迫自己專注於家鄉的種種影像：洗淨的衣物；伊蓮娜太太操勞到發紅的手指；巷弄裡的狗犬；煙囪冒出的濃煙——他每一個細胞都想放聲尖叫：這麼做難道沒錯嗎？

但在此地，這麼做一點都沒錯。

分分秒秒，感覺如此漫長。弗雷德瑞克挨了第三鞭。「再一下，」巴斯提恩下令。橡皮管第四度落下，弗雷德瑞克手臂大張，管子啪地擊中他的前臂，他前後晃動，踉踉蹌蹌。羅戴爾再度揮舞橡皮管，巴斯提恩說：「以您爲鑒，主耶穌，請您指引，長長久久，」整個午後隨之脫序，七零八落；韋納看著眼前的一切緩緩後退，好像站在隧道另一頭觀看：一片銀白的田野，一群男孩，光禿禿的大樹，一座小型的城堡，這一切都跟伊蓮娜太太講述的童年往事、或是佳妲手繪的巴黎素描一樣虛幻。他聽到羅戴爾又打了六下，管子颼颼舞動，橡皮劈劈啪啪擊中弗雷德瑞克的雙手、雙肩和臉龐，聽在耳裡，感覺格外死氣沉沉。

弗雷德瑞克可以在林中健行好幾個鐘頭，光是聽到鳴聲就辨識得出四十五公尺之外的刺嘴鶯。弗雷德瑞克幾乎從來不會只想到自己。從任何一方面而言，弗雷德瑞克都比他堅強。韋納張開嘴巴，但是馬上又閉上；他壓下想說的話；他緊閉眼睛，緊閉思緒。

到了某個時候，羅戴爾終於住手。弗雷德瑞克俯臥在雪堆裡。

「長官？」羅戴爾喘著氣說。巴斯提恩從羅戴爾手中接下長長的橡皮管，把管子掛在脖子上，雙手往下一伸，拉高肚子下方的皮帶。韋納跪到弗雷德瑞克旁邊，幫他翻身，鮮血從他的耳朵、眼中、或是嘴中流出，說不定三處都冒著鮮血。他的一隻眼睛已經腫到無法張開；另一隻依然閉著。韋納意識到他專注於天空，追蹤空中的某樣東西。

韋納斗膽往上瞧瞧；一隻老鷹乘風翱翔，飛過天際。

巴斯提恩說：「起來。」

韋納站起來。弗雷德瑞克沒有移動。

巴斯提恩說：「起來，」這次口氣比較輕緩，弗雷德瑞克撐起一邊膝蓋，搖搖晃晃地站起。他的臉頰有道深長的傷口，汩汩流出血絲。背上汗跡斑斑，雪花消融，襯衫後面更是汙漬點點。韋納朝著弗雷德瑞克伸出一隻手臂。

「這位同學，你是不是最弱的一個？」

雷德瑞克看都不看司令官。「報告長官，不是。」

老鷹依然翱翔天際。肥胖的司令官靜靜思索了一秒鐘，然後喝令大家跑步，聲音清亮，響徹田野。五十七位軍校生沿著白雪皚皚的小徑往前跑，衝向森林。弗雷德瑞克跟在韋納身邊，左眼腫脹，滿臉血漬，衣領潮濕汙濁。

樹枝一陣騷動，嘩啦作響。五十七個男孩齊聲高唱：

我們將會勇往直前；

即使周遭崩潰瓦解；

因為今天祖國聽到我們的聲響，

明天全世界也會聽得到我們的吶喊！

古薩克森省的林間冬意已濃。韋納不敢冒險再看他的朋友一眼。他背著一把沒有上膛、一擊五發的步槍，加快腳步，跑過淒冷的寒冬。他快滿十五歲了。

鎖匠師傅落網

他們在距離巴黎幾小時車程的維特雷抓到他。在十二名乘客的注視下，兩名便衣警察架著他走下火車。他在一部小貨車裡接受訊問，然後在一間冰冷的辦公室裡再度接受盤查，辦公室位居夾層樓閣，牆上一幅幅遠洋輪船的水彩畫，繪畫技巧不太高明。第一批審問者是法國人；一個小時之後換德國人上場。他們示威似地揮舞他的筆記簿和工具箱，他們高舉他的鑰匙圈，算了算共有七把不同的萬能鑰匙。這些鑰匙可以打開什麼鎖？這些迷你銼刀和鋸子如何使用？這本筆記簿爲什麼寫滿了建築測量？他們一再追問。

我幫我女兒製作模型。

我在博物館上班，那些是博物館的鑰匙。

拜託。

他們把他架進牢房，牢門的門鎖和鉸鏈非常巨大古舊，肯定流傳自路易十四，說不定甚至是拿破崙時代的古董。館長或是他的部屬隨時可能出面，釐清所有疑點。沒錯，肯定如此。

隔天早上，德國人再度問話，這次的問題比較簡短，角落還有個打字員劈劈啪啪敲打鍵盤。他們似乎打算指控他策畫摧毀聖馬洛城堡，至於他們爲什麼相信眞有這麼一回事，則是不得而知。他們的法文勉強及格，似乎對他們提問的問題比較感興趣，而不在乎他的答覆。他們不給他紙筆和寢具，也不准他打電話。他們握有幾張他的照片。

他好想抽菸。他仰躺在地上，想像自己親吻熟睡中的瑪莉蘿兒，在她的雙眼各印上一吻。被捕兩天之後，他被送往距離史特拉斯堡幾公里的臨時拘留所。隔著鐵柵欄，他看著一隊穿著制服的女學童並肩而行，漫步在冬天的陽光下。

獄警送來速食三明治、硬起司、足夠的飲水。拘留所裡大概還有其他三十個囚犯，大夥睡在鋪了稻草、結了寒冰的泥地上。囚犯大多是法國人，但也有幾個比利時人，其中四位是講荷語的佛萊明人，兩位是講法語的瓦隆人。他問起他們被指控的罪名，大家頂多支支吾吾，生怕他提出的問題懷藏陷阱。夜深人靜之時，大夥輕聲交換謠言。「我們只會在德國待幾個月，」有人說，話語有如接龍，一個接著一個傳下去。

「他們的壯丁都上了戰場，我們只是幫忙春天播種。」

「然後他們就送我們回家。」

每個人都覺得這不太可能，但是話又說回來：誰曉得可不可能？說不定再過幾個月就可以返家。

沒有官方指派的律師。沒有軍事審判。瑪莉蘿兒的爸爸全身哆嗦，在臨時拘留所待了三天。博物館沒有派來救兵，館長也沒有派遣加長禮車，風風光光沿著巷道駛來。他們不准他寫信。當他要求打個電話，獄警們甚至懶得嘲笑。「你知道**我們**最近一次使用電話是什麼時候的事情嗎？」他時時刻刻爲瑪莉蘿兒祈禱，每一聲呼吸都是禱詞。

到了第四天，所有囚犯擠上一部運牛的貨車，被送往東方。「我們接近德國邊境，」男人們悄悄說。遠遠望去，他們可以看到河流另一邊的德國。森林低矮光禿，兩旁盡是雪花覆蓋的田園。葡萄園一片漆黑。四股灰色的煙霧，冉冉融入白花花的天空。

鎖匠師傅瞇起眼睛。那邊是德國？看起來跟河流這一邊沒什麼兩樣。

就算那邊是懸崖邊緣，又有什麼不同？

FOUR

CHAPTER 4

8 AUGUST 1944

城市碉堡

萊茵霍爾德·馮·朗佩爾摸黑爬上梯子。他可以感覺脖子兩側的淋巴結壓迫食道和氣管。一階階橫桿乘載了他的重量，好像石板瓦般沉重。

瞭望炮塔的兩個炮手壓低鋼盔，從帽緣下方觀看。他們沒有出手相助，也沒有舉手敬禮。炮塔有個鋼鐵的圓屋頂，多半用來測定下方槍炮的間距。從炮塔往西望去是一片汪洋，下方則是一座座懸崖，懸崖與懸崖之間架設著繁複的電纜線，大海正對面、距此大約一公里之處，便是燃燒中的聖馬洛。

炮擊暫時歇止，旭日即將東升，先前發射的炮彈在市區延燒，火光熊熊。城市西緣陷入火海，深紅與赭紅之中冒出一團團高聳的煙霧，最巨大的一團煙霧已經凝聚成滾滾翻騰的雲柱，有如夾雜著灰燼與濃煙的火山雲。從遠方觀測，煙霧看來出奇密實，好像是件透明的木雕，火花沿著周邊閃爍，灰燼沿著周邊飄落，供電計畫、採購訂單、稅收紀錄等官方文件沿著周邊噗噗飛舞。

馮·朗佩爾拿起望遠鏡觀測，幾隻說不定是蝙蝠的小東西急展翅，側身飛過城牆。一棟屋子的深處冒出有如噴泉般的火光——說不定是變壓器，說不定是家中私藏的燃料，說不定是一顆拖了很久才爆炸的炮彈——他看在眼裡，感覺整座城市籠罩在一道道閃電之中。

其中一個炮手高談闊論，大談煙霧、城牆牆基有匹死馬、城裡某一區的火勢特別強烈等等，言語乏味，了無新意，好像他們是十字軍東征時代的貴族，高居要塞之上觀看戰事。馮·朗佩爾拉拉衣領，貼近喉結，試圖吞嚥口水。

月亮已經升起，東方的夜空大放光明，夜幕漸漸高升，群星逐一消失，直到空中只剩下兩顆繁星。

說不定是織女星，或是金星。他始終搞不清楚。

「教堂的尖塔不見了，」另一個炮手說。

一日之前，大教堂的尖塔矗立於高低起伏的屋頂之間，直逼天際，比任何一棟樓房都高。今晨再也不是如此。太陽不一會兒就升上地平線，橘紅的火光被黑色的煙霧所取代，煙霧沿著西方的城牆攀升，隨風飄散，有如網膜般籠罩了碉堡。

煙霧終於暫且消散，在那短短的幾秒鐘，馮．朗佩爾得以一窺有如迷宮的城市，找到那棟他所尋覓的房屋：屋子高聳，位居城北，有個大煙囪，他看到兩扇窗戶，其中一扇缺了玻璃。一扇百葉窗搖搖擺擺，另外三扇仍在原處。

弗柏瑞街四號。依然完好。時間一秒秒過去；煙霧再度為屋子蒙上面紗。

一架飛機緩緩越過逐漸湛藍的天空，飛得好高、好遠。馮．朗佩爾爬下長長的梯子，走進碉堡底下的隧道。他試著不要跛行，也不要多想鼠蹊部的腫脹。在地下的軍中福利社裡，士兵們席地而坐，背靠著牆，把鋼盔翻過來，從裡面掏出麥片來吃。頭頂上的燈泡搖搖晃晃，他們忽而置身光圈之中，忽然置身黑影之內。

馮．朗佩爾坐在彈藥箱上，吃著管子裡擠出來的起司。負責防衛聖馬洛的上校已對士兵們發表訓示，勸勉大家英勇抗敵，他說赫爾曼．戈林部隊隨時可能攻破美軍在阿夫藍士的防線，援軍將自義大利、甚至比利時湧入，坦克車、轟炸機和一車車五十毫米的迫擊炮也將隨後而至，他說比利時的民衆非常信任德軍，就像修女相信上帝，他說沒有人會棄守崗位，倘若棄守，將會視同逃兵，受到處決。但是馮．朗佩爾只想著他體內蔓生的藤蔓。一條漆黑的藤蔓已經長出枝椏，穿過他的雙腿和雙臂，由內咬噬他的腹胃。他們困在這個聖馬洛城外的碉堡裡，彈盡援絕，無路可逃，加拿大人、英國人、驍勇善戰的美軍第八十三聯隊終將湧入市城，挨家挨戶搜尋散兵，把他們當作戰俘處置，這似乎只是遲早的事。

那條黑色的藤蔓終將勒斃他的心臟，這也只是遲早的事。

「什麼？」他旁邊的一個士兵問。

馮・朗佩爾輕蔑哼了一聲。「我可沒說什麼。」

士兵頭一歪，再度瞪著鋼盔裡的麥片。

馮・朗佩爾擠出最後幾滴粗劣、過鹹的起司，把空空的管子扔到雙腳之間。屋子依然完好。他的軍隊依然守住城市。接下來的幾個鐘頭，火勢將繼續延燒，然後德軍將跟螞蟻一樣湧回防守之處，再戰一日。

他耐心等候。一等再等，一等再等，當煙霧散盡，他走入屋裡。

修繕室

工程師貝恩德痛得不停蠕動，整張臉埋進金黃扶手椅的椅背。他的腿看來不妙，胸腔的問題更嚴重。

收音機形同廢物。電源線已被切斷，天線下落不明，若是發現選控板毀損，韋納也不會感到意外。沃克海默的野戰燈漸漸失效，韋納就著微弱的燈光，盯著一個又一個被壓得粉碎的插頭。

炮轟似乎損壞了他左耳的聽力。據他所知，他右耳的聽力正逐漸復原。除了耳鳴之外，他隱隱聽到聲響。

火花噗搭噗搭，漸漸冷卻。

旅館嘰嘎嘰嘎，輕輕呻吟。

各種奇怪的滴答聲。

還有沃克海默斷斷歇歇、發瘋似地搬運重物。沃克海默顯然採用以下步驟移開擋住樓梯口的瓦礫：他蹲到被壓彎的天花板下面，氣喘吁吁地握住一條歪曲的鋼筋，扭開野戰燈，迅速掃描樓梯口，搜尋每一樣或許拖得動的東西，記住東西的位置，然後關掉野戰燈，節省電池的電力，摸黑搬運。當燈光再度亮起，樓梯井看起來卻一樣混亂。鋼鐵、磚石和木材層層相疊，說不定二十個大男人都清理不出一條通道。

拜託。沃克海默說。至於他是否察覺自己大聲說了出來，韋納無從得知。但是請託之聲傳進韋納的右耳，**拜託**、**拜託**、**拜託**，聲聲有如來自遠方的祈禱，好像二十一歲的法蘭克·沃克海默承受得了開戰至今的種種事端，唯獨無法接受這個不公平的下場。

到了這時，上方的火勢應該已經吸乾地窖的最後一絲氧氣。他們應該已經窒息身亡。前債已了，再無虧欠。但是他們一息尚存。天知道天花板那三根裂損的橫樑承載了什麼：十公噸的旅館灰燼，八位防空炮兵的屍骸，不計其數、尚未爆炸的軍火。說不定爲了韋納背負數以萬計的辜負與背信，也爲了貝恩德承擔難以計數的罪行，還有奉命行事、爲德意志帝國執刀的劊子手沃克海默——說不定他們三人還得清償更多債務，等待最終的審判。

這裡最先是海盜的地窖，爲了捍衛黃金、武器，以及一位奇人的養蜂器物所建。然後成了酒窖。後來是雜工儲藏工具的小室。**修繕室**，韋納心想，一個補償修繕、彌補缺失的小房間。百分之百適切。世間當然有人認爲這三個人必須做出補償。

兩個罐頭

瑪莉蘿兒醒來之時，那個小小的模型房屋被壓在她的胸口下，她大汗淋漓，汗水滲過她叔公的外套。

天亮了嗎？她爬上梯子，耳朵緊貼著活板門。再也聽不到警笛聲。說不定她沉沉入睡之時，屋子已經被燒成平地。說不定她睡得好熟，戰爭結束了也不曉得，聖馬洛也已重獲自由。街上可能有些行人：義工，憲兵，消防人員，甚至美國人。她應該爬出活板門，邁出大門，走到弗柏瑞街上。

但是如果德軍守住了城市呢？如果德軍現正大搖大擺從這家走到那家，高興對誰開槍就對誰開槍，那該怎麼辦？

她應該等一等。艾提安叔公可能正想盡辦法，拚了最後一口氣也要回到她身邊。

說不定他抱頭蹲在某個地方，眼中只有鬼魅。

說不定他死了。

她告訴自己節省食糧，但是她好餓，而且麵包不吃會變硬，不知不覺中，她已經把整條麵包吃下肚子。

如果她帶著她的書下來就好囉。

瑪莉蘿兒邁出穿著襪子的雙腳，在地窖裡走來走去。啊，這是一條捲起來的地氈，中間塞了碎屑，聞起來像是木屑：老鼠！這是一個裝了舊文件的紙箱。古董檯燈。曼奈克太太製作罐頭的用具。啊，櫥櫃。她摸摸最靠近天花板的架子，架子最裡頭居然有兩個裝得滿滿的罐頭！簡直是小小的奇蹟。廚房裡幾乎沒有剩下任何食物——只有玉蜀黍粉、一束薰衣草，以及兩、三瓶發酸的薄酒萊紅酒——但是地窖裡居然有兩個沉重的罐頭。

豌豆？青豆？說不定是玉米粒。希望不是油，她暗自祈禱；裝油的罐頭小一點，不是嗎？她搖一搖罐頭，依然猜不透。她揣測其中一罐可不可能裝著糖漬蜜桃，季節一到，曼奈克太太就成箱訂購南法朗格多克的白桃，剝去果皮，用白糖熬煮，整個廚房盈滿果香與顏彩，瑪莉蘿兒吃得手指黏糊糊，欣喜欲狂。

兩個艾提安叔公疏忽了的罐頭。

但是期望愈高，失望愈深。豌豆。說不定是青豆。豌豆和青豆更能止飢。她把兩個罐頭擺進叔公外套的左右口袋，再度檢查一下她洋裝口袋裡的模型小屋，然後她在一個硬殼行李箱上坐下，兩手抓住她的手杖，試圖忽略自己多想上洗手間。

她八、九歲之時，爸爸有次帶她到巴黎萬神殿，爲她描述傅柯擺。他說它的擺錘是個金色的圓球，狀似孩童的小頭。擺錘懸掛在一條六十七公尺的鐵絲上，東搖西晃；時間一久，它的軌跡隨之改變，他對她解釋，因而證明地球絕對是自轉。但瑪莉蘿兒記憶猶新的是，爸爸說傅柯擺永遠不會停止。她記得她站在欄杆邊，聆聽擺錘咻咻晃過，心中有所領會：即使她和爸爸離開萬神殿之後，即使當天晚上她沉沉入睡之後，即使她忘了這事之後，即使她活了一輩子、入土為安之後，傅柯擺仍將不停擺動，永不歇止。

這時她彷彿聽到擺錘在她面前晃動：那顆跟橡木桶一樣圓滾的巨大金球，不停擺動，永不歇止，在地板上刻下一道又一道時間的凹槽，道盡殘酷的現實。

弗柏瑞街四號

灰燼，灰燼：八月之雪。早餐之後，持續進行零星炮轟，現在約是下午六點，炮轟已經歇止。一把機關槍在某處開火，劈劈啪啪，劈劈啪啪，好像一串珠子彈過指間。士官長馮·朗佩爾帶著一個水壺、六劑嗎啡和他的戰地手槍，走過海堤與堤道，邁向炮火悶燒、雄偉高聳的聖馬洛堡壘。防波堤已經多處斷裂，一艘漁船擱淺在海港之中，船已半沉，船尾露出水面，浮浮沉沉。

古城之中，石塊、布袋、窗片、樹枝、花紋精美的鍛鐵格柵、煙囪頂管堆積如山，迪南街寸步難行。到處都是破碎的花壇、焦黑的窗框和玻璃碎片，有些樓房依然冒煙，即使馮·朗佩爾一直拿著潮濕的手帕遮住鼻子和嘴巴，他依然不得不數度停下來喘口氣。

這裡有隻死馬，屍身已經開始浮腫。這裡有張椅子，綠色的天鵝絨罩布已經支離破碎。這裡有塊狀似罩杯的布料，說不定是件胸衣。天光忽隱忽現，破碎的窗戶中，只見窗簾懶洋洋地飄來飄去，感覺怪異，令人不安。燕子飛來飛去，尋找失去的巢穴，遠遠傳來聲響，說不定有人尖叫，說不定是風聲。許多商店的招牌被炸得掉落，只見托架孤零零地懸掛在空中。

一隻雪瑞納犬跟在他的身後，嗚嗚咽咽地小跑步。沒有人從屋裡大聲提醒他當心地雷。說眞的，他走了四條街，只見到一個人影：一個女人站在一棟可能曾經是個電影院的建築物前，一手拿著畚箕，卻不見掃把。她抬頭看他一眼，神情困惑，她身後的大門敞開，往裡一看，一排排座椅倒臥在坍塌的天花板之下，座椅的另一頭，螢幕完好無缺，甚至沒有被煙霧燻黑。

「電影八點才開演，」她口操布列塔尼口音的法文說，他點點頭，一跛一跛地走過她身邊。弗柏瑞街上，大批瓦塊從屋頂滑落，啪地一聲掉到街上，應聲爆裂。焦黑的碎紙片飄過頭頂。沒有海鷗。就算那棟屋子著了火，他心想，鑽石應該還在。他將把它從灰燼中掏出來，好像撿拾一顆溫暖的雞蛋。

但是那棟高聳、細長的屋子幾乎毫髮無傷。屋子的正面有十一扇窗戶，大多缺了玻璃。藍色的窗框，古舊的灰褐花崗石。六座花壇當中，四座依然掛在窗沿。官方規定的住戶姓名表，緊緊貼在大門上。

艾提安·勒布朗先生，六十三歲。

瑪莉蘿兒·勒布朗小姐，十六歲。

爲了德意志帝國，爲了他自己，他甘冒所有風險。

沒有人阻止他。沒有子彈咻咻飛過。有時，颶風眼正是最安全之處。

他們有些什麼

什麼時候是白天？什麼時候是黑夜？沃克海默的野戰燈開了又關，關了又開，靠著一閃一閃的燈光計算時間，似乎比較牢靠。

在反射的浮光中，韋納盯視沃克海默沾滿灰燼的臉龐，看著他傾身照料貝恩德。**喝水**，沃克海默一邊拿起他的水壺貼著貝恩德的雙唇，一邊喃喃說道，他漆黑的身影猛然撲過破損的天花板，好像一群圍成圓圈、準備肆意進食的幽靈。

貝恩德把臉轉開，他的眼中充滿驚恐，試著檢視自己的腿。

野戰燈關閉，黑暗再度猛然襲來。

韋納的背包裡收放著童年的筆記本、毯子、乾襪子。三份配糧。這是他們僅有的食物。沃克海默沒有配糧。貝恩德也沒有。他們只有兩壺清水，而且皆是半滿。沃克海默在角落找到一桶畫筆，桶底有些黏呼呼的液體，他們必須絕望到什麼地步才不得不喝那種東西？

兩枚二十四型柄式手榴彈，沃克海默的外套口袋各擺一枚。底座是空心木頭把手，頂端是個鋼筒，內藏威力強大的火藥——舒爾普福塔的學生們稱這種手執的炸彈爲「馬鈴薯壓泥器」。貝恩德已經兩度哀求沃克海默把其中一枚丟向擠壓在樓梯井的障礙物，看看能不能炸出一條通路。但是地窖的空間如此狹隘，更別說瓦礫之間很可能散布著八八毫米高射炮尚未引爆的炮彈，在這裡使用手榴彈，無異是自殺。

然而，沃克海默有一把手動上膛、內有五發子彈的毛瑟98K步槍。這就夠了，韋納心想，綽綽有餘。他們只需要三發子彈，一人一發。

四下一片黑暗，韋納感覺地窖或許自有光源，說不定瓦礫之間散發出微光。地面之上，八月天的暮色漸濃，地面之下，瓦礫之間似乎沾染了點暮色。過了一會兒，他意識到即使伸手不見五指，並不代表完全漆黑；五指晃過眼前之時，他不只一次感覺自己看見了張開的手指頭。

韋納想到他的童年，冬天的早晨，一縷縷煤灰浮懸空中，悄悄落在窗沿，飄入孩童的耳中和胸肺，但是地窖裡剛好相反，花白的灰燼緩緩上揚，愈飄愈高，他好像也被困在某個地底深處的礦坑，只不過這個深坑與奪走他爸爸性命的礦坑截然不同。

忽明忽暗。沃克海默那張沾滿塵灰的大臉在韋納面前漸漸現形，肩膀上的官階徽章幾乎被扯破。他舉起野戰燈，讓韋納看看他手中握著兩把彎曲的螺絲起子和一盒保險絲。「收音機，」他對著韋納沒有受傷的那隻耳朵說。

「你到底有沒有休息一下？」

沃克海默把燈光照向自己的臉。**趁電池沒電之前動手**，他開口說道。

韋納搖搖頭。收音機形同廢物。他想要閉上眼睛，忘卻一切，撒手放棄，坐待步槍槍膛貼上他的太陽穴。但是沃克海默想要辯稱生命值得爭取。

野戰燈燈泡的鎢絲發出黃光，已比先前更加微弱。燈光照亮沃克海默的嘴巴，在黑暗的襯托下，雙唇顯得格外鮮紅。**我們快要沒時間了**，他動動嘴唇，開口說道。整棟旅館吱嘎哀鳴。韋納看到青綠的草地、劈啪飛舞的蚊蠅、日光。一座夏季莊園的鐵門緩緩敞開。當死神前來會見貝恩德，乾脆也把他一起帶走，省得再跑一趟。

你妹妹，沃克海默說，**想想你妹妹**。

絆腳線

她的膀胱再也無法承受。她爬上地窖的梯子，秉住氣息，計數自己的心跳。三十，外面沒有任何聲響。四十。然後她推開活板門，爬進廚房。

沒有人朝著她開槍。她沒有聽到爆炸聲。

瑪莉蘿兒吱嘎踏過倒下的廚櫃，走進曼奈克太太的小房間，兩個罐頭在她叔公的外套口袋裡晃動，感覺重重的。她喉嚨刺痛，鼻孔刺痛。這裡的煙霧似乎沒有那麼濃。

她在曼奈克太太床邊的便盆裡小解。拉高褲襪，再度扣上叔公外套的鈕釦。現在是下午嗎？她已經默想上千次，但願能跟爸爸說說話。她應該走到街上，試著找人幫忙嗎？如果現在還是白天，這樣做是不是比較明智？

士兵會伸出援手。任何人都會。但是她又想了想，連她自己都覺得不可信。

她的雙腿虛軟，而她知道是因爲飢餓。廚房一團混亂，她找不到開罐器，但是她在曼奈克太太放刀子的抽屜裡找到一把水果刀，還找到那一大塊曼克奈太太用來架高壁爐爐架的粗磚。

不管罐頭裡有些什麼，她打算先吃一罐。然後繼續等候，以防叔公回家，或是外面有人經過，比方說在街頭宣讀公告的傳報員、消防隊員、或是某個想要英勇救人的美軍。如果等到肚子又餓了卻沒有聽到有人經過，她再走到劫後的大街上。

她先走上三樓，喝幾口浴缸裡的水。她把嘴唇貼在水面，能喝多少，就喝多少。清水灌入腸胃，肚子裡水聲汩汩。她和叔公老是吃不飽，因而學會了一個花招：進食之前盡量喝水，肚子比較容易產生飽足感。「爸爸，我懂得喝水止飢，」她大聲說，「最起碼我在這方面相當機伶。」

然後她在三樓的樓梯間坐下，背靠著電話桌。她把一個罐頭夾在兩腿之間，握住水果刀，刀尖頂住罐蓋，舉起粗磚，準備輕輕敲打刀柄。但她還沒動手，她身後的絆腳線突然顫動，鈴聲大作，有人進屋了。

FIVE

CHAPTER 5

JANUARY 1941

一月假期

司令官大談美德、家庭、那把舒爾普福塔的學生們隨時隨地必須高舉的無形火炬、那股發自內心、助長國家氣勢的純淨火光，他東一句元首、西一句元首，言詞慷慨，轟隆隆地傳進韋納的耳中，膽子最大的一個男孩聽了之後喃喃說道：「是喔，我心裡的確有股不知名的火氣。」

在寢室裡，弗雷德瑞克靠著上鋪床沿探過身子，臉上青一塊紫一塊。「你何不跟我去柏林？我爸爸得上班，但是你可以見見我媽媽。」

弗雷德瑞克已經跛著腳兩個星期了，他全身瘀青，行動遲緩，臉頰浮腫，但他跟往常一樣和顏悅色、略為心不在焉地跟韋納說話，完全沒有指控韋納背叛他，即使當他遭到痛毆，韋納沒有出手相助，即使事過境遷，韋納也沒有採取任何行動，比方說追著羅戴爾報仇、拿把槍頂著巴斯提恩，或是怒氣沖沖地捶打郝普曼博士的大門、要求伸張正義。弗雷德瑞克似乎了解他們的人生各有目標，至今已經無法偏離。

韋納說：「我沒有——」

「我媽媽會幫你出車錢。」弗雷德瑞克身子一偏，躺回床上，盯著天花板。「這不成問題。」

火車一坐六小時，每個鐘頭，他們那節破爛的車廂都得轉入岔軌，在旁等候，看著一節節載滿士兵、駛往前線的火車呼嘯而過。旅途極為漫長，令人昏昏欲睡，最後兩人終於在一個暗濛濛、灰撲撲的車站下車，爬上高聳、每一階都漆上同樣口號的樓梯——**柏林痛擊朱諾海灘！**——來到韋納這輩子見過最宏偉的市街。

柏林！光是這兩個字就擲地有聲，象徵著無上榮耀。科學之都，元首施政之處，孕育愛因斯坦、施陶丁格、拜耳的溫床，在這一條條街道的某處，科學家發現了X光，創造了塑膠，鑑識了大陸漂移論。這會兒科學家們正在培育什麼令人讚嘆的奇蹟？超人士兵，郝普曼博士說，呼風喚雨的機器，還有可從千里之外操控的飛彈。

天空落下銀閃閃的雨絲，遙望地平線，一棟棟灰黑的房屋匯集成列，好像連成一氣抵擋風寒。他們走過一家家懸掛著各式肉品的商店、一個膝上擱放破爛曼陀林琴的酒鬼、三個站在天篷下的流鶯，流鶯擠作一團，對著這兩個身穿制服的男孩噓聲尖叫。

弗雷德瑞克頷頭，帶著兩人走進一棟樓高五層，與華美的克內賽貝克大道相隔一條街的建築物。他按下＃2的電鈴，電鈴隨即嗡嗡回應，大門應聲開啟。他們走進燈光黯淡的玄關，站在兩扇式樣相稱的木門之前，弗雷德瑞克按下一個按鈕，建築物上方傳來嘎嘎的聲響，韋納輕聲說：「你們有電梯？」

弗雷德瑞克微微一笑。電梯鏗鏗鏘鏘下降，叮噹一聲，抵達一樓，弗雷德瑞克推開裡面那扇木門，韋納走進電梯，電梯慢慢上升，韋納看著建築物的內部緩緩從眼前閃過，深感驚奇。當電梯升到二樓，他說：「我們可以再坐一次嗎？」

弗雷德瑞克大笑。他們下樓，上樓，下樓，上樓，兩人上上下下坐了四趟。再度回到大廳時，韋納仔細觀察升降台上方的電纜線和平衡錘，試圖了解電梯的運作機制，這時，一名矮小的女子走進大廳，搖搖雨傘，甩去雨水，另一隻手抱著一個紙袋，匆匆一瞄他們的制服、韋納雪白的頭髮，以及弗雷德瑞克眼下明顯的瘀青，眼神之中帶著警戒。她大衣胸前的口袋上，仔細繡上一顆芥末黃的星星。星星的一個頂點朝下，另一個頂點朝上，不偏不倚，毫不歪斜。雨珠有如種子般從她的傘尖滴落。

「午安，史瓦茲柏格太太，」弗雷德瑞克說。他往後靠向電梯的牆面，示意她進來。她擠進電梯，韋納跟著她走進去，她手裡的紙袋只冒出一截枯萎的菜葉，衣領也已磨損，縫線斷落，與大衣脫節。她若轉身，他們的雙眼將只相隔一隻手掌。

弗雷德瑞克按了2，然後再按5。老婦人伸出顫抖的食指揉揉眉毛。電梯鏗鏗鏘鏘升到二樓，弗雷德瑞克啪地一聲拉開電梯門，韋納跟著他走出電梯，他看著老婦人灰黑的鞋子緩緩上升，消失在他的眼前。電梯門一關，#2的大門馬上開啟，一個穿著圍裙、手臂鬆垮垮、一臉溫和的女人衝出來擁抱弗雷德瑞克，她在他的臉頰兩側印上一吻，然後伸出大拇指摸摸他的瘀青。

「沒事，芬妮，只是打打鬧鬧。」

公寓格調高雅，整潔明亮，四處鋪著厚厚的地毯，吸取噪音，由高大的後窗看出去，恰可望見四株光禿禿的菩提樹，窗外依然陰雨綿綿。

「你媽媽還沒回來，」芬妮邊說邊伸出雙手撫平圍裙，雙眼始終盯著弗雷德瑞克。「你確定你沒事？」

弗雷德瑞克說：「當然確定，」然後他和韋納一起踏進一間溫暖、聞起來乾乾淨淨的臥室，弗雷德瑞克推開一個抽屜，轉過身來之時，他已經戴上一副黑框眼鏡，一臉羞澀地看著韋納。「噢，得了吧，你不曉得嗎？」

一戴上眼鏡，弗雷德瑞克顯得自在，神情似乎較爲自若——韋納心想，這才是眞正的弗雷德瑞克：一個戴著眼鏡、膚質細緻、髮色褐黃、嘴唇上方隱隱冒出幾根鬍渣的男孩。愛鳥人士。有錢人家的子弟。

「我射擊的時候幾乎打不中任何目標。你眞的不曉得嗎？」

「或許吧，」韋納說。「說不定我曉得。你怎麼通過視力檢查？」

「我熟記檢查表。」

「每一份檢查表都一樣嗎？」

「我四張表全都背了。我爸爸事先拿到檢查表，我媽媽幫我複習。」

「你的望遠鏡呢？」

「我的望遠鏡有度數，花了好多錢。」

他們走進一個大廚房，在一張大理石切菜桌旁坐下。那位名叫芬妮的女僕端著一條黑麵包和一圓盤的起司走進來，一邊對著弗雷德瑞克微笑，一邊把東西放下來，兩人閒聊聖誕節、弗雷德瑞克不能回家過節眞是可惜等等，然後芬妮從一扇旋轉門走了出去，稍後又端著兩個盤子回來，白色的盤子是如此細緻，當她放下盤子，盤緣輕輕相碰，聽起來甚至有如鐘鈴。

韋納思緒萬千：電梯！猶太女子！柏林！他們回到弗雷德瑞克那個擺滿玩具士兵、模型飛機，以及一櫃櫃漫畫書的臥室，兩人臥躺，翻閱漫畫，享受置身校外的快樂，偶爾偷瞄對方一眼，似乎想要知道若是換作另一時空他們會不會成爲朋友。

芬妮大喊：「我出門囉，」大門一關上，弗雷德瑞克馬上拉著韋納的手臂衝進客廳，爬上一座沿著成排原木書櫃興建的梯子，悄悄推開一個寬大的竹籃，從後面搬下兩冊精裝書，每一冊都包上金黃的封套，而且幾乎跟嬰兒床墊一樣厚重。「來。」他的聲調高昂；他的目光熾熱。「這就是我想讓你看看的東西。」

書裡一幅幅鳥類繪圖，畫工精細，五顏六色，光彩奪目。兩隻雪白的獵鷹，張開鳥嘴，猛撲對方。一隻赤紅的火鶴站在池邊，尖端墨黑的鳥嘴輕觸凝滯的水面。豔光四射的大雁高踞岬角，凝視著陰沉的天空。弗雷德瑞克雙手翻動書頁。方尾鷂，藍胸秋沙鴨，紅冠啄木鳥，書裡許多禽鳥比它們眞正的體型巨大。

「奧杜邦是個美國人，」弗雷德瑞克說。「他連續多年遊走於沼澤和森林之間，他那個時代啊，幾乎整個美國都是沼澤和森林，他成天只觀察一隻小鳥，然後開槍射殺，用鐵絲和木棍把它架高，爲它作畫。有史以來，說不定沒有任何一個鳥類觀察家比他更了解鳥類。作畫之後，他大多把禽鳥吃下肚，你能想像嗎？」他激動得聲音發抖，目光灼灼，抬頭仰望。「銀閃閃的白霧，你把槍架在肩上，專心一志，雙眼直視前方？」

韋納試圖想像弗雷德瑞克所見：在那個早在攝影術與望遠鏡之前的時代，有人願意長途跋涉，深入充滿未知的荒野，帶回一張張精美的繪畫。這本書所描繪的不單只是一隻隻禽鳥，更是一個逐漸消失的世代，一個個藍色羽翼撲撲振翅的奧祕。

他想到那個法國人的廣播節目和海因里西・赫茲的《機械原理》——難道他認不出弗雷德瑞克聲音之中的熱情嗎？他說：「我妹妹會喜歡這本書。」

「我爸爸說我們不該保有這本書，他說我們必須把它藏在竹籃後面，因爲作者是美國人，而且在蘇格蘭印製。但這只是一本關於鳥類的書！」

有人推開大門，腳步聲叩叩，走過玄關。弗雷德瑞克趕緊把書套上封套，大喊一聲：「媽媽？」一個身穿綠色滑雪服、白色直紋褲的女子走了進來，高聲大喊：「弗雷迪！弗雷迪！」她抱住兒子，然後輕輕推開弗雷德瑞克，兩隻手臂扶著兒子，指尖撫過他額頭上幾乎癒合的傷口。弗雷德瑞克望向她身後，神情之中帶著一絲恐慌，他擔心她看出他剛才翻閱那本禁書？或是擔心她因爲他的瘀青而生氣？她什麼都沒說，只是靜靜凝視兒子，陷入韋納猜不透的思緒，過了一會兒才回過神來。

「啊，這位一定是韋納！」笑容很快又掃過她的臉龐。「弗雷德瑞克的信裡經常提到你！瞧瞧你這頭頭髮！喔，我們非常歡迎客人來訪。」她爬上梯子，把兩冊厚重的奧杜邦畫冊放回架上，好像收拾某個礙眼的物品。他們三人在一張龐大的橡木桌旁坐下，韋納謝謝她幫他支付車資，她告訴他們她剛才碰見一位男士——「眞的，純屬巧合」——而且這人顯然是個非常有名的網球選手，說話的時候，她不時把手伸過桌面，捏捏弗雷德瑞克的臂膀。「你肯定會覺得非常有趣，」她說了不只一次，韋納仔細觀察弗雷德瑞克的神色，試圖猜測他是否覺得有趣，芬妮回到客廳，擺上白酒和更多煙燻起司，接下來的一小時，韋納忘了學校、巴斯提恩、那條黑色橡皮管、樓上的猶太女人——這些人怎麼可能擁有如此精美的物品！客廳角落的架上擺著一把小提琴，鉻鋼質材的傢具高雅時髦，玻璃櫃裡藏放著一副黃銅天文儀和一組閃閃發亮的白銀棋組，還有好吃的不得了的起司，嘗起來有如煙燻攪拌的奶油。

醇酒灩灩，暖暖地流進韋納的腹胃，雨絲滴滴答答，順著菩提樹流下，這時，弗雷德瑞克的母親大聲宣布說他們該出門了。「繫緊你們的領帶，好嗎？」她在弗雷德瑞克的眼下撲上粉底，帶著他們走到一家小餐館，一個身穿白色制服、年紀與他們相仿的男孩端來更多酒，韋納作夢都想像不到自己會走進這種餐館。

一群群用餐的客人不停走到他們的桌旁，大家跟韋納和弗雷德瑞克握手，帶著阿諛奉承的語調跟弗雷德瑞克的母親交談，輕聲恭賀她先生榮升新職。韋納注意到角落有個女孩，她豔光四射，仰頭看著天花板，閉著眼睛，一人獨舞。餐點口味濃重油膩，弗雷德瑞克的母親不時大笑，弗雷德瑞克心不在焉地摸摸臉上的粉底，他母親卻不停地說：「弗雷迪在學校表現優異，每個項目都是第一名。」每分鐘似乎都冒出一個新面孔，親吻弗雷德瑞克母親的臉頰，在她耳邊說悄悄話。韋納不經意聽到她跟一位女士說：「噢，那個史瓦茲柏格老太婆年底之前就會走人，然後我們就可以搬到頂樓，等著瞧吧，」聽到這話之時，他瞄了弗雷德瑞克一眼，燭光之中，弗雷德瑞克的眼鏡霧氣濛濛，臉上的妝看起來怪異而有失端莊，好像強化了瘀青，而非加以掩飾，韋納忽然感到一股強烈不自在席捲全身。他聽到羅戴爾揮舞橡皮管，劈劈啪啪打過弗雷德瑞克的掌心。他聽到往昔「同盟礦區」的男孩們高唱：**忠誠過日子，英勇上戰場，含笑上天堂**。小餐館感覺擠滿了人；大家張口閉口，講話講得太快；那個跟弗雷德瑞克母親說話的女士噴了太多香水，令人作嘔；在稀薄的光影中，拖曳在獨舞女孩身後的圍巾，感覺忽然像是套在她頸上的套索。

弗雷德瑞克說：「你還好嗎？」

「還好，東西眞好吃，」但是韋納感覺體內一陣絞痛，愈擰愈緊。

回家途中，弗雷德瑞克跟他母親走在前面，她伸出細長的手臂挽住他，低聲跟他說話，東一句弗雷迪、西一句弗雷迪。街道空無一人，門窗一片漆黑，交通號誌關閉。難以計數的商家，數百萬名上床就寢的民衆，但是大家都到哪裡去了？當他們走到弗雷德瑞克的那條街，一個身穿洋裝的女人靠在一棟建築物的牆上，彎下身子吐在人行道上。

回家之後，弗雷德瑞克套上水綠色的絲綢睡衣，拿下眼鏡擱在床頭小桌上，赤腳爬上那張他自小使用的銅床。韋納爬上一張有腳輪的矮床，爲了這張矮床，弗雷德瑞克的母親已經三度致歉，但是它的床墊卻比韋納這輩子睡過的每一張床鋪都舒服。

家中靜了下來。模型汽車在弗雷德瑞克的書架上閃閃發光。

「你可曾但願你不必回去上課？」韋納輕聲問。

「爲了我爸媽，我非得去舒爾普福塔讀書不可。我想要什麼並不重要。」

「當然重要。我想要成爲一個工程師，你想要研究鳥類，跟那個在沼澤裡畫鳥的美國人一樣。如果不能成爲自己想要成爲的人，我們幹嘛費心？」

房裡氣氛凝重，臥室窗外，樹木之間隱隱透出陌生的光影。

「你的問題啊，韋納，」弗雷德瑞克說，「你依然相信你的命運掌握在自己手中。」

韋納醒來之時，天色早已大放光明。他的頭好痛，連眼珠都感覺沉重。弗雷德瑞克已經換好衣服，穿上長褲和一件熨平的襯衫，繫上領結，跪在窗邊，鼻子貼著玻璃窗。「灰鶺鴒，」他指指窗外。韋納望向他身後，凝視光禿禿的菩提樹。

「看起來不怎麼起眼，是不是？」弗雷德瑞克喃喃說。「幾乎只是兩盎司的羽毛和骨頭。但是那隻小鳥可以靠著昆蟲和蠕蟲提供動力，還有心中的意願，飛到非洲，再飛回來。」

鶺鴒在枝枒之間跳動。韋納揉揉發痛的眼睛，那只是一隻小鳥。

「一萬年之前，」弗雷德瑞克輕聲說，「當時這裡是座花園，當時從這一頭到另一頭全是無盡的花草，小鳥曾經數以百萬計，飛經此地。」

他不會回來

瑪莉蘿兒醒來，以爲自己聽到了爸爸慢吞吞的腳步聲和他鏗鏗鏘鏘的鑰匙聲。四樓、五樓、六樓，他的手指輕輕拂過門把。他的身體從她旁邊的椅子上散發出一股微弱、但可觸知的熱氣。他那些小小的工具粗聲粗氣地磨銼木頭。他聞起來像是膠水、砂紙、長壽菸。

但那只是屋子發出呻吟。大海撲擊岩石，留下陣陣白沫。心智的詭計。

到了第十二天的早晨，她爸爸依然尚未捎來隻字片語。瑪莉蘿兒拒絕起床。她再也不在乎叔公戴上老式的領結，兩度站在門邊，自行低聲哼唱奇怪的童謠——

à la pomme de terre, je suis par terre; au haricot, je suis dans l'eau[10]

——徒勞無功地試圖鼓起勇氣，跨出家門。她再也不哀求曼奈克太太帶她去火車站、再寫一封信、再次在香水商的家中花一下午的時間懇請當局尋找她爸爸。她變得疏離、陰沉、無法溝通。她拒絕洗澡，拒絕待在廚房的爐火旁邊取暖，而且不再請問可不可以出門。她幾乎不吃東西。「小傢伙，博物館說他們正在想辦法，」曼奈克太太輕聲說，但是當她試圖親吻瑪莉蘿兒的額頭，小女孩猛然後退，好像被火燒到似地。

博物館回應艾提安的訴請；他們說瑪莉蘿兒的爸爸始終沒有抵達。

「始終沒有抵達？」艾提安大聲說。

這個問題不斷咬嚙瑪莉蘿兒的心房。他爲什麼沒有設法抵達巴黎？如果他無法抵達，他爲什麼不返回聖馬洛？

我絕對不會離開妳，再過一百萬年都不會。

她只想回家，她只想站在他們位居四樓的公寓裡，聆聽栗樹在她的窗外窸窸窣窣、起司店家升起天篷，感覺爸爸的手指緊緊握住自己的手指。

她若苦苦央求他不要走就好了。

如今屋子裡的每樣東西都讓她害怕：嘎嘎作響的樓梯，緊閉的窗戶，空蕩的房間。雜物，沉默。艾提安嘗試各種愚蠢的實驗逗她開心，比方說噴醋的火山、瓶中的龍捲風。「瑪莉，妳聽到了嗎？瓶裡轟隆轟隆？」她根本懶得裝出有興趣的模樣。曼奈克太太幫她端來煎蛋捲、白豆燉肉砂鍋、烤魚串燒，利用補給糧票和廚櫃裡僅存的物資奇蹟似變出一道道佳餚，但是瑪莉蘿兒拒絕進食。

「好像蝸牛，」她無意中聽到艾提安在她的門外說。「縮成一團躲在殼裡。」

但她生氣。她氣艾提安叔公做得太少，她氣曼奈太太做得太多，她氣爸爸不在她身邊，爲她解釋爲什麼一去不回。她氣她的眼睛幫不上忙。她氣每一件事和每一個人。誰知道愛會令人心碎？她大半天獨自跪在六樓，窗戶敞開，冰冷的空氣隨著海風呼嘯湧入，她伸手撫過聖馬洛的模型，手指逐漸凍得麻木。她的思緒往南飄向迪南城門，往西飄向莫勒海灘，然後飄回弗柏瑞街。每一秒鐘，艾提安叔公的屋子似乎愈來愈冷；每一秒鐘，她爸爸似乎離她愈來愈遠。

10　法國童謠。意即：馬鈴薯，我長大了。豆子，我在水中游泳。

囚犯

一個二月的早晨，軍校生們清晨兩點被叫醒，從床上被驅趕到白燦燦的戶外。火炬在方院中央熊熊燃燒，巴斯提恩挺胸抬頭，搖搖擺擺地走出來，大衣下方露出光溜溜的雙腿。

法蘭克．沃克海默拖著一個憔悴、骨瘦如柴、兩隻鞋子不成對的男人，從暗影中現身。他把男人丟在司令官旁邊，那裡已有一根木樁插進雪地之中。沃克海默有條不紊地把男人綁在木樁上。

繁星鋪蓋穹頂般的天空；軍校生們的鼻息慢慢融爲一體，緩緩縈繞在方院上方，感覺彷彿置身惡夢之中。

沃克海默退回原處；司令官踱步。

「你們絕對想不到這個下賤的東西是什麼。這個禽獸、這個怪物、這個下等人。」

每個人都彎著脖子想看一眼。囚犯的腳踝上了鐵鍊，手腕和胳臂都被綁了起來，身上那件薄薄的襯衫自下擺撕裂，他望向不遠處，眼神呆滯。他看似波蘭人，說不定是俄國人。雖然套著腳鐐，他依然有辦法微微前後晃動。

巴斯提恩說：「這人從工作營逃走，試圖闖入農舍，想偷走一公升新鮮牛奶。他還來不及做出更兇惡的勾當就被我們逮到。」他依稀指向牆外的遠方。「如果我們放手不管，這個野蠻人眨眼之間就會撕裂你的喉嚨。」

自從造訪柏林之後，一股強烈的懼意漸漸在韋納心中滋長。懼意悄然而生，好像太陽緩緩移過天空，但是最近他發現自己寫給佳妲的信中必須迴避事實，就算事情感覺不太對勁，他也不得不堅稱一切都好。他夢見弗雷德瑞克的母親搖身一變，化身成爲一個櫻桃小嘴、拋著媚眼的惡魔，手執郝普曼博士的三角板，慢慢壓向他的腦袋。他陷入夢中，愈陷愈深。

成千冷冽的寒星統轄方院。寒氣逼人，無所顧忌。

「這種表情？」巴斯提恩揮揮他肥碩的手。「已經一無所有的模樣？德國軍人絕對不會淪落到這種地步。這種表情有個名稱，我們稱之爲『一敗塗地，了無生趣』。」

男孩們試著不要顫抖。囚犯低頭眨眨眼，好像位居高處俯瞰目前的狀況。沃克海默扛著幾個水桶，喀噠喀噠地走回來；另外兩個高年級生解開方院另一頭的水管。巴斯提恩解釋：教官們先動手，低年級生接著上場，大家列隊走過，逐一拿起水桶對著囚犯潑水，把他潑得濕淋淋。全校每個人都得動手。

他們開始潑水。教官們逐一從沃克海默手中接下裝滿冷水的桶子，用力潑向幾公尺之外的囚犯。天寒地凍的夜晚響起一陣歡呼。

被潑了兩、三桶水之後，囚犯清醒過來，踮著腳跟往後晃動。他的雙眼之間冒出一根根青筋；他看起來好像試圖回想某些攸關生死的大事。

郝普曼博士走過一個個披著黑色披肩的教官，他伸出戴著手套的手指，輕捏一下喉頭周圍的衣領，接下他的水桶，潑出一大灘水，他沒有久留，水滴還沒落地，他已邁步離開。

水潑了又潑。囚犯的神情空茫，他往前一垂，繩索撐住他，他的軀體順著木樁緩緩滑落，沃克海默不時從暗影中現身，龐大的身影忽隱忽現，殺氣騰騰，囚犯見狀，再度挺直身子。

高年級生消失在城堡之中。水桶持續注滿清水，悶悶地鏗鏘作響。十六歲的軍校生們潑了水。十五歲的軍校生們潑了水。歡呼聲失去氣勢，韋納升起一股強烈的衝動，一心只想奔逃。跑開，趕快跑開。

再過三個男孩就輪到他。兩個。一個。韋納設法召喚出種種影像，但是浮現在他眼前卻只是一個個悲傷的情景：九號礦坑上方的拖運機；礦工們佝僂而行，好像拖拉著沉重的鐵鍊。入學考試之時的男孩，跌落之前不停顫抖。人人受困於自己所扮演的角色：孤兒、軍校生、弗雷德瑞克、沃克海默、住在樓上的猶太老婦。甚至佳妲。

輪到他的時候，韋納跟其他每個人一樣潑水，水花擊中囚犯胸前，周圍響起稀稀落落的歡呼。他加入等著獲准解散的軍校生們。靴子濕了，袖口濕了；他的雙手凍得發麻，感覺幾乎不像他自己的手。

五個男孩接著動手，然後輪到弗雷德瑞克。弗雷德瑞克——那個沒戴眼鏡就看不太清楚的男孩，那個當一桶清水擊中目標、沒有齊聲歡呼的男孩，那個此時對著囚犯皺眉頭、好像從他身上看出什麼的男孩。

韋納知道弗雷德瑞克有何打算。

後面的男孩輕輕一推，弗雷德瑞克勉強往前一步。低年級生遞給他一個水桶，弗雷德瑞克把水潑到地上。

巴斯提恩往前踏步，寒風之中，他怒火騰騰，臉色通紅。「再給他一桶水。」

弗雷德瑞克又把水潑向腳邊結了冰的地面，輕聲說道：「報告長官，這人已經完蛋了。」

低年級生遞給他第三個水桶。「潑水，」巴斯提恩下令。夜色騰騰，星光閃耀，囚犯搖搖晃晃，男孩們靜靜觀看，司令官的頭一歪，弗雷德瑞克把水潑到地上。「我不潑。」

莫勒海灘

瑪莉蘿兒的爸爸音訊全無，已經失蹤二十九天。她在曼奈克太太的腳步聲中醒來，那雙厚重的低跟鞋爬上三樓、四樓、五樓。

艾提安在他書房外的樓梯口說：「別插手。」

「他不會曉得的。」

「我必須為她負責。」

曼奈克太太開口，聲音之中帶著出乎意料的堅決。「我實在看不下去，一分鐘都受不了。」

她爬上最後一階樓梯。瑪莉蘿兒的房門咯咯吱吱地開啟；老婦人穿過房間，把她骨架粗大的手擱在瑪莉蘿兒的額頭。「妳醒了？」

瑪莉蘿兒縮成一團，窩到床角，拉起床單蓋住頭，躲在床單底下說：「醒了。」

「我帶妳出去走走，來，拿起妳的手杖。」

瑪莉蘿兒自己穿上衣服；曼奈克太太拿著一塊麵包的底皮，站在一樓樓梯口等候。她拿條圍巾包住瑪莉蘿兒的頭，扣上外套的鈕釦，逐一扣到領口，然後打開大門。時值二月底，早晨的海風帶著雨水的味道，感覺寧靜。

瑪莉蘿兒猶豫不前，靜靜傾聽，一顆心怦怦跳，兩下，四下，六下，八下。

「親愛的，外面幾乎沒人，」曼奈克太太輕聲說。「我們又沒有犯法。」

鐵門嘰嘰嘎嘎地打開。

「往下跨一步，好，現在直直往前走，沒錯，就是這樣。」瑪莉蘿兒踏著鵝卵石小徑，感覺路面高高低低；她手杖的尖端被卡住，輕輕顫動。小雨飄落在屋頂，雨水順著排水溝流下，滴落在她的圍巾上。聲響彈跳於高聳的樓房之間；她感覺自己踏入了迷宮，她初抵聖馬洛的頭一個小時，也有同樣感受。

有人在她們的上方打開窗戶，甩一甩雞毛撢。一隻貓咪嗚嗚啜泣。外面有哪些齜牙咧嘴、咬牙切齒的惡魔？她爸爸先前滿心焦慮地保護她，究竟是為了防止她受到什麼攻擊？她們轉個彎，一次、兩次，然後曼奈克太太帶著她往左邊走，來到一個瑪莉蘿兒料想不到之處，此處的城牆依然完好，綿延不絕的磚牆布滿苔癬，觸感柔軟。她們踏過一個通道。

「曼奈克太太？」

她們踏出了城外。

「這裡有樓梯，自己小心，來，下來一階、兩階，就是這樣，非常容易……」

大海。大海！就在她的正前方！她沒想到大海始終距離這麼近。浪濤起落，聲勢澎湃，浪花四濺，轟轟隆隆；大海變化萬千，忽進忽退，忽高忽低，浩瀚無際；迷宮似的聖馬洛通向一個傳聲的洞口，裡面傳出她從未體驗過的巨響。植物園、塞納河、博物館各個展館最宏亮的聲音，全都比不上這種巨響。她無法想像；她無法理解這種規模。

當她抬頭面向天空，她可以感覺成千上萬、有如細針般的雨點消融在她的臉頰、她的額頭。她聽著曼奈克太太粗嘎的呼吸聲、岩石之間的浪濤聲，有人在海灘另一頭大聲喊叫，聲聲迴盪在高聳的城牆。在她的腦海中，她可以聽到她爸爸磨光鎖匙、葛伐德博士沿著他那一排排的抽屜往前走。他們為什麼沒有告訴她大海是這樣子的？

「那是朗頓先生呼叫他的小狗，」曼奈克太太說。「沒什麼好擔心的。來，挽著我的手臂，坐下來，把鞋子脫掉。拉高妳外套的袖子。」

瑪莉蘿兒照著她的話做。「他們在監視我們嗎？」

「妳是說德國佬？就算他們在監視，那又如何？一個老太太和一個小女孩？我會跟他們說我們在挖牡蠣。他們能怎麼辦？」

「叔公說他們在海灘上埋了炸彈。」

「這事妳別擔心。他連一隻螞蟻都怕。」

「他說月亮把大海往後拉。」

「月亮？」

「有時太陽也把大海往後拉。他說環繞在島嶼周圍的潮水像個漏斗，可以吞噬整艘船。」

「親愛的，我們絕對不會靠近那裡，我們只待在海灘上。」

瑪莉蘿兒解下圍巾，曼奈克太太從她手中接下。鹹鹹、蠟白、帶著海草味的空氣悄悄鑽進她的領口。

「曼奈克太太？」

「什麼事？」

「我該怎麼辦？」

「走一走吧。」

她邁步前進。她腳下是冰冷的小圓石和嘰嘰嘎嘎的海草，還有某種比較平滑、濕涼的東西，說不定是毫無細紋的沙灘。她彎下腰，攤開手掌，摸起來有如冰冷的綢緞。在這匹冰冷、豐美的絲綢之上，大海獻上種種供品：小圓石，貝殼，藤壺，一小片被沖上岸的海草。她伸手挖掘，往下探究；雨點輕觸她的頸背和手背。細沙從她的指尖、腳底吸走了熱氣。

瑪莉蘿兒累積了幾個月的心結開始鬆動。她沿著潮痕前進，剛開始幾乎是爬行，她想像海灘朝著前後延展，環繞岬角，擁抱外圍島嶼，她想像布列塔尼的海岸線布滿渾然天成的岬角、坍塌的碉堡、覆滿藤蔓的廢墟，彷彿是一幅金銀絲線繡成的工筆畫。她想像她身後的聖馬洛、高聳的壁壘、令人困惑的街道。忽然之間，一切感覺都跟她爸爸的模型一樣微小。但是她爸爸傳達不出環繞在模型四周究竟是些什麼；模型之外別有洞天，而且最令人讚嘆。

一群海鷗吵吵鬧鬧飛過上空。成千上百粒細沙自她掌中滑落，相互搓磨。她感覺爸爸把她抱起來，在空中旋轉三次。

沒有德軍過來逮捕她們；甚至沒有半個人跟她們說話。三小時之內，瑪莉蘿兒冰涼的手指摸到一隻困在岸上的水母、一個包著外殼的浮標、成千顆光滑的小石頭。她涉過及膝的海水，浸濕了洋裝的衣襬。當曼奈克太太終於帶著濕淋淋、滿心驚嘆的她走回弗柏瑞街，瑪莉蘿兒一口氣爬上五樓，輕敲艾提安書房的門，站到叔公面前，小臉沾滿了潮濕的細沙。

「妳出去了好久，」他喃喃說。「我好擔心。」

「來，叔公。」她從口袋裡掏出貝殼。藤壺，子安貝，十三個沾了細沙、閃閃發光的貝殼。「我幫你帶了這個、這個、這個，還有這個。」

寶石工

三個月之內，士官長萊茵霍爾德．馮．朗佩爾已經去了一趟柏林和斯圖加特，也已鑑定上百只被沒收的戒指、十二副鑽石手鐲、一個拉脫維亞菸盒，盒中收藏著一顆閃閃發光的藍色帕拓晶石。現在他回到巴黎，已在大飯店住了一星期，也已送出有如小鳥般滿天飛舞的偵察探子。每天晚上，他一再回想那個時刻：他的拇指與食指緊捏那顆梨形鑽石，鑽石被他的小型放大鏡放大了千百倍，在那一刻，他堅信自己手中握著一百三十八克拉的火海星鑽。

他凝視鑽石，望進冷藍清澈的深處，鑽石深處似乎有座微小的山脈，折射出一道道深紅、珊瑚紅、紫紅的火焰，他轉動一下鑽石，旋轉之時，鑽石散發出各色光澤，閃閃爍爍，耀眼奪目。他幾乎說服自己相信古老的傳說：一世紀之前，一個蘇丹王的兒子戴上鑲著這顆鑽石的王冠，鑽石令訪客目眩，鑽石的主人永遠不會死。而這顆傳說中的鑽石，歷經時間的洪流，終究落到他的手中。

在那一刻，他滿心歡喜——他辦到了！但是隨之而來的是一股意想不到的恐懼；鑽石看來好像被下了魔咒，凡人不該賞玩。但這個東西啊，你看一眼就永遠忘不了。

雖說如此，最終而言，理智依然勝出。鑽石的刻面不如應有的分明，鑽腰的弧度稍微大了一點，更明顯的是，鑽石沒有細微的裂痕和針點，也沒有一丁點內含物。**真正的鑽石**，他父親曾說，**絕對不會沒有一丁點內含物。真正的鑽石絕對不是百分之百完美**。

難不成他期望它果真是火海星鑽？難不成他期望它果真藏放在他所猜測之處？難不成他期望只花一天就贏得如此重大的勝利？

當然不可能。

你說不定以爲馮·朗佩爾感到挫敗，但他沒有，他反而覺得滿懷希望。博物館肯定把眞品藏放在某處，否則他們絕對不會委製幾可亂眞的贗品。過去幾個星期之中，忙於其他差事之餘，他已經將名單上的七位寶石工縮減爲三位，然後鎖定其中一位：這人名叫杜邦，具有一半阿爾及利亞血統，以切割貓眼石練就一身好本事。據說戰前他幫富孀和男爵夫人把尖晶石切割成假鑽，賺了不少錢，博物館也是他的客戶。

一個二月的子夜，馮·朗佩爾情不自禁地走進杜邦的店鋪，店鋪離聖心大教堂不遠，相當考究，他檢視一冊史垂特《寶石圖鑑》的副本、一張張圖樣、一份份切割鑽石所需的三角函數圖表。當他找到幾個精心打造的模具，而且尺寸跟那顆藏放在博物館寶庫中的梨形鑽石一模一樣，他知道眼前正是他要找的人。

在馮·朗佩爾的示意下，某人提供杜邦僞造的配給糧票。現在馮·朗佩爾只需耐心等候。他準備提問：你是否製作了贗品？多少個？你知不知道贗品在哪些人的手中？

一九四一年二月的最後一天，一個矮小精幹的祕密警察捎來消息，不疑有他的杜邦試圖使用假造的糧票，遭到逮捕。這眞是輕而易舉。

那是一個飄著細雨的冬夜，零散的融雪堆積在協和廣場邊緣，門窗綴滿雨點，整個城市朦朦朧朧。一個頭髮剪得極短的下士查驗馮·朗佩爾的識別證，指示他走向拘留處，拘留處並非牢房，而是三樓一間辦公室，辦公室的天花板挑高，一個打字小姐坐在桌旁，她身後的牆上畫著紫藤，藤蔓糾纏，牆面龜裂，遠遠望去，彷彿一幅色彩朦朧的印象畫作，令馮·朗佩爾感到不自在。

辦公室中央有張廉價餐桌椅，杜邦被銬在椅子上，臉孔跟熱帶木材一樣黃褐油亮。馮・朗佩爾以為他會見到一個既是害怕、又是氣憤，而且飢腸轆轆的男子，但是杜邦坐得筆直，眼鏡的一個鏡片已經破裂，除此之外整個人看起來還不賴。

打字小姐在菸灰缸中按熄香菸，菸蒂上留下一個鮮紅的唇印。菸灰缸滿了：五十個菸蒂散置其中，短短的一截截，不知怎麼地，感覺有點血腥。

「妳可以退下，」馮・朗佩爾點點頭對她說，專注盯著那位寶石工。

「先生，他不會說德文。」

「我們應付得了，」他用法文說。「請把門帶上。」

杜邦抬頭看看，他打起精神，勉強擠出一絲笑容。馮・朗佩爾不需強迫自己微笑；他輕而易舉就辦得到。他希望探查出那幾個人的姓名，但他只需知道到底有幾個贗品。

鎖匠致函瑪莉蘿兒

我最心愛的瑪莉蘿兒：

我們現在人在德國，一切鈞安。我想辦法找到一個善心人士，答應設法幫我把這封信帶給妳。這裡的冬杉和赤楊非常美麗，而且啊——妳八成不敢置信，但妳必須相信我——他們招待我們吃了好多美味可口、品質一流的餐點：乳鴿，鴨子，燉兔肉，雞腿，培根煎炸的馬鈴薯，杏桃塔，清燉牛肉佐紅蘿萄，紅酒燉雞蓋飯，李子塔，新鮮水果，冰淇淋。我們能吃多少，就吃多少。每一餐都值得期待！

對妳的叔公要有禮貌，對曼奈克太太也是。謝謝他們爲妳朗讀這封信。妳知道我永遠陪著妳，永遠在妳身旁。

父字

熵

一星期以來，那個一命嗚呼的囚犯始終綁在方院中央的木樁上，屍身凍得發灰。男孩們停下來跟屍體問路；有人幫他配上子彈帶，戴上鋼盔。幾天之後，一對烏鴉停在他的肩頭，尖尖的鳥嘴啄食遺體，最後校工終於帶著兩個三年級的男孩走出來，拿起大槌砍去屍體腳邊的寒冰，將他斜斜放進手推車運走。

九天之中，出外操練之時，弗雷德瑞克三度被點名爲全班最弱的一個。巴斯提恩愈走愈遠，而且愈數愈快，結果弗雷德瑞克必須狂奔三、四百公尺，而且經常在深深的積雪中跋涉，男孩們在後追趕，好像追不上就會沒命。他每次都被趕上；他每次都在巴斯提恩的注視下被痛毆；韋納每次都袖手旁觀。

起先弗雷德瑞克挨了七下才不支倒地。然後是六下。然後是三下。他從不哭喊，也從不哀求，巴斯提恩似乎因而更加挫折，氣得發抖。弗雷德瑞克給人一種溫和靜謐、喜好幻想的感覺，跟其他人可說是大相逕庭——這些都像是氣味似地糾纏巴斯提恩，而且每個人都看得出來。

韋納試圖埋首於郝普曼博士的實驗室，藉由工作忘卻自己。他已經製作一部收發機的樣機，測試保險絲、眞空管、手持話機和插頭——即使在那些夜深人靜的時刻，天空看來同樣陰沉，學校似乎變得更陰暗，甚至更殘酷。他的腸胃不舒服。他拉肚子。他半夜驚醒，眼前浮現弗雷德瑞克站在柏林家中的臥室裡，戴著眼鏡，打著領結，從一本厚重龐大的書冊中，釋放一隻隻受困其中的小鳥。

你是個聰明的男孩。你會表現得很好。

有天晚上，郝普曼博士待在走廊另一頭的辦公室，沃克海默昏昏欲睡地坐在角落，韋納瞄了他一眼說：「那個囚犯。」

沃克海默眨眨眼，石像變回了活人。「他們每年都這麼做。」他脫下帽子，伸手揉揉濃密的短髮。「他們說他是波蘭人、共產黨、哥薩克人，他偷了酒、煤油或是錢。每年都一樣。」在時光的夾縫中，男孩們在不同時段吃苦受難。四百個男孩沿著剃刀邊緣爬行。

「說詞也都一樣，」沃克海默加了一句。「『一敗塗地，了無生趣』。」

「但是把他像那樣留在外面，死了都不放過他，這樣得體嗎？」

「他們不在乎是否得體。」然後郝普曼博士足蹬一塵不染的靴子，踢踢躂躂走進實驗室，沃克海默靠回角落，雙眼再度蒙上陰影，韋納沒有機會問他所謂的「他們」是誰。

男孩們把死老鼠留在弗雷德瑞克的靴子裡。他們叫他孬種、娘泡，以及其他難以計數的幼稚綽號。

一個五年級的學長兩度搶下弗雷德瑞克的雙筒望遠鏡，把糞便塗抹在鏡片上。

韋納告訴自己他試了。每天晚上，他幫弗雷德瑞克把靴子擦得雪亮，一公尺之外都看得到光澤，這樣一來，舍監、巴斯提恩、或是低年級的學弟就少了一個理由找麻煩。星期天早晨，他們來到學校餐廳，兩人靜靜坐在陽光下，韋納幫弗雷德瑞克做功課，弗雷德瑞克輕聲說，春天來臨時，他希望在學校圍牆外的草地上找到雲雀的鳥巢。有次他舉起鉛筆，凝視空中，喃喃說了一句：「那裡有隻比較少見的啄木鳥，」韋納依稀聽到一隻小鳥噗噗掠過地面，飛越圍牆。

在技術科學的課堂上，郝普曼博士介紹熱力學。「熵，誰能解釋那是什麼？」男孩們窩在桌前，沒有人舉手回答。郝普曼博士昂首闊步地走在一排排之間。韋納試著不要牽動任何一根肌肉。

「芬尼。」

「報告博士，熵代表物理系統中紊亂或是無秩序的程度。」

他把目光專注在韋納身上，盯視了一秒鐘，眼神既是溫煦，也是冰冷。「無秩序。你們聽到司令官談起。你們聽到你們的舍監談起。凡事必須有秩序。各位同學，生命是紊亂的，我們代表的是混亂中的排序。連基因都是一種排序。我們正爲物種演化排序，篩除那些次等、蠻橫的殘餘。這是德意志帝國偉大的計畫，也是人類有史以來最了不起的任務。」

郝普曼博士在黑板上書寫。軍校生把字句抄在他們的習作簿裡。封閉系統之中的熵永遠不會退減。根據定律，每個過程必然衰變。

四處巡行

雖然艾提安持續表達異議，曼奈克太太依然每天早上陪著瑪莉蘿兒走到海邊。曼奈克太太在廚房收拾碗盤的時候，小女孩自己繫鞋帶，摸索下樓，握著手杖在玄關等候。

「我自己找得到路，」當她們第五次一起出門，瑪莉蘿兒說。「妳不必非得帶我去。」

往前二十二步走到埃斯特雷街的十字路口。再走四十步就到小小的通道。走下九階樓梯，她就踏上沙灘，被大海發出的兩萬種聲響所吞噬。

她撿拾天知道來自多麼遙遠之處的毬果。一束束粗重的繩索。一隻隻圓滑柔潤、受困岸邊的小水蛭。有次還有一隻溺斃的麻雀。她最喜歡趁著潮水退到最低之時，朝北走到沙灘盡頭，蹲在一個曼奈克太太稱之為大貝島的小島邊，伸出手指肆意攪動潮池。她把腳趾和手指浸在冰冷的海水中，只有在那些時刻，她才有辦法完全忘掉爸爸，不再擔心他在信裡說了多少眞話、他什麼時候還會寫信給她、他為什麼被關起來。她只是聆聽、傾聽、呼吸。

她的臥室擺滿了小圓石、海玻璃和貝殼；四十個扇貝沿著窗台排排站，六十一顆海螺沿著雕花衣櫃的櫃頂排排坐。她逮到時間就排列貝殼，先是按照種類，然後按照大小，最小的擺在左邊，最大的擺在右邊。她裝滿罐子、桶子、托盤；臥室裡瀰漫著大海的味道。

大多早晨，造訪海邊之後，她跟著曼奈克太太四處巡行，先是蔬果市場，偶爾到肉舖看看，然後送食物給那些曼奈克太太認為最需要幫助的鄰居。她們爬上回音環境的階梯，輕輕敲門；一位老太太請她們進屋，探詢消息，堅持大家喝一小杯雪莉酒。瑪莉蘿兒發現曼奈克太太精力過人；她種花蒔草，清除根莖，早早起床，忙到晚上，沒有半滴鮮奶油也燒得出濃湯，不到半杯麵粉也烤得出麵包。她們一起踢踢躂躂走過狹窄的街道，瑪莉蘿兒跟在曼奈克太太身後，小手拉著她的圍裙，跟隨她身上那股燉肉和糕餅的香味；在這種時刻，曼奈克太太似乎是一道緩緩移動的薔薇花牆：多刺，芳香，滿叢蜜蜂啪啪飛舞。

把一條餘溫猶存的麵包送給老寡婦布蘭佳太太。把湯送給薩蓋先生。瑪莉蘿兒的腦海中逐漸浮現一個個銀閃閃的路標：一株枝葉茂盛、矗立在赫爾博廣場上的梧桐樹；九盆洲際飯店外面的造型灌木；走上六個台階就到一個名爲肯內塔布勒街的通道。

一週之中好幾天，曼奈克太太送食物給瘋癲的胡博．巴贊。胡博是一次大戰的老兵，不管下雪或是天晴，始終睡在圖書館後面的凹室裡。他在炮火中失去了鼻子、左耳和一隻眼睛，半邊臉頰戴著一個上了瓷釉的黃銅面罩。

胡博．巴贊喜歡暢談聖馬洛的城牆、巫師和海盜。他告訴瑪莉蘿兒，數百年來，聖馬洛的城牆抵禦了羅馬人、凱爾特人、斯堪地那維亞人等兇殘的入侵者，有些居民甚至宣稱城牆阻擋了海怪。過去一千三百年來，城牆阻止殘忍的英國水手們進犯，那些水手啊，他說，經常把船隻停泊在近海，朝著屋子投擲火光熊熊的武器，他們試圖燒毀一切，讓大家飽受饑荒之苦，不惜一切代價趕盡殺絕。

「聖馬洛的媽媽們以前告訴小孩，」他說，「坐直，注意你們的儀態，不然英國人晚上會上門割斷你們的喉嚨。」

「哈洛德，拜託，」曼奈克太太說。「你把她嚇壞了。」

三月的時候，艾提安叔公六十大壽，曼奈克太太用紅蔥頭燉煮蛤蜊，佐以馬鈴薯泥和兩個切成四半的白煮蛋：她跟他們說，她走遍全市只找得到這兩枚雞蛋。艾提安口操輕柔的嗓音談到喀拉喀托火山爆發，他說在他最初的的記憶之中，東印度群島飄來的火山灰把聖馬洛的落日染得血紅，每天傍晚，海面上閃爍著一束束深紅的光影；瑪莉蘿兒的口袋裡沾滿細沙，小臉被海風吹得發亮，對她而言，一時之間，佔領行動似乎遠在一公里之外。她想念她爸爸、巴黎、葛伐德博士、花園、她的書本、她的松果——樣樣都是她生命中的缺憾。但是過去幾個星期以來，她感覺自己熬得下去。最起碼當她置身海灘，海風、顏色和天光洗滌了她的欠缺和恐懼。

跟著曼奈克太太晨間巡行之後，瑪莉蘿兒下午多半打開窗戶，坐在床上，雙手輕撫她爸爸的模型城市。她的手指滑過修船廠在沙特爾街的木棚、盧瑞爾太太在羅勃．修可夫街的麵包店，在她的想像中，她聽到麵包師傅滑過沾滿麵粉的地板，舉止跟她臆想中的溜冰選手一樣輕快，忙著在一個具有四百年歷史、傳承自盧瑞爾太太高祖父的烤箱裡烘焙麵包。她的手指撫過大教堂的階梯——此處，一個老先生在花園裡修剪玫瑰；此處，瘋癲的胡博．巴贊坐在圖書館旁邊，一邊喃喃自語，一邊張著一隻眼睛凝視一個空空的葡萄酒瓶；此處是修道院；此處是魚市場旁邊的修家小館；此處是大門稍微凹陷的弗柏瑞街四號，屋裡一樓的臥房中，曼奈克太太跪在她的床邊，鞋子脫了，手指輕輕撥弄玫瑰念珠，為了城中每一個市民祈福。此處是五樓的一個房間，艾提安叔公走過空空蕩蕩的書架，手指撫過原來擺著一架架收音機之處。超越模型與法國國境的範疇，遠在某個她的手指摸不到的地方，她爸爸坐在牢房裡，窗台上擺著十二個他親手削磨的模型，一位獄警端著種種她衷心希望絕非只是幻想的美食走向他——**乳鴿，鴨子，燉兔肉，雞腿，培根煎炸的馬鈴薯，杏桃塔**——十二個托盤，十二個拼盤，他能吃多少，就吃多少。

大海撈針

午夜。郝普曼博士的獵犬們快步躍過學校旁邊結冰的田野，口水一滴滴飛掠潔白的雪地，閃閃發光。郝普曼博士頭戴貂皮氈帽，跨著小步，跟隨在後，好像沿路計算距離。韋納扛著一對他和郝普曼博士測試了數月的收發機，走在最後面。

郝普曼轉身，神情愉悅。「這個地點很好，視線極佳，芬尼，把收發機放下來，我已經叫沃克海默先走一步，他在山丘上的某個地方。」韋納看不到任何腳印，放眼望去，只見微微隆起的草地在月光下一閃一閃，遠處的森林一片銀白。

「他的彈藥箱裡有個KX傳輸器，」郝普曼說。「他會找個地方躲起來，持續發射訊號，直到我們找到他，或是電池沒電。連我都不知道他在哪裡。」他啪地一拍，握緊戴了手套的雙手，獵犬們繞著他奔跑，鼻息有如熱騰騰的白煙。「方圓十平方公里。找出傳輸器的位置，我們就找到沃克海默。」

韋納遙望上萬棵白雪覆頂的大樹。「報告長官，您是說在那邊？」

「沒錯，」郝普曼從口袋裡掏出一個扁平的酒壺，看都不看就扭開壺蓋。「芬尼，這樣才有意思。」

郝普曼在雪堆裡踏出一塊空地，韋納架設第一部收發機，拿出量尺測量距離，把第二部收發機架設在兩百公尺之外。他解開繞成一團的接地線，拉高天線，打開收發機。他的手指已經凍得發麻。

「試試八十公尺，芬尼。偵測小組通常不知道從哪個波度開始。但今晚我們頭一次野外測試，稍微作弊也無妨。」

韋納戴上耳機，耳中隨即充滿嘶嘶的雜音。他調高ＲＦ增益紐，調整濾波器，兩部收發機很快就找到沃克海默發送的訊號。「報告長官，我找到他了。」

郝普曼微微一笑，神情熱切。獵犬跳來跳去，興奮地嗅聞。他從外套裡掏出一支油彩筆。「在收音機上運算就行了。偵測小組不一定攜帶紙張，尤其是在野外。」

韋納在收發機的鐵殼上草草寫出公式，開始套入數字，郝普曼遞給他一支計算尺，韋納不到兩分鐘就算出向量和距離：二點五公里。

「方位呢？」郝普曼狹長而勢利的臉頰散發愉悅的神采。

韋納用量角器和羅盤畫出方位。

「帶路吧，芬尼。」

韋納折起地圖，放進外套口袋，收拾收發機，一手拿一部，好像扛著一對同樣款式的行李。微小的雪晶穿過月光飄散而下，山丘下的原野很快就一片銀白，學校和外圍的樓房看起來像是小小的玩具。明月低垂，有如一隻半閉的眼睛，獵犬們緊跟著主人，口中冒出騰騰熱氣，韋納全身冒汗。

他們跌進山溝，奮力爬出。一公里。兩公里。

「極致昇華，」郝普曼喘著氣說，「芬尼，你知道那是什麼意思嗎？」他喝醉了，整個人興高采烈，幾乎喋喋不休。韋納從未見過他這副模樣。「那是事物蛻變爲另一種風貌的時刻。白晝變爲黑夜，毛毛蟲變爲蝴蝶，小鹿變爲牝鹿，實驗變爲成果，男孩變爲男人。」

韋納三度奮力攀爬，然後攤開地圖，拿出羅盤重新確認方位。放眼望去，只見寂靜的大樹閃爍著光芒。雪地上只有他們的足跡，學校已經消失在視線之外。「報告長官，我再架設一次收發機，好嗎？」

郝普曼伸出手指貼著嘴唇。

韋納再做一次三角測量，看看他們距離原先算出的方位還有多遠，結果發現不到半公里。他重新收拾收發機，加快腳步，這會兒幾乎像是狗犬一樣循著氣味追捕，三隻獵犬也已察覺，韋納心想：我已經找到答案，我正在解決問題，這些數字逐漸變得眞實。積雪穿過樹梢，紛紛散落，獵犬們凍得發僵，扭扭鼻子，鎖定一股氣味，好像獵捕雉雞似地指向前方，郝普曼舉起一隻手，韋納一手一部沉重的收發機，氣喘吁吁地擠過兩棵大樹之間的縫隙，終於看見有個男人仰躺在雪地上，腳邊一部傳輸器，天線升入低矮的樹枝之間。

巨人沃克海默。

獵犬們站定，蓄勢待發。郝普曼依然舉起高舉一隻手，另一隻手扯下腰間的手槍。「距離這麼近，芬尼，你不能猶豫。」

沃克海默身子一偏，左邊的身軀朝向他們。韋納可以看到他呼出的熱氣緩緩上升，漸漸消散。郝普曼拿起他的半自動手槍瞄準沃克海默，在那感覺似乎極爲漫長、極爲震驚的一剎那，韋納確信他的教授即將開槍射殺眼前這個男孩，他也深信他們每一個軍校生都面臨重大威脅，他耳邊不禁響起佳妲當年在渠道旁說的話：**只因大家都這麼做，所以你就照著做，這樣對嗎**？韋納任憑自己的心靈閉上醜陋的雙眼，矮小的教授舉起手槍，朝著空中開了一槍。

沃克海默馬上起身蹲在雪地上，獵犬們獲准朝他飛奔而去，他甩甩頭，慢慢清醒過來，韋納覺得自己一顆心被炸得開花，在胸膛中裂成碎片。

獵犬們衝向沃克海默，他急急舉高雙手，但是獵犬們認得他；它們跳到他身上跟他玩耍，一邊狂吠，一邊蹦跳，韋納看著魁梧的沃克海默把獵犬們推到一旁，好像它們是一隻隻家貓。郝普曼博大笑，手槍依然冒著煙。他拿起酒壺喝了一大口，把酒壺遞給韋納，韋納接下，貼在唇邊。他終究取悅了他的教授；收發機管用；夜晚月光盈盈，星光閃閃，他置身戶外，感覺辣嗆的白蘭地流入肝膽——

「這下你知道了，」郝普曼說，「我們計算的三角形具有這個用途。」

獵犬們繞圈打轉，蹦蹦跳跳。郝普曼走到大樹後面撒泡尿，沃克海曼拖著巨大的傳輸器蹣跚走向韋納；他的身形看來似乎比往常更加魁梧；他把一隻戴著連指手套的大手按在韋納的帽上。

「這只是數字，」他說，聲音輕到郝普曼聽不到。

「純粹只是數學，這位同學，」韋納模仿郝普曼的發音清晰的口音，補了一句。他握緊戴了手套的雙手，五指貼著五指。「你必須訓練自己這麼想。」

韋納頭一次聽到沃克海默大笑，笑聲之中，他的面貌起了變化；他看起來沒那麼兇惡，反而像個親切、幽默的孩童，比較像他聆聽音樂之時的模樣。

隔天一整天，成功的喜悅縈繞在韋納心頭，他記得自己幾乎抱持神聖的心情走在魁梧的沃克海默身邊，兩人穿越冷冰的樹林走回校區，穿過校內一間間寢室——寢室裡男孩們並排就寢，好像金庫裡一條條金塊，他記得自己站在他的下鋪旁邊寬衣，感覺幾乎像是一位護衛其他男孩的父執輩，在此同時，沃克海默繼續搖搖晃晃地走向高年級生的宿舍，好像天使之間的醜怪妖魔，好像夜間越過墳場的守墓人。

提議

瑪莉蘿兒坐在廚房角落，最靠近壁爐的老位子，聆聽曼奈克太太的朋友們抱怨。

「鯖魚的價錢眞是不像話！」芳廷祿太太說。「你會以爲他們得把船開到日本捉魚！」

「新鮮的李子喔，」郵局局長赫伯爾德太太說，「我已經忘了那是什麼滋味。」

「還有那些可笑的皮鞋配給券，」麵包店老闆娘盧瑞爾太太說，「賽奧的號碼是三千五百零一號，而他們甚至還沒有叫到四百號！」

「這會兒他們把每一棟夏天出租的公寓全都給了傭兵，而不單只是泰弗納德街上的那些應召站。」

「大克勞德跟他太太變得更胖。」

「該死的德國佬整天都不關燈！」

「我受不了再跟我先生關在家裡一個晚上！」

她們九人圍著方桌而坐，膝蓋相碰，擠成一團。糧食配給，布丁難以下嚥，指甲油的品質愈來愈差——這些都是令她們痛心疾首的罪過。聽到這麼多人聚集在一個房間裡，瑪莉蘿兒既是興奮，也是困惑；應當正經之時，她們卻嗤嗤竊笑；講了笑話之後，氣氛卻變得凝重；赫伯爾德太太因爲買不到金砂糖而啜泣；另一位女士抱怨菸草，講到一半卻歇斯底里地狂笑，高談香水商胖得嚇人的脊背。她們飄散著過期麵包的氣味，聞起來也像是堆滿大件傢俱、通風不佳的客廳。

盧瑞爾太太說：「高提耶家的女孩想結婚，家人得把所有珠寶都熔了，煉取婚戒所需的黃金。黃金被佔領軍抽取百分之三十的稅金，珠寶師傅的成品另外再抽百分之三十，等到拿到錢，他們只付得起工錢，戒指就免談囉！」

匯率荒唐至極，紅蘿蔔貴得不像話，四處都是表裡不一、言行不一的騙子。最後曼奈克太太鎖上廚房的門，清清嗓子，女士們安靜了下來。

「多虧我們，他們才有辦法生活，」曼奈克太太說。「布古太太，妳兒子修理他們的鞋子。赫伯爾德太太，妳和妳女兒料理他們的郵件。盧瑞爾太太，他們吃的麵包大多是妳店裡烘焙的。」

氣氛變得凝重，似乎一觸即發；瑪莉蘿兒感覺她們好像看著某人悄悄滑到結了薄冰的水面，或是把手掌擱在火花之上。

「妳在說些什麼？」

「我們應該有所行動。」

「在他們的鞋裡放炸彈？」

「在他們的麵團裡拉屎？」

爆出一陣笑聲。

「不至於那麼大膽。但是我們可以做一些比較單純的小事。」

「比方說？」

「我必須先知道妳們願不願意。」

隨之而來的是一陣緊張的靜默。瑪莉蘿兒可以感覺她們全都暗自盤算，九個人的腦筋慢慢地轉個不停。她想到她爸爸——他為何受到監禁？——心中一陣刺痛。

兩位女士宣稱必須回去照顧孫子，起身離開，其他人拉緊寬鬆的上衣，嘎嘎挪動椅子，好像廚房的溫度忽然升高。六位女士留了下來。瑪莉蘿兒坐在她們之間，心想誰會屈服、誰會洩密、誰會是最勇敢的一位。誰會朝天仰躺，讓她那口迴旋飄上天花板最後一口氣，化爲對入侵者的詛咒。

你還有其他朋友

「當心啊，小娘們，」馬丁．布克哈德隔著方院對弗雷德瑞克大喊。「我今晚過來找你！」他扭動鼠蹊部，狀似兇惡。

有人在弗雷德瑞克的床上塗抹糞便。韋納耳邊響起沃克海默的聲音：**他們不在乎是否得體**。

「喂，在床上拉屎的小子，」一個男孩輕蔑地吐口水。「把我的靴子拿來。」

弗雷德瑞克假裝沒聽見。

一晚接著一晚，韋納躲進郝普曼的實驗室。他們已經三次外出、在雪地上追蹤沃克海默和傳輸器，而且一次比一次更快找到他。最近一次野外測試時，韋納不到五分鐘就架設收發機，找到傳輸器的訊號，在地圖上標示出沃克海默的位置。郝普曼應允柏林之行；他攤開一張奧地利電子工廠的平面圖說：「幾位部長已經對我們的計畫表達高度興趣。」

韋納朝著成功之路邁進。他很忠心。他是大家口中的好學生。但是每次醒來、扣上外衣鈕釦，他總感覺自己是個叛徒。

有天晚上，他和沃克海默步履沉重地踏過泥濘的積雪走回校區，沃克海默扛著傳輸器和兩部收發機，一隻手臂夾著收起的天線，韋納跟在後面，甘心躲在他的陰影中。樹木滴水；枝枒似乎很快就會綻放出花朵。春天到了。再過兩個月，沃克海默就會接到召集令，前往戰場。

他們停下來讓沃克海默休息一下，韋納彎腰檢查其中一部收發機，從口袋裡掏出一個小螺絲起子，旋緊鬆動的絞板。沃克海默低頭看著他，臉上洋溢溫柔與讚許。「你將來肯定是個人才，」他說。

那天晚上，韋納爬上床，瞪著弗雷德瑞克床墊的底側。暖風吹拂城堡，遠處一扇百葉窗啪啪作響，融雪順著長長的雨水管涓流而下。他盡可能輕聲地說：「你醒著嗎？」

弗雷德瑞克趴在上鋪彎下身子，在幾乎不見五指的漆黑之中，一時之間，韋納覺得他們終於跟對方交心，說出那些講不出口的話。

「你可以回家，你知道的，回去柏林，離開這個地方。」

弗雷德瑞克只是眨眨眼。

「你媽媽不會介意，她說不定喜歡有你作伴，芬妮也是。一個月就好，甚至一個星期。你一離開，同學們就會鬆手，等到你回來，他們八成轉移到下一個目標。你爸爸甚至不必知道此事。」

但是弗雷德瑞克往後一翻，躺回上鋪，韋納再也看不到他。他的聲音自天花板折射而下。

「韋納，說不定我們最好不要再當朋友。」他說得太大聲，音量大得危險。「跟我走在一起、跟我一起吃飯、幫我摺衣服、幫我擦靴子、幫我溫習功課，我知道這些都是風險，也是累贅。你必須顧及自己的課業。」

韋納緊緊閉上眼睛。他忽然想起他在閣樓的臥室，種種回憶襲上心頭：老鼠踢踢躂躂行走於牆壁之間，雨絲滴滴答答飄打在窗戶之上，天花板是如此傾斜，只有最靠近門口的地方，他才可以挺直身子站立。他也隱隱感覺他的父親、他的母親、收音機裡的法國人並排而站，好像畫廊裡欣賞畫作的訪客，三人透過嘎嘎作響的窗戶，看他打算怎麼做。

他看到佳妲一臉沮喪，彎腰檢視他們那部破碎的收音機。他覺得他們全都將被某種巨大、虛空的東西吞噬。

「我不是那個意思，」韋納對著他的毯子說。但是弗雷德瑞克一語不發，兩個男孩直挺挺地躺了好久，看著一輪藍色的月光迴旋飄渺，盈滿寢室。

老太太軍團

麵包店老闆娘盧瑞爾太太——一位聲音甜美、聞起來大多像是發粉的女子，但有時也帶著蜜粉或是蘋果片的甜香——把活動工作梯綁在她先生車子的車頂，黃昏之時隨同布古太太開上卡朗唐街，拿著一套扳手重新排設路標。她們醉醺醺、笑嘻嘻地回到弗柏瑞街四號的廚房。

「這會兒迪南在北方二十公里，」盧瑞爾太太說。

「位於大海正中央！」

三天之後，芳廷祿太太無意間聽到德軍警備司令對邱麒麟草過敏，花店老闆娘卡雷太太隨即在送往總部的插花擺飾裡，塞進一大把邱麒麟草。

女士們把一批人造絲送往錯誤的地址。她們故意印錯火車時刻表。郵局局長赫伯爾德太太偷偷把一封寄自柏林、看起來相當重要的信件藏在褲兜裡帶回家，傍晚用來生火。

她們帶著令人欣喜的消息湧入艾提安家的廚房，有人聽說警備司令一直打噴嚏，或是那團放置在妓院台階上的狗屎，不偏不倚正中目標，被一個德國人踩個正著。曼奈克太太幫大家倒杯雪莉酒、蘋果酒或是蜜司卡德白酒；有人在門口坐定，權充哨兵。矮小駝背的芳廷祿太太吹噓自己佔用總部的接線總機，別人整整一小時都打不進去；邋裡邋遢、個頭高大的布古太太說，她幫孫子們在一隻野狗身上塗上法國國旗的顏色，打發野狗衝過夏特布里昂廣場。

女士們高聲談笑，興奮不已。「我能做什麼？」高齡寡婦布蘭佳太太問。「我想要做些什麼。」

曼奈克太太請大家把錢交給布蘭佳太太。「別擔心，」她說，「妳們拿得回來。好，布蘭佳太太，妳始終寫得一手好字，請拿起這枝艾提安先生的鋼筆，在每一張二十五法朗的紙鈔上，寫下**立即解放法國**。大家可負擔不起撕碎鈔票，是吧？大家一旦使用這些鈔票，我們的訊息就會傳遍布列塔尼。」

女士們鼓掌叫好。布蘭佳太太捏捏曼奈克太太的手，喜極而泣，開心地眨眨銀閃閃的雙眼。

有時艾提安下樓看看，他只穿了一隻鞋，嘴裡碎碎念，曼奈克太太幫他泡茶，把茶放在托盤上讓他端著托盤上樓，整個廚房靜了下來，然後女士們再度開始閒聊、笑鬧、密謀。曼奈克太太懶洋洋、心不在焉地幫瑪莉蘿兒梳頭髮。「七十六歲囉，」她輕聲說，「我還會有這樣的感覺？像個眼睛閃耀著星光的小女孩？」

軍醫量一量士官長萊茵霍爾德·馮·朗佩爾的體溫，幫血壓計的袖帶充氣，拿著鋼筆型小電筒檢查他的喉嚨。今兒個早上馮·朗佩爾才鑑定了一張十五世紀的小書桌，親自監督桌子被運上火車，送往戈林大元帥的狩獵木屋。幫他運送桌子的下士描述那座受到掠奪的莊園；他形容他們的行動是「血拚」。

小書桌讓馮·朗佩爾想到一個前幾天查驗的十八世紀荷蘭菸盒，菸盒爲黃銅所製，外殼鑲上一顆顆微小的鑽石，一看到菸盒，他的思緒就好像受到地心引力的牽引，無可抗拒地被拉回火海星鑽。心情比較軟弱的時刻，他想像自己未來某一天來到林茲的元首博物館，行走於拱廊的石柱之間，鞋跟喀噠喀噠，穩穩踏著大理石地，暮光有如瀑布般從高聳的窗戶傾瀉而下，他觀賞上千個水晶展示櫃，櫃子是如此晶瑩透徹，看起來甚至有如飄浮在地面之上；櫃裡陳設採集自全世界每一個角落的礦石：綠銅礦、帕拓石、紫水晶、加州紅碧璽。

那句話怎麼說來著？**有如從大天使的眉毛上甩落的星星**。

在展示館正中央，聚光燈由天花板打向一個座臺；座臺之上的玻璃方櫃內，一顆小小的藍鑽閃爍著光芒……

醫生請馮·朗佩爾脫下長褲。雖然戰事日漸吃緊，但是這幾個月來，馮·朗佩爾卻是稱心如意。他的責任加倍，因爲德意志帝國境內居然沒有太多寶石專家。三星期之前，他才在布拉提斯拉瓦西邊的一個小車站，檢驗了滿滿一個信封的寶石，鑽石顆顆清澈晶瑩，切割完美，檢驗之時，一部卡車從他身後隆隆駛過，車裡裝滿包了白紙、捆上稻草的繪畫。警衛悄悄說其中包括一幅林布蘭的畫作，還有幾幅波蘭克拉科夫一所知名大教堂的祭壇畫。這些繪畫將被送往奧地利山城奧爾陶斯附近的一座鹽礦，鹽礦深居地層之下，長達一公里的隧道直通一個銀閃閃的迴廊，迴廊之中盡是一排排三層樓高的櫃架，疊放元首下令收藏的珍寶。全歐洲最精緻的藝術品都將聚集在一個難以攻陷的屋簷下，儼然是一座見證人類心血結晶的寶殿，參訪人士千百年來將大表讚嘆。

醫生探查一下他的鼠蹊部。「痛不痛？」

「不痛。」

「這裡呢？」

「不痛。」

他原本就不指望巴黎那位寶石工提供姓名。杜邦不可能獲知火海星鑽的贗品在哪幾個人手中；這人怎麼可能洞悉博物館最後一刻研擬的防衛措施？但是杜邦依然派上了用場：馮．朗佩爾需要一個數字，而且他也已得手。

三。

醫生說：「你可以穿上衣服了，」然後在水槽裡洗洗手。

在戰火逐漸延燒、入侵法國的兩個月當中，杜邦為博物館製作了三件贗品。他是否利用眞品製作？不，他用了鑄模。他從來沒見過火海星鑽。馮．朗佩爾相信他所言。

三件贗品。再加一顆眞正的鑽石。隱匿於地球某處，藏身於億萬砂石之中。

四顆鑽石，其中一顆在博物館的地下室，鎖在保險庫裡。另外三顆有待搜尋。有時馮．朗佩爾感覺心中升起一陣不耐，有如膽汁般苦澀，但他強迫自己嚥下。機運總會上門。

他繫上皮帶。醫生說：「我們必須作個切片。你最好跟你太太打個電話。」

弱者中的弱者#3

殘虐的尺度日漸攀升。說不定巴斯提恩祭出復仇的殺手鐧；說不定弗雷德瑞克謀求唯一的出路。韋納所能確知的是，一個四月的早晨，他一覺醒來，看到床邊的地上多出三吋爛泥，而且弗雷德瑞克不在床上。

他早餐的時候沒有出現，詩學課堂、或是晨間出操也不見人影。韋納聽見的每一套說詞都自相矛盾，好像實情是一部齒輪無法嚙合的機器。他起先聽說一群男孩把弗雷德瑞克拉到戶外，在雪地中架設火把，逼迫他用他的步槍射擊火把，以證明他的視力沒問題。然後韋納又聽說他們把他帶到視力檢查表之前，他若看不清表格，他們就逼他吃下。

但在這個地方，實情有何意義？韋納想像二十個男孩好像老鼠似地逼近弗雷德瑞克；他看到司令官那張肥胖、油光閃閃的臉，領口一圈橫肉，身子往後一靠，好像一個坐在橡木寶座的國王，在此同時，鮮血慢慢流遍地面，蓋過他的腳踝、他的膝蓋……

韋納故意略過午餐，心慌意亂地走向學校醫務室。他冒著關禁閉的風險，說不定可能受到比關禁閉更嚴重的懲治；正午晴朗明亮，但是他感覺自己的心臟逐漸被虎頭鉗夾緊，周遭一切全都慢了下來，有如催眠；他看著自己拉開醫護室的大門，好像隔著深及數尺的湛藍海水凝視自己的手臂使力。

一張血淋淋的單人床。枕頭和床單滿是鮮血，連鍍鐵的床架都血跡斑斑。臉盆裡幾塊粉紅色的破布。地板上幾卷拆解一半的繃帶。護士衝過來，對著韋納皺眉頭。除了廚房員工，她是全校唯一的女性。

「爲什麼這麼多血？」他問。

她伸出四根手指貼在唇上。說不定她正猶豫是否告訴他實情，說不定她打算假裝什麼都不知道。說不定是控訴、屈從，或是同謀。

「他在哪裡？」

「他在萊比錫動手術。」她摸摸制服上一顆圓圓的白鈕釦，手指說不定有點顫抖，除此之外，她的神態完全肅然。

「怎麼回事？」

「現在不是午餐時間嗎？」

他眨眨眼睛，每次眨眼，眼前就浮現他小時候那些遭到解雇、慢慢穿過後巷的礦工，那些鐵鉤取代了手指、眼神一片空洞的男子；他看到巴斯提恩高高矗立在冒菸的河邊，白雪紛飛，飄落在他的四周。**元首，同胞，偉大的祖國。鍛鍊你的體魄，鍛鍊你的心靈**。

「他什麼時候回來？」

「唉，」輕聲一語，這就夠了。她搖搖頭。

桌上有個藍色的肥皂箱，箱上擺著一個破爛的相框，照片中的軍官早已不在人間。又是一個過境此地，等著送死的男孩。

「這位同學？」

韋納不得不坐到床上。護士的臉孔似乎盤據在遠方，凌駕於一個個層層交疊的臉孔之上。此時此刻，佳妲在做什麼？幫某個哭號的新生兒擦鼻子、撿拾舊報紙、聆聽軍中護士的簡介，或是縫補另一雙襪子？為他祈禱？相信他？

他心想：**我絕對沒辦法告訴她這件事**。

鎖匠致函瑪莉蘿兒

我最心愛的瑪莉蘿兒：

牢友們非常親切。有些人喜歡講笑話，比方說：你有沒有聽過納粹如何鍛鍊體能？每天早上把雙手舉到頭頂上，沒錯，就這麼舉著，動都別動！哈、哈。我的天使承諾冒著極大風險，幫我傳遞這封信。我們今天暫且離開「客房」，感覺挺好的，而且相當安全。我們正在修建道路，這個差事還不賴。我愈來愈壯。今天看到一棵喬裝栗樹的橡樹，我覺得它是棵櫟樹。等我們返回巴黎，我絕對會請教花園裡的植物學家。

希望曼奈克太太、艾提安和妳繼續寄東西過來。他們說我們每人獲准收取一個包裹，因此，東西遲早會寄達。我想他們八成不會准許我留下任何一件工具，但如果他們准許，那就太好了。妳絕對無法想像這裡的環境多麼優美、距離危險多麼遙遠。我的小寶貝，我非常安全，再也沒有比這裡更安全之處。

父字

巖穴

時值夏日，瑪莉蘿兒跟著曼奈克太太和瘋癲的胡博·巴贊，一起坐在圖書館後面的凹室。戴著黃銅面罩的胡博一邊喝湯，一邊說：「我有樣東西給妳們看看。」

他帶著瑪莉蘿兒和曼奈克太太沿著一條街前進，瑪莉蘿兒覺得這是波耶街，但也可能是文森特·德·古爾奈街，或是宏薩爾街。他們走到城牆基底，右轉，沿著一條瑪莉蘿兒從沒走過的小巷前進，然後走下兩階階梯，穿過一片低垂的長春藤，曼奈克太太說：「哈洛德，拜託喔，這是什麼？」小巷愈來愈窄，直到他們只能一前一後地前進，兩側城牆逐漸逼近，最後他們終於停步。瑪莉蘿兒可以感覺兩側石牆擦過他們的肩膀，石牆似乎愈來愈高，他們似乎一直往上走。就算她爸爸的模型包括這條小巷，她的手指也尚未摸到它。

胡博翻尋他骯髒的長褲，面罩後面傳出一陣陣急促的呼吸聲。他們的左側應該是城牆，瑪莉蘿兒卻聽到門鎖被打開的聲音。一道閘門嘎嘎開啟。「小心撞到頭，」他邊說邊牽她走過閘門，他們往下爬，來到一個狹隘、潮濕、散發著大海氣味的地方。「我們在城牆底下，頭頂上有二十公尺的花崗石。」

曼奈克太太說：「說真的，胡博，這裡跟墓地一樣陰森，」但是瑪莉蘿兒鼓起勇氣踏出一小步，她的鞋底滑溜溜，地面偏斜下垂，然後她的鞋子碰到水。

「摸摸看，」胡博·巴贊說，他蹲下來，牽起她的手貼上一道牆，弧形的牆面布滿蝸牛，成千上百，滿牆都是。

「好多好多蝸牛，」她輕聲說。

「我不知道爲什麼，說不定因爲這裡很安全、海鷗飛不進來？來，摸摸這個，我幫妳翻過來。」角狀的正面微微突起，底下是緩緩蠕動、數以百計的水生管足，啊，一個海星。「這是藍貝。這是一隻死翹翹的石蟹，妳摸摸它的蟹腳？好，小心別撞到頭。」

近處碎波滾滾；海水流過她的鞋子。瑪莉蘿兒涉水前進；地面感覺沙沙的，海水頂多只到腳踝。據她所知，這裡似乎是個低矮的巖穴，長約三公尺，寬約二公尺，形狀像是一條麵包。最遠的一端是個厚重的格柵，澄淨、清爽的海風由此緩緩吹入。她的指尖摸到藤壺、海草、上千隻海蝸牛。「這是什麼地方？」

「記不記得我跟妳提過守望犬？很久以前，市立犬舍的管理員經常把那些跟馬匹一樣巨大的獒犬關在這裡，晚上宵禁的鐘聲一響，獒犬們就被放到海灘上，哪個水手膽敢上岸，獒犬就把他吃下肚。這些貝類底下有塊石頭，石頭上淺淺刻著年代：1165。」

「但是海水呢？」

「就算漲到最高，潮水頂多及腰。幾百年前，潮水說不定更低。我跟妳祖父啊，我們小時候經常到這裡玩，有時候妳叔公也一起來。」

潮水流過他們的腳邊。處處傳來蚌貝的撞擊和嘆息聲。她想到古早以前住在鎮上的老船員、走私客和海盜，揚帆越過漆黑的海面，駕馭船隻繞行於上萬個暗礁之間。

「胡博，我們該走了，」曼奈克太太大喊，聲聲迴盪。「這裡不適合小女孩。」

瑪莉蘿兒大聲說：「曼奈克太太，沒關係。」寄居蟹。海葵。她輕輕一戳，海葵馬上噴出一道微小的海水。成千上萬、有如星系的蝸牛，各個蘊藏無限生機，述說著生命的故事。

曼奈克太太終於連哄帶騙地把他們兩人帶出巖穴，瘋癲的胡博帶著瑪莉蘿兒順著原路穿過閘門，隨手鎖上。曼奈克太太領頭前進，行抵布魯賽斯廣場之前，胡博拍拍瑪莉蘿兒的肩膀，他輕柔的話語傳入她的左耳；他的鼻息聞起來像是被輾碎的小蟲。「妳覺得妳有辦法找到那個地方嗎？」

「我覺得應該可以。」

他把某個鐵製的東西放在她的手中。「妳知道這是什麼嗎？」

瑪莉蘿兒合起手掌。「這是一把鑰匙。」

酩酊大醉

天天傳來捷報：德軍再次獲勝，戰況再次告捷。蘇俄有如手風琴般洩了氣。十月之時，全體學生圍著一部龐大的收音機，聆聽元首宣布「颱風行動」。德軍已將旗幟插在莫斯科市郊；蘇俄很快就會落入他們之手。

韋納十五歲了。弗雷德瑞克的床鋪被一個新來的男孩接收。夜晚時分，韋納有時看見弗雷德瑞克，即使他已經離校。他的臉龐從上鋪的床沿冒了出來，他的側影出現在窗邊，手執望遠鏡緊貼著玻璃窗。弗雷德瑞克沒死，但也不會康復；他下顎骨折，顱骨斷裂，腦部受到重創。沒有人受到懲罰，也沒有人受到盤查。一部藍色的轎車駛抵學校，弗雷德瑞克的母親下車，走進司令官的住所，過了一會再度現身，手裡抱著弗雷德瑞克的帆布袋，身子被沉重的帆布袋壓得微微傾斜，看起來非常渺小。她爬進車裡，轎車揚長而去。

沃克海默也已離校；據傳他成了一位令人膽寒的納粹中士。有人說他領軍攻入通往莫斯科途中的最後一個市鎮，大刀一揮，砍下俄軍死屍的手指，放進菸斗裡當香菸抽。

新近入學的軍校生急於證明自己，行徑更無節制。他們奮力衝刺，大喊大叫，拚命越過路障；野外演習時，他們參與一項競技，十個男孩繫上紅色臂章，十個男孩繫上黑色的臂章，直到一方奪下另一方的每一個臂章，競技才宣告結束。

韋納覺得身邊的男孩似乎全都酩酊大醉，好像每次用餐之時，學生們在鐵杯中注滿了烈酒，而不是冰涼的舒爾普福塔礦泉水，結果人人眼神呆滯，頭暈目眩，好像只能藉由紀律、演習和銀閃閃的皮靴麻痺自己，逃避隱匿無形、有如潮浪的苦悶。最頑強的男孩們雙眼雪亮，散發出決然的神采：他們專心受教，一心只想揪出弱者中的弱者。當韋納從郝普曼的實驗室回到寢室，他們帶著懷疑的眼神仔細打量他。他是孤兒、他老是一個人、他的口音帶著一丁點小時候學到的法國腔，這些都令他們起疑。

我們是迸發的子彈，軍校新生們高唱，**我們是大炮的炮彈。我們是劍刃的刀尖。**

韋納無時不刻都想家。他想念雨水滴滴答答，敲打他閣樓房間的鐵皮屋頂；一個個精力充沛、有如野生動物的小孤兒；伊蓮娜太太一邊隨口哼唱，一邊輕搖客廳裡的嬰兒床。拂曉時分，煉煤場的氣味悄然飄入，一早醒來就聞到這股氣味，日復一日，絕對錯不了。他尤其想念佳妲：她的忠貞、她的倔強、她那副始終有辦法辨別對錯的模樣。

但在韋納最脆弱的時刻，佳妲的種種特質，卻也激起他的嫌惡。說不定她是他心中的雜質、那些應該被譴責的雜音。說不定她是阻止他完全忠誠的唯一阻力。如果你家鄉有個妹妹，你應當把她想像成宣傳海報裡那個臉頰紅潤、勇敢堅強的漂亮女孩；你為她而戰，為她而死。但是佳妲呢？佳妲寫給他的信幾乎全被校方塗黑。她問一些不該問的問題。幸好韋納和郝普曼關係密切——他是教授最得意的門生，地位殊榮——因此，他才平安無事。柏林的一家公司正在製造他們研發的收發機，其中幾部已從郝普曼口中的「野外」送回，有些遭到炸裂燒損，有些被汙泥掩沒，零件受損，韋納負責重新組裝，郝普曼則忙著講電話、或是寫信要求提供替補零件，有時整整兩星期不在學校。

韋納好幾個星期沒有寫信給佳妲。他寫了四行，滿紙陳腔濫調——**我很好；我很忙**——把信交給舍監。他陷入苦悶與恐懼的泥沼。

「你們都有腦袋，」有天晚上，巴斯提恩在學校餐廳裡喃喃說，他走過大家的身後，手指輕輕刮過每個人的制服，每個男孩都不由自主地往後一縮，罔顧眼前的餐點。「但是腦袋不可信。腦袋始終想東想西，含混不清，問題叢生，你們最需要的是確切清楚的東西，和使命感。不要相信你們的腦袋。」

深夜的時候，韋納坐在實驗室，又是隻身一人。他把玩那部沃克海默以前從郝普曼辦公室借來的歌蘭蒂真空管收音，撥弄頻道旋鈕，追尋音樂、回音，以及他自己也不確定的一切。他看到電路分解，而後重新組合。他看到弗雷德瑞克凝視那本繪滿鳥類的書冊；他看到「同盟礦區」火熱的礦坑、轉軌行駛的礦車、叮叮噹噹的鎖鏈、滾動的運輸帶、高聳入雲、日夜冒煙的煙囪；他看到佳妲拿著火炬前後搖晃，黑暗卻從四面八方湧來，將她團團圍住。大風撲打實驗室的方牆——司令官總是喜歡提醒他們，這股高加索的寒風遠遠來自蘇俄，那裡人人豬頭豬腦、生性野蠻、啃食蠟燭，而且不顧一切想要生飲德國女孩的鮮血。這群兇殘的大猩猩，非得從地球上剷除不可。

沙沙雜訊。

你在那裡嗎？

他終於關掉收音機。寂靜之中，他的耳邊迴盪著師長們的話語，在此同時，回憶也在他的耳邊述說。

張開你的雙眼，在雙眼永遠閉上之前，盡情觀看周遭的一切。

刀客與海螺

迪厄旅館的餐廳燈光昏暗，又大又擠，大家紛紛談論直布羅陀海峽外的德國潛艇、匯率不公、四衝程柴油發動機。曼奈克太太點了兩份蛤蜊濃湯，兩人很快把湯喝下肚，她說她不知道接下來要做什麼——她們應該繼續等候嗎？——於是她們又點了兩份濃湯。

一個衣服窸窣作響的男人終於坐到她們旁邊。「妳確定妳叫做華爾特太太嗎？」曼奈特太太說：「你確定你叫做瑞納嗎？」

那人暫不作聲。

「她呢？」

「我的同夥。光是聽你說話，她就知道你有沒有說謊。」

他大笑。他們聊到天氣。男人的衣服散發出大海的味道，好像他是被海風吹到此地。說話之時，他笨手笨腳，不停碰撞桌子，他們的湯匙因而在碗裡鏗鏘作響。最後他終於說：「我們非常敬佩妳的努力。」

然後這位自稱瑞納的男人輕聲低語，音量極小，瑪莉蘿兒只聽到隻字片語：「留意他們車牌上的特別徽章。WH代表陸軍，WL代表空軍，WM代表海軍，麻煩妳記下每一部進出港口的車輛，或是請人幫忙記錄。我們急需這個情報。」

曼奈克夫人非常安靜。就算兩人繼續說了什麼，瑪莉蘿兒也偷聽不到，她也不曉得兩人是否比劃手勢，互傳紙條，密商計謀。但是兩人之間顯然達成某種程度的協議。不久之後，她和曼奈克太太回到弗柏瑞四號的廚房，曼奈克太太在地窖裡走來走去，拖著製作罐頭的工具鏗鏗鏘鏘上樓。她大聲宣布，今早她設法弄到了說不定全法國僅存的兩箱桃子。她一邊輕聲哼歌，一邊幫瑪莉蘿兒拿好削果皮的小刀。

「曼奈克太太？」

「瑪莉，怎麼了？」

「什麼叫做化名？」

「化名就是假名，一個可以替代使用的名字。」

「如果我要取個化名，我可以叫做什麼？」

「嗯，」曼奈克太太說。她拿起另一顆桃子，挖去果核，切成四半。「什麼都可以。如果妳喜歡，妳可以叫做美人魚，或是小雛菊？紫羅蘭？」

「海螺呢？我覺得我喜歡被稱爲海螺。」
「海螺，這個化名好極了！」
「曼奈克太太，妳呢？妳想叫做什麼？」
「我？」曼奈克太太暫停削水果。蟋蟀在地窖裡高歌。「我想我要叫做刀客。」
「刀客？」
「沒錯。」桃子散發出的果香，凝聚爲鮮紅閃亮的雲朵。
「刀客？」瑪莉蘿兒重複一次。然後兩人放聲大笑。

佳妲致函韋納

親愛的韋納：

你爲什麼不寫信？[redacted]煉鑄場日夜運作，煙囪的濃煙從不間斷，最近天氣好冷，所以大家有什麼就燒什麼，木屑、硬煤、煙煤、石灰、垃圾，全都燒了保暖。戰爭的寡婦們[redacted]每天不停增加。我跟雙胞胎姐妹漢娜和蘇珊娜在洗衣房工作，還有克勞蒂亞．福斯特，你記得她吧？我們多半忙著縫補外衣和長褲。我愈來愈懂得使用針線，最起碼不會一直扎到自己。我剛做完功課。你有沒有功課？這裡布料短缺，大家送來沙發罩布、窗簾、舊大衣。他們說每一樣可以派上用場的東西都必須加以利用。包括我們這裡的每一個人。哈！我在你以前的小床下找到這個東西，你說不定用得上。

愛你的佳妲

自製的信封裝著韋納小時候的筆記簿，他親筆書寫的「疑問」二字橫跨封面。筆記簿裡一張張他童年繪製的草圖和發明：一部他想爲伊蓮娜太太製造的電動暖床器；一部以鏈條帶動兩個車輪的腳踏車。**磁鐵對液體會產生作用嗎？船隻為什麼漂浮？為什麼我們轉一轉就會頭昏？**

筆記簿最後十二張空白。這些內容想必相當不成熟，審查人員才准予放行。

皮靴踢踢躂躂，機關槍喀噠喀噠，聲聲環繞著他。存糧擱放在地，箱桶倚靠磚牆。抓下鉤子上的鐵杯，取下架子上的餐盤，排隊領取水煮牛肉。他的心中湧起一波波鄉愁，思鄉之情是如此強烈，他不得不緊緊閉上雙眼。

瀟灑活一遭

曼奈克太太走進艾提安在五樓的書房。瑪莉蘿兒坐在樓梯上聆聽。

「你可以幫忙，」曼奈克太太說。有人——八成是曼奈克太太——打開窗戶，來自大海的澄淨空氣盈滿樓梯間，一切隨之騷動：艾提安的窗簾、他的文件、他的塵土、瑪莉蘿兒對她爸爸的思念。

艾提安說：「拜託，曼奈克太太，請關上窗戶，違反燈火管制會被關起來。」

窗戶依然敞開。瑪莉蘿兒偷偷再下一階。

「艾提安先生，你怎麼知道他們抓了哪些人？雷恩有個女人把她飼養一隻豬取名為戈培爾[11]，結果被關了九個月，你曉得這回事嗎？康卡勒有個看手相的人，因為預測戴高樂春天即將回返，所以遭到槍殺。槍殺喔！」

「這些只是謠言，曼奈克太太。」

「赫伯爾德太太說迪納爾有個男人——艾提安先生，這人已經當了祖父——他把洛林十字架戴在衣領底下，所以被判刑兩年。我聽說他們打算把整個城市變成一個超級軍火庫。」

她叔公輕聲笑笑。「這些聽起來都像是小學六年級的學生胡謅。」

「每個謠言都挾帶著真理的種子，艾提安先生。」

瑪莉蘿兒知道曼奈克太太始終留意叔公心中的恐懼，小心迴避，善加安撫，曼奈克太太已經關照了他一輩子。她悄悄再下一階。

曼奈克太太說：「你的知識相當豐富，艾提安先生，比方說地圖、潮汐、收音機。」

「那些女人聚在我家，已經相當危險。曼奈克太太，大家都看在眼裡。」

「誰看在眼裡？」

「比方說香水商。」

「克勞德？」她輕蔑地哼一聲。「小克勞德忙著嗅聞自己，哪管得到其他人？」

「克勞德可不小。就連我都看得到他家比別人家得到更多肉、更多奶油、更多電。我知道這些酬賞如何到手。」

「那麼你就幫幫我們。」

「我不想惹麻煩，曼奈克太太。」

「什麼都不做難道不是惹麻煩嗎？」

「什麼都不做就是什麼都不做。」

「什麼都不做簡直就是跟他們一個鼻孔出氣。」

海風勁揚。在瑪莉蘿兒的想像中，海風千變萬化，閃閃發光，在空中散發出尖細的光點，先是銀白，而後清綠，而後又是銀白。

「我有法子，」曼奈克太太說。

「什麼法子？妳信得過誰？」

「有時你總得相信別人。」

「如果妳身旁那人的手臂和大腿流著別人家的血液，妳就什麼也不能相信。就算他身上流著跟妳一樣的血液，妳也得三思。曼奈克太太，妳想要對抗的不是個體，而是制度。妳怎麼可能對抗制度？」

「你可以試試。」

「妳要我做什麼？」

11 Paul Joseph Goebbels，1897–1945，德國納粹的宣傳部長，亦為希特勒的愛將。

「找出閣樓那個舊東西。你比鎮上任何人都懂收音機，說不定整個布列塔尼都沒有人比得上你。」

「每一部收音機都被他們沒收。」

「並非每一部。人們把東西藏放在各處。據我了解，你只要讀一讀數字就行了，數字寫在紙片上，有人會把紙片帶給盧瑞爾太太——我不知道是誰，說不定是胡博．巴贊——她會收集起來，然後把紙片藏進麵包正中央！」她大笑；瑪莉蘿兒聽了覺得曼奈克太太年輕了二十歲。

「胡博．巴贊！妳信得過胡博．巴贊？妳把密碼揉入麵糰裡烘烤？」

「哪個胖德國佬願意吃那些劣等麵包？他們把高級麵粉留給自己。我們把麵包帶回家，你傳輸號碼，然後我們把紙片燒掉。」

「這眞是荒謬，妳表現得像個小孩。」

「總比什麼都不做來得好。想想你的姪子，想想瑪莉蘿兒。」

窗簾噗噗飄動，文件窸窣作響，兩個大人在書房中對峙。瑪莉蘿兒悄悄爬向她叔公的書房，她距離門口好近，伸手就碰得到門框。

曼奈克太太說：「你難道不想在翹辮子之前瀟灑活一遭嗎？」

「瑪莉快滿十四歲，曼奈克太太，她已經不是小孩，尤其是戰時。在死神面前，十四歲的少男少女跟其他人沒什麼兩樣。但我希望十四歲的她依然是個青春少女，我希望——」

瑪莉蘿兒後退一步，他們看到她了嗎？她想到瘋癲的胡博帶她造訪的巖穴，巖穴之中，成千上萬隻海蝸牛層層交疊。她想到她爸爸曾經多次抱著她坐上他的腳踏車，她在座位上坐穩，她爸爸站在踏板上，兩人緩緩潛入巴黎某一條車聲隆隆的大道，她扶著他的臀部，膝蓋稍微彎曲，父女兩人飛馳於車輛之間，衝下山坡，穿過夾擊兩側的氣味、噪音與顏彩。

艾提安說：「我要繼續看我的書，曼奈克太太，妳不是應該準備晚餐了嗎？」

無路可逃

一九四二年一月，韋納走進郝普曼博士那間明亮、爐火通明、比學校其他各處溫暖兩倍的辦公室，請求博士遣送他回家。個子矮小的博士坐在他那張大書桌後面，眼前的盤上盛放著一隻看似營養不良的烤小鳥。可能是乳鴿或是鵪鶉。也可能是松雞。一卷卷配線圖擱在他的右側，他的獵犬們趴在爐火前面的地氈上。

韋納站在原地，雙手拿著帽子，郝普曼閉上眼睛，一隻手指的指尖輕輕撫過眉毛。韋納說：「報告長官，我會努力工作，支付車資。」

郝普曼額頭的青筋微微抽動。他張開眼睛。「你？」獵犬們同時抬頭張望，好像一隻三頭水妖。「什麼都不缺的你？來這裡聽音樂，啃巧克力，窩在爐火邊取暖的你？」

一絲烤小鳥的肉屑彈跳到郝普曼的臉頰上。韋納說不定頭一次發現他的教授頭髮逐漸稀疏、鼻孔漆黑、耳朵好小、狀似小精靈，而且流露出某種冷酷無情的氣質，似乎一心只想求生。

「或許這會兒你覺得自己是個重要的大人物？」

韋納抓緊握在背後的帽子，藉此遏制肩膀發抖。「報告長官，我沒有。」

郝普曼折起餐巾。「你是個孤兒，芬尼，而且沒有盟友。我高興把你變成怎樣一個人，你就會變成怎樣一個人。惹麻煩的小子、罪犯、成熟的男子，全都憑我高興。我可以把你送到前線，確保你蹲在冰天雪地的壕溝裡，直到俄國人砍斷你的雙手，強迫你吃下肚。」

「是的，長官。」

「校方準備給你指令，你就會收到指令。時機未到，什麼都別談。我們為德意志帝國效命，芬尼，而不是國家為我們效命。」

「是的，長官。」

「你今天晚上照常過來實驗室。」

「是的，長官。」

「以後再也沒有巧克力，再也沒有特殊待遇。」

辦公室緊緊關上，韋納站在走廊，額頭緊貼磚牆，眼前浮現他爸爸臨終之前的最後一刻：隧道轟隆塌陷，水泥天花板漸漸下沉，下顎被壓在地上，動彈不得，頭蓋骨四分五裂。我不能回家，他心想。我也不能待下。

胡博．巴贊下落不明

瑪莉蘿兒跟隨曼奈克太太熱湯的香味，一路走過赫爾博廣場，當曼奈克太太輕輕敲門，她捧著暖暖的鍋子站在凹室外面。

曼奈克太太說：「巴贊先生人在哪裡？」

「肯定走了，」圖書館員說，即使聲音之中掩飾不了一絲懷疑。

「胡博還能上哪裡去？」

「我不確定，曼奈克太太，拜託，外面很冷。」

門關上。曼奈克太太輕聲詛咒。瑪莉蘿兒想著胡博·巴贊的故事：可憐的浪花泡沫怪獸，下半身像是一條魚的美人魚，英軍圍城的驚險奇遇。「他會回來的，」曼奈克太太說，聽來像是自言自語，也像是知會瑪莉蘿兒。但是隔天早上，胡博·巴贊沒有回來。再隔一天依舊不見人影。

下一次聚會時，只有半數成員出席。

「他們察覺他在幫我們嗎？」赫伯爾德太太輕聲說。

「他在幫我們嗎？」

「我以爲他幫忙傳遞訊息。」

「哪一種訊息？」

「愈來愈危險囉。」

曼奈克太太踱步；瑪莉蘿兒幾乎可以感覺她從廚房另一頭散發的頹喪。「妳們走吧，」她的聲音隱隱帶著怒氣。「全都滾開。」

「別魯莽行事，」盧瑞爾太太說。「我們暫停一、兩個星期，等情況穩定下來再說。」

胡博·巴贊，戴著黃銅面罩，有如小男孩一樣勁道十足，鼻息帶著碾碎小蟲氣味。瑪莉蘿兒心想：

他們把大家帶到哪裡去？她爸爸所謂的「客房」是什麼地方？大家信中描述的那個餐點豐盛可口、樹木神祕優美之處究竟是在哪裡？麵包店老闆娘宣稱人們被送到山中的營區。雜貨店老闆娘說人們被送到蘇俄境內的尼龍工廠。瑪莉蘿兒覺得人們似乎只是不見了。士兵們想要除掉哪個人，他們就在把他丟進布袋裡，施以電擊，然後那人一命嗚呼，消失無蹤，流放到另一個世界。

瑪莉蘿兒感覺整個城市慢慢變成樓上那個模型。街道愈來愈空蕩，一條接著一條失去路人的蹤跡。每次踏出門外，她都意識到頭頂上的窗戶冷冷清清，安靜得嚇人，感覺極不自然。她心想，小老鼠踏出地洞，走進牧原之中草葉開展之處，始終不知道哪個黑影可能俯衝而下，肯定就是這種感覺。

事事不妙

學校餐廳的餐桌上方掛上簇新的絲質旗幟，旗幟上的標語慷慨激昂。

失敗並非恥辱，說謊才是可恥。

保持精瘦修長，有如靈緹獵犬一樣敏捷，有如皮革一樣強韌，有如克魯伯鋼鐵一樣剛硬。

每隔幾星期就有一位教官被捲入戰爭的洪流，自此消失無蹤。校方就地徵召教官，這些上了年紀的當地人品行可疑，喝酒不太節制，而且韋納注意到他們全都有些缺陷：有人跛腳，有人瞎了一隻眼睛，有人或因一次大戰、或因中風，臉頰歪了一邊。軍校生們比較不尊重新教官，新教官因而脾氣更加暴躁，韋納很快就察覺學校變得像是一顆引爆針已經拔起的手榴彈。

供電愈來愈不正常。有時停電十五分鐘，然後電流激增，時鐘變快，燈泡變亮，燈光白熱，啪地爆裂，碎玻璃如同雨絲輕輕墜落在走廊上。接下來好幾天完全停電，開關形同虛設，電網無聲無息。寢室和淋浴間冷冰冰；舍監不得不借用火把和蠟燭照明。汽油全都送往戰場，偶爾才有幾部車子緩緩開進學校；食糧倚賴同一隻騾子運送，騾子憔悴瘦弱，拖拉貨車之時，脊骨分明，清晰可見。

韋納不只一次切開盤中的香腸，發現粉紅色的蠕蟲在裡面扭動。新生們的制服比他的制服便宜，質材也較粗糙；練習射擊之時不再使用眞槍實彈。就算巴斯提恩開始發放石塊和木棍，韋納也不會感到訝異。

儘管如此，捷報依然頻傳。**我們進佔高加索的關口**，郝普曼的收音機宣告，**我們已經攻佔油田，即將奪下斯瓦巴群島。我們以迅雷不及掩耳的速度前進。五千七百個俄國人被殺，四十五名德軍喪生。**

每隔六、七天，同樣兩位神情黯淡、協助傷亡家屬的軍官走進學校餐廳，四百個學生壓下轉頭觀看的衝動，人人忍得臉色發白。男孩們只敢轉動眼珠子，胡思亂想，憑著想像追蹤兩位軍官行走於一排排餐桌之間，猜想接下來哪一個男孩將被告知父親已經喪生。

獲訊的男孩通常假裝沒有注意軍官們已經站到身後，他把叉子放進口中，咀嚼食物，通常就在此時，高大的軍官伸手搭在男孩肩上，男孩滿嘴食物，臉色陰晴不定，抬頭看著他們，跟著他們走出去，巨大的橡木雙扇門嘰嘰嘎嘎地關上，用餐的學生們慢慢鬆懈，逐漸恢復動靜。

雷哈德．沃爾曼的父親身亡。卡爾．威斯特霍爾的父親身亡。馬丁．布克哈德的父親身亡，然而，就在軍官輕拍他肩膀的同一個晚上，馬丁宣稱自己相當開心。「人人不是難逃一死，時候未到就一命嗚呼嗎？」他說，「誰不想光榮捐軀？誰不想爲了最終的勝利奠定基石？」韋納探尋馬丁的眼神是否不安，但他看不到一絲不自在。

韋納心中經常浮現懷疑。種族純淨，政治純淨——巴恩斯坦語帶驚嚇，嚴重警告任何形式的污染。夜深人靜，韋納始終心想，生命難道不是一種污染嗎？嬰孩出生，世界隨即迎面襲來，從他身上奪取，在他懷裡強塞。每一口入嘴的食物、每一道入眼的光芒——人類的軀體永遠不可能純淨。但是司令官秉持初衷，絕不動搖，正因如此，所以德意志帝國丈量他們的鼻子，記錄他們的髮色。

封閉系統之中的熵永遠不會退減。

夜晚時分，韋納仰望凝視弗雷德瑞克的床鋪，木條細長，床墊單薄，汙漬點點。一個名叫迪亞特·費迪南的新生睡在上鋪，這個來自法蘭克福、短小精悍的男孩唯命是從，長官吩咐他做什麼，他就做什麼，而且認眞得嚇人。

有人咳嗽，有人呻吟。湖泊的另一邊，一列火車駛經某處，汽笛聲聲入耳，倍感淒涼。朝東前進，火車始終開往東方，越過山丘的另一頭，駛向萬軍踩踏、寬廣遼闊的前線邊陲。即使他睡了，火車依然行進，一車車奔騰跳動的往事，咯嚓咯嚓駛向遠方。

韋納繫上皮靴的鞋帶，高唱應該高唱的歌曲，參加應該參加的行軍，並非出於責任感，而是出於倦怠，麻木地謹守本分。晚餐之時，巴斯提恩走過一排排男孩之間。「各位同學，什麼比一命嗚呼更糟？」

某個可憐的軍校生立正高喊：「膽小怯懦！」

「膽小怯懦，」巴斯提恩同意，男孩坐下，司令官重重踏步，繼續前進，而且點頭自語，神情愉悅。司令官最近愈來愈常提到元首，口氣愈來愈親暱。元首需要大家的忠誠、祈福與汽油。元首需要誠信、電力與皮靴。即將年滿十六歲的韋納漸漸看出，元首需要的其實是壯丁。他們一排接著一排走向通往戰場的運輸帶，爲了元首捨棄奶油，爲了元首休息，爲了元首煉鋁，爲了元首捐棄雷哈德·沃爾曼之父、卡爾·威斯特霍爾之父、馬丁·布克哈德之父。

一九四二年三月，郝普曼博士把韋納叫進他的辦公室。地上到處都是裝了半滿的木箱。獵犬們不見蹤影。個頭矮小的教授前後踱步，直到韋納出聲通報，郝普曼才停步。他看起來好像被一股無法控制的力量慢慢吞噬。「我被徵召到柏林。他們希望我在那裡繼續進行我的工作。」郝普曼從架上拿起一個沙漏放進木箱，白皙閃亮的指尖懸在空中。

「報告長官，頂尖的器材，頂尖的人員，正如您的夢想。」

「你可以退下了，」郝普曼博士說。

韋納踏進走廊。薄雪覆蓋的方院裡，三十名一年級的新生列隊跑步，呼出的熱氣凝聚成轉眼即逝的煙雲。矮胖、下巴油光閃閃、令人憎惡的巴斯提恩大喊兩句，他舉起一隻肥胖的手臂，男孩們急急轉身，把步槍舉到頭頂，列隊加速奔跑，人人的膝蓋在月光下閃閃發光。

訪客

弗柏瑞街四號的電鈴響了。艾提安．勒布朗、曼奈克太太、瑪莉蘿兒同時暫停咀嚼，各自心想：**他們逮到我了**。閣樓裡的收音機。廚房裡的女士們。上百次走到海邊。

艾提安說：「你們在等人嗎？」

曼奈克太太說：「沒有。」女士們通常從廚房後門進來。

電鈴又響了一聲。

他們全都走到玄關；曼奈克太太打開大門。

兩位法國警官。他們站在門口解釋說，他們是應巴黎的國立自然歷史博物館之請而來。他們的靴子重重踏在玄關的地板上，聲音大得似乎足以震碎窗戶。第一位警察在吃東西——瑪莉蘿兒判定說不定是顆蘋果。第二位警官帶著刮鬍膏的氣味。還有烤肉的香味，好像他們剛吃了一頓大餐。

他們五人——艾提安、瑪莉蘿兒、曼奈克太太，以及兩位警官——圍著廚房的方桌坐下。警官們婉謝燉菜。第一位警官清清嗓子。「不管有沒有搞錯，」他說，「他因竊盜和謀反而被判刑。」

「不管是不是政治犯，」第二位警官說，「每一個犯人都被迫勞動，即使他們沒有被處以勞動的刑罰。」

「博物館已經致函德國各地的典獄長和監獄長官。」

「我們不太清楚是哪一所監獄。」

「我們希望是布列特奈勞。」

「我們確定他們沒有依照正規程序審判。」

艾提安的聲音從瑪莉蘿兒的旁邊迴旋飄來。「那所監獄不錯嗎？我的意思是，那裡是不是比其他地方的監獄好一點？」

「抱歉，德國監獄恐怕全都一樣差。」

一部卡車駛過街上，四十五公尺之外，浪花拍打莫勒海灘。她心想：他們嘴裡冒出的只是字句，而字句不過是聲音，聲音有如輕飄飄的煙雲，由他們的口中送到廚房的空中，隨即消散無蹤。她說：「你們大老遠過來一趟，就爲了告訴我們這些已經知道的事情。」

曼奈克太太握住她的手。

艾提安喃喃說：「我們先前不知道這個叫做布列特奈勞的地方。」

第一位警官說：「你跟博物館說他已經設法偷偷寄出兩封信？」

第二位警官說：「我們可以看看嗎？」

艾提安離座取信，甘於相信有人負起了責任。瑪莉蘿兒也應該開心，但是某事讓她起疑。她想起德軍入侵巴黎的第一晚、他們等火車時，爸爸說過的一句話：人人自顧不暇（每個人只管得了自己）。

第一位警官咔嚓一聲咬下蘋果的果肉。他們看著她嗎？他們靠得好近，令她暈眩。艾提安拿著兩封信回來，她可以聽到警官們傳閱信件。

「他離開之前有沒有說什麼？」

「比方說任何特別的活動，或是我們應該留意的差事？」

他們的法文相當好，很像巴黎人，但是誰知道他們對誰效忠？**如果妳身旁那個人的手臂和大腿裡，**

流著別人家的血液，妳就什麼也不能相信。瑪莉蘿兒忽然感覺周遭一切全都沉入水底，承受壓縮，好像他們五人陷入一個混濁、擠滿了魚的水族箱，他們四處移動時，魚鰭不停碰撞他們。

她說：「我爸爸不是小偷。」

曼奈克太太捏捏她的手。

艾提安說：「他似乎關切他的工作、他的女兒。當然也關切法國，誰不關切法國呢？」

「小姐，」第一位警官說，這會兒他直接對著瑪莉蘿兒說話。「他沒有提到任何特別的事情嗎？」

「沒有。」

「他在博物館工作的時候掌管很多把鑰匙。」

「離開之前，他已經全部交還。」

「我們可以看一看他帶過來這裡的物品嗎？」

第二位警官補了一句：「比方說他的袋子？」

「館長請他回去巴黎，」瑪莉蘿兒說，「他帶著他的帆布袋上路。」

「我們可以看一看四周嗎？」

瑪莉蘿兒可以感覺室內的氣氛愈來愈凝重。他們想要找什麼？她想到那些藏放在高處的收音機設備：麥克風、接收器、所有那些旋鈕、開關和電線。

艾提安說：「可以。」

他們走進每一個房間。三樓、四樓、五樓。他們走到六樓，站在她祖父以前的臥房裡，打開那個櫃門沉重的大衣櫥，然後走進瑪莉蘿兒的臥房，站在聖馬洛的模型之前，跟對方說幾句悄悄話，隨即轉身慢慢下樓。

他們總共只問了一個問題：二樓衣櫃裡擺著三面捲起來的「解放法國」旗幟，艾提安爲什麼收存這種旗幟？

「私藏這種旗幟害你置身險境，」第二位警官說。

「你最好不要讓當局認爲你是恐怖份子，」第一位警官說。「罪嫌輕多了的人們都被抓起來關了。」這話究竟是個威脅，或者表示他們法外施恩，尚待判定。瑪莉蘿兒心想：他們說的是爸爸嗎？

警官們搜查完畢，非常有禮貌地說聲晚安，轉身離去。

曼奈克太太點了一支菸。

瑪莉蘿兒的燉菜冷了。

艾提安慌亂地摸弄壁爐的爐柵，把旗幟一面接著一面丟進爐火之中。「不行，不行。」他愈說愈大聲。「這裡不行。」

曼奈克太太說：「他們什麼都沒找到。這裡沒什麼可找的。」

燃燒中的棉布氣味嗆鼻，瀰漫了整個廚房。她叔公說：「妳想要怎麼過日子都行，曼奈克太太，妳一直守在我的身邊，我也會試著支持妳。但是妳再也不可以在這棟屋子裡做這些事情。妳不可以帶著我的甥孫女做這些事情。」

韋納致函佳妲

親愛的佳妲：

目前情況非常艱困。就連報紙也很難[redacted]沒有暖氣，這裡沒有所謂的個人意願，每個人的前途早已命定，就像是[redacted]我的錯誤在於[redacted]我希望有一天妳能夠了解。我愛妳，也愛伊蓮娜太太。勝利萬歲。

水煮青蛙

其後幾星期，曼奈克太太極為熱忱；她幾乎每天早上陪瑪莉蘿兒走到海邊，帶著她上市場。但是她似乎心不在焉，雖然客客氣氣跟瑪莉蘿兒和艾提安問候、道聲早安，但她好像把他們當作陌生人。她經常大半天不見人影。

瑪莉蘿兒感覺下午的時光更加漫長，更寂寞。有天晚上，她坐在廚房餐桌旁，她叔公在旁大聲朗讀。

蝸牛卵的生命力強盛得令人難以置信。我們已經見證有些物種凍結在堅實的寒冰之中，然而溫度若是暖化，它們受到影響，隨之恢復活力。

艾提安稍作停頓。「我們應該準備晚餐。看來曼奈克太太今晚不會回來。」但是兩人動也不動。他繼續朗讀下一段。**多年以來，它們被存放在藥丸盒裡，但一受到水氣的影響，它們馬上四處爬動，似乎跟往常沒有兩樣……它們的外殼或許破裂，甚至缺了一角，但是過了一段時間，破裂的部位會分泌出一種殼狀的物質，修護受損的外殼。**

「看來我還有希望！」艾提安大笑說，他的笑聲提醒了瑪莉蘿兒，她的叔公並非始終如此膽怯。戰爭爆發之前，他的生命曾是另一番風貌；他曾是一個跟她一樣生活在世間、沉醉於世間的年輕人。

曼奈克太太終於從廚房的後門走進家中，她隨手把門鎖好，艾提安冷冷地跟她問好，過了一秒鐘，曼奈克也冷冷地回應。市區某處，德軍忙著卸下軍械、或是啜飲白蘭地，歷史已經成爲一場惡夢，瑪莉蘿兒衷心盼望自己能夠從中醒來。

曼奈克太太從架上取下一個鍋子，在鍋裡注滿水。她正在削切某樣東西，說不定是馬鈴薯，刀刃劈劈啪啪落在木頭砧板。

「拜託，曼奈克太太，」艾提安說。「讓我來。妳太累了。」

但是他沒有站起來，曼奈克太太繼續切馬鈴薯，切完之後，瑪莉蘿兒聽到她用刀背把一堆馬鈴薯掃進鍋裡。廚房裡氣氛緊繃，令瑪莉蘿兒暈眩，好像她可以察覺地球正在運轉。

「今天有沒有擊沉哪一座德國潛水艇？」艾提安喃喃說。「轟炸哪一部德國坦克車？」

曼奈克太太啪地一聲，用力打開冰箱門。瑪莉蘿兒可以聽到她翻尋抽屜。一根火柴亮起；一支香菸燃起。一碗沒煮熟的馬鈴薯很快端放在瑪莉蘿兒面前，她摸索桌面，尋找叉子，但是什麼也沒摸到。

「艾提安先生，當你把一隻青蛙丟進一鍋沸水裡，」曼奈克太太從廚房另一頭說，「你知道會怎樣嗎？」

「我確定妳會爲我們解惑。」

「它會跳出來。但是當你把這隻青蛙放在一鍋冷水，然後慢慢把水煮沸，你知道會怎樣嗎？你曉得嗎？」

瑪莉蘿兒靜靜等候。馬鈴薯冒著熱氣。

曼奈克太太說：「它就成了水煮青蛙，慢慢被燒死。」

12

命令

韋納被一個全副武裝的十一歲軍校生傳喚到司令官辦公室。他坐在一張木頭長椅上等候，焦慮感漸漸高漲。他們肯定起疑。說不定他們查出某些極具殺傷力的事實，說不定攸關他的血統，連他自己都不曉得。他想起當年那個一等兵走進「兒童之家」的大門，把他帶到席德勒先生家中：德意志帝國絕對有辦法看穿高牆，望穿肌膚，直視每個子民的心靈。

幾個鐘頭之後，司令官的助理叫他進去，助理放下原子筆，隔著桌子看他，好像數量繁多的瑣事尚待處裡，而韋納只是其中之一。「這位同學，我們注意到你的年齡記載錯誤。」

「長官？」

「你十八歲了，而不是你所宣稱的十六歲。」

韋納感到困惑。這事顯然荒謬至極：他的個子甚至比大多數的十四歲男孩瘦小，怎麼可能年滿十八？

「曾教授技術科學的郝普曼博士爲我們點出這個誤差。他已經做了安排，你將被派遣到納粹的特種技術師隊。」

「師隊？」

「你謊報年齡來此就學。」他的聲音柔潤悅耳；下巴若隱若現。學校的軍樂隊正在演練，窗外傳來凱旋進行曲的樂聲。韋納看著一個貌似北歐人的男孩被低音號壓得步履蹣跚。

「司令官力促懲戒，但是郝普曼博士認爲你八成急於爲德意志帝國貢獻專長。」助理從他桌子後面取出一套疊起的制服——顏色青灰，胸口繡著老鷹，領口繡著領章。接著又取出一個顯然過大的頭盔，顏色青黑，形若煤斗。

---

12 曼奈克太太說的是「煮蛙效應」，根據科學家的實驗，一隻青蛙若是放入沸水之中，青蛙一碰到熱水就會奮力跳躍逃生，但若被放入冷水之中，慢慢加熱，青蛙浮游於水中，毫不知覺，等到察覺水溫變得滾燙，卻已來不及逃生，結果活活被燒死。

軍樂隊高聲吹奏，然後停止。樂隊教官扯著嗓門點名。

司令官助理說：「你非常幸運，這位同學。服役就是光榮。」

「長官，什麼時候？」

「你兩個星期之內會收到指示。好，沒其他事了。。」

肺炎

布列塔尼春回大地，強烈的濕氣襲向海濱。霧氣籠罩大海，霧氣流竄街道，霧氣滲入心頭。曼奈克太太病了。瑪莉蘿兒把手貼在曼奈克太太的胸口，熱氣有如蒸汽般從她胸口冒出，好像她體內升起一把火。她的呼吸衰退為一陣陣劇咳。

「我看到沙丁魚，」曼奈克太太喃喃自語，「還有白蟻和牛群……」

艾提安請來一位醫生，醫生指示服用阿斯匹靈和芳香的紫色藥用糖錠，囑咐多多休息。瑪莉蘿兒陪著曼奈克太太度過病況嚴重的時刻，在這些怪異的時刻，老婦人的雙手變得冰冷，喃喃說些統領世界的囈語，她說她掌管一切，但是無人知曉。她說每一件小事都由她負責，每一個出生的小嬰孩，每一棵樹木掉落的每一片落葉，每一朵拍打海灘的浪花，每一隻奮力工作的螞蟻，全都是她的責任，負擔眞是沉重。

在曼奈克太太的囈語中，瑪莉蘿兒隱隱聽到水聲：環礁，群島，潟湖，峽灣。

艾提安居然是個細心的看護。他奉上濕毛巾和熱湯，偶爾朗讀一頁巴斯德或是盧梭，種種舉動顯示他已經原諒她過去與現今的所有過失。他幫曼奈克太太裹上一條條毯子，但她顫抖得好劇烈、好厲害，最後他只好從地上抓起那張厚重的破地毯，幫她蓋上。

鎖匠致函瑪莉蘿兒

最親愛的瑪莉蘿兒：

我收到妳的包裹，總共兩個，相隔好幾個月。筆墨難以形容我的喜悅。他們准許我留下牙刷和髮梳，但不准留下包著牙刷和髮梳的報紙。肥皀也不行。我多麼希望他們讓我們留下肥皀！先前據傳我們會被派到一家巧克力工廠，結果卻是紙箱工廠。我們一天到晚製作紙箱，他們需要這麼多紙箱做什麼？

我這一輩子，瑪莉蘿兒，始終負責保管鑰匙。當他們早上過來押解我，我聽到一把把鑰匙叮噹作響，總是伸手摸摸自己的口袋，卻只發現口袋裡是空的。

我做夢，我夢見自己在博物館裡。

妳記得妳的生日嗎？妳記得妳醒來的時候桌上始終擺著兩樣東西嗎？現在事情變成這種局面，我實在非常抱歉。妳若眞的想要了解原由，請妳看看艾提安叔公的屋裡，仔細瞧瞧。我知道妳會做出正確的決定，我希望能夠送妳一份更好的禮物。

我的天使快要離開了，如果有辦法把這封信寄給妳，我一定會設法。我不擔心妳，因爲我知道妳非常聰明，而且留心自己的安全。我也很安全，所以妳無需擔心。請妳謝謝艾提安叔公爲妳朗讀這封信。

也請妳衷心感謝那位從我身邊取走這封信，帶著它走向妳的勇敢人士。

父字

治療

馮·朗佩爾的醫生說，近來關於芥子氣的研究相當高明，研究人員正在探究各種化學元素的抗癌特質。治療的前景相當樂觀：醫學實驗顯示，罹患淋巴癌的受試者，腫瘤已見縮小。但是注射藥劑讓馮·朗佩爾頭暈目眩，身體虛弱。接下來的幾天，他幾乎沒有力氣梳頭，或是說服自己的手指扣上外套的鈕釦。他的腦袋也唬弄他：他走進一個房間，卻忘了自己爲什麼來此，他看著一位長官，卻忘了這人剛剛說了什麼。車輛行駛的聲響，聽起來好像叉子的尖齒慢慢刮過他的神經。

今天晚上，他把自己裹在旅館的毛毯裡，點了熱湯，打開一捆寄自維也納的書冊。那位髮色鼠灰的圖書館員寄來塔維涅和史垂特的著作，最令人讚嘆的是，她甚至寄了一份《珍奇礦石史》的蠟版副本，這部比利時礦物學家鮑迪一六〇四年的著作，字字皆以拉丁文書寫。她提供了館中所有關於火海星鑽的資料。總共九段。

他竭盡全力，專心閱讀。大地女神愛上大海之神。一位重傷痊癒、在朦朧的藍光中統御全國的王子。馮·朗佩爾閉上眼睛，眼前浮現女神的身影，女神一頭有如火焰的長髮，衝過地球一條條隧道，所經之處留下點點閃亮的火光。她聽到一位舌頭被割掉的高僧說：**寶石的主人永遠不會死**。他聽到他父親說：**把障礙當作機會，萊茵霍爾德。把障礙當作啟示。**

天堂

最近幾星期，曼奈克太太的健康漸有起色。她答應艾提安她會記得自己幾歲，不再試圖幫大家承擔一切責任，也不再獨自抗爭。六月初的一日，法國受到侵佔已經快滿兩週年，她帶著瑪莉蘿兒走過聖馬洛東邊一片野胡蘿蔔花盛開的田野。曼奈克太太跟艾提安說她們打算看看聖塞旺的市場有沒有草莓，但當她們途中停下來跟一個女人打招呼，瑪莉蘿兒確定曼奈克太太交給對方一個信封，而且收下一封信。

在曼奈克太太的建議下，她們在草叢間躺下，瑪莉蘿兒聆聽蜜蜂採集花粉，試圖想像艾提安叔公描述的光景：一隻隻工蜂循著涓流的香氣，尋找花朵上的紫外線圖案，在後腳的籃子裡裝滿細小的花粉，醉醺醺、沉甸甸地一路飛回家。

那些小小的蜜蜂怎麼知道扮演何種角色？

曼奈克太太脫下鞋子，點燃香菸，心滿意足地重重嘆口氣。昆蟲嗡嗡作響：黃蜂、食蚜蠅、緩緩飛過的蜻蜓——艾提安已經教導瑪莉蘿兒如何藉由聲音辨識昆蟲。

「曼奈克太太，什麼是洛尼歐複印機？」

「幫忙印製傳單的機器。」

「它跟我們剛才碰見的那個女人有什麼關係？」

「親愛的，妳不必擔心。」

馬匹嘶鳴，海風輕柔涼爽，洋溢各種氣味。

「曼奈克太太，我看起來是什麼模樣？」

「妳有成千上萬顆雀斑。」

「爸爸以前常說它們好像天堂的星星，樹上的蘋果。」

「乖孩子，它們是小小的灰色斑點。成千上萬顆小小的灰色斑點。」

「聽起來好醜。」

「在妳的臉上看起來很漂亮。」

「曼奈克太太，妳覺得我們在天堂裡眞的有機會親眼看見上帝嗎？」

「或許吧。」

「如果眼睛瞎了呢？」

「我認爲上帝想要讓我們看見什麼，我們就看得到什麼。」

「艾提安叔公說天堂就像小嬰孩抓著不放的毛毯。他說人們已經駕著飛機飛到地球上方十公里，卻沒看到什麼天國。沒有天堂之門，沒有天使。」

曼奈克太太劈劈啪啪不停咳嗽，強烈的恐懼橫掃瑪莉蘿兒的心頭。「妳想著妳爸爸，」她終於說。「妳一定得相信妳爸爸會回來。」

「曼奈克太太，妳從來不覺得『相信』很累人嗎？妳難道不想要證據嗎？」

曼奈克太太把一隻手擱在瑪莉蘿兒的額頭——那隻手粗壯結實，頭先讓她聯想起園丁或是地質學者的手。「妳絕對不能放棄信念，這一點非常重要。」

野胡蘿蔔花莖桿細長，莖頂繁花朵朵，隨風搖擺。蜜蜂勤奮不懈，持續採蜜。瑪莉蘿兒心想，如果人生像是一本儒勒．凡爾納的小說，若有急需，你可以翻閱其後章節，預先知道接下來有何發展，那該多好？

「曼奈克太太？」

「怎麼了，瑪莉？」

「妳覺得人們在天堂裡吃些什麼？」

「我不太確定人們在天堂必須吃東西。」

「不必吃東西！妳可不希望如此，對不對？」

瑪莉蘿兒以為曼奈克太太會大笑，但是她沒有，她一句話都沒說，只是急促地呼吸。

「曼奈克太太，我說錯話、惹妳生氣嗎？」

「乖孩子，沒有。」

「我們有危險嗎？」

「不會比其他日子更危險。」

綠草搖擺晃蕩。馬匹嘶鳴。曼奈克太太開口，聲音近似耳語：「這會兒我想了想，乖孩子，我覺得天堂應該跟這裡差不多。」

弗雷德瑞克

韋納用手邊僅存的錢買了火車票。午後日光盈盈，但是柏林似乎婉拒陽光，好像自從他上次來訪之後，市區每棟建築物都變得更陰暗、更骯髒、更殘破。說不定只是他的觀感起了變化。

韋納非但沒有按門鈴，反而在附近的街上繞了三圈。公寓的窗戶全都一片漆黑；究竟是沒有開燈，或是刻意遮光，他倒是看不出來。繞行之時，他走著走著就經過一個擺滿了裸體模特兒的櫥窗，明知只是燈光造成的錯覺，但他每次看著赤裸裸的人體模型，總是不禁把它們想成一個個被鐵絲串起來的屍體。

他終於按了＃2的門鈴，無人回應。他注意到門牌上的姓名，他們家已經不住在＃2。

他們已遷到＃5。

他按了門鈴。門裡傳出回應的鈴聲。

電梯壞了，所以他走上去。

門開了，芬妮。大餅臉，手臂贅肉一晃一晃。她看看他，一個無路可逃之人望著另一個同是天涯淪落人；弗雷德瑞克的母親隨即腳蹬網球鞋，咻地一聲從側門走出來。「哎喲，韋納——」

她神情苦惱，一時之間沉浸於自己的思緒中，周遭全是典雅時尚的傢俱，有些包上厚重的毛毯。她怪他嗎？她覺得他應該負起部分責任嗎？說不定這事部分歸咎於他？但是她很快回過神來，親親他的兩頰，她的下唇輕顫，好像他一出現，她就克制不了某些陰鬱的思緒。

「他認不出你。別試著讓他想起你，這樣只會讓他煩躁。但是你來了，我想多少有點幫助。我剛才正要出門，我不能留下來招待你，非常抱歉。芬妮，帶他進去。」

女傭帶著他走進起居室，起居室面積寬廣，天花板的石膏雕刻精緻華美，令人目眩，牆上漆著淡雅的天青色。室內尚未掛上任何畫作，櫃架空蕩，靜候擺飾，地上擱著一個個敞開的紙箱。弗雷德瑞克坐在起居室後頭的玻璃桌旁，成堆雜物之中，桌子和他顯得格外渺小。他的頭髮硬梳到一側，棉襯衫鬆垮，堆擠在肩膀後方，衣領因而歪斜。他的頭抬也不抬，沒有迎上訪客的注視。

他戴著以前那一副黑框眼鏡。有人剛才正在餵他吃飯，湯匙擱在玻璃桌上，一團團燕麥粥黏在他的頰髭和餐墊上，餐墊狀似某種毛織品，上面繪著臉頰紅潤、足蹬木鞋，神情愉悅的孩童。韋納看不下去。

芬妮彎腰，再餵弗雷德瑞克吃了三口，擦擦他的下巴，摺起他的餐墊，然後穿過一扇雙開式彈簧門，走進一個肯定是廚房的房間。韋納站在原地，雙手交握在皮帶前方。

一年了。一年多了。韋納意識到弗雷德瑞克現在得刮鬍子，或說有人得幫他刮鬍子。

「嗨，弗雷德瑞克。」

弗雷德瑞克搖頭晃腦，往後一靠，眼鏡滑下鼻樑，透過髒兮兮的鏡片，朝向韋納一望。

「我是韋納。你媽媽說你或許不記得？我是你在學校的朋友。」

弗雷德瑞克似乎不是看著他，而是朝著他的方向望去。桌上擺著一疊紙，最上面的一張畫著漩渦，筆觸笨拙粗重，繪畫的那隻手肯定不太靈活。

「這是你畫的嗎？」韋納拿起最上面那一張圖，底下還有第二張、第三張，總共三、四十張，每一張都是滿紙漩渦，筆觸同樣粗拙。弗雷德瑞克頭一低，下巴垂到胸前，說不定是點頭。韋納環顧四周：

一個儲物箱，一盒亞麻餐布，天青色的牆壁，白燦燦的天花板壁飾。傍晚的天光悄悄滑入高聳的法式落地窗，空中飄散著一股拭銀油的氣味。五樓的公寓確實比二樓漂亮——天花板高聳，裝點著雕花銅飾和石板雕刻，水果、花卉、香蕉葉，樣樣精緻華美。

弗雷德瑞克的嘴唇捲曲，露出上排牙齒，口水順著下巴流下，滴到紙上。韋納再也看不下去，大聲呼叫女傭。芬妮從雙開式彈簧門探頭一看。「那本書在哪裡？」他問。「那本金色封套、畫了各種鳥類的書？」

「我想我們家裡絕對沒有那種書。」

「有，你們——」

芬妮只是搖搖頭，雙手交握在圍裙前。

韋納拉開一個個紙箱的蓋子，仔細查看。「那本書肯定就在附近。」

弗雷德瑞克已經動手在一張白紙上畫漩渦。

「說不定在這個箱子裡？」

芬妮站到韋納身邊，拉住他正要打開紙箱的手腕。「我想，」她重複一次，「我們家裡絕對沒有那種書。」

韋納全身打顫。高聳的落地窗外，菩提樹前後搖擺。天光漸漸消逝，相隔兩條街的樓房上方豎立著標語，陰暗的標語上寫著：**柏林痛擊朱諾海灘**。

芬妮已經退回廚房。

韋納看著弗雷德瑞克握著鉛筆，又畫了一個粗拙的漩渦。

「我要離開學校了，弗雷德瑞克。他們更改我的年齡，把我送到前線。」

弗雷德瑞克舉起鉛筆，仔細端詳，然後繼續畫畫。

「我不到一個星期就上戰場。」

弗雷德瑞克動動嘴巴，好像想要咬一口空氣。「你看起來很漂亮，」他說。他沒有直接看著韋納，話語近乎呻吟。「你看起來很漂亮，非常漂亮，媽媽。」

「我不是你媽媽，」韋納輕聲斥喝。「拜託，別鬧了。」弗雷德瑞克的神情坦蕩，一點都不像開玩笑。廚房某處，女傭聽著他們說話。四下寂靜無聲，沒有汽車、飛機、火車、收音機的聲響，沒有史瓦茲柏格太太的幽靈格格地搖動電梯機箱。沒有詠唱，沒有歌聲，沒有絲綢旗幟，沒有樂隊，沒有號角，沒有母親，沒有父親，沒有司令官伸出黏滑的手指劃過他的脊背。城市似乎完全靜止，好像每個人都在傾聽，等著別人說錯話。

韋納看著天青色的牆壁，想起《美國鳥類圖鑑》、黃冠蒼鷺、肯塔基鳴鳥、紅鶯，一隻又一隻燦爛華麗的禽鳥，弗雷德瑞克的目光卻始終停滯在某個可怕的灰色地帶，雙眼皆是一灘韋納不忍注視的死水。

舊疾復發

一九四二年六月底，瑪莉蘿兒早上醒來，居然發現曼奈克太太不在廚房。這是自從曼奈克太太生病以來，頭一次發生這種狀況。她可能已經上菜市場了嗎？瑪莉蘿兒輕敲她的房門，等著心臟跳動一百下。她打開後門，對著巷子大喊。天氣非常好，黎明的陽光清朗溫煦。鴿子。小貓。隔壁人家的窗戶裡傳來尖銳的笑聲。

「曼奈克太太？」

她的心跳加速。她又輕敲曼奈克太太的房門。

「曼奈克太太？」

她自行開門入內，起先聽到嘎嘎的咳嗽聲，好像老婦人的胸肺裡有股潮水翻攪石塊。床上飄來酸臭的汗味和尿味。她雙手摸到曼奈克太太的臉頰，臉頰滾燙，瑪莉蘿兒不禁抽手，好像被灼傷似地。她匆匆上樓，跌跌撞撞，大喊大叫。「叔公！叔公！」在她的腦海中，整棟屋子好像著了火，屋頂化爲煙霧，火舌吞噬牆壁。

艾提安拖著劈啪作響的膝蓋，蹲到曼奈克太太身旁，隨即衝到電話旁，匆匆講了幾句話，然後快步走回曼奈克太太的床邊。之後一小時，廚房裡擠滿了女人，盧羅爾太太、芳廷祿太太、赫伯爾德太太全都在場。一樓過度擁擠；瑪莉蘿兒在樓梯踱步，上上下下，下下上上，好像在一個巨型貝殼的螺塔走上走下。醫生來了又走，偶爾有個女人伸出一隻瘦弱的手握住瑪莉蘿兒的肩膀。大教堂傳來兩聲宏亮的鐘聲，表示現在是下午兩點，醫生帶著一名男子回來，男子身上帶著泥土和三葉草的氣味，除了道聲午安，什麼都沒說，他扛起曼奈克太太走到街上，把她放在馬車上，好像她是一袋碾碎的燕麥，馬蹄踢踢躂躂，愈走愈遠，醫生剝光每一條床單，瑪莉蘿兒聽到艾提安叔公在廚房角落輕聲說：曼奈克太太死了，曼奈克太太死了。

SIX

CHAPTER 6

8 AUGUST 1944

屋裡有人

屋裡有人。呼吸聲。瑪莉蘿兒將所有的注意力放在三層樓之下的入口。外邊的鐵門輕輕關上，然後才是大門。

她想像爸爸會如何判斷：**鐵門在大門之前關上，而非之後。因此，無論來者是誰，他肯定先關上鐵門，然後關上大門。他已走進屋內。**

她頓時毛骨悚然。

艾提安叔公知道自己會觸動絆腳鈴。瑪莉蘿兒。艾提安叔公早就大聲叫妳了。

皮靴踏上玄關。靴底嘰嘰嘎嘎踩著碗盤碎片。

來的人不是艾提安叔公。

心中的焦慮幾乎難以承受。她試著冷靜下來，專心想像一縷燭火在她肋骨中央燃燒、一隻蝸牛慢慢捲進殼內，但是她一顆心在胸膛裡跳得好快，陣陣恐懼順著脊骨直竄而上。她忽然不敢確定一個視力正常的人能否從玄關望穿曲折的樓梯，一直看到三樓。她記得叔公說他們必須提防上門打劫的竊賊，若是有人竊竊私語，窸窸走動，周遭就會陣陣騷動，瑪莉蘿兒想像自己衝進三樓布滿蜘蛛網的浴室，從窗子跳出去。

皮靴踏上走廊。靴子一踢，一個碟子嘩嘩滑到地板另一頭。消防人員、鄰居，或是某個找東西吃的德國士兵？

救援人員通常大聲呼叫生還者，我的小寶貝，妳不能待在這裡，妳必須躲起來。

腳步聲朝向曼奈克太太的房間前進，聲聲逼進。說不定天黑了。已經是晚上了嗎？心臟轟轟隆隆跳了四下、五下、六下，說不定跳了一百萬下。她手邊有她的手杖、艾提安叔公的外套、兩個罐頭、一把小刀、一塊磚頭。模型小屋在她洋裝口袋裡。鑽石在模型小屋裡。清水在走廊另一頭的浴缸裡。

趕快行動。快走。

一個鍋子滾過廚房地磚，可能是個湯鍋或是平底鍋，想必先前炮轟之時從掛勾上掉了下來。他走出廚房，回到玄關。

站起來，我的小寶貝，趕緊站起來。

她站起來。她伸出右手，摸到樓梯的扶手。他站在樓梯底。她幾乎放聲大哭。但是當他踏上第一階階梯，她馬上意識到他的腳步不穩。踏——停——踏踏。踏——停——踏踏。她聽過這個腳步聲。他不就是那個講話死氣沉沉，走路一跛一跛的德國士官長？

快走。

瑪莉蘿兒輕聲踏步，步步小心。這會兒她非常慶幸自己的鞋子掉了。她的心跳得好快，轟轟隆隆敲擊胸口，她幾乎確定樓下那個男人聽得見。

走上四樓。步步皆如耳語。五樓。六樓。她走到樓梯間，暫時在水晶吊燈下方停步，試圖聆聽樓下的聲響。她聽到德國人又爬了三、四階，氣喘吁吁地暫停，然後繼續前進。一階木頭階梯被他壓得嘎嘎作響；在她耳中，那個聲音宛若一隻小動物被壓得稀爛。

她猜想對方在三樓樓梯間之處停步。她剛剛還坐在那裡，電話桌旁的地板上依然留有她的體溫、她已消散的鼻息。

她還能逃往何處？

躲起來。

她左手邊是她祖父的舊房間，右手邊是她的小臥房，房裡的玻璃窗已被炸得粉碎。正前方是洗手間。四處依然瀰漫著一絲焦味。

他的腳步聲穿過樓梯間。踏——停——踏踏。踏——停——踏踏。氣喘吁吁。繼續爬上樓梯。

如果他碰我，她心想，我會把他的眼睛挖出來。

她打開通往她祖父臥室的房門，暫且停步。樓下的男人又停了下來。他是不是聽到她的動靜？他是不是放低腳步聲？戶外到處皆可藏身——微風吹拂、綠草如茵的花園；幅員寬廣、有如王國的灌木叢；綠樹成蔭的森林，樹蔭隱蔽林中深處，蝴蝶翩然飛過，一心只想著甜美的花蜜。她哪裡也去不了。

她摸到祖父臥房最裡頭的大衣櫥，打開兩扇鑲著鏡子的木門，挪開一件件掛在裡面的舊襯衫，悄悄推開叔公在衣櫥背板加建的人造門板。門後有個梯子，直通閣樓，她擠進去，伸手摸索衣櫥木門，悄悄關上。

請保護我，鑽石，如果你真是個護佑者。

安靜，她聽到她爸爸的聲音。**別出聲**。她伸出一隻手，碰碰那塊嵌進衣櫥背板的人造門板，摸到叔公安裝的把手。她悄悄推動門板，一次只推一公分，直到聽到喀喀一聲，門板緊緊關上，然後她深深吸口氣，秉住氣息，能憋多久，就憋多久。

華爾特・貝恩德之死

貝恩德喃喃囈語了一小時，然後靜了下來。沃克海默說：「天主啊，請您大發慈悲，可憐一下您的僕人。」這會兒貝恩德卻坐起，吵著點燈。他們餵他喝下水壺裡最後幾口清水。一串水珠順著他的腮鬚流下，韋納看著水珠滾落。

貝恩德坐在野戰燈一閃一閃的燈光之中，先看看沃克海默，再看看韋納。「去年放假時，」他說，「我回家探望我爸爸。他老了；我這輩子始終覺得他年紀很大，但是現在他看起來格外衰老。光是從廚房這一頭走到另一頭，他就走了老半天。他有一包杏仁小餅乾，他把餅乾在盤中擺好，只有袋子斜斜放著。我們兩人都沒吃。他說：『你不必待下來。我希望你待下來，但是你不必待下來。你說不定有事情要忙。如果你想要跟你的朋友們出去，你就去吧。』他不停重覆，說了又說。」

沃克海默關掉野戰燈，韋納感覺黑暗之中潛藏著某種劇烈的悲痛，蠢蠢欲動。

「我離開了，」貝恩德說。「我下樓，走到街上，我沒有地方可去，沒有朋友可找。我在鎮上不認識半個人，我他媽的花了一整天，大老遠搭火車過來，就是爲了看他。但我離開了，就這麼走了。」

然後他默不作聲。沃克海默幫他挪動一下身子，拿起韋納的毯子蓋住他，不久之後，貝恩德撒手西歸。

韋納動手修理收音機。說不定他採納沃克海默的建議，爲了佳妲試一試；說不定他之所以修理收音機，只是爲了不要多想沃克海默抱著貝恩德走到角落，在他的雙手、胸膛、臉龐上方堆上磚塊。韋納穩穩咬住野戰燈，盡力收集他找得到的工具：一支小鐵鎚、三罐螺絲釘、一盞破檯燈的電源線。在一個歪七扭八的抽屜裡，他奇蹟似地找到一個十一伏特的碳鋅電池，電池側面印著一隻黑貓。啊，一個美國電池，商標象徵著九條命。韋納拿起一閃一閃的野戰燈照向電池，仔細查看電池端子，電力依然充足。他心想：野戰燈的電池耗盡之後，我們還有這個。

他扶正翻倒的桌子，把壓扁的收發機擱在桌上。韋納依然不相信收發機派得上多少用場，但有個問題尚待解決，說不定這就足以轉移他的思緒。他調整一下咬在口中的野戰燈，試圖不要多想自己多麼飢餓、多麼口渴；不去想他的左耳那種悶悶、空空的感覺；不去想貝恩德躺在角落、樓上的奧地利士兵、弗雷德瑞克、伊蓮娜太太、佳妲，全都不想。

天線。調頻器。電容器。工作之時，他的腦中幾乎平靜，心情幾乎安寧。記憶力畢竟派上了用場。

六樓的臥房

馮・朗佩爾一跛一跛走過各個房間，房裡只見褪色的白木雕花鑲板、古舊的煤油燈，繡花窗簾、「美好年代」[13]裝飾風格的鏡子、玻璃瓶中的模型船隻、按鈕式的開關，全都死氣沉沉。暮光由煙霧和百葉窗的窗板中斜斜映照，留下一道道迷濛的赭紅光影。

這棟房子啊，典型的第二帝國建築風格。三樓的澡缸盛滿四分之三的清水。四樓的房間堆滿雜物。仍無迷你小屋的蹤影。他爬上五樓，滿身大汗。他擔心自己全盤皆錯，憂慮之情沉沉地壓著肝膽，左右晃動。眼前這個裝飾華美的大房間堆滿零零碎碎的小東西、木箱、書本和機械零件。一張桌子，一張床，一張長沙發椅，三面牆壁各有一扇窗。沒有模型。

他走上六樓。左邊有間小臥室，臥室只有一扇窗，垂掛著長長的窗簾。一頂小男孩的鴨舌帽掛在牆上；臥房最裡頭擺著一個巨大的衣櫥，衣櫥裡掛著散發出樟腦丸氣味的襯衫。

他走回樓梯間。眼前是個小小的洗手間，馬桶裡滿是尿液。再過去是最後一間臥室。貝殼沿著房裡每一寸可以利用的空間排列，窗沿和梳妝臺上全是貝殼，地上一排排裝滿小圓石的玻璃罐，全都依照某種神祕的順序排列。啊，這裡、這裡！床腳的矮桌上正是他遍尋已久的東西：一座木製的城市模型，好端端地擱在桌上，宛如一件贈禮。模型跟張餐桌一樣大，擠滿了小小的房屋，除了飄落在街道之間的水泥塵灰，這個迷你城市毫髮無傷，這會兒甚至比眞正的城市更完整。模型精雕細琢，無疑是個傑作。

模型擺在女兒的臥房裡。模型乃是爲了她而製作。無庸置疑。絕對如此。

馮．朗佩爾覺得自己似乎洋洋得意、耀武揚威地走到一段漫長旅程的終點。他在床沿坐下，鼠蹊傳來陣陣痛楚，心中卻出奇滿足，好像自己曾經來過這裡，住過一間這樣的房間，睡過一張這樣凹凸不平的床鋪，收集這種光滑的石頭，像這樣加以排列。不知怎麼地，房裡所有擺設似乎始終等著那個人回來。

他想到他的女兒們。她們肯定想要看看一座桌上的城市！他的小女兒八成想要拉著他一起跪下。**我們想像一下人人在家中吃晚飯**，她會說。**爸爸，我們想像一下吧**。

13 belle epoque，美好年代，始自十九世紀末，直至一次大戰爆發，當時歐洲社會政經穩定，生活穩定，文學藝術皆臻成熟，裝飾風格華麗精緻，洋溢著太平盛世的氣氛。

玻璃窗毀損破裂，百葉窗上了栓鎖，門窗之外，聖馬洛寂靜無聲，馮．朗佩爾甚至聽得到自己的心臟窸窣跳動，沙沙輕拂耳膜的細毛。煙霧飄過屋頂。灰燼緩緩飄落。槍炮聲隨時可能再度響起。慢慢來。它可能在房裡任何一處。鎖匠極可能重複同一套把戲。模型——它肯定在模型裡。

製造收音機

韋納弄彎電線的一端，繞住一根經過修剪、斜立在地上的水管，吐口口水，用口水抹乾淨整條電線，一圈一圈纏繞水管基部，纏繞了一百回，製作出一個新的調頻線圈。然後他把電線另一端往上一扔，繞過一根彎曲的支柱，支柱卡在無數的木條、石頭和灰泥之間，木條、石頭和灰泥擠成一團，儼然已成天花板。

沃克海默從暗處觀看。市區某處一發迫擊彈爆炸，空中飄下點點炮灰。

二極管置於兩條電線未被佔用的一端，貼觸電池的引線，完成電路布設。韋納拿著沃克海默的野戰燈檢視整個操作系統，燈光閃過地面、天線和電池。最後他咬著野戰燈，將耳機的雙引線舉到眼前，拿起一個螺絲釘慢慢摩擦，剝去外殼，動手將赤裸的線頭接上二極管，肉眼看不見的電子頓時沿著電線竄流。

頭頂上方的旅館——或說旅館僅存的部分——發出一連串令人心驚的聲響。木頭啪啪斷裂，好像樑柱終於承受不了瓦礫的重量，瓦礫搖搖欲墜，似乎只要有隻蜻蜓停在上方，瓦礫就會有如山崩般傾瀉而下，他們也將永遠遭到掩埋。

韋納把耳機的一端貼向右耳。

毫無聲響。

他把凹損的收音機底座翻過來，仔細檢視。他輕敲沃克海默的野戰燈，重新啟動燈光。鎮定下來。想像電流的流向。他再一次查看保險絲、眞空管、插栓；他撥動接收／傳送的開關，吹去電表讀數選擇器的灰塵，移動電池的引線，拿開，放下，重新試試耳機。

聽到了！他好像又是個八歲的孩童，跟他妹妹一起蹲在「兒童之家」的地上：沙沙沙沙，音量充足穩固。他的眼前浮現佳妲叫喚他的名字，隨後浮現另一個料想不到的影像：席德勒先生的屋前垂掛著雙子繩，繩索之間懸掛著一幅巨大的紅旗，旗幟平整，鮮紅，一塵不染。

韋納憑著感覺搜尋頻道。沒有噗噗哧哧，沒有摩斯密碼叩叩作響，沒有話語聲。沙沙沙沙沙沙沙，他那隻沒有受傷的耳朵、收音機、空中，全都充滿雜音。沃克海默一直盯著他。點點塵埃飄浮在逐漸微弱的燈光中；上萬顆微小的粒子，輕輕迴轉，閃閃發光。

閣樓之中

那個德國人用力關上衣櫥，一跛一跛地走開，瑪莉蘿兒窩在木梯最底下一階，動也不動，默數四十、六十、一百。心臟急速跳動，輸送氧氣和血液，腦筋急速轉動，衡量目前狀況。那句艾提安叔公曾經大聲朗讀的句子又在她腦中轟轟作響：**情緒激動之時，高等生物的心臟能量加成，急速蹦跳，在相仿的狀況下，蝸牛的心臟則以比較緩慢的速度搏動。**

放緩心跳。活動一下雙腳。別出聲。她把耳朵貼著衣櫥背板的人造門板，她聽到了什麼？蠹蟲咬嚙她爺爺的老舊掛衫？她什麼都聽不見。

瑪莉蘿兒漸漸發現自己愈來愈睏。這種時候怎麼可能昏昏欲睡？

她摸摸口袋裡的罐頭。這下她怎麼開罐頭？開罐頭怎麼可能不出聲？

她只能往上爬。爬上七階就是有如三角形隧道的窄長閣樓。粗木天花板的兩側隆起，朝向中央延伸，頂尖只比她高一點點。

熱氣無處散發。沒有窗戶，沒有出口。無處可逃。除了循著原路出去，否則毫無退路。

她伸出手指，摸到一個陳舊的刮臉盅、一個傘架、一個天知道裝了什麼東西的木箱。她踏上閣樓，腳下的木板和她的手掌等寬。根據過去的經驗，她知道走在木板上會發出多少噪音。

別踢翻任何東西。

如果那個德國人再度打開衣櫥，推開掛在裡面的衣服，擠進小門，爬上閣樓，她該怎麼辦？用傘架打他的頭嗎？用水果刀刺他嗎？

尖叫。

一命嗚呼。

爸爸。

她沿著窄長的中央樑木爬行，小心翼翼地爬向另外一端的石頭煙囪。中央樑木最粗重，也比較不會出聲。她希望自己尚未失去方向感。她希望他不會出現在她後方，拿著手槍頂著她的背。

閣樓的排氣孔外，蝙蝠發出幾乎難以聽聞的哀鳴。遠方某處——說不定在一艘海軍艦艇上，說不定遠在帕拉梅之外——巨炮隆隆發射。

劈劈啪啪。暫止。**劈劈啪啪**。暫止。而後炮彈咻咻作響，飛馳而過，砰砰砰砰在外圍小島爆炸。

她的心中逐漸升起一股超乎理智的恐懼。她必須立刻跳上某扇內心深處的活板門，傾全身之力靠上去，把門緊緊鎖上。她脫下外套，鋪在地上，她不敢起身，生怕一站起來就會在木板上引發噪音。時間漸漸過去。樓下沒有動靜。他可能離開了嗎？他可能這麼快就離開了嗎？

他當然還沒離開。畢竟她知道他爲了什麼而來。

在她的左邊，幾條電線沿著地板蜿蜒。正前方是叔公那盒舊唱片。他那部破爛的手搖留聲機。他那部陳舊的電唱機。他用來升抬煙囪旁邊那條天線的槓桿。

她抱住膝蓋，緊貼在胸前，試圖靠著皮膚呼吸。無聲無息，就像一隻蝸牛。她有兩個罐頭。一塊粗磚。一把水果刀。

SEVEN

CHAPTER 7

AUGUST 1942

一個瘦得不像話、迷彩軍服襤褸不堪的下士走路過來接韋納，這人手指修長，壓在軍帽之下的亂髮日漸稀薄，一隻靴子丟了鞋帶，鞋舌懶懶下垂，好像要吃人似地。他說：「你個子眞小。」

韋納一身簇新的野戰軍服，頭戴過大的鋼盔，繫著標準配備、扣環刻著「Gott mit uns」[14]字樣的皮帶，肩膀往後一縮，挺直胸膛。這人瞇著眼睛看看晨曦之中的寬廣校園，然後彎腰拉開韋納帆布袋的拉鍊，亂翻三件小心摺好的國立政治教育學院制服。他拿起一件長褲朝著陽光看了看，長褲顯然太小，似乎令他失望。他拉上拉鍊，把帆布袋扛在肩上，韋納猜不出他打算將之據爲己有，或者只是扛著。

「我叫紐曼，他們叫我小紐曼，還有另外一個紐曼，負責開車，他是大紐曼。還有一個工程師、一個上士和你，所以囉，不管你覺得如何，這會兒就是我們五個人。」

沒有號角，沒有儀式。韋納就這麼加入納粹德軍。他們步行三公里，從學校走到村莊。村裡有家熟食店，成群黑蒼蠅繞著六張桌子飛舞。小紐曼點了兩盤小牛肝，一個人吃下肚，還拿起小小的黑麵包捲抹乾盤中的醬汁，嘴巴油光閃閃。韋納等待解說，比方說他們即將前往何處、他們即將加入哪種聯隊，但是小紐曼什麼都沒說。小紐曼的肩帶和衣領底下隱約可見酒紅色的紋章，但是韋納不記得這種紋章代表什麼。裝甲步兵？化武部隊？老婦人收走盤子。小紐曼從外套裡拿出一個小錫罐，倒了三顆圓圓的藥丸在桌上，一口吞下，然後他把錫罐放回口袋，看著韋納。「治療背痛的藥。你有錢嗎？」

韋納搖搖頭。小紐曼從口袋裡掏出幾張皺巴巴、髒兮兮的馬克。離開之前，他叫老婦人拿來十二顆白煮蛋，分了四顆給韋納。

他們從舒爾普福塔坐上火車，行經萊比錫，在羅茲西方的轉接站下車。裝甲步兵連的士兵沿著月台躺下，人人呼呼大睡，好像某個女巫對他們下了咒語。迷濛之中，他們褪色的軍服看來陰森，呼吸似乎一致，感覺詭異，令人不安。擴音機不時喃喃通報韋納從沒聽過的地名——格里馬、威爾岑、格羅森海因——但是沒有火車進站或離站，群眾也毫無動靜。

小紐曼雙腿大張，一屁股坐下，吃下一個又一個雞蛋，蛋殼在翻轉過來的軍帽裡堆成小山。沉睡中的連隊傳來一陣陣輕柔、規律的鼾聲。韋納感覺全世界只有他和小紐曼還醒著。

深夜時分，東方傳來汽笛聲，睡得迷迷糊糊的士兵們一陣騷動。韋納半睡半醒，坐直身子。小紐曼已在他身旁坐起，兩手手掌握起，輕輕相觸，好像試圖擷取一抹暗影，握在手心。

車鉤晃動，嘎嘎作響，煞車閘瓦摩擦鐵軌，聲聲刺耳。火車從暗處急急駛來，先是閂上鐵甲、一片漆黑、吐出灰色濃煙與蒸氣的車頭，車頭之後是幾節搖搖晃晃的密閉車廂，然後是一節形似水泡的透明車廂，裡頭擱著一把重型機關槍，兩位槍手蹲在槍邊。

槍手之後的車廂全是擠滿了人的平板車，有些人站著，大多人跪著。兩節車廂駛過，三節、四節，每節車廂的前方似乎都有一排麻袋，藉此擋風。

火車咻咻駛過，月台下的鐵軌隨之輕輕顫動，散發出呆滯的銀光。九節、十節、十一節，每個車廂全都擠滿了人。駛過之時，那些麻袋看來怪異，好像是用灰泥捏塑。小紐曼抬起下巴。「囚犯。」

14 Gott mit uns，「神與我們同在」，納粹陸海軍的皮帶釦環刻著這幾個字，以及踩在納粹黨徽之上的陸軍雄鷹。

車廂急急駛過，韋納試圖從中辨識一張凹陷的臉頰、一副肩膀，或是一隻閃亮的眼睛。他們穿著制服嗎？許多人靠著麻袋坐在車廂最前頭；人人狀似被運送到西方、等著矗立在某個貧脊花園裡的稻草人。韋納看得出來有些囚犯睡著了。

一張臉孔一閃而過，蒼白蠟黃，一隻耳朵貼著車廂地板。

韋納眨眨眼。那些不是麻袋。那些不是睡著了的囚犯。每節車廂最前頭都堆滿了屍體。

一旦意識到火車不會停下來，他們周圍的士兵全都坐定，再度閉上眼睛。小紐曼打個哈欠。一車接著一車的囚犯接踵而至，人群有如潮水般從黑夜中湧現。十六節、十七節、十八節：何必計數？好幾百人。好幾千人。最後一節車廂終於駛過黑暗，平板車上照樣活人倚著死人，然後又是一節透明車廂，隱隱可見另一把機關槍和四、五個槍手，轟隆之中，整列火車駛向遠方。

輪軸的聲音緩緩消逝；靜默重新籠罩林間。朝著那個方向望去，舒爾普福塔的尖塔漆黑高聳，有人尿床，有人夢遊，有人霸凌。比舒爾普福塔更加遙遠的一方，巨獸般的火車嘎吱呻吟。那是「同盟礦區」。那是「兒童之家」嘎嘎作響的窗戶。那是佳妲。

韋納說：「他們坐在死人身上？」

小紐曼閉上一隻眼睛，頭一歪，好像一個槍手，瞄準火車漸漸消逝的暗處作勢開槍。「砰，」他說，「砰、砰。」

衣櫥

曼奈克太太過世之後，艾提安好幾天沒有踏出書房。瑪莉蘿兒想像他窩在小書桌前，喃喃哼唱童謠，看著鬼魅窸窸窣窣飄過磚牆。書房門後是如此沉靜，她擔心叔公乾脆就這樣跟這個世界說拜拜。

「叔公？艾提安叔公？」

布蘭佳太太陪著瑪莉蘿兒走到聖文森大教堂，參加曼奈克太太的追思典禮。芳廷祿太太烹煮好多馬鈴薯濃湯，足夠他們吃一星期。布古太太帶來果醬。盧瑞爾太太居然設法烘焙了一個糖酥蛋糕。

時間一小時接著一小時悄然逝去。瑪莉蘿兒晚上把盛滿餐點的盤子擱在叔公門外，早上收取空空的餐盤。她孤零零地站在曼奈克太太的房裡，聞著薄荷和蠟燭的薰香，思念這位忠貞服務了六十年的老婦人。管家、護士、慈母、密友、顧問、廚師——對艾提安叔公而言、對他們大家而言，還有什麼角色是曼奈克太太不曾扮演？德國士兵在街上醉醺醺地高歌，爐子上的蜘蛛每天編織一張新網，世間萬物照常過活，地球照常繞著太陽公轉，一刻都不歇息，瑪莉蘿兒想了又想，感覺格外殘酷。

可憐的孩子。

可憐的勒布朗先生。

好像他們都受到詛咒。

如果她爸爸從廚房的門口走進來，朝著女士們笑笑，手心貼上瑪莉蘿兒的臉頰，陪她五分鐘，甚至一分鐘，那該多好！

四天之後，艾提安走出書房。他下樓，樓梯隨之吱嘎作響，廚房裡的女士們靜了下來，他語氣凝重，請大家離開。「我需要時間說再見，現在我得照顧自己和我的姪孫女。謝謝妳們。」

廚房的門一關上，他立刻扣上實心鎖，握住瑪莉蘿兒的雙手。「馬上把燈全都關掉，很好、很好。來，站過來這裡。」

椅子被推到一旁，廚房的桌子也被推開，她可以聽到他慌張地撥弄地板正中央的拉環：活板門開啟，他走下階梯，進入地窖。

「叔公？你需要什麼東西？」

「這個，」他大喊。

「那是什麼？」

「一把電鋸。」

她可以感覺一股火焰在腹胃跳動。艾提安邁步上樓，瑪莉蘿兒緊隨其後，二樓，三樓，四樓，五樓，六樓，左轉，走進祖父的臥房。艾提安打開大衣櫥的木門，搬出他哥哥的舊衣服，一件件擱在床上，然後把一條延長線拉到樓梯間，插上電源。他說：「等一下會很大聲。」

她說：「沒關係。」

艾提安爬到衣櫥最裡頭，電鋸轟隆隆啟動，聲音貫穿磚牆、地板，以及瑪莉蘿兒的胸膛。她不曉得多少鄰居聽到聲響，說不定一個正在吃早餐的德國士兵，已經歪著頭注意傾聽。

艾提安從衣櫥背板切下一塊長方形的木板，然後鋸穿背板後面的閣樓小門。他關掉電鋸，擠過這個粗拙的小洞，爬上門後的木梯，登上閣樓。她緊隨其後。整個早上，艾提安手執電線、鉗子和一些她摸不出是什麼的工具，不停沿著閣樓的地板爬來爬去，以他自己為中心，架構出一個她料想中的精密網路。他喃喃自語；他從樓下各個房間搬來沉重的書冊或是電子零件。閣樓嘎嘎作響；家蠅盤旋飛舞，牽引出一圈圈澄藍的電光。夜深了，瑪莉蘿兒爬下木梯，窩在祖父的床上，聽著叔公在她上方工作，沉沉入睡。

當她醒來之時，家燕在屋簷下啾啾鳴叫，樂聲貫穿屋頂，流洩而下。

「月光曲，」一聽到這首樂曲，她始終想起噗噗顫動的樹葉，以及落潮之時她腳下一道道有如緞帶的細砂。樂聲恍恍惚惚，飄飄渺渺，緩緩落回凡間，隨後響起她爺爺年輕時的聲音：**各位小朋友，人體內的血管長達九萬六千公里！這個長度足以環繞地球兩圈半……**

艾提安走下七階木梯，擠過衣櫥背板，牽起她的雙手。他還沒開口，她已經知道他打算說些什麼。

「妳爸爸囑託我確保妳平安無事。」

「我知道。」

「這事相當危險，不是兒戲。」

「我願意，曼奈克太太八成希望——」

「告訴我怎麼做，跟我說說整套計畫。」

「沿著弗柏瑞街往前二十二步走到埃斯特雷街，右轉，走過十六個排水渠口，羅勃．修可夫街左轉，再走過九個排水渠口，來到麵包店。我走到櫃檯說：『請給我一條普通麵包。』」

「她會怎麼回答？」

「她會相當訝異。但我會說：『一條普通麵包，』而她會說：『妳叔公還好嗎？』」

「她會問起我？」

「她會問起你，這樣一來，她才知道你願意幫忙。這是曼奈克太太的建議，也是計畫的一部分。」
「妳會怎麼說？」
「我會說：『我叔公很好，謝謝妳。』然後我把麵包放進背包裡，走回家中。」
「即使曼奈克太太已經不在人世，這事依然可以照常進行？」
「爲什麼不會？」
「妳怎麼付錢？」
「配給的糧票。」
「我們還有糧票嗎？」
「有，在樓下的抽屜裡。你手邊有點錢，對不對？」
「沒錯。我們有點錢。妳怎麼走回家？」
「我直接回家。」
「走哪一條路？」
「沿著羅勃・修可夫街走過九個排水渠口，右轉，走過十六個排水渠口，回到弗柏瑞街。我全都知道，叔公，我牢記在心。我已經去了麵包店三百次。」
「妳絕對不可以跑到其他地方，妳不可以過去海邊。」
「我會直接回家。」
「妳保證？」
「我保證。」

「好，去吧，瑪莉蘿兒，快快去吧。」

東方

他們坐上鐵皮覆頂的運貨火車，一路行經羅茲、華沙、布列斯特。車廂車門微微開啟，韋納望向車外，連著幾公里，四下沒有半個人影，偶爾望見火車傾倒在鐵軌旁，車廂歪七扭八，被炸得一片焦黑。士兵們爬進爬出，身材削瘦，臉色蒼白，人人扛著一個背包、一支步槍和一頂鋼盔。儘管噪音隆隆、天寒地凍、飢腸轆轆，他們依然閉上眼睛睡覺，好像急於跟這個清醒的世界劃清界線，能夠脫離多久，就試圖脫離多久。

一排排松樹劃分綿延無盡的黃褐原野。日光灰濛。小紐曼一覺醒來，朝著門外拉泡尿，從外套口袋裡拿出藥盒，吞下兩、三顆藥丸。「俄國，」他說，至於他怎麼曉得他們已經駛過國界，韋納無從得知。

周遭瀰漫著鋼鐵的氣味。

黃昏時分，火車停了下來，小紐曼帶著韋納走過一排排坍塌的房屋，屋樑和磚塊燒得焦黑，堆積如山。屋牆矗立之處布滿一條條機關槍掃射的黑線。當小紐曼帶著韋納走到上尉面前，天色幾乎全黑。操勞過度、肌肉僵硬的上尉獨自坐在一張只剩下木頭框架和彈簧的沙發上用餐，一個錫碗擱在膝上，碗裡一團灰灰的白切肉冒出熱氣。他一語不發，仔細端詳了韋納好一會兒，臉上的表情不是失望，而是疲倦之中帶著一絲好奇。

「看來你們的個子愈來愈小，是嗎？」

「是的，長官。」

「你多大？」

「我十八歲，長官。」

上尉大笑。「十二歲還差不多。」他切下一片白切肉，咬了好一會兒，最後終於把兩隻指頭伸進嘴裡，吐出一截軟骨。「你最好熟悉一下裝備，看看你是不是比上次他們派來的傢伙有辦法。」

小紐曼帶著韋納走向一部骯髒的歐寶閃電卡車，這部越野卡車重達三噸，車斗沒有車蓋，加蓋一個木框車殼。車身一側垂掛著一個個凹損的汽油罐，另一側則是彈痕累累。暮色漸濃，天光流逝。小紐曼幫韋納帶來一盞煤油燈。「配件在裡面。」

話一說完，他就消失了。毫無解釋，毫無說明。歡迎來到戰場。小小的飛蛾繞著煤油燈的燈光飛舞。倦意席捲韋納全身。這是郝普曼博士對他的獎賞，還是懲罰？他好想再一次坐在「兒童之家」的長椅，聆聽伊蓮娜太太的歌曲，感受圓火爐冒出的熱氣，看著齊格飛．費雪扯著嗓門、興高采烈地描述潛水艇和轟炸機，凝視佳妲在桌子另一頭草繪上千扇她假想城市的門窗。

木框車殼裡飄散著一股揮之不去的氣味：灰泥，潑灑出來的柴油夾雜著一股難聞的臭味。三面方牆反射出煤油燈的燈光。這是一部收音機卡車。貼靠左牆的長椅上擺著一對枕頭大小的收聽裝置，看來陰森。一根可從車內升降的ＲＦ天線。三副耳機。一個武器架，幾個儲物櫃。蠟筆，羅盤，地圖。幾個破爛的木箱，箱裡擺著兩部他和郝普曼教授共同設計的收發機。

眼見這兩部機器大老遠運到這裡，他稍感鎮定，好像他一轉頭，發現一個老朋友跟他一起漂浮在大海之中。他從箱裡搬出第一部收發機，旋開背板的螺絲釘，量表出現裂縫，幾條保險絲燒斷了，傳輸器的插頭不見了。他翻尋工具，搜索套筒扳手和銅線。車門微啟，他望向門外沉靜的營區，直視天際閃閃發光的繁星。

俄軍的坦克車在外等候嗎？他們的機關槍是否已經瞄準煤油燈的燈光？

他想起席德勒先生那部巨大的飛歌收音機。凝視電線，專心思考，衡量評估。終究總會浮現出一個模式。

當他再度抬頭，後方一排樹木隱隱冒出柔和的白光，好像林間起火燃燒。天亮了。半公里之外，兩個男孩拿著木棍，無精打采地走在瘦巴巴的牛群之後。韋納打開第二個裝著收發機的木箱，這時，車殼後頭忽然冒出一個巨大的身影。

「芬尼。」

來人雙手一伸，碰上車殼頂端的木板，龐大的身軀遮住了荒廢的村落、田野、旭日。

「沃克海默？」

一條普通的麵包

他們站在廚房裡，拉上窗簾。她的背包沉甸甸，裡面裝著一條溫熱的麵包。那股背著熱麵包、走出麵包店的興奮之情，依然縈繞在她的心頭。

艾提安撕開麵包。「找到了。」他把一捲跟瑪瑙貝殼差不多大小的紙片放在她的掌心。

「紙片裡說了什麼？」

「數字，很多數字。前三個說不定是頻率。我不確定。第四個——2300——說不定是時間。」

「現在馬上進行嗎？」

「等到天黑再說。」

艾提安在家中裝設絆腳線，他把鐵絲繞在牆後，串連三個鈴鐺，一個在三樓電話桌下方，一個在閣樓裡，一個在大門口。他叫瑪莉蘿兒測試了三次；她站在街上，用力推開外邊的鐵門，屋裡深處隨即傳來兩聲微弱的叮叮噹噹。

然後他在衣櫥最裡頭加蓋人造門板，他還裝設滑道裝置，好讓門板可由左右兩側開啟。黃昏時分，他們喝杯茶，咬著那條口感扎實、盧瑞爾家烘焙的麵包。天色全黑之後，瑪莉蘿兒跟著叔公走上六樓，穿越祖父的房間，爬上通往閣樓的木梯。艾提安抬起沉重、貼著煙囪一側的伸縮天線，打開一個個開關，閣樓之中頓時充滿一陣輕微的沙沙聲。

「準備好了嗎？」他說，以前她爸爸打算說些傻話之時，也是這種語氣。瑪莉蘿兒陷入回憶，耳邊響起那兩位警官的聲音：**罪嫌輕多了的人們都被抓了起來**。還有曼奈克太太所言：**你難道不想在翹辮子之前瀟灑活一遭嗎**？

「好了。」

他清清嗓子。他打開麥克風，開口說道：「567，32，3011，2300，110，90，146，7751。」

數字傳送出去，飄過屋頂，越過大海，飛往天知道是哪裡的目的地。英國。巴黎。已逝之人。

他調到第二個頻道，重複傳送一次。接著又調到第三個頻道。然後他關掉所有開關，機件滴滴答答，逐漸冷卻。

「叔公，這些數字是什麼意思？」

「我不知道。」

「它們會不會被翻譯成文字？」

「我猜肯定會吧。」

他們走下木梯，爬出衣櫥。走廊上沒有士兵手執機關槍等著他們。一切似乎如常。瑪莉蘿兒想起儒勒·凡爾納說過的一段話：**兄弟啊，科學係由種種錯誤組成，但是那些錯誤都有用，因為它們一點一滴通往真相**。

艾提安似乎對著自己笑了一笑。「妳記得曼奈克太太提過水煮青蛙嗎？」

「記得。」

「我不知道誰是所謂的青蛙？她自己？或是德國人？」

沃克海默

工程師華爾特·貝恩德沉默寡言，神情嚴肅，兩眼瞳孔一高一低。司機暴牙，三十歲上下，大夥叫他「大紐曼」。韋納知道上士沃克海默頂多二十歲，但在冷冽蠟白的晨光中，他看起來像是四十歲。

「游擊隊突襲火車，」他解釋。「他們計畫周詳，隊長認爲他們利用收音機協調突襲。」

「上次那個技術人員，」大紐曼說，「什麼都沒找到。」

「這些裝備不錯，」韋納說。「我一小時之內就可以讓兩部收發機開始運作。」

沃克海默的雙眼浮現一絲柔和，暫且停駐在目光之中。「芬尼，」他看著韋納說，「跟上次那技術人員完全不一樣。」

他們上路。歐寶卡車顛簸前進，沿著一條跟放牛小徑同樣狹窄的道路行駛。他們每隔幾公里就停車，把一部收發機架設在某個土堆或是小丘上。他們留下貝納德和瘦巴巴、陰森森的小紐曼——一人手執步槍，另一人戴上耳機——繼續前進幾百公尺，開到足可架構出一個三角形之處，一路不停計算距離，韋納扭開接收主機，拉高卡車裡的天線，戴上耳機，掃描頻譜，試圖找出任何違法的訊號或是聲響。

原野地勢平坦，一望無際，沿途似乎總有幾處著火。韋納大多坐在車頭後方，背對行進方向，望著被他們拋下的田野，面對逐漸後退的波蘭，駛入德意志共和國。

沒有人朝著他們開槍。沙沙的雜音之中偶爾傳出尖銳的話語，而他只聽得懂幾句德文。夜晚時分，大紐曼從彈藥箱裡掏出幾罐小香腸，小紐曼拿他記憶之中、或是虛構出來的妓女開玩笑，重複大夥早就聽厭的笑話。韋納做起惡夢，在他的夢中，他看著一個個男孩隱隱走近弗雷德瑞克，但當他靠近一點，弗雷德瑞克化身爲佳妲，她帶著控訴的眼神瞪著韋納，任憑男孩們逐一砍斷她的手腳。

沃克海默每小時都探頭到卡車後車廂，迎上韋納的目光。「什麼都沒找到？」

韋納搖搖頭。他撥弄電池，重新調整天線，再三檢查保險絲。在舒爾普福塔隨同郝普曼教授研習之時，他們進行的只是一場遊戲。他猜得出沃克海默的頻道；他始終知道沃克海默是否傳送訊號。如今置身原野之中，他不知道訊號如何傳送、何時傳送、何處傳送。他甚至不知道有無訊號。他只能追逐鬼魅。他們浪費汽油，成天開過冒著黑煙的屋舍、報廢的炮彈碎片、無名無姓的墳墓，在此同時，沃克海默不時伸出大手抹抹頭髮剪得極短的腦袋瓜，神情一天比一天焦慮。遠處傳來如雷的炮聲，德軍的運輸火車依然遭到攻擊，車軌歪七扭八，運送家畜的車廂東倒西歪，元首的士兵傷亡慘重，元首麾下的司令官怒氣衝天。

那個拿著鋸子鋸樹的老先生，他是游擊隊員嗎？那個彎腰查看車子引擎的男人呢？那三個在溪邊汲水的女人呢？

夜晚霜降大地，地平線布滿銀白的冰霜。韋納在卡車的後車廂裡醒來，他雙手交疊，五指緊緊夾在腋下，呼出一團團白霧，收發機的管子發出微弱的藍光。白雪會積得多深？三公分、三公尺？三十公尺？深及數公里吧，韋納心想。我們將開上這片白雪皚皚的大地，駛過已不復存的一切。

淪落

暴風雨洗淨天空、海灘和街道，血紅的夕陽沒入海中，聖馬洛每一塊朝西的花崗石全都沾染火焰般的顏彩。三部配有消音罩的加長豪華轎車沿著克羅斯街緩緩行駛，有如幽靈。十幾個德國軍官偕同扛著舞台燈具和電影攝影機的人們，攀爬階梯登上荷蘭堡壘，冒著寒風漫步於城牆之上。

艾提安拿起黃銅望遠鏡，從五樓的窗口觀測：他們一行將近二十人，其中包括幾位上尉、幾位少校，甚至還有一位中校。中校拿著大衣，指指外圍小島上的堡壘，一位軍官試圖在風中點燃香菸，大風揚起，他的帽子飛過城垛，其他人看了大笑。

街道對面，三個女人邊走邊笑，緩緩走出克勞德．萊維特的大門。街上其他住家全都沒電，唯獨克勞德家中燈火通明。有人打開一扇三樓的窗戶，丟出一個小酒杯，小酒杯一再翻滾，墜落地面，沿著弗柏瑞街翻滾，消失在視線之外。

艾提安點亮一支蠟燭，爬上六樓。瑪莉蘿兒睡了。他從口袋裡掏出一捲紙片，慢慢攤開。他已經放棄破解密碼；他試了，他寫出數字，加一加，乘一乘，結果一無所獲。但是數字確實具有某些功效，因爲艾提安午後已經不再感到反胃；他眼中一片清明，心中一片寧靜。沒錯，他已經一個多月未曾縮著身子，靠著牆壁，窩在書房一角，祈求上蒼別讓他看到鬼魂蹣跚飄搖，穿牆而入。當瑪莉蘿兒帶著麵包從大門走進來，當他攤開手中那一小團紙片、低頭把嘴貼向麥克風，他感覺自己不可動搖；他感覺自己生氣盎然。

56778。21。4567。1049。467813。

接著宣讀下次廣播的時間和頻道。

他們已經進行了幾個月。每隔幾天，另外一組數字、另外幾張紙片，藏在麵包裡悄悄送入家門，艾提安最近還播放音樂，始終在晚間，絕對只播放一小段樂曲，頂多六十、或是九十秒鐘。德布希、拉威爾、馬斯奈，或是夏邦提耶。他把麥克風貼在電唱機的喇叭口，如同多年之前，任憑唱盤轉動。

誰在收聽呢？艾提安想像短波收音機喬裝成麥片紙盒或被塞到地板底下，接收器掩藏在石板下方或是搖籃之中。他想像二、三十名聽眾遍布沿海各處——說不定海上還有更多人收聽，比方說那些來去自如、載運番茄、難民或是槍枝的船長大副——那些等著聽取數字，而非收聽音樂的英國人肯定心想：為什麼？

今晚他播放韋瓦第。四季小提琴協奏曲第二樂章。四十年前，他哥哥在聖瑪格麗特街花了五十五分錢買下這張唱片。

大鍵琴噹噹作響，小提琴拉奏出巴洛克式的華美音符——低矮、斜角式的閣樓盈滿樂聲。石板屋頂之外、三十公尺下方，十二位德國軍官站在隔壁街道，對著相機微微一笑。

聽一聽，艾提安心想，聽一聽。

有人碰碰他的肩膀。他嚇得緊貼傾斜的牆板，以免自己摔跤。瑪莉蘿兒穿著睡衣，站在他旁邊。

小提琴樂聲飄揚，緩緩低鳴，而後漸趨高亢。艾提安牽起瑪莉蘿兒的手，兩人一起在低矮、傾斜的屋頂下翩翩起舞——唱盤轉了又轉，樂聲透過傳輸器飄過壁壘，貫穿德國軍官的身軀，遠赴大海。他拉著她轉圈；她的手指在空中輕彈。在燭光之中，她看起來像是來自另一個世界，小小的臉蛋布滿雀斑，白燦燦的雙眼懸掛在點點雀斑的正中央，有如蜘蛛的卵囊。她的雙眼並未追隨著他的舞步，但不至於讓他心慌意亂；她的雙眼幾乎像是望向一個更加深邃、只有音樂的世界。

優雅。纖細。旋轉之時，身手靈巧，動作一致。她怎麼知道什麼叫做舞蹈？他實在無法猜想。

樂曲持續不歇。他已經播放太久。天線依然升起，說不定在夜空中閃閃發光；整個閣樓簡直像是燈塔一樣大放光明。但在燭光之中，在小提琴協奏曲甜美高亢的樂聲中，瑪莉蘿兒咬著下唇，臉上綻放著燭光反射出的光芒，他看在眼裡，不禁想起城牆之外的沼地，有些冬日的黃昏，夕陽已經西下，但尚未完全被地平線吞噬，一叢叢高大的蘆葦捕捉了夕陽的餘暉，煥發出火焰般的色彩——那些他曾跟哥哥一起駐足的地方，那段彷彿已是上輩子的時光。

他心想，這就是數字所代表的意義。

協奏曲終止。一隻黃蜂噗噗噠噠沿著天花板飛舞。傳輸器依然開啟，麥克風留置在電唱機的喇叭口，指針沿著唱片最外緣的紋道輕輕轉動，瑪莉蘿兒面帶微笑，重重喘氣。

她再度上床睡覺之後，艾提安吹熄蠟燭，在她床邊跪了好久。乾瘦的死神遊走於下方的街道，不時駐足窗口，探頭窺視。他頭上的尖角冒出火光，鼻孔噴出煙霧，骨瘦如柴的手中握著一張方才加列地址的紙片。他最先盯上那批邁出豪華加長禮車、走進城堡的德國軍官。

接著盯上香水商克勞德．萊維特燈火通明的房間。

然後是艾提安．勒布朗漆黑高聳的屋子。

放過我們吧，死神。放過這間屋子吧。

向日葵

他們駛過一條塵土飛揚的小徑，放眼望去盡是方方正正的葵花田。花朵奄奄一息，極爲高聳，望似樹木。花莖乾枯僵硬，臉蛋大小的花朵搖搖擺擺，好像默禱中的頭顱。歐寶卡車轟轟隆隆駛過之時，韋納感覺上萬個獨眼巨人盯視著他們。大紐曼踩了煞車，貝恩德取下肩上的步槍，拿著第二部收發機，獨自費力走進花叢之中架設。韋納舉起巨大的天線，戴上耳機，坐在歐寶卡車後車廂的老位子。

小紐曼在車頭裡說：「你這個老處男，你從來沒有把一個女人搞得頭昏腦脹，對不對？」

「閉嘴，」大紐曼說。

「你晚上打手槍打到呼呼大睡。你知道的，ＤＩＹ、打飛機、打炮。」

「軍團裡一半的人都是如此。德軍俄軍都一樣。」

「後頭那個亞利安小兄弟肯定打炮。」

貝恩德透過收發機迅速朗讀一個個頻率。無聲無息，毫無沒反應。

大紐曼說：「眞正的亞利安人跟希特勒一樣一頭金髮，跟戈林一樣精瘦，跟戈培爾一樣高大——」

小紐曼大笑：「你他媽的——」

沃克海默說：「夠了，別鬧了。」

時值午後。他們已經在這個怪異、荒涼的地區開車晃了一整天，放眼望去只見向日葵。韋納移動指針搜尋頻道，轉換波段，一再檢視收發機，仔細聆聽沙沙雜音。一陣陣遠自烏克蘭的雜音日夜壅塞空中，聲聲淒涼、陰鬱、詭異，似乎早在人們想出如何接收之前就已飄浮在此。

沃克海默爬出卡車，脫下長褲，朝著花叢撒泡尿，韋納決定修剪天線，但是還沒動手就聽到連珠炮般的俄文，adeen（一）、shest（七）、vosyem（八），聲聲有如陽光中閃閃發亮的刀刃一樣明晰、尖銳、兇惡。他每一根神經都赫然驚醒，提高警戒。

他把音量調到最大，耳機緊緊貼住耳朵。又來了：坎帕拉……法薩……基爾福，沃克海默透過敞開的車殼看著韋納，好像他可以察覺，好像他幾個月來頭一次如夢方醒——當年那個冬夜，當郝普曼教授在雪地中開槍、當他們意識到韋納製作的收發機確實管用，他臉上也帶著同樣的神情。

韋納慢慢轉動微調按鍵，忽然之間，耳中傳來巨響：dvee-nat-set（十二）、shayst-nat-set（十六）、davt-set-adeen（二十一），一派胡言，廢話連篇，字字句句直搗他的腦海；那種感覺就像把手伸進一袋柔軟的棉花，摸著摸著忽然碰到一把銳利的刀片，原本一切如常，平靜無波，而後冒出一樁險事，情況是如此突然、如此危急，你幾乎感覺不到自己受到了傷害。

沃克海默伸出巨大的拳頭拍拍歐寶卡車的一側，示意大小紐曼安靜下來，韋納把頻道轉發送給貝恩德，貝恩德用他那部收發機搜尋，順利尋獲，然後測量角度，轉發回韋納手中，這下韋納可以開始運算。計算尺，三角函數，地圖。當韋納摘下耳機、掛在頸上，俄國人依然說個不停。

「多遠？」

只是數字。純粹只是數字。

「一點五公里。」

「他們正在廣播嗎？」

韋納把耳機緊貼著一隻耳朵，點了點頭。大紐曼啟動引擎，歐寶卡車轟隆一響，貝恩德抱著收發機飛速衝過花叢，跑回車上，韋納收起天線，他們猛然駛離路面，直接穿越花田，輾過一株株向日葵。最高聳的花朵幾乎跟卡車同高，乾枯巨大的花頭拍打卡車車頂和車廂兩側，咚咚作響。

大紐曼看著里程表，高聲喊出行車距離。沃克海默把武器一字排開：兩把毛瑟 98K 步槍，一把配有狙擊瞄準鏡的半自動手槍。貝恩德在步槍彈匣裝上子彈。碰，卡車撞上葵花。碰、碰、碰。大紐曼小心翼翼開過車轍凹溝，卡車搖搖晃晃，好像一艘航行在大海上的船隻。

「一千一百公尺，」大紐曼高喊，小紐曼慌慌張張爬到車頂，拿著望遠鏡偵測田野之外。朝南一看，一畦枝藤蔓延的小黃瓜取代了葵花田。再過去則是一棟漂亮的小木屋，木屋茅草蓋頂，灰泥磚牆，屋子四周是光禿禿的泥地。

「那排西洋蓍草。田地的盡頭。」

沃克海默架高狙擊瞄準鏡。「有沒有煙霧？」

「沒有。」

「天線？」

「很難說。」

「引擎熄火，從這裡步行。」

周遭全都靜了下來。

沃克海默、小紐曼、貝恩德扛著槍枝走進花田，隨即被花叢掩沒。大紐曼守著方向盤，韋納坐在木框車殼裡。前方沒有傳來地雷的爆炸聲。卡車四周，葵花花莖嘎嘎作響，花頭迎向日光，左右晃動，好像帶著某種哀傷的節奏。

「那些混蛋肯定嚇一大跳，」大紐曼輕聲說。他抖動右腿，一秒鐘抖了好幾下。韋納在他後面冒險抬高天線，戴緊耳機，扭開收發機。俄國人正在朗讀，peh zheh kah cheh yu myakee znak，聽起來像是單字字母，聲聲彷彿只從韋納敏感的耳膜中冒出，隨即緩緩消逝。卡車隨著大紐曼抖動的大腿輕輕晃動，太陽照進沾黏著小蟲屍身的車窗，閃閃爍爍。冷風吹來，整片田野窸窣作響。

這裡沒有崗哨嗎？或是哨兵？此時此刻，難道沒有全副武裝的游擊隊悄悄從卡車後方襲擊？俄國人的廣播聽在耳裡，有如芒刺在背，zvou kaz vukalov——誰知道他正在散布什麼可怕的訊息？軍隊陣營，火車時刻表，說不定他正向炮兵報告卡車的方位——沃克海默一步步走出葵花田，步槍握在他的手中，好像是支指揮棒，他那魁梧高大的身材，比任何人都容易成爲目標；那間小木屋似乎不可能容納得下沃克海默，好像他即將吞沒小木屋，而不是被小木屋吞沒。

頭幾聲槍響劃穿空中，迴盪在耳機四周。不到一秒鐘，耳機之中傳來槍響，音量大到韋納幾乎扯下耳機。然後寂靜無聲，連雜音都中斷，但是耳機之中的靜默好像某個緩緩挪移的龐然大物，一艘有如鬼魅、慢慢降落的太空船。

大紐曼扳動槍機。

韋納想起當年法國人的廣播告一段落之後，他跟佳妲蹲在他的小床邊，窗戶被運送煤炭的火車震得嘎嘎作響，廣播的回音似乎暫且迴盪空中，閃爍著光芒，他好像可以伸手一抓，讓字句緩緩飄落到掌心。

沃克海默回到車上，臉上沾滿飛濺的墨水。他舉起兩根巨大的手指，把鋼盔往後一推，韋納這才看出他的臉上不是墨水。「放火燒房子，」他說。「動作快一點。別浪費汽油。」他看著韋納，聲音輕柔，幾乎帶點感傷。「過去搶救一些可以利用的裝備。」

韋納放下耳機，戴上鋼盔。雨燕俯衝直下，飛越葵花花叢。他的眼中冒出金星，好像平衡感出了問題。大紐曼帶著一罐汽油走在他的前方，一邊哼歌，一邊行走於花莖之間。他們撥開葵花，踩踏麒麟草和野生蘿蔔，朝向小木屋前進，樹葉全都凍得發黃。一隻小狗下巴靠著前爪，趴在大門旁的泥地上，一時之間，韋納只想睡覺。

第一個死者躺在地上，一隻手臂壓在身下，頭顱之處只剩下一攤血淋淋的黏糊。第二個死者躺在桌上，全身軟趴趴，好像側身躺下、壓著耳朵沉沉入睡，只有傷口一圈青紫，較爲醒目。鮮血流過桌面，轉爲黏稠，有如冷卻中的蠟油，幾乎墨黑。斯人已逝，他的聲音卻依然飛過空中，飄至另外一個國度，一公里一公里地減弱，想來著實怪異。

長褲破破爛爛，外套骯髒不堪，其中一個男人穿著吊帶褲；他們並未身穿制服。

大紐曼扯下一片馬鈴薯麻袋製成的窗簾，帶到屋外，韋納可以聽到他把汽油灑在窗簾上。小紐曼脫下第二個死者的吊帶褲，從門楣上扯下一串綁在一起的紅蔥頭，綑成一包貼在胸口，轉身離開。

廚房裡剩下一小塊吃了一半的起司，旁邊擱著一把小刀，木頭刀柄已經褪色。韋納打開唯一的櫥櫃，裡面擱放各種偏方：一罐罐黑色的液體，沒有標籤的止痛藥劑，黑蜜糖，黏在木板上的湯匙，某些東西標註著拉丁文 belladonna（顛茄），另外一些東西標註著 X。

那部高頻收發機設計簡陋；說不定從廢棄的俄國坦克車搶救下來。機器本身似乎只是幾個胡亂塞進方盒的零件，那根沿著木屋裝設的地面天線頂多只能傳輸五十公里，說不定甚至不管用。

韋納走到外面，回頭看看屋子，在漸漸黯淡的天光中，小木屋一片慘白。他想到廚房的櫥櫃和奇怪的藥品，還有那隻沒有善盡職責的小狗。這些游擊隊員說不定具有某種神祕的森林魔法，但是他們不該招惹法力更加高深的收音機。他扛著步槍，抱著破爛不堪的收發機、電池引線、以及品質較爲低劣的麥克風，穿過葵花花叢，走回歐寶卡車。卡車引擎噗噗轉動，小紐曼和沃克海默已經坐在車頭裡。他的耳邊響起郝普曼教授的聲音：**科學家的研究取決於兩個因素：他個人的興趣，以及他那個時代的福祉**。事事皆導致這一刻：他父親之死；那些心神不寧，跟著佳妲一起躲在閣樓收聽晶體收音機的時刻；漢斯和賀瑞伯特戴上紅色臂章，套上襯衫，以免伊蓮娜太太發現；四百個星光閃爍、爲了郝普曼教授製作收發機的夜晚；弗雷德瑞克悲慘的下場；一切都引領他走到此時此刻。此時此刻，他搬起這套偶然得來的俄國裝備，堆放在卡車的木框車殼裡；此時此刻，他靠著長椅坐下，看著小木屋陷入火海，火光飄揚在田野之上。此時此刻，貝恩德爬進車裡，坐到他旁邊，步槍擱在膝上。歐寶卡車隆隆發動之時，兩人根本懶得關上後門。

寶石

士官長萊茵霍爾德·馮·朗佩爾受到傳喚，前往羅茲郊外的一個倉庫。這是他在斯圖加特接受整套療程之後首度旅行，他渾身酸痛，感覺骨質似乎疏鬆。六名頭戴鋼盔的衛兵站在鐵絲網後方等候，隨後傳來一陣陣後腳跟喀噠一踏、行禮致敬的聲響。他脫下大衣，套上一件沒有口袋的連身服，拉上拉鍊。三道實心鎖逐一開啟。他走過一扇門，四個身穿同款連身服的軍人站在桌子後面，每張桌子都有一個珠寶商的檯燈固定在桌面。所有窗戶都被三夾板釘死。

一個黑髮的上等兵解說程序。第一人從鑲座裡撬出寶石。第二人用加了清潔劑的清水逐一擦洗。第三人逐一秤重，宣讀重量，交給馮·朗佩爾。馮·朗佩爾用小型放大鏡鑑識，大聲喊出淨度——**瑕疵**，

稍有瑕疵，幾無瑕疵。第五人，也就是那位上等兵，記錄鑑識結果。

「我們十小時輪一班，直到完成任務爲止。」

馮．朗佩爾點頭。他已經感覺脊椎說不定會劈劈啪啪裂成碎片。上等兵從桌下拖出一個上了掛鎖的麻袋，解開袋口的鐵鍊，倒放在一個鋪了天鵝絨的托盤上。數千件珠寶傾洩而出：祖母綠，藍寶石，紅寶石，黃水晶，橄欖石，金綠玉。成千上百顆小小的鑽石閃爍其間，大部分依然鑲在項鍊、手鐲、袖釦，或是耳環上。

那位領頭的男子帶著托盤走到他的工作桌，拿起虎頭鉗夾住一只訂婚戒指，用鑷子扳開鑲爪，鑽石隨之直直落下。馮．朗佩爾數了數桌子下另外幾個麻袋：共有九個。「這些珠寶，」他開口問道，「打從哪裡——」

但他知道它們來自何處。

巖穴

曼奈克太太過世數月之後，瑪莉蘿兒依然期盼聽到老婦人爬上樓梯，氣喘吁吁，像個水手似地拉長聲調說：**聖母瑪利亞啊，乖孩子，冷死了**！老婦人卻始終不曾現身。

鞋子擱在床腳，安置在模型的下方。手杖擱在角落。下樓，她的背包掛在一樓的木釘上。沿著弗柏瑞街往前二十二步，右轉，走過十六個排水渠口，羅勃．修可夫街左轉，再走過九個排水渠口，來到麵包店。

請給我一條普通麵包。

妳叔公還好嗎？

我叔公很好，謝謝妳。

有時麵包裡面藏了一卷白紙，有時空空如也，有時盧瑞爾太太想辦法幫瑪莉蘿兒弄到一些包心菜、紅椒、肥皂之類的雜貨。走出麵包店，回到埃斯特雷街的十字路口。瑪莉蘿兒不但沒有左轉走向弗柏瑞街，反而繼續往前五十步，走到城牆，然後沿著牆基再走一百步左右，來到那條愈來愈窄的小巷巷口。

她伸手摸索，找到鐵鎖；她摸摸外套，從口袋裡掏出那把胡博．巴贊一年前給她的鐵鑰匙。海水冰冷，深及小腿；她的腳趾馬上凍得發麻。但是巖穴自成一個璀璨的宇宙，無數星河迴旋其中：在這裡，單單半個朝天的貽貝貝殼就住著一個藤壺和一個小旋螺貝，小旋螺貝裡住著一隻更小的寄居蟹。寄居蟹的蟹殼之上呢？啊，一個更小的藤壺。藤壺之上呢？

在這個潮濕、昔日用來關狗的洞穴裡，大海之聲沖走了其他聲響；她細心照料海蝸牛，好像照顧花園的植物。潮水一波接著一波，時光一刻接著一刻：她來到這裡，聆聽海洋生物吮吸、游動、吱吱尖叫，思念身陷囹圄的爸爸、置身野胡蘿蔔花海的曼奈克太太，以及避居自己家中二十年的叔公。

然後她摸索走回閘門，把門鎖上。

那年冬天，大半時間都停電；艾提安把一對船舶蓄電池接在收發機上，這樣一來，停電之時也可以廣播。他們焚燒木箱和紙張取暖，甚至燒了古董傢俱。瑪莉蘿兒把那張厚重的拼布毛毯，從一樓曼奈克太太的房間一路拖上六樓，蓋在她的被毯上。有些午夜，她的房裡冷到她幾乎相信自己可以聽到地板結凍的聲響。

街上每一個腳步聲都可能是警察。每一個轟轟隆隆的引擎聲都可能是上門拖走他們的特遣部隊。叔公又在樓上廣播，她心想：我應該守在門口，以防他們上門。我可以幫他爭取幾分鐘。但是天氣好冷，窩在床上、蓋著厚重的拼布毛毯、夢想著回到博物館，感覺舒服多了，她不如輕輕撫過回憶中的磚牆，慢慢穿過回音裊裊的生物進化館，走向鑰匙處。她只需跨過鋪了磁磚的地板，朝左轉身，她爸爸就在櫃台後方，站在他那部打造鑰匙的機器旁。

他會說：**小藍鳥，妳怎麼耽擱了那麼久？**

他會說：**我絕對不會離開妳，再過一百萬年都不會。**

搜尋

一九四三年一月，韋納在一個園圃查獲第二部違法的收發機，園圃已遭炮擊，樹木大多裂成兩截。兩星期之後，他查獲第三部、第四部。每次查獲的過程幾乎大同小異：三角形愈來愈小，各個斜邊同時減縮，各個頂點愈靠愈近，直到三點融合為一點，化為一座穀倉、一個小木屋、一個工廠地下室，或是冰雪之中某個骯髒的營區。

「他正在廣播？」

「是的。」

「在那個木棚裡？」

「你看到那根沿著東邊牆面的天線嗎？」

韋納一有空就把游擊隊員的話語錄在磁帶裡。他逐漸習知，每個人都喜歡聽他們自己講話。人們驕矜自傲，自古即是如此。他們把天線升得太高，播音時間拖得過久，以爲世間自有公理，無需憂慮自身安危，其實當然並非如此。

上尉傳來信息，大力讚揚他們的進展；他保證爲他們爭取假期、牛排、白蘭地。整個冬天，歐寶卡車徘迴於德軍佔領區，當年佳妲記錄在收音機日誌裡的城市一一呈現在面前——布拉格，明斯克，盧比安納。[15]

有時卡車駛經一群囚犯，沃克海默請大紐曼放慢車速，他挺直身子，搜尋跟他一樣魁梧的大個子，看到了就敲敲儀表板，大紐曼隨即踩煞車，沃克海默爬出車外，走入雪地，跟警衛說兩句話，擠過一個個只穿襯衫抵禦寒風的囚犯，奮力往前走。

「他的步槍在車裡，」大紐曼說。「幹！他把他媽的步槍留在車裡。」

有時，他走得太遠，有時，韋納可以清楚地聽到他的話語。「Ausziehen，」他說，溫熱的鼻息有如羽狀煙雲緩緩飄揚，而對方幾乎每一次都了解他的意思。**把衣服脫掉**。對方始終是個魁梧的俄國男孩，男孩一臉漠然，似乎世上再也沒有事情讓他吃驚。說不定只有當另一個巨人奮力朝他走來，他才會感到訝異。

連指手套，羊毛襯衫，破破爛爛的大衣，一一脫下。只有當他索取他們的靴子，他們的神情才起了變化：他們搖搖頭，抬頭張望、或是低頭垂視，雙眼骨碌碌，好像受驚的馬匹。韋納明瞭，對他們而言，丟了靴子等於死路一條。但是沃克海默站立等候，大個子對上大個子，最後總是囚犯低頭就範。囚犯穿著破爛的襪子站在眾人踐踏的雪地中，試圖注視其他囚犯，但是大家都避開他的目光。沃克海默拿起衣物，一一試穿，如果不合身就交還對方。然後他踏著沉重的步伐走回卡車，大紐曼發動引擎，歐寶卡車轟轟上路。

寒冰嘎嘎作響，林間村落火光熊熊，天寒地凍，晚上冷到甚至下不了雪——那是一個怪異、擾人的冬天，整個冬季，韋納搜尋沙沙雜音，就像當年夥同佳妲徘徊於大小巷弄，拉著坐在手推車上的她，穿越「同盟礦區」的各個鄰里。耳機中冒出一個失眞的聲音，而後緩緩消逝，韋納苦苦追逐，**啊，找到了**，他心想，**我又找到了**；那種感覺就像閉上眼睛，沿著長達一公里半的絲線摸索，最後指尖終於碰到一小團突起的線球。

有時，韋納聽到一個傳輸的信息，過了幾天才勉強聽到下一次廣播；他將之視爲一個有待解決的問題、一項讓他專心執行的任務，這當然勝過蹲在某個臭氣沖天、覆滿寒冰、到處都是蝨子的壕溝裡，第一次大戰之時，學校那些老教官就是這樣打仗，現在他們與敵人在空中交鋒，打起仗來比較俐落、比較科學，而且處處皆是前線。追逐無影無形的敵人，難道不會令人陶醉？卡車在黑暗中顚簸前進，前方的樹林忽然冒出一根天線，難道不會令人欣喜？

15 Ljubljana，斯洛維尼亞的首都。

我聽到你了。

稻草堆中的細針。獅子掌中的尖刺。他找到他們，沃克海默將之拔除。

整個冬天，德軍駕著馬車、雪橇、坦克、卡車駛過同樣路徑，壓輾積雪，將雪地變成血跡斑斑、滑不溜丟、有如水泥一樣僵硬的冰原。當四月終於來臨，空中瀰漫著木屑與死屍的臭味，有如峽谷的雪牆漸漸融解，地面的寒冰卻依然頑強，久久不見消融，縱橫交錯、清晰交錯的冰痕，見證了一場兩敗俱傷的入侵行動，記載了蘇聯的殲亡。

有天晚上，他們駛過第聶伯河上的一座橋樑，隱隱可見基輔的教堂圓頂和鬱鬱蔥蔥的樹木，灰燼四處飄散，妓女擠在巷中，他們坐在咖啡館裡，隔著兩張桌子坐著一個年紀和韋納相仿的步兵，他瞪著一份報紙，眼球不停顫動，啜飲咖啡，看來極爲訝異，甚至可說是震驚。

韋納無法不打量他。大紐曼終於靠過來說：「你知道他看起來爲什麼那副德性嗎？」

韋納搖搖頭。

「他的眼瞼凍壞了，可憐的混小子。」

信件無法送達他們手中。一連數月，韋納沒寫信給妹妹。

信息

佔領當局下令，家家戶戶必須列出住戶姓名，貼在門上：**艾提安・勒布朗，男性，六十二歲，瑪莉**

蘿兒．勒布朗，女性，十五歲。瑪莉蘿兒近乎自虐地夢想著長桌上的豐盛佳餚：一排排厚片里肌肉，香烤蘋果，火燒香蕉船，淋上鮮奶油的鳳梨。

一九四三年夏天的一個早上，她在濛濛細雨中走向麵包店。隊伍已經排到門外，當她終於移動到隊伍最前頭，盧瑞爾太太握住她的手，非常小聲地說：「麻煩請問他可不可也讀一讀這個。」麵包底下藏著一張對折的紙條。瑪莉蘿兒把麵包放進背包裡，紙條捏成一團，握在手心。她遞過去一張配給糧票，摸索前進，直接回家，緊緊鎖上大門。

艾提安慢吞吞地下樓。

「叔公，紙條上說什麼？」

「紙條上說：德羅格特先生希望知會他在聖庫崙的女兒，他的復原狀況相當良好。」

「她說紙條很重要。」

「紙條是什麼意思？」

瑪莉蘿兒卸下背包，把手伸進背包裡，撕下一塊麵包。她說：「我覺得紙條的意思是：德羅格特先生希望讓他女兒知道他平安無事。」

之後幾星期，他們接獲更多紙條。聖文森有個小寶寶誕生。小鎮梅耶有個老奶奶病入膏肓。龔蒂迪耶太太希望她兒子知道她已原諒他。這些信息之中是否懷藏密訊——**法尤先生心臟病發，安然辭世**，是否意味著**轟炸雷恩的調車場**——艾提安無從得知。重要的是人們聽廣播，人人都有收音機，而且似乎需要得知彼此的消息。他從不踏出家門，除了瑪莉蘿兒之外，他從來不跟任何人打交道，但是不知怎麼地，他發現自己竟然成了傳播網絡的樞紐。

他按下麥克風的傳輸鍵，先朗讀數字，接著念出信息。他用五個波道廣播，通報如何接收下次廣播，播放一小段老唱片，從頭到尾頂多六分鐘。

太久了，肯定拖得太久。

但是沒人上門。絆腳線的兩個鈴鐺安靜無聲。沒有德國巡警砰砰上樓，朝著他們的腦袋開槍。

雖然已經牢記在心，瑪莉蘿兒大多晚上依然請叔公朗讀她爸爸的來信。今晚他坐在她的床沿。

今天我看到一棵喬裝為栗樹的橡樹。

我知道妳會做出正確的決定。

妳若真的想要了解原由，請看看艾提安叔公的屋裡，仔細瞧瞧屋裡。

「他提了兩次**屋裡**，叔公，你覺得那是什麼意思？」

「瑪莉，我們已經討論了好多次。」

「你覺得他現在正在做什麼？」

「睡覺，乖孩子，我確定他現在睡了。」

她翻身側躺，他拉著毯子蓋住她的肩膀，吹熄蠟燭，凝視床腳那座模型的小屋頂和小煙囪。往事忽然襲上心頭：他和他哥哥來到市郊東方的一處田野，那年夏天，聖馬洛飛來好多螢火蟲，他們的爸爸興高采烈地幫兒子們製作了長柄捕蟲網，遞給他們瓶口扣上鐵絲網的玻璃罐，艾提安和亨利衝過高高的草叢，螢火蟲從他們身邊飛過，一閃一閃，忽明忽暗，始終超前他們一步，大地好似悶燒，他們踩踏而過，踏出一朵朵火星。

亨利說他打算把好幾隻螢火蟲擺在窗前，數目多到幾公里之外的船隻都看得到他的臥房。

今年夏天即使有螢火蟲，它們也沒有飛到弗柏瑞街。如今四下似乎只是黑影與靜默。靜默是佔領當局植下的果實；它垂掛在枝頭，由簷溝中滲出。鞋匠的媽媽布古太太已經離開聖馬洛，年邁的布蘭佳太太也走了。好多窗戶一片漆黑，整個城市好像變成一座藏書不曉得是哪一種語言的圖書館，家家戶戶有如高大的書架，擺放著那些沒有人看得懂的藏書，檯燈全都黯淡無光。

但是閣樓裡那部機器再度啟用，宛若黑夜之中的一朵火光。

巷裡隱約傳來嘩啦嘩啦的聲響，艾提安躲在瑪莉蘿兒臥房的百葉窗後面窺視，望向六層樓之下的地面。他看到曼奈克太太的鬼魂站在月光之中，曼奈克太太伸出一隻手，麻雀一隻隻停駐在她的手臂上，她逐一塞進大衣裡。

盧當維耶勒

庇里牛斯山脈閃閃發亮。一輪明月高掛山頭，好像被山峰從中刺穿。士官長萊茵霍爾德．馮．朗佩爾搭乘計程車，駛過銀白的月光，來到軍需部，站在一個警察隊長面前，隊長留了長長的八字鬍，不停用左手的食指和中指拉扯鬍鬚。

法國警方逮到一名竊賊。有人闖入一位要人的度假山莊，這人是巴黎的國立自然歷史博物館的重要捐贈者，與館方關係密切，警方扣押竊賊，連同沒收一個裝滿珠寶的旅行包。

他等了好久。警長仔細檢視左手每個指甲，然後看看右手每個指甲，最後又將目光移回左手。馮．

朗佩爾今晚感到格外虛弱，幾乎噁心暈眩；醫生們說療程已經告一段落，腫瘤已經遭到重擊，如今必須靜觀其變，但是有些早上，他繫了鞋帶之後竟然直不起腰。

一部汽車駛達，警長出外迎接，馮．朗佩爾透過窗戶往外看。

兩個警察從後座押解一個神情虛弱、身穿乳白西裝、左眼眼圈明顯瘀青的男子，男子雙手戴上手銬，鮮血濺汙衣領，好像剛在某部電影裡扮演壞蛋。警察們壓著犯人走入室內，警長從車廂裡取出一個包包。

馮．朗佩爾從口袋裡掏出白手套。警長關上辦公室，把包包放在桌上，拉上百葉窗，斜斜抬起檯燈的燈罩，朗佩爾可以聽到門外某處的一間牢房鏗鏘關上。警長從包包裡取出一本地址簿、一疊信件，以及一個女人的粉盒，然後拉出一個偽裝的底層，掏出六個天鵝絨小袋。

他逐一解開小袋。第一個小袋裡是三顆璀璨的綠玉石，六角形的玉石顆顆晶瑩華美。第二個小袋裡是一顆顏色海綠澄淨、布滿白色細紋的天河石。第三個小袋裡是一顆梨形鑽石。

興奮之情流竄馮．朗佩爾的指尖，警長從口袋裡取出一個套在眼窩上檢視珠寶的小型放大鏡，臉上流露出赤裸裸的貪婪。他仔細檢視鑽石，翻來覆去，看了好久。馮．朗佩爾的腦海中浮現出元首博物館、銀閃閃的展示櫃、石柱下的涼亭、玻璃後方的珠寶——還有一股微微的力量，有如低暈的電壓，緩緩從鑽石散發而出，對他低語，保證一掃他的痼疾。

警長終於抬頭，小型放大鏡在他眼睛四周留下一圈粉紅的印痕，檯燈照得他的嘴唇閃閃發亮。他把鑽石放回絨布上。

馮．朗佩爾從桌子另一邊拿起鑽石。嗯，重量正確。即使戴著手套，他的手指依然感覺到鑽石的冰涼。鑽石晶瑩剔透，邊緣閃爍著深沉的藍光。

他相信嗎？

杜邦幾乎在鑽石中央燃起一朵火花。但雙眼一貼著鏡片，馮．朗佩爾馬上看出這顆鑽石跟他兩年在博物院檢視的那一顆完全相同。他把這顆複製品放回桌上。

「但是，」警長臉色一沉，用法文說：「我們最起碼得用 X 光驗證，是嗎？」

「你愛怎麼做都行，盡量動手。麻煩把那些信件給我。」

他午夜之前回到旅館。兩個贗品。這倒是個進展。他已尋獲兩顆鑽石，還有兩顆尚待尋獲，而其中一顆肯定是眞品。他點了生鮮香菇燉野豬肉當晚餐，還有一整瓶波爾多紅酒，這些東西依然重要，尤其是戰時，文明人與野蠻人的差別就在於此。

旅館飄著穿堂風，餐廳空無一人，但是服務生水準一流。他舉止優雅地倒了酒，退到一旁。一倒入杯中，血色般深渾的波爾多幾乎像是有了生命。馮．朗佩爾想到世上只有自己有幸在這瓶美酒消失之前淺酌品嘗，心中甚爲欣喜。

灰黑

一九四三年十二月。峽溝般深邃的寒意悄悄潛入家家戶戶。民衆只剩下未經加工的生木可以焚燒，整座城市飄散著木煙的味道。瑪莉蘿兒走向麵包店，十五歲的她，這輩子從來沒有感到如此寒冷。室內稍微暖活一點。迷途的雪花似乎隨風穿過牆壁縫隙，飄進房中。

她聆聽叔公踏過天花板的腳步聲、他的說話聲——三一〇，一四六七，五〇七，二二二二，五七六八八一——她祖父喜愛的《月光曲》接著縈繞在她的上方，有如一團藍色的輕霧。

飛機發出低沉的聲響，緩緩飛越城市上空，有時聽起來離得好近，瑪莉蘿兒甚至擔心它們說不定掠過屋頂，機腹撞倒煙囪。但是飛機沒有墜落，房屋也沒有爆炸。一切似乎如常，唯一的變化是瑪莉蘿兒漸漸長大：她已經穿不下她爸爸三年前塞進背包裡帶過來的衣服。鞋子也夾腳；她最近習慣套上三雙襪子，然後穿上叔公一雙流蘇綴飾的舊皮鞋。

據傳只有必要人員和出具醫療證明之人，才獲准留在聖馬洛。「我們不走，」艾提安說。「這會兒我們說不定終於可以有所貢獻，更不能離開。如果醫生不幫我們開立證明，我們就想辦法花錢弄到手。」

一天之中的某些時刻，她總有辦法暫且沉醉於回憶的國度：她依稀記得六歲之前那個朦朧的世界，周遭看來一片模糊，巴黎好像一個龐大的廚房，到處都是小山似的包心菜和紅蘿蔔，麵包攤擺滿了糕點，鮮魚好像積木堆疊在魚販的攤位上，水溝裡漂浮著銀白的魚鱗，灰白的海鷗俯衝直下，爭食鮮魚內臟，她環顧四周，每個角落都洋溢著鮮明的色彩：青綠的大蔥，紫得發亮的茄子。

如今她的世界已呈灰黑。灰黑的臉孔，灰黑的靜默，飄浮在麵包店隊伍上方的灰黑恐懼，只有當艾提安叔公拖著嘎嘎作響的雙膝、爬上通往閣樓的樓梯、朝向天空念出另一串數字、傳送盧瑞爾太太交代的另一則信息、播放一首樂曲，世界才暫且綻放光芒。在那短短的五分鐘，小小的閣樓迸發著洋紅、碧綠與金黃，然後收音機關機，灰黑疾馳而回，她的叔公步履沉重，走回樓下。

高燒

病毒說不定來自烏克蘭某個無名餐館的燉菜；說不定游擊隊員在水裡下毒；說不定只因他太常戴著耳機待在陰暗潮濕之處，而且待得太久。不管原因何在，韋納發起高燒，而且嚴重腹瀉。當他蹲在歐寶卡車後方的泥地，他感覺自己最後一絲教養隨著屎尿拉得一乾二淨。一連好幾個鐘頭，他只能把滾燙的臉頰貼在卡車一側，尋求冰涼的慰藉。然後冷顫襲捲全身，又猛又急，他的身子暖活不起來，他好想跳入火中。

沃克海默端來咖啡；小紐曼送上藥丸而韋納早知道這並非治療背痛的。他一一婉拒。一九四三年悄悄過去，一九四四年拉開序幕，他幾乎一年沒給佳妲寫信。佳妲最近一封來信是六個月前，信中劈頭就問：**你為什麼不寫信**？

但他依然勉力查獲違法的傳輸器，每隔兩星期左右就找到一部。他拆解粗劣的蘇聯裝備，試圖加以利用，這些裝備煉製草率，焊接粗陋，毫無系統。他們怎麼可能憑藉如此拙劣的裝備打仗？韋納聽到的宣傳口號中，反抗軍組織極爲嚴明；他們是一群危險兇殘、紀律森嚴的叛軍；他們聽命於殘暴、致人於死地的長官。但他親眼見證他們的聯盟是如此鬆散，幾乎可說毫無效率——他們貧苦骯髒；他們的住處狹小陰暗；他們是一群地位低賤、一無所有的亡命之徒。

他始終一籌莫展，無法了解哪一套理論比較貼近事實。因爲啊，韋納心想，人人都是叛軍、游擊隊員，他們見到的每一個人都是。每一個不是德國人的平名百姓都希望德國人死，即使是最會說奉承話的馬屁精也不例外。當卡車隆隆駛入城鎮，人人全都閃躲一旁；他們隱藏自己，隱藏家人；他們的商店裡擺滿了從死人身上脫下來的鞋子。

你瞧瞧他們。

那個冷酷的冬天，當他心情最為鬱悶的時刻——當鐵鏽漸漸布滿卡車、步槍、收音機，當他們周遭的德軍部隊逐漸撤退——他覺得自己對於沿途所見的眾人，產生一股強烈的鄙視。冒著黑煙、殘破荒涼的村莊，街上的破裂磚塊，凍僵的屍體，碎裂的磚牆，翻覆的車輛，吠叫的狗犬，急急奔竄的老鼠和蝨子：人們怎麼可能過著這種生活？森林之中，山岳之間，村落之內，他們理應連根革除失序與混亂。根據郝普曼博士所言，任何一個系統若想降低熵數值，唯一的方法是提高另一系統的熵數值。自然界要求均衡。凡事必須遵循秩序。

然而，他們究竟搞出哪一套秩序？皮箱，隊伍，嚎哭的嬰孩，眼神空洞、大批湧回市區的士兵——他們提升了哪一個系統的秩序？當然不是基輔、利沃夫，或是華沙。處處有如人間煉獄。所到之處都是人群，好像一個個大型蘇俄工廠分分秒秒不斷產製新軍；殺死一千，沒關係，我們再製造一萬。

二月之時，他們來到山區。卡車吱吱嘎嘎上下爬坡，穿行於陡峭曲折的小徑。

韋納坐在卡車後頭，全身哆嗦。壕溝在他們下方蜿蜒伸展，有如一張無止無盡的網脈，德軍布署在一側，俄軍布署在遠方。山谷之中飄起縷縷煙霧；偶爾軍火爆炸，火光有如毽子彈跳飛揚。

沃克海默攤開毯子，裹住韋納的肩膀。他的血液在體內嘩啦嘩啦地來回流動，有如水銀。窗外霧氣稍散，一時之間，他們下方的壕溝和軍火網脈清楚呈現，韋納覺得自己好像低頭凝視一部超大收音機的電路圖，每個士兵都是一個沿著電路移動的電子，也跟電子一樣沒有主控權。卡車繞過彎口，他只感覺沃克海默坐在他身旁，車窗之外陰暗淒冷，他們開過一座又一座橋樑，一個又一個山丘，不停下行。灰白微弱的月光濺灑路面，一隻白馬站在田裡吃草，一盞探照燈的燈光劃穿夜空，一棟山間小屋的窗戶透出亮光，卡車轟轟駛過，韋納看著發亮的窗戶，在那短短的一秒鐘，他似乎看見佳妲坐在桌旁，圍坐在她身旁的孩童一臉發亮，伊蓮娜太太的織景畫掛在水槽上方，成打嬰孩的死屍堆放在火爐旁邊的桶裡。

第三顆鑽石

他站在巴黎北方、亞眠市郊的一座莊園裡。龐大的老屋子在黑暗中嗚咽。莊園的主人是個退休的古生物學家，馮．朗佩爾認定德軍三年前入侵法國之後，博物館的警衛處主任在兵荒馬亂之際，從巴黎逃到此地。莊園寧靜祥和，隱藏於樹籬之間，四周田野環繞。他爬上樓梯，走向圖書室，一個書架已被拆開，後面藏著一個保險箱。蓋世太保的開鎖專家非常厲害，他戴上聽診器，根本不需要手電筒，幾分鐘就打開了保險櫃。

一把舊手槍，一盒證明文件，一堆失去光澤的銀幣，一個天鵝絨小盒，盒裡擺著一顆藍色的梨形鑽石。

鑽石的紅心忽而閃閃爍爍，忽而無從窺見。企盼與絕望在馮．朗佩爾的心中交纏；他即將得手。他勝券在握，不是嗎？但是鑽石還沒擺在檯燈之下，他已然知曉。心中的狂喜急遽消退，再度面對同樣的絕望。這顆鑽石不是眞品；它同樣出自杜邦之手。

三顆假鑽石都已尋獲。他的好運已經告罄。醫生說腫瘤再度滋長。戰況急轉直下——德軍已從蘇俄、烏克蘭全面撤退，一路退到義大利邊境。再過不久，「羅森堡特別任務小組」[16]的每個成員——那些足跡遍布歐陸、搜尋隱密圖書館、經文卷軸和印象派畫作的男人——將會接下步槍，被送往戰火隆隆的前線，馮．朗佩爾也不例外。

只要留下它，鑽石的主人永遠不會死。

他不能放棄。但是他的雙手漸趨沉重，頭顱有如一顆大圓石。

一顆在博物館，一顆在博物館的捐贈者家中，一顆隨著警衛處主任奔逃。他們會選擇哪一種人擔任第三位差使？蓋世太保的專家看著他，他看著鑽石，左手輕撫保險箱的箱門。他已經不只一次想起博物館裡那個藏放珠寶的保險箱，箱子設計極為精巧，有如一個層層相疊、暗藏玄機的益智寶盒。他行遍四方，從來沒見過另一件同樣精巧的設計。它究竟出自何人之手？

橋樑

聖馬洛南邊的偏遠村落，一部德國卡車過橋之時轟然爆炸。六名德國士兵身亡。德軍歸咎於恐怖份子。**夜霧法令**[17]，一個過來探視瑪莉蘿兒的女人悄悄說。**一個德國佬上了西天，他們就格殺我們十個人抵命**。警察挨家挨戶上門，勒令每一個四肢健全的男子出外工作。挖掘壕溝，搬卸火車貨物，推運一車車水泥麻袋，在田裡或是海灘建造防範入侵的障礙物。每一個有能力強化大西洋防線民眾都必須貢獻勞力。艾提安眯著眼睛站在門口，手裡拿著醫生的證明。冷風吹向他的身後，恐懼有如巨浪般滾滾褪入玄關。

盧瑞爾太太悄悄說，當局把攻擊行動歸咎反佔領組織的精密廣播網。她說工人們忙著架設帶刺的鐵絲網，以及名爲「拒馬」的巨型原木杈架，防止人們接近海灘。他們已經封閉城牆頂端的步道。她遞過去一條麵包，瑪莉蘿兒帶著麵包回家。當艾提安撕開麵包，裡面又藏了一張紙條，上面寫著九個號碼。「我以爲他們打算暫時歇手，」他說。

瑪莉蘿兒想著她爸爸。「但是，」她說，「說不定現在正是關鍵時刻？」

他等到天黑。瑪莉蘿兒坐在衣櫥裡，人造門板微微開啟，她聆聽叔公扭開閣樓裡的麥克風和傳輸器，輕輕念出數字，然後樂聲響起，輕柔低緩，今晚以大提琴爲主角，播放到一半戛然而止。

「叔公？」

他花了好一陣子才走下木梯。他牽起她的手，輕聲說道：「那場害妳祖父喪命的戰爭殺了一千六百萬人，光是法國小夥子就佔了其中一百五十萬，大多比我更年輕。兩百萬德國人喪命。死者排成一列前進，接連十一天十一夜，經過我們家的大門。我們現在做的不是重新排列路標，瑪莉，也不是故意丟掉

---

16 Einsatzstab Reichsleiter Rosenberg，德國領導人羅森堡的特別任務小組，也就是阿弗瑞德·羅森堡（Alfred Rosenberg）主持的特別小組，專門負責查抄歐陸的藝術品，尤其是猶太人的收藏。

17 Night and Fog Decree，一九四一年十二月，希特勒親自頒發這項法令，目的在於控管佔領地區的游擊行動，涉嫌反叛的民眾被捕之後送往特別法庭，依照軍法受審，許多無辜民眾因而被判死刑，或是送往勞改營。

郵局裡的一封信。這些數字不單只是數字，妳了解嗎？」

「但我們是好人，叔公，對不對？」

「我希望如此，我眞的希望如此。」

族長街

馮．朗佩爾走進巴黎第五區的一棟公寓，一樓那位皮笑肉不笑的房東太太接下他奉上的一扎配給券，藏到晨袍深處。幾隻小貓在她腳邊鑽來鑽去，她身後的公寓裝飾過度，雜亂無章，散發著一股蘋果乾燥花的氣味，記錄著陳舊的年歲。

「他們什麼時候離開了？」

「一九四〇年夏天。」她看起來好像想要發出輕蔑的噓聲。

「誰支付房租？」

「我不知道。」

「支票是不是寄自巴黎的國立自然歷史博物館？」

「我不確定。」

「最近一次有人上門是什麼時候？」

「沒有人上門。支票都是郵寄。」

「從哪裡郵寄？」

「我不知道。」

「沒有人進出公寓？」

「自從一九四〇年的夏天就沒有，」她邊說邊往後退，禿鷲般的臉龐和指尖沒入香氣襲人的黑暗中。

他上樓。四樓那棟裝配著一把實心鎖的公寓就是鎖匠的家，屋裡的窗戶釘上薄木板，珠白的日光透過一個個節孔滲入，感覺好像爬進懸掛在一柱白光之中的黑盒。櫥櫃鬆鬆開啟，沙發椅墊稍微歪斜，一張餐桌座椅傾倒翻覆，種種跡象顯示屋主匆匆離去，說不定有人曾經仔細搜尋，說不定兩者皆是。馬桶裡的水已經退盡，留下一圈黑色的印記，他檢查臥室、浴室、廚房，心中燃起一股難以遏止的企盼：**如果那個東西果真在此**……？

袖珍長椅和袖珍路燈擱置在工作檯上，一個個斜斜方方、閃亮光滑的小木塊沿著桌面豎立。小花瓶，裝了鐵釘的小盒，早已乾枯的膠水小瓶。工作檯旁、傢俱罩布底下冒出一個令人意想不到的驚喜：啊，一個第五區的城市模型。模型精巧繁複，屋子雖未著色，然而優美精細。百葉窗、大門、窗戶和排水渠口，一應俱全。沒有半個人。這是玩具嗎？

衣櫃裡掛著幾件遭到蟲蛀的女孩洋裝，以及一件繡著山羊咬嚼花卉的毛衣。沾滿灰塵的松果沿著窗台陳列，由大排到小。廚房的原木地板上釘入具有摩擦力的膠帶。此處靜謐，遵循紀律。平靜。井然有序。一條粗繩從桌邊拉到浴室，一個停擺的時鐘，鐘面缺了玻璃。直到看見三冊又厚又重、螺旋裝訂的儒勒．凡爾納點字小說，他才解開這個謎團。

保險箱工匠。善於製鎖。住家與博物館距離不遠，步行即可到達。一輩子任職於博物館。謙遜老實，看來無意追求財富。女兒失明。具有充分的理由效忠雇主，聽命行事。

「你躲到哪裡去了？」他在屋裡大聲說。點點灰塵在詭異的日光中飄揚。

擱在袋中或是盒中。塞在護壁板後頭。藏在地板底下的小隔間。糊在牆壁裡頭。他拉開廚房的抽屜，檢查抽屜後方，但是先前上門搜查的人可能已經找過這些地方。

他的注意力慢慢又回到那座第五區的模型，模型依照比例製作，數百棟雙坡式屋頂的小屋，還有小小的陽台。他意識到模型跟附近鄰里一模一樣：沒有色彩，沒有行人，只不過尺寸縮小，一個怪異、袖珍的翻版。其中一棟小屋格外平滑，顯然有人不斷撫摸：沒錯，小屋正是他身處的這棟公寓。也就是鎖匠的家。

他蹲下，將視線移到與街道齊高，宛如隱隱俯瞰拉丁區的天神。他可以兩指一伸，捏起任何一棟他選擇的小屋，推倒半個城市，翻覆整座模型。他摸摸那棟他身處的公寓，兩指捏著屋頂。他搖一搖，屋子輕易從模型上脫落，好像原本就是這麼設計。他拿起小屋在眼前轉動：十八扇小窗，六個陽台，一個小小的大門。小屋樓下，小小的房東太太跟她的貓咪躲在窗後窺探。這裡，小屋四樓，正是他此時站立之處。

他在小屋下側發現一個小孔，三年前他曾在博物館見過一個珠寶保險箱，保險箱的鑰匙孔跟這個小孔大同小異。原來小屋是個盒子。一只容器。他把玩了一會兒，試圖開啟。他把小屋翻過來，試試下側，試試旁側。

他心跳得好快。舌間濡濕發燙。

你裡面裝了什麼嗎？

馮．朗佩爾把小屋擱在地上，抬起一隻腳，踏得稀爛。

白城

一九四四年四月，歐寶卡車嘰嘰嘎嘎開進一座滿是空窗的白城。「維也納，」沃克海默說，小紐曼連珠炮般地暢談哈布斯堡、炸豬排、陰戶嚐起來像是蘋果酥皮派的女孩。他們在一間古色古香的套房休息，套房曾經宏偉壯觀，如今兒傢俱全都堆放牆邊，雞毛堵塞大理石水槽，窗戶胡亂糊上報紙。下方有個鐵路調車場，鐵軌密布，雜亂無序。韋納想起一頭捲髮、戴著貂毛手套的郝普曼博士，在他的想像中，年輕的郝普曼博士成天泡在維也納的咖啡館，咖啡館人聲鼎沸，未來的科學家們暢談玻爾和叔本華，一座座大理石雕像從壁架上低頭俯視，好像慈祥的爺爺奶奶。

郝普曼大概還在柏林，或是跟其他人一樣上了戰場。

市區指揮官沒空招呼他們。一位下屬告訴沃克海默，據報維也納第二區的利奧波德傳出反抗軍的廣播。他們開車在區內繞了又繞，冷冷的霧氣籠罩著萌芽的枝枒，韋納坐在卡車後頭，全身打冷顫。他覺得這裡聞起來好像歷經了一場大屠殺。

接連五天，他在他的收發機中只聽到國歌、事先錄製的宣傳口號，以及遭到圍困的上校們要求提供補給、汽油和人員。事事漸趨明朗；韋納隱隱察覺，支撐這場戰爭的架構正在逐一瓦解。

「那是維也納國家歌劇院，」小紐曼有天晚上說。歌劇院氣勢雄偉，壁柱精雕細琢，雉堞牆高聳，兩側翼壁莊嚴堂皇，直入雲霄，不知怎麼地，看來既是沉重，卻也帶著一絲輕盈。韋納忽然心生感觸，人類不顧世間動盪不安，冷酷無情，依然興建富麗堂皇的廳堂，譜曲高歌，印製繪滿各色禽鳥的厚重書冊，究竟所為何來？人類怎能如此自傲！靜默與風聲如此浩大，何必費心譜曲？黑暗終將吞噬一切，何必費心點燃街燈？蘇俄囚犯三五成群，被鍊條綑綁在藩籬上，德國大兵把快要爆炸的手榴彈塞進口袋，拔腿狂奔，究竟何苦來哉？

歌劇院！月球上的都市！荒謬至極。他們不如俯臥在街道旁，等候那些拉著堆滿屍體的雪橇、越過市區而來的小夥子。

早上十點左右，沃克海默命令他們把卡車停在奧格騰公園。亮麗的陽光驅走霧氣，早春的花朵赫然出現在眼前。韋納可以感覺自己高燒未退，熱氣在體內一閃一閃，好像悶燒的爐火。大紐曼開口了——若非十個星期之後將在盟軍進佔諾曼第之時葬身戰場，大紐曼上了年紀之後說不定會成為一個理髮師，他說不定身上帶著痱子粉和威士忌的氣味，食指輕輕伸入客人耳中，調整一下頭顱的位置，他的長褲和襯衫說不定始終沾滿髮渣，店裡說不定掛著一個搖搖晃晃、價格低廉的大鏡子，鏡子周邊說不定貼滿了阿爾卑斯山的明信片，他說不定娶了一個矮矮胖胖的女人，終其一生對老婆忠貞不二——他說：「剪頭髮囉。」

他搬張高腳凳擱在路邊，把一條勉強算是乾淨的毛巾披在貝恩德肩上，咔嚓咔嚓動手理髮。韋納找到一個官方贊助、正在播放華爾滋舞曲的電台，搬起音箱擺在歐寶卡車敞開的車門旁，方便大家收聽樂曲。大紐曼先幫貝納德理髮，然後輪到韋納，接著料理小紐曼那頭蓬鬆的亂髮。韋納看著沃克海默爬上高腳凳、閉著眼睛聆聽一首高亢的華爾滋舞曲——截至此時，沃克海默最起碼殺了上百人，說不定更多；他穿著他那雙沒收而來的大靴子，走進發送信息的破爛木棚，悄悄溜到某個骨瘦如柴、頭戴耳機、嘴唇貼著麥克風的烏克蘭人後方，對著他的後腦杓開一槍，然後走回卡車，命令韋納拿取傳輸器，語調鎮定而遲緩，即使傳輸器上沾黏著烏克蘭人的屍塊。

然而，沃克海默始終確保韋納不會挨餓。他幫韋納帶來雞蛋，跟韋納分享熱湯，他對韋納的關愛似乎始終不曾動搖。

奧格騰公園果眞棘手，四處都是狹窄的巷道和高聳的公寓，信號穿梭樓房之間，反射彈跳，難以搜尋。那天下午，高腳凳早已收起，華爾滋早已歇止，韋納坐在他的傳輸器旁，聆聽一片靜默，這時，門口冒出一個紅髮女孩，小女孩披著深紅斗篷，說不定六、七歲，個子比實際年齡矮小，一雙大眼睛，目光清澈，讓他想起佳妲的雙眼。她跑到對街的公園，獨自在公園裡萌生枝枒的樹下玩耍，女孩的母親咬嚙指尖，站在街角盯視。女孩爬上鞦韆，晃動雙腿，前後搖盪，韋納看在眼裡，內心的閥門爲之開啟。他心想，這就是人生，我們活著，不就是爲了在寒冬終於鬆手的一日，像這樣在戶外玩耍？他等著小紐曼繞過卡車，走過來說些粗話，毀了這一刻，但是小紐曼並未現身，貝納德也靜悄悄，說不定他們根本沒看到她，說不定這個純潔的小東西逃得過他們的褻瀆。女孩一邊唱歌，一邊盪鞦韆，歌聲愉悅高昂，韋納聽過這首歌，以前女孩們在「兒童之家」後面的巷子裡跳繩時，口中就哼唱著這首數字歌。Eins, zwei, Polizei, drei, vier, Offizer……他好想加入她，一邊唱著 funf, sech, alte Hex, seiben, acht, gute Nacht！一邊推著她愈盪愈高。[18]過了一會，女孩的母親說了幾句韋納聽不清楚的話，牽起女孩的手。母女兩人繞過街角，小小的斗篷隨風飄盪，漸漸走遠。

不到一小時，他從沙沙的雜音中勉強聽出幾句瑞士德語的廣播：**按下９，１６００傳送，這是**ＫＸ46**，你收到了嗎**？他聽得一知半解。廣播很快就消失。他穿過廣場，自己動手啟動另一部收發機，當廣播再度響起，他採用三角測量法，把數字套入方程式，然後抬頭一看，憑著目測看到一根極似天線的電線，沿著廣場旁邊一棟公寓的屋側往下延伸。

太容易了。

沃克海默已經雙眼一亮，好像獅子嗅到了氣味，他和韋納好像幾乎不需言語溝通。

「你看到電線沿著那邊往下延伸嗎？」韋納問。

沃克海默拿起望遠鏡查看一棟棟建築物。「那扇窗戶？」

「沒錯。」

「這裡很多房屋，不會太密集了嗎？」

「就是那扇窗戶。」

他們進入屋內。他沒有聽到任何槍響。五分鐘之後，他們把他叫進一棟公寓的五樓，裡頭貼著令人暈眩的花卉壁紙。他以爲他們會像往常一樣叫他檢查裝備，但是他看不到任何器材：沒有屍體，沒有傳輸器，甚至連一套普通的收聽裝置都沒有。公寓裡只有幾盞裝飾華麗的檯燈、一張織布沙發，以及花卉雲集的俗麗壁紙。

「撬開地上的木板，」沃克海默下令，小紐曼撬開幾塊木板，仔細查看，木板之下卻只有用來保溫、已有數十年歷史的馬毛。

「說不定是另一棟公寓？另一個樓層？」

韋納跨進一間臥室，推開窗戶，望向鑄鐵陽台之外。先前他所認爲的天線，只不過是一根上了顏色、從壁柱一側冒出來的桿子，說不定是用來固定曬衣繩，根本不是天線。但他聽到了廣播聲，不是嗎？

一股疼痛直竄他的頭蓋骨。他雙手托住後腦杓，坐在凌亂的床沿，看著公寓裡的衣物——椅背上披著一件對折的襯裙，五斗櫃上擱著一把白蠟木髮梳，梳妝台上擺著一排排半透明的小小瓶罐，在他的眼中，這些全都帶著難以形容的女性氣質，神祕難解，令人困惑，就像四年前席德勒太太拉高裙子、蹲在她那部巨大的收音機前一樣令人費解。

一間女人的臥房。皺巴巴的床單，空中飄散著潤膚乳液的清香，梳妝台上擺著一張年輕男子的照片——她的外甥、情人、兄弟？說不定他計算錯誤，說不定樓房干擾了信號。說不定高燒擾亂了他的思考。他看著眼前的壁紙，朵朵玫瑰似乎不停飄浮、旋轉、易位。

「什麼都沒有？」沃克海默從另一個房間大喊，貝恩德大聲回覆：「什麼都沒有。」

在某個平行的時空，韋納心想，這位女子和伊蓮娜太太說不定交上朋友。那個平行時空遠比現況順心。然後他看到了：門把上掛著一塊深紅絨布，附加連身帽，顯然是件孩童的斗篷；同一時刻，小紐曼在另一個房間咕噜大喊，似乎受到驚嚇。砰，槍聲一響，一個女人隨之放聲尖叫，砰、砰、砰，槍聲再響，沃克海默邁開步伐，衝了過去，其他人緊隨其後，他們看到小紐曼站在衣櫃前面，雙手抓著步槍，

18 這是一首練習德文數字的歌謠，譯成中文的意思大概是：一個兩個警察，三個四個軍官，五個六個老女巫，七個八個晚上好。

四周瀰漫著火藥味，一個女人躺在地上，一隻手臂往後一甩，好像邀人共舞遭到婉拒。衣櫃裡面不是收音機，而是一個小女孩，女孩坐在衣櫃裡，一顆子彈射穿她的頭顱，雙眼骨碌碌、濕漉漉，嘴巴一撇，一臉訝異。她正是邋鞦韆的小女孩，而且頂多七歲。

韋納等著女孩眨眼。眨一眨，他心想，眨一眨、眨一眨、眨一眨。沃克海默已經關上衣櫃，即使女孩的一隻腳垂在外面，櫃門無法完全關閉。貝恩德拿起一條毯子，蓋住地上的女人。小紐曼怎麼可能不知道？但他當然不知道，因爲小紐曼跟這個聯隊、這支軍隊、這個世界的每一個人一樣，他們聽命行事，他們驚慌害怕，他們的一舉一動都只爲了自己。**告訴我哪一個人不是如此**。

大紐曼推擠出門，眼神之中帶著一絲憎惡。小紐曼頂著新剪的頭髮站在原地，手指無意識地敲打槍托。「她們爲什麼躲藏？」他說。

沃克海默把小女孩的腳輕輕塞回衣櫃裡。「這裡沒有收音機，」他說，然後用力關上衣櫃。韋納頭暈目眩，一陣陣噁心的感覺直衝喉口。

戶外的街燈在晚風中顫動，雲朵緩緩往西飄去，籠罩城市上空。

韋納爬進歐寶卡車，感覺樓房繞著他轉動，愈來愈高聳，愈來愈歪斜。他坐下，額頭貼著收聽的小桌，心煩意亂。

所以囉，說真的，小朋友，從數學的觀點而言，所有的光都是看不見的。

貝恩德爬進車裡，關上車門，歐寶卡車轟轟啟動，車身一斜，轉過街角，韋納可以感覺四周的街道愈升愈高，緩緩迴轉，化爲一個吞噬一切的螺旋。螺旋中央，歐寶卡車迴旋下沉，愈陷愈深，永不歇止。

海底兩萬里

瑪莉蘿兒臥室門外的地上，擺著某樣包著報紙、綁著粗繩的東西。艾提安站在樓梯口說：「十六歲囉，生日快樂。」

她撕開報紙。兩本書，一本疊在另一本上頭。

爸爸離開聖馬洛已經三年四個月。一千兩百二十天。她幾乎四年沒有摸過點字，但是字母一個個從回憶中湧現，好像她昨天才放下書冊。

儒。**勒**。**凡**。**爾**。**納**。**海**。**底**。**兩**。**萬**。**里**。**上**。**冊**。**下**。**冊**。

她撲向叔公，緊緊抱住叔公的脖子。

「妳說妳一直沒機會讀完。我想啊，與其我念給妳聽，說不定妳可以爲我朗讀？」

「但是，你怎麼——？」

「書商赫伯爾德先生。」

「可是現在什麼東西都買不到？而且書好貴——」

「妳在鎮上人緣很好，瑪莉蘿兒。」

她趴在地上，翻開第一頁。「我要從頭開始，從第一頁再讀一次。」

「太好了。」

「第一章，」她朗讀，「移動的暗礁。」**一八六六年發生一樁無法解釋的怪事，人們絕對依然記憶猶新……**她迫不急待地讀完前十頁，漸漸記起故事：海底肯定出現了一頭神祕怪獸，引發全世界的好奇，著名的海洋生物學家皮耶・阿羅納克斯教授啟程探究真相。那是一頭怪獸，還是移動的暗礁？說不定是其他東西？亞農納教授隨時可能跳過戰艦的護欄，再過不久，他和加拿大魚叉手尼德蘭將發現兩人置身尼莫艦長的潛水艇。

硬紙板遮蓋的窗外，雨滴慢慢自銀白的天空飄落。一隻白鴿沿著簷槽噗噗飛舞，咕咕啼叫。港灣之中，一隻鱘魚一躍而起，有如一隻銀白的馬匹，隨即消失無蹤。

電報

布列塔尼翡翠海岸的警備司令官新官上任。這人是個上校，俐落、聰明、極有效率，曾在史達林格勒獲頒勳章。他戴著單片眼鏡，身邊總是跟著一個美艷、據說曾與俄國皇族成親的法國祕書幫他翻譯。他中等身材，頭髮少年白，但他擺出某種架式，讓每個站在他面前的人都自覺矮了一截。根據傳言，這位上校戰前執掌整家汽車公司，他了解德國的實力，感覺傳承自遠古的氣勢震撼每一個細胞，而且絕對不會默從。

每天晚上，他從聖馬洛的辦事處發送電報。一九四四年四月三十日，他發送十六則官方電報，其中一則傳至柏林。

=察覺恐怖分子在阿摩爾濱海地區廣播，我方認為來自聖盧奈爾、迪納爾、聖馬洛、或是康卡勒=

請求協助追查與剷除異己，滴滴答答，電報發送，一點一劃傳入橫貫歐陸的纜線。

EIGHT

CHAPTER 8

9 AUGUST 1944

國際碉堡

聖馬洛受到圍攻的第三天下午，炮轟暫時歇止，好像每一個炮手忽然倚著大炮睡著了。樹木起火燃燒，車輛起火燃燒，房屋起火燃燒。德國士兵在碉堡裡飲酒。一位修士在學院地窖裡對著牆面潑灑聖水。兩匹嚇得發狂的馬踢破木門，逃出關住它們的馬廄，疾馳於大道上一棟棟悶燒的房屋之間。

四點左右，三公里外的野戰榴彈炮發射一枚炮彈，發射角度失當，炮彈飛過城牆上空，在「國際碉堡」北端的城垛上爆炸，三百八十名被強制羈押在「國際碉堡」的法國人，九人當場喪命，其中一人正在打橋牌，炮彈擊中之時，他的手中依然緊緊抓著那張正要打出的紙牌。

閣樓之中

瑪莉蘿兒在聖馬洛住了四年，四年以來，聖文森大教堂的大鐘始終整點報時。但是現在鐘聲卻已停歇。她不知道自己已在閣樓裡困了多久，甚至不知道此時是白天還是黑夜。時間令人難以掌握；一旦鬆手，說不定永遠從你的指間溜走。

她好想喝水，口渴的感覺是如此強烈，她甚至考慮大咬自己的手臂，喝一口流經手臂的血液。她從叔公外套口袋裡掏出兩個罐頭，嘴唇貼在罐頭邊緣。兩個罐頭都帶著銅錫味，罐中的食物只在一毫米之外。

別冒險，她的耳邊響起她爸爸的聲音。別冒險出聲。

一罐就好，爸爸。我會把另一罐收起來。那個德國人走了。他肯定已經離開。

腳絆線爲什麼沒有動靜？

因爲他剪斷了腳絆線。說不定我睡著了，沒聽到鈴聲。瑪莉蘿兒還想得出六個原因，每一個都有可能。

既然他要找的東西在這裡，他為什麼離開？

誰知道他在找什麼？

妳知道他在找什麼。

我好餓，爸爸。

試著想想其他事情。

滔滔奔騰的冰涼清水。

妳會熬過來的，我的小寶貝。

你怎麼知道？

因為鑽石在妳的外套口袋裡。因為我把它留下來保護妳。

它只害我碰到更多危險。

妳想想，屋子為什麼沒有被炮彈擊中？為什麼沒有著火？

它是一顆石頭，爸爸，一顆圓圓的小石頭。世間沒有所謂的好運或是霉運，純粹只是機運和物理。

你記得嗎？

妳還活著。

我還活著，只因爲我還沒死。

不要打開罐頭。他會聽到聲音。他會毫不猶豫地殺了妳。

如果我死不了，那他怎麼可能殺了我？

種種問題不停迴轉；瑪莉蘿兒的腦袋幾乎燒起來。她勉強起身，坐到閣樓另一頭的鋼琴長椅上，伸手摸索艾提安叔公的傳輸器，試圖弄清楚各個按鈕和線圈——這是留聲機，這是麥克風，這是四條電池引線的其中一條——這時，她忽然聽到下方傳來聲響。

一個人在說話。她非常小心地從長椅上滑下來，把耳朵貼在地上。

他在她的正下方。他對著六樓的抽水馬桶撒尿，小便的聲音斷斷續續，滴滴答答，而且夾帶著呻吟聲，好像小便是件痛苦的事。陣陣呻吟之間，他不斷大喊：「*Das Haüischen fehlt, wo bist du Haüischen?*」[19]

他不太對勁。

Das Haüischen fehlt, wo bist du Haüischen?

無人應答。他在跟誰說話？

屋外某處，迫擊炮轟然一響，炮彈颼颼飛過上空。她聽著那個德國人從浴室走向她的臥房，腳步同樣一跛一跛，步伐沉重，念念有詞。*Haüischen*：那是什麼意思？

她床墊的彈簧吱嘎作響；她到哪裡都聽得出這個聲響。他從剛才到現在都躺在她床上睡覺嗎？遠處傳來隆隆炮聲，接連六響，聽起來比防空炮低沉，說不定是軍艦炮。炮彈交錯劃過空中，留下深紅的方格，而後鏗鏗鏘鏘、轟轟隆隆，有如敲鑼打鼓似地爆炸。休戰已經告一段落。

她的腸胃有如深淵般空洞，喉舌有如沙漠般乾涸，於是她從外套裡拿出其中一個罐頭，磚塊和小刀皆在伸手可及之處。

不要動手。

如果我繼續聽你的話，爸爸，我會手裡拿著食物，餓死在這裡。

她下方的臥室依然靜默。炮彈不急不徐地飛來，一發一發依循固定的時序，嘶嘶颼颼飛過屋頂，在空中劃出長長的拋物線。她利用炮彈的噪音掩飾開罐聲。EEEEEEEEEE！炮彈飛過。咚！磚塊敲擊小刀，小刀刺入罐口。遠處隱隱傳來駭人的爆炸聲。炮彈的碎片呼嘯擊穿十幾棟房屋的磚牆。

EEEEEEEEEE！咚！EEEEEEEEEE！咚！每敲一下，她就默禱一次。拜託別讓他聽到。

敲了五下之後，罐口流出汁液。她再敲一下，罐口終於出現一個缺口。她拿起小刀，勉強用刀刃撬開罐蓋。

她把罐頭舉到嘴邊，啜飲一口。涼涼的，鹹鹹的：原來是豆子。煮熟後罐裝封存的四季豆。煮好的四季豆子水非常可口；她仰頭，迫不及待地喝光光。她把整罐四季豆吃得精光，腦中不再響起她爸爸的勸戒。

頭顱

韋納把天線迂迴穿過覆滿瓦礫的天花板，貼觸一條扭曲的水管。毫無聲響。他趴在地上，拉著天線在地窖裡繞了一圈，好像把沃克海默圈套在金黃色的扶手椅上。毫無聲響。他關掉快要沒電的野戰燈，把耳機緊緊貼著那隻沒有受傷的耳朵，在黑暗中閉上雙眼，打開修好的收發機，沿著調頻線圈移動指針，將所有知覺凝聚為一，專心傾聽。

沙沙沙沙沙沙沙。

說不定他們被埋得太深。說不定旅館的瓦礫造成電磁陰影區。說不定收音機底座的某個部分毀損，而韋納沒有檢查出來。說不定元首的超級科學家們已經製造出一種終止所有軍械的超級武器，歐洲這一隅已成廢墟，只剩下韋納和沃克海默兩個活口。

他拔下耳機，切斷連線。配給食糧早已耗盡，水壺空空如也，那個裝滿畫筆的水桶汙濁不堪，桶底的汙水根本不能喝。但他和沃克海默已經咕嚕咕嚕灌了幾口，他不確定自己還喝不喝得下去。

收音機的電池幾乎沒電。電力一旦耗盡，他們還有那個十一伏特、側面印著一隻黑貓的美國電池。然後呢？呼吸系統每小時氧氣與二氧化碳的代換比率大約是多少？韋納以前說不定很想解開這個謎團。現在他跟沃克海默坐在一起，大腿上擱著兩枚手榴彈，感覺生命最後一絲火苗逐漸消散。逐一引爆手榴彈吧。他願意點燃引信，只求照亮這個地方，只求再看一眼。

沃克海默動手扭開他的野戰燈，將微弱的光線投射在遠遠的角落。八、九個白色的石膏頭像擱放在角落的兩個架子上，其中幾個已經傾倒。它們看起來像是塑膠模特兒的頭顱，只不過製作較為精細，三個留著鬍子，兩個禿頭，一個戴著軍帽。即使沒有燈光，頭顱在黑暗中依然展現出一股怪異的氣勢：頭像白燦燦，看來糢糢糊糊，但也不至於完全看不見，一個個深深印入韋納的視網膜之中，幾乎在黑暗中閃閃發光。

默默不語，戒慎盯視，眼睛眨都不眨。

心靈的錯覺。

臉孔，移開視線。

他摸黑爬向沃克海默：一片漆黑之中，他摸到他朋友巨大的膝蓋，略感心安。步槍擱在一旁。貝恩德的遺體躺在角落。

韋納說：「他們說過一些關於你的事情，你有沒有聽過？」

「他們是誰？」

「舒爾普福塔的那些男孩。」

「聽過幾次。」

「你覺得如何？大家把你當成巨人，每個人都怕你？你喜歡被說成這樣嗎？」

「老被大家問身高多高，實在沒意思。」

遠方傳來炮彈爆炸聲。地窖之外的遠方，城市陷入火海，大海波濤洶湧，藤壺拍動羽狀的蔓足。

「你究竟多高？」

沃克海默輕蔑地哼了一聲，幾乎像是冒出笑聲。

「貝恩德叫我們用手榴彈炸出一條通路，你覺得可行嗎？」

「不可行，」沃克海默說，聲音之中帶著警戒。「手榴彈會把我們炸死。」

「即使我們堆起某種防護屏障？」

「我們會被壓垮。」

韋納試圖在漆黑之中辨識出地窖另一端的頭像。如果不用手榴彈，他們還能怎麼辦？難道沃克海默眞的認爲有人正要前來解救他們嗎？他們眞的值得受到拯救嗎？

「所以我們坐著乾等？」

沃克海默沒有回答。

當收音機電池的電力耗盡，那個美製十一伏特電池應該可以讓收發機再撐一天。說不定他可以把沃克海默野戰燈的燈泡裝在收發機上。電池可讓他們再接收一天雜訊。或是再供給一天燈光。但是，他們不需要燈光扣下步槍的扳機。

囈語

一圈模模糊糊的紫色光影在馮．朗佩爾眼前跳動。嗎啡肯定出了問題；他說不定服用過量。不然就是癌症已經惡化到影響他的視力。

灰燼飄過窗戶，有如雪花。天亮了嗎？空中的光芒可能是地上的火光。床單被汗水浸得濕漉漉，他的軍服濕得好像在睡夢之中游了泳。嘴裡嚐到血腥味。

他爬到床鋪另一頭，看看模型。他已經仔細研究每零點五平方公尺，而且用酒瓶的瓶底把一個角落敲成碎片。模型裡的建築物，諸如城堡、大教堂、市場，大多中空，但是他只要那個小屋，既然小屋不見了，他何必費勁把每棟建築物敲得稀爛？

屋外的城市已遭遺棄，除了這棟屋子之外，其他每一棟建築物似乎不是著火，就是倒塌，但是他面前的模型城市卻剛好相反：每一棟建築物都完好無缺，惟獨缺了他所在的這一棟。

女孩可能帶著它逃走了嗎？不無可能。她的叔公被押送到「國際碉堡」之時，身邊並沒有小屋。他們已經仔細搜查；除了他的文件之外，他沒有攜帶任何東西——馮．朗佩爾查得非常清楚。

城牆某處裂成碎片，一千公斤的巨石猛然崩落。

其他房子全都遭到摧毀，只有這棟房子依然矗立，光是這一點，就足以證明鑽石肯定在屋裡。他只需把握僅存的時間趕快找到它。緊緊握在胸前，等待女神把熾熱的纖手深入他的胸膛，燒盡他的病痛。他將倚仗熊熊的火勢逃出碉堡、逃出圍城、逃出這個惡疾。他將得救。他只需強迫自己從這張床上起身，繼續搜尋。他必須更有系統，該花多少時間，就花多少時間。把這個地方給拆了。從廚房開始。再找一次。

水

瑪莉蘿兒聽到她床鋪的彈簧被壓得嘎嘎響，也聽到那個德國人一跛一跛走出她的臥房，爬樓梯下樓。他打算離開嗎？他放棄了嗎？

下雨了。成千上百個小雨點劈劈啪啪打在屋頂。瑪莉蘿兒踮起腳尖，把耳朵貼著瓦片底下的屋面，聆聽雨點緩緩滴流。那句禱詞怎麼說來著？那句曼奈克太太被叔公搞得心煩氣躁、失去耐性之時，喃喃對她自己說的禱詞？

天主啊，您的恩慈是煉淨之火。

她必須整頓一下思緒。運用洞察力與邏輯，她爸爸就會這麼做，儒勒．凡爾納筆下那位偉大的海洋生物學家皮耶．阿羅納克斯也是如此。那個德國人不知道屋裡有個閣樓。鑽石在她口袋裡；她還有一罐食糧。這些都對她有利。

下雨也有助於她：雨水將會遏制火勢。她可以接些雨水來喝嗎？在瓦片上打個洞？說不定雨水還有其他用途，比方說掩蓋她發出的噪音？

她確知鍍鋅水桶在哪裡：兩個水桶都擱在她臥室的門邊。她可以走到水桶邊，說不定甚至帶一個上來。

不行，她不可能帶一個上來。水桶太重，桶裡的水濺灑各處，發出太多噪音。但她可以走到水桶邊，把臉埋進桶裡，大口暢飲。她可以用那個四季豆的空罐裝水。

一想到嘴唇沾上清水、鼻尖輕輕貼觸水面，她的心中就升起一股生平從未感受過的強烈渴求。她想像自己墜入湖中；湖水盈滿她的雙耳和唇齒；她的喉嚨舒張。啜飲一口，她的思緒會清楚多了。她等著腦中響起她爸爸的聲音，勸阻她不要這麼做，但是靜悄悄。

爬出衣櫥，穿過祖父的臥房，越過樓梯口，走到她的臥室門口，共約二十一步。她從地上拿起小刀和空罐，塞進口袋。她慢慢爬下七階木梯，倚靠衣櫥背板，動也不動，停留了好一陣子。聆聽、聆聽、聆聽。蹲伏之時，她口袋裡的小木屋敲撞肋骨。在那微小的閣樓裡，是不是也有一個像是瑪莉蘿兒的小小女孩聆聽等待？那個小小的她是不是也一樣口渴？

四下安靜無聲，只聽見雨水啪啪落下，把聖馬洛變成了泥坑。

他可能在耍花招。說不定他聽到她敲開那罐四季豆，故意劈劈啪啪下樓，然後悄悄走回樓上；說不定他已經拔出手槍，站在大衣櫥外面等候。

天主啊，您的恩慈是煉淨之火。

她攤開手掌，貼著衣櫥的背板，輕輕推開人造門板。爬出衣櫥之時，襯衫一件件掃過她的臉龐。她雙手緊貼櫥門內側，悄悄推開。

沒有槍擊聲。沒有聲響。缺了玻璃的窗外，雨水打上焚燒中的房舍，聽來宛若浪潮翻動海灘上的小圓石。瑪莉蘿兒踏上祖父臥室的地板，召喚祖父的身影；在她的想像中，他是一個頭髮銀閃閃、滿心好奇、飄散著大海氣味的小男孩。他活潑、機靈、精力充沛；他牽起她的一隻手，艾提安叔公牽起她的另一隻手；屋子回到五十年前的模樣；男孩們的父母穿著漂亮的衣服，在樓下高聲談笑；廚師在廚房裡剝牡蠣；年輕的曼奈克太太剛從鄉下前來幫傭，一邊在活動木梯上哼歌，一邊撢除水晶吊燈上的灰塵……

爸爸，你握有開啟一切的鑰匙。

男孩們帶著她踏入走廊。她走過洗手間。

她臥室裡依然瀰漫著那個德國人的氣味，聞起來好像香草，細細嗅聞，卻帶著一絲腐臭。除了室外的雨聲、她自己鬢角的脈搏砰砰跳動，她聽不到任何聲響。她跪下，盡量不要發出聲響，沿著地板的嵌槽摸索。摸著摸著，她的指尖撞上水桶的一側，聽來似乎比大教堂的鐘聲更響亮。

雨水嘶嘶打上屋頂和屋牆，一滴一滴順著缺了玻璃的窗戶流下。她的小圓石和貝殼靜靜圍繞著她。還有她爸爸的模型、她的百衲被。她的鞋子肯定也在房裡某處。

她低下頭，嘴唇貼上水面。每一口感覺都像貝殼爆裂一樣大聲。一、三、五；她咕嚕暢飲，吸一口氣，咕嚕暢飲，吸一口氣。她整個頭都埋進水裡。

吸氣。垂死。作夢。

他有何動靜？他在樓下嗎？他正走回樓上嗎？

九、十一、十三。她喝飽了。她的五臟六腑感覺飽脹，稀哩嘩啦發出水聲；她喝得太多。她把罐頭按入桶中，裝滿清水。現在她必須循著原路回去，不能發出任何聲響。不能碰到牆壁，不能碰到房門。不能跌跤，不能把水灑出來。她轉身，左手拿著一整罐清水，開始爬行。

好不容易爬到臥房門口，她就聽到他的聲響。他在三層樓、或是四層樓之下，動手搗毀其中一個房間；她聽到的聲響好像一箱鋼珠翻倒在地，顆顆嘩啦嘩啦，跳動翻滾。

她伸出右手，摸到一個又大又硬、四四方方的東西，東西擱在門口內側，上面蓋著一塊布。啊，她的書！她的小說！它躺在門邊，好像她爸爸幫她擱在那裡。那個德國人肯定把書從她床上丟下來。她拿起書，盡量不出聲，抱在懷裡，緊貼著她叔公的外套。

她走得到樓下嗎？

她能否溜過他身邊、逃到街上？

但是她的血管已經注滿清水，血液循環因而暢通，思路也比較清晰。她不想死；她已經冒了太多風險。即使她能夠奇蹟似地溜過那個德國人身邊，街上也不見得比屋裡安全。

她勉強爬到樓梯口，好不容易爬到祖父臥房的門邊，一路摸索爬向衣櫥，爬入敞開的櫥門，輕輕把門帶上。

橫樑

炮彈斜斜飛過頭頂，地窖被震得猛烈晃動，好像貨運列車從旁駛過。韋納想像美國炮兵把大炮架在岩石、坦克車車頭，或是旅館欄杆上；炮手計算風速、炮身高低、空氣溫度；通訊人員把話機聽筒貼在耳邊，大聲喊出射擊目標。

右三度，重複射程。指引炮轟的聲音沉穩鎮定，帶點倦意。當上帝指引靈魂走向祂，說不定也是這種語調。請往這裡走，拜託。

只是數字。純粹只是數學。你必須訓練自己這麼想。敵方也抱持同樣心態。

「我曾祖父是個鋸木工人，」沃克海默忽然說。「那個年代所有東西都用帆船運輸，過了好多年才輪到汽船。」

周遭一片漆黑，韋納無法確知，但他覺得沃克海默八成站著，手指輕輕撫過一根橫樑。地窖裡只剩下三根橫樑支撐天花板，每一根都已出現裂縫。他稍微屈膝，調節一下身高，好像打算扛起世界的天神阿特拉斯。

「那個年代啊，」沃克海默說，「全歐洲的海軍都需要桅杆，但是大部分的國家已經砍光國內的大樹。我曾祖父說，全英國都找不到一棵可以用來製造桅杆的樹木，所以英國、西班牙和葡萄牙海軍的桅杆，全都來自普魯士，也就是我的家鄉。曾祖父知道那些大樹在哪裡。有些大樹需要伐木工人五人一組、連鋸三天才砍得倒。他說楔形斧刃先砍一刀，好像在大象的背上插入一根細針。最粗壯的大樹最起碼得砍一百下，樹幹才會嘎吱嘎吱作響。」

炮彈颼颼飛過；地窖微微顫動。

「曾祖父說，他喜歡想像那些巨樹乘坐橇車，隨同馬隊橫越歐陸、大河與海洋，直抵英國，然後褪去樹皮，加工精製，搖身變爲桅杆，重新矗立；它們又活了過來，見證數十年戰役，遨遊各個大洋，直到終於搖搖倒下，再度死去。」

又一枚炮彈颼颼飛過，韋納想像自己聽到頭頂上那幾根巨大的橫樑啪啪崩裂。**那塊煤炭曾是一株綠色的植物，它可能是蕨草，也可能是蘆葦，生活在一百萬年、兩百萬年、說不定甚至一億年前。你們能夠想像一億年前的光景嗎？**

韋納說：「我的家鄉啊，人們挖出大樹。史前時代的大樹。」

沃克海默說：「我以前好想離開家鄉。」

「我也是。」

「現在呢？」

貝恩德在牆角腐爛。佳妲遊走於世間某處，看著黑暗之中浮現一個個身影，盯著礦工們在破曉時分一跛一跛走過身邊。韋納年幼之時，這樣就夠了，不是嗎？一朵朵環繞著廢棄機件盛開的野花；野莓、胡蘿蔔皮、伊蓮娜太太的童話故事；焦油氣味刺鼻，火車隆隆駛過，蜜蜂在窗台的花壇裡嗡嗡輕鳴；細繩、線軸、銅線、收音機裡的聲響，他以此爲織布機，編織出他的夢想。這樣一個世界，難道不夠嗎？

傳輸器

它靜候在貼靠煙囪的桌上，下方擱著一組雙子船舶電池。一部多年之前建造、用來與鬼魂交談的機器。瑪莉蘿兒小心翼翼爬向鋼琴長椅，慢慢站起。某人肯定有部收音機——說不定是消防人員，如果還有消防隊的話，或是反抗軍，或是投擲飛彈轟炸城市的美國人。說不定是藏身於地下堡壘的德軍。說不定是艾提安叔公。她試圖想像他縮成一團躲在某處，手指撥弄一部幻想中的收音機。說不定他以爲她死了。說不定他需要的只是一絲希望的火苗。

她沿著煙囪的磚石摸索，直到摸到她叔公安裝的槓桿。她整個人壓上去，天線疊縮升起，微微摩擦，發出輕微的噪音。

太大聲了。

她等候。數到一百。樓下毫無聲響。

她伸到桌下摸索，摸到開關；一個控制麥克風，另一個控制傳輸器，她不記得哪個是哪個。她扭開一個，再扭開另一個，巨型傳輸器的眞空管頓時嗡嗡作響。

爸爸，這樣太大聲了嗎？

跟微風的聲響差不多。好像小火輕燃。

她沿著電線摸索，直到確定自己抓住麥克風。

即使閉上眼睛，你也完全猜想不到盲人的感受。一片片藍天、一張張臉孔與一棟棟高樓的世界之後，隱藏著另一個更原始、更古老的天地，在那個天地之中，地平面緩緩消融，種種聲響有如緞帶般飄過空中。瑪莉蘿兒可以高坐在閣樓之中，聽著百合花在三公里外的沼澤颯颯作響。她聽著美軍急急衝過田野，把他們巨炮瞄準濃煙中的聖馬洛；她聽著躲在地窖裡的一家人圍著防風燈頻頻吸氣、烏鴉跳過一個又一個土堆、蒼蠅落在壕溝裡的屍體；她聽著羅望子迎風飄動、藍鳥尖聲鳴叫、沙丘野草起火燃燒；她感覺宏偉的花崗石緊緊一縮，深陷地殼之中，成了聖馬洛的基石，海水自四方侵蝕，外圍小島屹立不搖，抵禦滾滾襲來的潮水；她聽著牛群在石槽邊喝水、海豚從青綠的英倫海峽破水而出；她聽著鯨魚的屍骨驚動五里格之下的海面，其後一世紀，群群蟄居深海、畢生從未見過一絲陽光的生物，將以鯨魚的骨髓維生。她聽著她那些巖穴中的海蝸牛，慢吞吞地爬過岩石。

與其我念給妳聽，說不定妳可以為我朗讀？

她伸出空著的那隻手，翻開膝上的小說，手指摸尋書頁，把麥克風湊到嘴邊。

聲音

他們受困於殘存的蜜蜂旅館，至今已經四天。第四天早晨，韋納聆聽修好的收發機，小心翼翼地轉動頻道鈕，這時，一個女孩的聲音清楚地傳入他那隻沒有受傷的耳朵：**清晨三點，我被猛烈的撞擊聲吵醒**。他心想：我八成餓昏了、發高燒。我胡思亂想，硬把沙沙的雜音拼湊成話語……

她說：**我坐在床上，試圖聽出怎麼回事，但是忽然之間，我被重重推到房間中央**。

她聲音輕柔，說著法文，咬字非常清晰；她的口音比伊蓮娜太太清脆。他把耳機深深壓入耳中……

鸚鵡螺號潛水艇，她說，**顯然與某個東西相撞，而後嚴重傾斜……**

她R音捲舌，S音拖長。她的聲音似乎隨著每個音節漸漸潛入他的腦中。稚嫩，高昂，頂多像是講悄悄話。如果這是幻覺，那就隨它去吧。

鸚鵡螺號潛入海底之時，周圍的一座冰山翻覆，擊中潛水艇。冰山隨後滑到船身之下，潛水艇被一股無法抵的力量升抬到海水較淺之處……

他聽得出她舔舔上唇，弄濕嘴巴。**但是誰敢說在那一刻，我們不會撞上冰壁的底側，驚恐萬分地被兩座冰山壓扁**？雜音再度揚起，恐怕蓋過她的聲音，他幾近絕望地試圖與雜音奮戰；他回到了他小時候的臥房，美夢方酣，不願醒來，但是佳妲一隻手搭上他的肩膀，輕聲叫醒他。

我們懸置在海中，但是距離鸚鵡螺號十公里之處，閃亮的冰壁從左右兩側升起。潛水艇被包圍在冰山之中。

她忽然停止朗讀，雜音轟轟揚起。當她再度開口，她壓低嗓門，語帶急迫：**他在這裡，他在我的正下方**。

廣播戛然中止。他仔細轉動鍵鈕，搜尋頻道；毫無聲響。他拔下耳機，在一片漆黑之中朝向沃克海默所坐之處移動，抓住他認爲似乎是沃克海默的臂膀。「我聽到了某些聲音，拜託……」

沃克海默動也不動；他似乎成了木頭人。韋納使盡全力拉扯，但是他個子太小、身體太虛弱；一使出力氣似乎馬上耗散。

「夠了，」漆黑之中傳出沃克海默的聲音。「做什麼都沒有用。」韋納頹然坐下。在他們上方的廢墟，貓咪在某處嚎叫啼哭。飢腸轆轆。跟他一樣。跟沃克海默一樣。

舒爾普福塔軍校的一個男孩曾爲韋納描述紐倫堡的遊行：旗海飄揚，一群群男孩湧現於光影之中，元首本人站在一公里外的講台上，聚光燈照亮他身後的台柱，四周瀰漫著濃烈的悲憤、使命感與正義感，漢斯．薛利瑟爲之瘋狂，賀瑞伯特．龐默賽爾爲之瘋狂，學校每個男孩都爲之瘋狂，韋納畢生之中，唯一能夠看穿這些舞台表演的只有妹妹佳妲。她怎麼辦得到？佳妲怎麼可能如此了解世界的運作？他怎麼可能如此無知？

但是誰敢說在那一刻，我們不會撞上冰壁的底側，驚恐萬分地被兩座冰山壓扁？

他在這裡。他在我的正下方。

想想辦法。救救她。

但是上天只是一隻蒼白冷酷的眼睛、一彎高高懸掛在煙霧之上的弦月，眨動，眨動；在此同時，城市遭襲，逐漸淪爲塵土。

NINE

CHAPTER 9

MAY 1944

世界的邊際

沃克海默坐在歐寶卡車的車台上，大聲爲韋納讀信。佳妲的信紙在他巨大的手掌中幾乎像是衛生紙。

……對了，礦區長官席德勒先生致函恭賀你的成就。他說大家都很關切。這表示你可以回家了嗎？漢斯・芬弗林請我轉告：子彈懼怕勇者，但我堅稱這個說法相當愚蠢。伊蓮娜太太的牙痛好多了，但她不能抽菸，所以脾氣有點暴躁，我有沒有跟你說我開始抽菸……

韋納望向沃克海默的身後，透過木框車殼破破爛爛的後窗，他隱隱看到一個身穿天鵝絨斗篷的紅髮女孩飄浮在距離地面兩公尺的空中。女孩飄過樹木和路標，順著彎道轉向；她的身影跟月亮一樣難以逃避。

大紐曼小心翼翼地開著歐寶卡車往西前進，韋納蜷伏在車台的板凳下，窩在毯子裡，婉拒茶水和罐頭肉，幾個鐘頭動也不動，在此同時，那個飄浮在空中的孩童越過田野，苦苦追逐。空中，窗外，五公分之外，放眼望去是那個死去的小女孩。濡濕的雙眼，還有那個如同第三隻眼睛的彈孔，始終不曾眨動。

他們顛簸駛過一個個青綠的小鎮，河水緩緩流過鎮中的渠道，兩旁盡是截去樹梢的大樹。兩名騎著腳踏車的女子把車停在路旁，張口結舌地看著卡車駛過，好像看到了某一輛惡魔遣來摧毀她們市鎮的煉獄輪車。

「法國，」貝恩德說。

櫻桃樹孕育繁花，樹頂影影綽綽，輕輕搖擺。韋納啪地一聲推開車門，兩腳靠在後保險桿上晃來晃去，後腳跟幾乎貼上緩緩駛過的路面。一匹馬在草地上打滾；五朵白雲點綴著藍天。

他們在一個叫做艾培奈的小鎮卸下行囊，旅店老闆端來酒、雞腿，以及熱湯，韋納喝了幾口熱湯，勉強沒有吐出來。坐在餐桌旁的人們口操他小時候伊蓮娜太太在他耳邊低語的語言。大紐曼奉命出去搜尋汽油，小紐曼逗著貝恩德開口，兩人爭辯一次大戰之時牛腸是否用來製造飛船內部的充氣艙房，三個戴著扁帽的男孩擠在門口，雙眼骨碌碌地一直盯著沃克海默。薄暮之中，他們身後的六朵金盞花隱隱化身爲那個死去的小女孩，而後恢復原貌，又是一朵朵盛開的金盞花。

旅店老闆說：「您還要再來一點嗎？」

韋納無法搖頭。此時此刻，他甚至不敢把雙手擱在桌上，生怕雙手穿透桌面，直直落到桌下。

他們開了整晚，晨曦之時在布列塔尼北緣的一個哨站停車。遠遠望去，聖馬洛的城牆碉堡氣勢雄偉。雲朵散發出一絲絲淡灰與淺藍的顏彩，俯瞰大海，海面亦是一片淡灰與淺藍。

沃克海默把他們的文件拿給一個哨兵檢視，韋納問都沒問就爬出車外，悄悄走過的防波堤，漫步在海灘上。他迂迴前進，繞過一個個障礙物，費力走向潮痕之處。望右一看，一排形似五爪小球、纏繞著帶刺鐵絲的防衛屏障沿著海岸線布設，最起碼延伸了一公里。

海灘上不見足跡。潮水退去之後，鋸齒狀的潮痕之中只見小圓石與丁點海草。三個外圍小島上矗立著低矮的石砌碉堡；一盞青綠的航標燈在突堤的尖頂閃閃發光。他來到了歐陸的邊際，眼前只見澎湃的大海，不知怎麼地，他覺得自己就該這麼做，好像此處正是旅途的終點，而他自從離開「同盟礦區」之後，始終朝向此處前進。

他一隻手沾沾海水，手指放進嘴裡，嚐嚐鹹味。有人大喊他的名字，但韋納沒有回頭；他只想整個早上站在這裡，看著巨浪在日光下奔騰。這會兒他們扯著嗓門尖叫，先是貝恩德，然後是大紐曼，韋納終於轉身，看到他們揮手，他沿著海灘小心前進，穿過一排排帶刺的鐵絲，走回歐寶卡車。

十二個人圍觀。哨兵們，還有幾個鎮民。大多人雙手摀住嘴巴。

「小夥子，小心踏步！」貝恩德大喊。「那裡有地雷！你剛才沒看到標示嗎？」

韋納爬進卡車車後，手臂交疊在胸前。

「你瘋了嗎？」小紐曼問。

他們在這個古老的城鎮裡只見到幾個人，人人後退貼向城牆，方便破爛的歐寶卡車駛過。大紐曼把車停在一棟四層樓高、裝了淺藍百葉窗的屋子外頭。「佔領區地方行政中心，」他大聲宣布。沃克海默走進去，隨後跟著一名上校走出來，上校身穿戰地制服：德國國防軍外套、高腰皮帶、黑色長靴，兩名副官緊隨其後。

「我們認為他們布設廣播網，」一名副官說。「先是廣播出生、受洗、婚事、喪事之類的公告，然後是密碼數字。」

「還有音樂，始終播放著音樂，」另一位副官說。「我們研判不出用意。」

上校伸出兩隻手指，輕輕劃過輪廓完美的下顎。沃克海默先看看他，然後盯著他的副官，好像跟擔心受怕的孩童保證正義將會受到伸張。「我們會找到他們，」他說。「花不了太多時間。」

數字

萊茵霍爾德·馮·朗佩爾求助於一位紐倫堡的醫生。根據醫生所言，士官長喉嚨裡的腫瘤直徑已達四公分，小腸裡的腫瘤比較難以測量。

「三個月，」醫生說。「說不定四個月。」

一小時之後，馮·朗佩爾已經打起精神，參加一個派對。四個月。一百二十個日出，一百二十次拖著這副殘敗的軀體起床，爲它扣上軍裝。同桌的軍官們憤慨地談論其他數字：德軍第八與第五軍團經由義大利朝北撤退，第十軍團說不定受到圍攻。羅馬可能落入敵軍之手。

多少人員？

一萬。

多少車輛？

兩萬。

侍者送上小牛肝。牛肝切成小方塊，撒上鹽與胡椒，淋上大量紫色的醬汁。侍者收取餐盤之時，馮·朗佩爾仍然碰也沒碰盤中的食物。三千四百馬克；他只剩下這些錢。還有三顆藏放在皮夾內一個信封裡的小鑽石。每顆大約一克拉。

同桌的一位女士談到賽狗，她興高采烈地描述狗犬跑得多快、令人多麼興奮等等。馮·朗佩爾伸手拿起環狀杯把的咖啡杯，試圖掩飾發抖的手。一位侍者碰碰他的手臂。「先生，您的電話，法國打來的。」

馮．朗佩爾搖搖晃地穿過一扇旋轉門。侍者把一具電話擱在桌上，退到外面。

「士官長嗎？我是尙．布里尼歐。」馮．朗佩爾想了想，這個名字聽來陌生。

「我有個關於鎖匠的消息。您去年問起的那個鎖匠？」

「勒布朗。」

「沒錯，丹尼爾．勒布朗。但是先生，我的表親。您記得嗎？您說您可以幫忙？您說如果我打聽到消息，您可以幫他？」

三名差使，其中兩名已經尋獲，只剩下最後一個謎團尙待釐清。馮．朗佩爾幾乎每晚夢見女神：她的長髮有如火焰，手指有如結根，滿臉怒容，氣得發狂。即使這會兒他站在電話旁，他依然感覺藤蔓纏繞了他的頸項，爬入他的耳裡。

「是的，你的表親。你打聽到什麼消息？」

「勒布朗被控謀反，好像跟布列塔尼的一座城堡有關。當地線民提供情報，他在一九四一年一月遭到逮捕。他們找到草圖和萬能鑰匙，他還被拍到測量聖馬洛的街道。」

「哪個牢營？」

「我尙未查明。他們的體系相當繁複。」

「線民呢？」

「線民是一個名叫克勞德的聖馬洛人。姓氏爲萊維特。」

馮．朗佩爾想了想。瞎了眼的女兒，族長街上的公寓，公寓自從一九四〇年六月就空置，房租由巴黎自然歷史博物館支付。如果你必須逃往某處，你會逃到哪裡？如果你必須帶著某樣貴重物品上路？身邊還跟著一個瞎了眼的女兒？除非某個你信任的人住在那裡，否則爲什麼逃往聖馬洛？

「我的表親，」尙．布里尼歐說。「你會幫他？」

「非常謝謝你，」馮．朗佩爾說，然後把聽筒掛回話機上。

五月

瑪莉蘿兒覺得一九四四年聖馬洛的五月底如同一九四〇年巴黎的五月底：聲勢浩大、氣候悶熱、芳香撲鼻，好像每個活生生的東西都趁著大洪水來襲之前趕緊找個立足之地。走往盧瑞爾太太麵包店的途中，空氣中瀰漫著桃金娘、木棉花和馬鞭草的清香；紫藤盛開，怒放枝頭；四處可見垂懸的花朵，有如拱頂，有如簾幕，有如綴飾。

她計數排水渠口：數到二十一，她經過肉店，清水嘩啦嘩啦從水管流出，噴濺磚瓦；數到二十五，她來到麵包店。她把配給票擱在櫃台上。「請給我一條普通麵包。」

「妳叔公還好嗎？」同樣的話，但是盧瑞爾太太的聲音不太一樣，似乎有點激動。

「我叔公很好，謝謝妳。」

盧瑞爾太太探過櫃檯，伸出沾滿麵粉的手掌托住瑪莉蘿兒的臉頰；她從來沒有這麼做。「妳這個了不起的孩子。」

「盧瑞爾太太，妳哭了嗎？出了什麼事？」

「沒事、沒事，瑪莉蘿兒。」雙手收回去；一條麵包送到她面前：麵包溫熱，比平常大一點。「跟妳叔公說時候到了，美人魚已經染了頭髮。」

「美人魚？」

「他們快來了，親愛的。一星期之內就會抵達。來，把手伸出來。」一顆冰涼、跟炮彈一樣大的包心菜從櫃台另一頭遞過來，瑪莉蘿兒幾乎塞不進背包的開口。

「謝謝，盧瑞爾太太。」

「好，回家吧。」

「前方暢行無阻嗎？」

「好像清水流過石頭。沒有東西擋在路上。今天天氣很好。值得記取的一天。」

時候到了。*Les sirènes ont les cheveux décolorés*。[20]她叔公最近一直從收音機裡聽到謠言，據傳海峽對岸的英國正在籌組龐大的艦隊，船隻一艘艘受到徵用——漁船與渡輪重新改裝，裝配武器，共計五千艘船隻、一萬一千架飛機、五千部車輛。

在埃斯特雷街的十字路口，她非但沒有左轉，朝著家中走去，反而前進五十公尺走到城牆，沿著牆基再走一百步左右，然後從口袋裡掏出胡博．巴贊的鐵鑰匙。海灘已經封閉了數月，地雷星羅棋布，而且圍起帶刺的鐵絲網，但在這個昔日用來關狗的巖穴裡，沒有人看得到她，瑪莉蘿兒可以安坐在她的海蝸牛之間，幻想著進入知名海洋學家阿羅納克斯的世界，登上尼莫艦長那艘尋奇探險的巨船，既是他的座上嘉賓，也是他的階下囚，不受國界與政治的約束，航行於千變萬化、浩瀚無邊的大海之中。啊，自由自在，那該多好！她多麼渴望再一次跟著爸爸一起躺在植物園裡，感覺爸爸牽著她的手，聆聽鬱金香的花瓣在風中顫動。他讓她成爲他生命中熾熱、閃亮的中心；他讓她覺得她踏出的每一步都意義重大。

爸爸、你還在那裡嗎？

他們快來了，親愛的。一星期之內就會抵達。

再度搜尋

他們日夜搜尋，足跡遍布聖馬洛、迪納爾、聖賽旺、聖文森。大紐曼耐心開著破爛的歐寶卡車沿著狹窄的巷弄行進，巷道是如此狹窄，卡車的車殼甚至刮過兩側的磚牆。他們開過灰黑無光、窗戶被砸得稀爛的法式薄餅小店、百葉窗緊閉的麵包店，以及空空蕩蕩的小餐館，沿途山坡上到處都是強行受到徵召、忙著鋪水泥的俄國人，還有骨架粗大、從井邊提水的妓女。他們沒有找到上校副官所描述的廣播網。韋納可以收聽來自北邊的ＢＢＣ廣播，以及來自南邊的愛國宣傳；有時勉強捕捉到零星閃過的摩斯電碼。但他沒有聽到出生、婚宴、或是喪事的公告，也沒有聽到數字或是音樂。

他們住進市內一家受到徵收的旅館，韋納和貝恩德被分派到頂樓的房間，塗彩灰泥的蔓葉花飾，扇形杜頂，枝芽蔓生、裝點天花板的圈垂花飾，全都具有三百年歷史，這裡似乎是個遭到時光遺忘之地。

20 美人魚已經染了頭髮，盟軍登陸諾曼第的行動代號。

夜晚時分，那個死去的維也納小女孩邁開大步，行走於廳堂之間。走過敞開的房門時，她看也不看韋納一眼，但是他知道她搜尋的是他。

旅館老闆擰著雙手，看著沃克海默在大廳踱步。飛機緩緩飛過天際，韋納覺得飛行速度似乎慢得不像話，好像隨時可能有架飛機停滯不前，墜落海中。

「我們的？」大紐曼問。「還是他們的？」

「飛得太高，看不出來。」

韋納行走於樓上的迴廊之間。在頂樓那間說不定是全旅館最美麗的客房裡，他站在一個六角形的澡缸裡，用掌跟拭去窗戶的塵垢。幾顆飄向空中的種子隨風盤旋，而後緩緩墜入到樓房之間的深邃陰影。昏暗之中，一隻身長三公尺、複眼點點、腹部布滿金黃色細毛的女王蜂，盤據了整個天花板。

韋納致函佳妲

親愛的佳妲：

最近這幾個月都沒有寫信給妳，眞是抱歉。我的燒已經退了差不多，請妳放心。最近這一陣子，我覺得頭腦非常清楚，今天我想寫信跟妳說說大海。大海眞是色彩萬千。清晨之時銀白，正午之時青綠，傍晚之時深藍，有時看起來幾乎深紅，過一會兒說不定變成舊銅板的顏色。此時此刻，白雲的暗影緩緩橫越大海，處處都是從天而降、有如拼布的斑駁光影，一列列雪白的海鷗有如串珠，緩緩飛過海面，我想我從來沒見過如此動人的景象。有些時候，我赫然發現自己盯著大海，忘了執行我的任務。大海是如此遼闊，似乎足以包容每一個人心中的種種感受。

請代向伊蓮娜太太和留在院中的孩童們問好。

德布西的月光曲

今晚他們搜尋古城南端城牆附近的區域，雨勢如此輕緩，幾乎分不清是雨水還是霧氣。韋納坐在歐寶卡車後頭；沃克海默在他後面的板凳上打瞌睡。貝恩德披著防雨斗篷，帶著一部收發機坐在前面的城牆上，他已經好一陣子沒有在手持受話器輸入訊號，這表示他八成睡著了。四下一片漆黑，只有韋納的信號指示器發出微弱的紅光。

頻譜全是雜訊，而後，情況起了變化。

拉巴斯太太敬告眾人，她的女兒懷孕了。法瑞伊先生問候他在聖文森的表親。

一陣雜訊呼嘯而過，聲勢驚人。那人的話語帶著布列塔尼口音，好像來自許久之前的夢中。韋納的耳旁噗噗飄過更多字句：**下次廣播星期四晚間十一點**。五六七二……回憶有如一列六節車廂的火車，從黑暗中向他襲來。傳輸的音質和那人稍微高亢的聲調，跟當年那個法國人的廣播完全相同；接下來傳來鋼琴的樂聲，先是三個單音，而後是雙音，陣陣和弦輕緩飄揚，聲聲皆是一盞引入深入林間的燭光……他馬上辨識出來。那種感覺好像他始終沉溺水中，現在終於有人伸手拉他一把，讓他得以喘息。

沃克海默坐在他後面，眼瞼依然閉著。透過木框車殼和車頭之間的空隙，他可以看到大小紐曼動也不動。韋納伸手遮住信號指示器。琴聲勁揚，愈來愈大聲，他等著貝恩德透過麥克風輸入訊號，告知聽到的情報。但是沒有訊號傳來。每個人都睡了。然而，他和沃克海默所坐的這個小小木板車殼，難道不是充滿了電訊？

這時鋼琴奏出一段熟悉的旋律，鋼琴家雙手彈奏不同的音階，聽起來宛如三手、四手聯彈，和弦悠然而生，有如不停在一條頸鍊上添增圓潤的珍珠。韋納眼前浮現佳妲的身影，六歲的佳妲靠向他，伊蓮娜太太在一旁揉麵團，他的大腿上擱著一部晶體收音機，他性靈的核心依舊完好。

琴聲潺潺，漸漸告終，雜訊有如排山倒海般再度襲來。

他們聽到了嗎？他們聽得到他一顆心噗噗敲打著胸骨嗎？外面下著小雨，雨水輕輕流過高聳的樓房；後方坐著沃克海默，下巴倚在寬厚的胸前。弗雷德瑞克曾說他們沒有選擇的餘地，無權擁有自己的人生，但是最終而言，假裝無權選擇的竟是韋納。是他眼睜睜地看著弗雷德瑞克把一桶清水潑在腳邊——**我不潑**——是他站在一旁，看著後果有如雨水般落下；是他望著沃克海默邁著沉重的步伐走進一間又一間屋子，眼見同樣的兇殘的惡夢一而再、再而三登場。

他拔下耳機，輕輕走過沃克海默身邊，推開後車門。沃克海默睜開一隻眼睛，金黃大眼有如雄獅。他說：「沒聽到什麼？」

韋納抬頭看著櫛比鱗次、高大淒冷的樓房，門面潮濕，窗面漆黑。四下望去不見街燈，不見天線，雨勢是如此輕緩，幾乎沉靜無聲，但是韋納聽來卻有如怒吼。

他轉身，「沒聽到什麼，」他說。眞的沒聽到什麼。

天線

一位奧地利籍防空軍團中尉在蜜蜂旅館部署了一個八人特遣隊。當伙夫在旅館廚房烹煮熱騰騰的燕麥粥和培根，其他七人揮著大槌搗毀四樓的牆壁。沃克海默細嚼慢嚥，不時抬頭一望，然後仔細端詳韋納。

下次廣播星期四晚間十一點。

韋納聽到了大家都在搜尋的聲音，但他有何舉動？他什麼都沒做。此舉無疑是犯下叛國罪。多少士兵將因此陷入險境？然而當他想起那個聲音傳入耳中，那首樂曲盈滿心頭，他卻快樂地輕輕顫抖。

北法一半陷入火海。海灘被人群淹沒——美國人、加拿大人、英國人、德國人、俄國人——重型轟炸機飛越布列塔尼上空，炸毀一個個鄉間小鎮。但在聖馬洛的岸邊，青綠的沙丘草依然繁茂生長；德國水手們依然在港口演習；炮兵們依然將彈藥囤積在城市碉堡之下的隧道裡。

蜜蜂旅館的奧地利人駕著起重機緩緩降低一門八八毫米高射炮，將之架設在城牆的稜堡上。他們把槍枝固定在十字型的槍架上，用草綠色的防水油布掩蓋。沃克海默的小隊連續兩晚執勤工作，韋納的記憶跟他耍花招。

拉巴斯太太敬告眾人，她的女兒懷孕了。

這麼說來，小朋友們，這個活在沒有一絲光線的大腦，如何為我們建構出一個充滿了光的世界？

如果那個法國人採用同一個可以把訊號遠遠傳至「同盟礦區」的傳輸器，天線肯定非常龐大，不然就是有條長達數百公尺的電纜線。不管如何，某個器材八成架在高處，肯定顯而易見。

聽到廣播之後的第三個晚上——也就是星期四——韋納站在女王蜂下方的六角形浴缸裡，百葉窗已被推開，因此，他可以看到左邊一排排高高低低的石板屋頂。大水薙鳥掠過城牆；濃濃的霧氣籠罩了教堂的尖塔。

不管何時凝視著這座古城，韋納始終對煙囪印象深刻。這裡的煙囪粗壯高聳，一字排開，每條街都矗立著二、三十座，甚至連柏林都沒有像這樣的煙囪。

沒錯，那個法國人肯定借助於煙囪。

他趕緊跑過大廳，奪門而出，沿著弗杰街和迪南街踱步，抬頭盯著百葉窗和屋簷的溝槽，搜尋用拖架固定在磚瓦上的纜線、或是任何洩漏傳輸器所在的裝置。他沿著街道走來走去，直到脖子酸痛。他已經走開太久。他會挨罵。沃克海默肯定已經察覺有異。但是晚上十一點整，韋納看到了：距離歐寶卡車不到一條街之處，一副天線沿著煙囪悄悄升起，尺寸跟帚柄差不多。

天線升到大約十二公尺高，然後好像變魔術似地張開，成為一個簡單的T字形。

一棟位居海邊的高聳樓房。一個地點極佳的廣播位置。從街上看過去，天線幾乎無影無形。他的耳邊響起佳妲的聲音：**我敢打賭他從一棟豪華的莊園播音，莊園跟我們礦區一樣大，還有一千個房間和一千個僕人**。樓房高聳狹長，正面共計十一扇窗。金黃色的苔癬點點，地基蒙上一層毛絨絨的青苔。弗柏瑞街四號。

張開你的雙眼，在雙眼永遠閉上之前，盡情觀看周遭的一切。

他低著頭，雙手插進口袋，快步走回旅館。

大克勞德

香水商萊維特圓圓胖胖，渾身贅肉，自命不凡，沾沾自喜。他說話之時，馮·朗佩爾強撐著站穩；店裡混雜著多種不同的味道，讓人無法忍受。過去一星期之中，他已經不得不刻意造訪布列塔尼沿海十二個鄉間莊園，強行進入這些夏天的別墅，搜尋那些根本不存在、或是他不感興趣的畫作和雕像，只爲了證明自己有理由待在布列塔尼。

是的、是的，這會兒香水商一邊說著、一邊匆匆瞪視馮·朗佩爾的徽章，幾年之前，他曾幫助當局逮捕一個測量樓房的外地人。他只是善盡他應盡的本分。

「這位勒布朗先生，他那幾個月住在哪裡？」

香水商瞇起眼睛，暗自盤算，那雙藍眼圈的雙眼清楚傳達出一個訊息：**我有個要求。你得答應我。**

這些悲痛的小獵物啊，馮·朗佩爾心想，全都在不同的壓力下苦苦掙扎。但是馮·朗佩爾是掠食者。他只需耐心等候。不屈不撓，一次移除一個障礙。

馮·朗佩爾一隻手搭在門上。「勒布朗先生以前住在哪裡？」

「他跟他的叔叔住。他叔叔是個沒有用的廢人，如同大家所言，腦筋不太清楚。」
「住在哪裡？」
「就在那裡，」他指了指。「四號。」

麵包店

過了一整天，韋納才找出一小時的空檔回到屋前。一扇木門，外面加上一道鐵門。窗緣漆上藍色。早晨起了濃霧，他甚至看不到屋頂的輪廓。他不禁癡心妄想：那個法國人將請他入內，他們將喝杯咖啡，暢談多年之前的廣播。說不定兩人將探究一些困擾他多年的實證問題。說不定他將為韋納展示他的傳輸器。

可笑至極。如果韋納按了電鈴，開門的老先生肯定認為自己因為涉嫌恐怖活動而被捕，說不定甚至就地遭到槍決。光是煙囪上的天線就足以構成槍決的理由。

韋納大可猛敲大門，大搖大擺地帶走老先生。他會成為英雄。

晨霧隨著日光瀰漫。有人在某處打開了一扇窗，隨即又關上。韋納記得佳妲以前經常一陣風似地寫封信，在信封上草草寫下**教授親啟**、**法國**，把信丟進廣場的郵筒，想像著她的話語說不定找得到他，正如他的話語找到了她。大概只有一千萬分之一的機會吧。

整個晚上，他在腦中練習法文：*Avant la guerre. Je vous ai entendu a la radio.*（戰爭之前，我在收音機裡聽到

你的廣播）他把步槍背在肩上，雙手垂在身側；他將看起來像個無辜的小精靈，完全不具威脅。老先生會嚇一跳，但是他控制得了他的恐懼。他會聆聽。但當晨霧漸漸散盡、韋納站在弗柏瑞街街尾、默默練習打算說些什麼，四號的大門開啟，跨出門外的不是一位顯赫的老科學家，而是一個女孩。女孩纖細秀美，一頭赤褐色的秀髮，滿臉雀斑，戴副眼鏡，身穿灰洋裝，肩上背著一個帆布包，她左轉，直直朝他走來，韋納的心在胸口揪成一團。

街道太狹窄；她會逮到他盯著她。但是她的臉頰微微一斜，頭輕輕搖擺，好像循著某條路徑前進，令人好奇。韋納看到那根左右移動的手杖，以及她眼鏡的半透明鏡片。這才意識到她眼睛看不見。她的手杖喀喀噠噠，沿著鵝卵石小徑敲打。她已走到離他二十步。周遭似乎無人觀看；所有窗簾全都拉下。十五步。她的褲襪抽絲脫線，鞋子太大，洋裝的毛料飾縫汙點斑駁。十步，五步。她與他擦肩而過，身子稍微比他高一點。韋納想都沒想，幾乎不了解自己在做什麼，就這麼跟隨她前進。她的手杖敲打排水溝，杖尖輕輕顫動，搜尋著一個個排水渠口。她走起路來有如穿著舞鞋的芭蕾女伶，雙腳與雙手一樣靈活輕盈，纖細的身軀邁著優雅的步伐，緩緩走入晨霧之中。她右轉，左轉，往前走過半條街，穩穩踏進一家大門開啟的商店。商店上方的長方形招牌寫著：**麵包店**。

韋納停步。上空的霧氣一絲絲散去，呈現出盛夏的藍天。一個女人在澆花；一個身穿風衣、上了年紀的路人牽著貴賓狗散步。長椅上坐著一個臉色灰白、甲狀腺腫大、眼下深深烙上黑影的德國士官長，他放低手中的報紙，直直盯著韋納，然後繼續看報。

韋納的雙手爲什麼顫抖？他爲什麼喘不過氣來？

女孩從麵包店走出來，穩穩跨過路緣石，直直朝他走來。貴賓狗蹲下來在鵝卵石上撒泡尿，女孩穩穩走向左側，避開小狗。不到一秒鐘，她已走到韋納面前，她的雙唇微微顫動，暗自計數——*deux*、*trois*、*qurtre*（二、三、四）——她離得好近，他幾乎可以細數她鼻子的雀斑，嗅聞她背包裡的麵包。百萬顆有如微滴的霧氣凝聚在她毛料洋裝的絨毛上，依附著她微翹的長髮，陽光一照，她的身影閃爍著銀白的光澤。

他好像生了根似地站定。她走過他的身邊，她那修長白皙的頸項，在他看來是如此脆弱。她沒有注意到他；她似乎專注於清晨，其餘一概不知。他心想，這就是舒爾普福塔軍校始終訓誡的「純淨」。

他往後一靠，背貼著牆。她手杖的尖端差點打中他的靴頂。然後她走了過去，裙襬左右飄搖，手杖前後晃動。他看著她沿著街道繼續往前走，直到晨霧掩沒她的身影。

巖穴

一枚德國防空炮彈擊落一架美國戰機。戰機墜落於帕拉梅沿海，美籍駕駛員涉水上岸，遭到逮捕。艾提安將之視爲大難，盧瑞爾太太卻散發出愉悅的神采。「跟電影明星一樣英俊，」她一邊耳語、一邊遞給瑪莉蘿兒一條麵包。「我敢打賭他們的長相全都跟他一樣。」

瑪莉蘿兒笑了一笑。每天早上都一樣：美國人漸漸逼近，德國人漸漸潰散。每天下午，瑪莉蘿兒爲艾提安朗讀《海底兩萬里》的下冊，這會兒兩人都置身從未造訪的新領域。**三個半月航行一萬里格**[21]，阿羅納克斯教授寫道，**我們正前往何處？未來又有何事等著我們**？

瑪莉蘿兒把麵包放進背包裡，走出麵包店，朝向城牆蜿蜒前進，走向胡博．巴贊的巖穴。她關上閘門，拉高裙襬，涉水走進一池淺水之中，暗自祈願沒有踏死任何小東西。

潮水升起。她摸到藤壺和有如絲緞般柔軟的海葵；她盡量小心，輕輕把手指擱在織紋螺上。它馬上停止移動，頭足一縮，躲進殼內。過了一會兒，它又動來動去，一對細長的觸角緩緩伸展，頂著渦旋的貝殼慢慢爬行。

小螺貝，你在找什麼？你只活在當下，或是如同阿羅納克斯教授一樣擔心自己的未來？

當螺貝越過淺水、爬上另一側的牆面，瑪莉蘿兒拾起手杖，足蹬濕淋淋、大了一號的皮鞋爬出巖穴。她走過閘門，正要順手把門鎖上，忽然聽到一個男人說：「早安，小姑娘。」

她腳步不穩，幾乎跌跤；手杖噹啷一聲，滾到一旁。

「妳的背包裝了什麼？」

他的法文相當純正，但是她聽得出來他是德國人。他的身子擋住狹窄的巷弄。她的裙襬滴水；她的鞋子噗啪噗啪發出水聲；她的兩側盡是高牆。她伸出右手，緊緊握住閘門的一根鐵桿。

「妳後面是什麼？一個可以躲藏的洞穴嗎？」他的聲音好近，但是此處過於狹窄，回音四起，很難判定他離得多近。她可以感覺盧瑞爾太太的麵包隨著她的心臟噗噗跳，好像某個活生生的小動物，而且

21 Leauge，為歐洲古老的計量單位，原指一個人一小時步行的長度。約為五公里左右。

裡面藏了一張捲起來的小紙條——沒錯，這點幾乎錯不了，而紙條上的號碼等於宣判了死刑。她叔公、盧瑞爾太太、她自己，全都難逃一死。

她說：「我的手杖。」

「小姑娘，手杖滾到妳後面了。」

男人身後的小巷不停延展，穿過一片有如簾幕般的常春藤，直通市區。到了市區，她就可以高聲呼救。

「先生，可以讓我過去嗎？」

「當然可以。」

但他似乎沒有移動。閘門微微發出軋軋聲。

「先生，你想要怎麼樣？」她克制不了顫抖的語音，如果他再問一次她背包裡裝了什麼，她的心臟肯定迸裂。

「妳在洞穴裡頭做什麼？」

「我們不准走到海灘上。」

「所以妳過來這裡？」

「我過來撿拾海蝸牛。先生，我得走了。我可以拾回我的手杖嗎？」

「但是小姑娘，妳沒有撿到半隻海蝸牛。」

「拜託讓我過去，好嗎？」

「妳得先回答一個關於妳爸爸的問題。」

「我爸爸？」她心中的寒意愈來愈強烈。「我爸爸隨時可能過來。」

男人聽了大笑，笑聲迴盪在兩側高牆之間。「妳說他隨時可能過來？妳那個被囚禁在五百公里之外的爸爸？」

陣陣驚恐漫過她的胸口。我應該聽你的話，爸爸。我絕對不應該出門。

「好了，偷偷摸摸的小姑娘，」男人說，「別害怕，」他可以聽到他伸手抓她；她聞到他腐臭的鼻息，聽到他漫不經心的聲調，感覺某個東西輕輕擦過她的手腕——說不定是他的指尖——她猛然跳開，閘門鏗鏘一聲在他面前關上。

他滑了一跤；她沒想到他花了這麼久才站起來。她把鑰匙插進鎖孔，鎖上閘門，把鑰匙放回口袋，找到她的手杖，慢慢退回巖穴的低矮之處。男人絕望的聲音緊追不捨，即使他被擋在上了鎖的閘門之外，留在門外進不來。

「小姑娘，妳害我把報紙擱在一旁。我只是一個卑微的士官長，來此請教一個問題。問題非常簡單，問了我就離開。」

潮水喃喃低語；海蝸牛成群浮游。閘門圓桿的縫隙是否小到他鑽不過來？鉸鏈夠堅固嗎？她暗自祈禱，希望鉸鏈確實堅固。她的四周都是堅實的城牆。每隔十秒鐘左右，冰涼的海水重新灌入。瑪莉蘿兒聽到男人在外面踱步，踏—停—踏踏，踏—停—踏踏，步履蹣跚，一跛一跛。她試圖想像胡博．巴贊描述的守望犬，那些數百年前曾被關在這裡、身軀有如馬匹一樣巨大、一口咬下人們小腿的狗。她蹲下來抱著膝蓋。她是海螺。一身盔甲。刀槍不入。

懼曠症

三十分鐘。瑪莉蘿兒應當只花二十一分鐘；艾提安已經數了很多次。有次二十三分鐘。多半不到二十一分鐘。從來不會更久。

三十一分鐘。

走到麵包店大約四分鐘。來回八分鐘。但是沿途在某個地方耽誤一下，十三、十四分鐘就這麼不見了。他知道她通常到海邊走走——她帶著海草的氣味回到家中，鞋子濕了，衣袖沾滿海藻、海蕨或是曼奈克太太稱之為「皮奧卡」的愛爾蘭苔。他不清楚她究竟上哪裡去，但他始終跟自己擔保她會顧及自身安全、她的好奇心為她帶來動力、她方方面面都比他能幹。

三十二分鐘。從五樓窗戶望出去，他看不到半個人影。她可能走丟了，她可能誤入市區另一頭，沿著城牆摸索，手指磨得破皮，分分秒秒愈走愈遠。她可能撞上卡車、掉進水塘、被一個心懷不軌的傭兵抓走。某個人可能查出了那條麵包、那些數字和那個傳輸器。

麵包店火光熊熊。

他衝到樓下，從廚房的後門窺視外面的巷子。貓咪打瞌睡。日光斜斜地投射在面東的牆上。這都是他的錯。

這會兒他呼吸急促，喘不過氣來。他看看手錶。三十四分鐘。他穿上鞋子，戴上他爸爸的帽子，鼓起每一絲勇氣，站在玄關。二十四年前當他最後一次踏出大門，他試圖直視大家的雙眼，裝出一副大家覺得正常的模樣。但是恐慌來得又猛又急，出乎意料，極度驚駭。恐慌有如一群盜匪，躡手躡腳地偷襲，先是周遭瀰漫一股可怕的氣氛，好像大禍即將臨頭，然後每一絲光線都燦爛得令人難以忍受，即使閉上眼睛無法逃脫，他聽到自己如雷的踏步聲，但一步也跨不出去。一顆顆小眼珠從地面的鵝卵石跟他眨眨眼。一具具屍體在陰影中晃動。曼奈克太太扶著他回家之後，他爬到床上陰暗的角落，拿起枕頭蒙住耳朵。他耗盡全身精力，只求忘卻自己砰砰跳動的脈搏。

他的心臟在遠方的樊籠中冷冷跳動。他感覺頭痛將至，恐怖、駭人、可怕的頭痛。

心跳二十下。三十五分鐘。他扭動門把，打開鐵門，踏出屋外。

什麼都沒留下

瑪莉蘿兒試圖回想每一個關於閘門栓鎖和鑰匙的細節、每一樣她曾經觸摸的東西、每一件她爸爸可能告訴她的事情。鎖桿插穿三個鏽跡斑斑小孔，鎖孔生鏽的古舊插芯鎖。開槍打得壞嗎？這會兒男子高聲喊叫，然後拿起報紙，劃過閘門的圓桿。「他六月來到這裡，一月才被捕。這段期間，他都做些什麼？他爲什麼測量建築物？」

她蹲伏在巖穴的牆邊，背包擱在大腿上。海水急急湧向她的雙膝：即使是七月天，海水依然冰冷。他聽到她的動靜嗎？瑪莉蘿兒小心翼翼地打開背包，撕開藏在裡面的麵包，伸出手指摸索，搜尋捲成一團的紙片。啊，找到了。她數到三，悄悄把紙片放進嘴裡。

「妳跟我直說，」德國人大喊，「妳爸爸有沒有爲妳留下任何東西、或是提過他幫以前服務的博物館攜帶了什麼物品。妳回答我，我就走開，我不會跟任何人提到這個地方。我以上帝之名擔保。」

紙片在她的齒間瓦解。海蝸牛在她的腳邊咀嚼、覓食、休眠，跟往常沒什麼兩樣。艾提安叔公曾經對她講解，海蝸牛有八十排牙齒，每一排大約三十顆牙，換言之，每一隻海蝸牛約有兩千五百顆牙齒；咬嚙、刮擦、銼磨。城牆上空，海鷗翱翔於遼闊的天際。以上帝之名擔保？在上帝眼中，這些令人難以承受的時刻持續多久？億萬分之一秒？任何生物的性命，只不過是無止無盡的黑暗之中稍縱即逝的星火。這才是上帝的擔保。

「他們指派我處理所有繁重的工作，」德國人說。「聖布里厄有一幅儒佛內的畫，這一帶有六幅莫內的畫，雷恩的一棟豪宅有一顆法貝熱彩蛋。我好累，妳難道不曉得我已經找了多久？」

爸爸為什麼不留下來？難道自己不是他最珍貴的寶貝？她嚥下一絲絲碎裂的紙片，然後靠著腳後跟往前搖動。「他什麼都沒留給我。」她好生氣，氣到自己都嚇一跳。「什麼都沒留下！他只留給我一座愚蠢的聖馬洛模型和一個破碎的承諾。還有曼奈克太太，她已經死了。還有我叔公，他連一隻螞蟻都怕。」

鬧門之外，德國人靜了下來。說不定正在思索她的答覆。她憤慨的語氣肯定說服了他。

「好了，」她大喊，「你遵守你的承諾，走開吧。」

四十分鐘

日光驅走晨霧，大喇喇地映照鵝卵石、樓房與門窗。艾提安渾身冒冷汗，勉強走到麵包店，插到隊伍前面。盧瑞爾太太的臉龐若隱若現，有如月亮一樣雪白。

「艾提安？但是——？」

赤紅的光點在他眼前閃爍爍，忽明忽暗。

「瑪莉蘿兒——」

「她沒有——」

他還來不及搖頭，盧瑞爾夫人已經掀起鉸鏈式櫃檯，攙扶他的手臂，架著他走出去。隊伍裡的女人們竊竊私語，可能感到好奇，可能等著看好戲，可能兩者皆是。盧瑞爾太太扶著他走到羅勃．修可夫街，艾提安手錶的錶面似乎不斷膨脹。四十一分鐘？他幾乎數不下去。她的雙手緊緊抓住他的肩膀。

「她可能上哪裡去了？」

他口乾舌燥，思緒極度混亂。「有時候……她到……海邊走走……然後才回家。」

「但是海灘已經封鎖。城牆也是。」她望向他身後的遠處。「肯定還有其他地方。」

他們站在街道中央研商狀況。遠處傳來鐵鎚聲。艾提安漫不經心地想著，戰爭就像一處廣場，在這個廣場上，生命如同其他各種貨品成了交易品，比方說巧克力、子彈、或是降落傘。他是不是以瑪莉蘿兒的性命換取了那些？

「不，」他輕聲說，「她去了海邊。」

「如果他們搜到麵包，」盧瑞爾太太輕聲說，「我們全都死路一條。」

他又瞄了一眼手錶，但是陽光照得他睜不開眼睛。肉店的櫥窗裡只有一條上了粗鹽、晃來晃去的培根，除此之外空空蕩蕩，三名男學童站在一張長椅上看著他，等著他昏倒。就在他確信今天早上快要沒希望之時，他忽然想到那個生鏽的閘門，閘門通望一處岩塊崩落的巖穴，他以前經常跟著哥哥亨利和胡博·巴贊來到那個城牆底下、曾經用來關狗的巖穴玩耍，在那個海水滴流的小洞穴裡，小男孩可以放聲大叫，盡情夢想。

木棍般瘦弱、石膏般蒼白的艾提安·勒布朗沿著迪南街往前衝，麵包店老闆娘盧瑞爾太太緊隨其後；這八成是史上最孱弱的救援小隊。大教堂的鐘聲悠悠，一聲、兩聲、三聲、四聲，一直敲了八聲；艾提安轉個彎，沿著波耶街跑到稍微歪斜的城牆牆基，他憑著直覺，遵循年少之時的路徑：右轉，穿過一片搖搖擺擺、有如簾幕的常春藤，繼續前進，在那個上了鎖的閘門後方、在那個巖穴裡頭，瑪莉蘿兒蹲伏在牆邊，她全身發抖，小腿大腿全都濕透，毫髮無傷，膝上擱著一條殘缺不全的麵包。「你來了，」當她開門讓他們進來，當他把她的臉頰捧在掌心，她悄悄地說。「你來了……」

女孩

不管情願與否，韋納惦念著她——那個拿著手杖、一身灰洋裝，彷彿霧氣凝聚出來的女孩。他想著她那頭隱隱帶著鬼魅之氣的亂髮，他想著她無懼的步伐。她進駐到他的心中，好像一個活生生的魂魄，勇敢地降伏那個已經辭世、每晚卻苦苦糾纏的維也納女孩。

她是誰？那個播音的法國人是不是她的爸爸？或是祖父？他為什麼做出這種事情、置她於險境？

沃克海默命令大家留在野外，沿著朗斯河漫無目標地開過一個個村莊。廣播勢必引發某些事端，這點似乎在所難免，而韋納勢必遭到揭發。他想到那個下顎輪廓完美、褲管剪裁上窄下寬的上校；他想到那個臉色蒼白、透過報紙上緣窺視著他的士官長。他們是否已經知情？沃克海默曉得嗎？這下什麼救得了他？年少之時，有些晚上他和佳妲一起凝視著「兒童之家」閣樓的窗外，祈求上天讓河道的寒冰蔓延，橫跨田野，封圍礦區小屋，壓垮機械，掩蓋萬物，這樣一來，他們一早醒來就會發現熟知的一切全都不見蹤影。此時此刻，他需要這樣的奇蹟。

八月一日，一位中尉來到沃克海默跟前。他說前線急需人馬，任何一個可有可無、不至於影響聖馬洛防線的人員都得啟程上路。他最起碼需要兩個人。沃克海默逐一看看他們。貝恩德年紀太大，韋納是唯一懂得維修儀器的人。

大紐曼。小紐曼。

一小時之後，大小紐曼坐上軍用卡車的後座，步槍擱在雙膝之間。小紐曼的神情起了變化，好像他並非看著昔日的戰友們，而是目送自己在塵世的最後時刻；好像即將坐上某一輛漆黑的二輪戰車，以四十五度斜角，直直墜入無底的深淵。

大紐曼舉起一隻手。他神情木然，一語不發，但從他眼角的皺紋中，韋納看出了絕望。

「到後來，」卡車顛簸駛離的時候，沃克海默喃喃說，「我們每一個人都逃不了。」

那天晚上，沃克海默開著歐寶卡車沿著海岸朝東駛向康卡勒，貝恩德帶著一部收發機走上田野的小山丘，韋納在卡車後座操作另一部收發機，沃克海默窩在駕駛座，巨大的膝蓋頂著方向盤。遙遠的海面火光熊熊，說不定是船隻著火，群星在銀河星系微微顫慄。韋納知道那個法國人將在清晨兩點十二分再度廣播，而韋納關掉收發機，或是假裝只聽到雜訊。

他會伸手遮住信號指示器。他會繼續擺出一臉木然的模樣，完全不動聲色。

小屋

艾提安叔公說他根本不應該讓她承擔這麼多責任，根本不應該讓她承受這麼多風險。他說她再也不可以出門。其實瑪莉蘿兒倒是鬆了一口氣。那個德國人依然糾纏著她；惡夢之中，他是一隻高達三公尺的蜘蛛蟹，嗒嗒噠噠揮動蟹鉗，在她耳邊輕聲說著：**一個簡單的問題**。

「叔公，麵包怎麼辦？」

「我會處理。打從一開始就應該由我處理。」

八月四日和五日的早晨，艾提安站在大門口喃喃自語，然後推開鐵門，走出屋外。不久之後，三樓小桌下的鈴鐺咚咚響，他走回屋裡，匆匆扣上兩道實心鎖，站在玄關大口喘氣，好像剛剛跑過架設了上千路障的夾道。

除了麵包之外，他們幾乎沒有其他東西可吃。乾豆子，大麥，奶粉，最後幾罐曼奈克太太醃存的蔬菜。瑪莉蘿兒的思緒有如獵犬般繞著同樣幾個問題急急打轉。先是兩年前那兩位法國警官：小姐，他沒**有提起任何特別的事情嗎**？然後是這個一跛一跛、聽起來死氣沉沉的德國士官長：**妳跟我直說，妳爸爸有沒有幫妳留下任何東西，或是提過他幫博物館攜帶了什麼物品**。

爸爸走了。曼奈克太太走了。她想起當年失去視力，巴黎的鄰居們紛紛低語：**他們好像受到詛咒**。

她試圖忘卻恐懼、飢餓，以及各個問題。她必須像海蝸牛一樣活在當下，只顧眼前方寸之地。但八月六日下午，她坐在叔公書房的小書桌爲他朗讀下列字句：**難道尼莫艦長果真從未離開鸚鵡螺號？我經常連著好幾個星期都沒見到他。這段期間他在做些什麼？難不成他偷偷進行某些我完全不知情的祕密任務？**

她啪地闔上書本。艾提安說：「妳不想知道他們這次能不能逃脫？」但是瑪莉蘿兒已在心中默念她爸爸寄來的第三封信，自從那封奇怪的信函之後，她再也沒有收到她爸爸的來信。

妳記得妳的生日嗎？妳記得妳醒來之時，桌上始終擺著兩樣東西嗎？現在事情變成這種局面，我實在非常抱歉。妳若眞的想要了解原由，請妳看看艾提安叔公的屋裡，仔細瞧瞧屋裡。我知道妳會做出正確的決定，即使我只願自己能夠送給妳一份更好的禮物。

小姐，他沒有提起任何特別的事情嗎？

我們可以看一看他帶過來這裡的物品嗎？

他任職博物館的時候掌管多把鑰匙。

不是傳輸器。艾提安叔公想錯了。那個德國人感興趣的不是收音機，而是另外某個東西——某個他認爲只有她可能知道的東西。他聽到了他想聽到的話。她終究回答了他那個簡單的問題。

只有一座愚蠢的聖馬洛模型。

這就是他爲什麼離開。

看看艾提安叔公的屋裡。

「怎麼了？」艾提安問。

屋裡。

「我得休息一下，」她大聲說，然後兩步作一步、慌慌張張地上樓，用力關上她臥室的房門，手指猛戳那個小小的模型城市。八百六十五棟小屋。啊，高高窄窄的弗柏瑞街四號就在角落。她輕撫小屋正面，發現大門有個凹處。她往裡一按，小屋彈跳而起，她拿起來搖了搖，沒聽到什麼聲音。但是當她搖一搖模型房屋，房屋始終沒有聲響，不是嗎？

即使雙手顫抖，瑪莉蘿兒依然很快就解開謎團。把煙囪扭轉九十度，推開屋頂的小木板，一、二、三。

第四道門、第五道門，一直數、一直走，直到你走到第十三道門，門上了鎖，跟一隻鞋子差不多大小。

這麼說來，孩童們問道，你怎麼知道鑽石是不是真的在裡頭？

你非得相信不可。

她把小屋翻過來，一顆梨形的鑽石落入她的掌心。

數字

盟軍的炮彈炸毀了火車站。德國人拆卸了港口的裝置。飛機穿梭於雲層之間，忽隱忽現。艾提安聽說受傷的德國人大批湧入聖塞旺，美國人已經攻下距此僅僅三十公里的聖米歇爾山，解放已是指日可待。他勉強走到麵包店，盧瑞爾太太剛剛開店，她趕緊把他帶到裡面。「他們需要防空高射炮的位置，也就是方位座標。你應付得了嗎？」

艾提安哀嘆一聲。「我身邊有個瑪莉蘿兒。盧瑞爾太太，妳為什麼不能自己處理？」

「我看不懂地圖，艾提安。時角、分秒、可調式偏角線？你了解這些事情。你的任務只是找到它們，劃出方位，廣播座標。」

「我得帶著羅盤和筆記簿走來走去。這是唯一的方式。他們會朝我開槍。」

「他們必須收到確切座標才可以發射，這點非常重要。你想想，你說不定可以解救多少性命？你今晚就得進行。聽說他們明天就會拘捕市裡每一個十八歲到六十歲的壯丁。我還聽說他們將查驗每一個役男的文件，凡是可能參與反抗行動的人，都將被關到『國際碉堡』。」

麵包店天旋地轉；他被困在蜘蛛網中；蛛網緊緊纏繞他的手腕和大腿，他一走動就像燃燒的紙張似地劈啪作響，分分秒秒愈陷愈深。繫在麵包店門上的鈴鐺叮咚響，有人走了進來。盧瑞爾太太密密封住所有神色，好像騎士鏗鏘一聲拉下頭盔的面罩。

他點點頭。

「好，」她說，把一條麵包塞到他的胳膊下。

火海星鑽

它有著成千上百個稜面。她一再拿起，卻又馬上放下，好像它會灼傷她的手指。她爸爸被捕、胡博．巴贊失蹤、曼奈克太太過世——單單這麼一顆鑽石可能帶來如此沉重的悲傷嗎？她聽到老葛伐德博士呼嚕呼嚕、飄著酒香的聲音：**王妃們說不定戴著它跳舞跳了通宵。說不定為了搶奪它而引發了戰爭。鑽石的主人永遠不會死，但是只要他留下鑽石，每一個他心愛的人都會遭逢如傾盆大雨般的厄運。**

鑽石不過是鑽石。故事不過是故事。

那個德國人搜尋的肯定是這顆小石頭。她應該啪地拉開百葉窗，把它丟到街上。她應該把它送給別人，任何人都行。她應該悄悄溜出屋外，把它扔到海裡。

艾提安叔公爬上木梯，登上閣樓。她可以聽到他走過她頭頂上的地板，扭開傳輸器。她把鑽石放進口袋，拿起模型小屋，穿過走廊。但還沒走到衣櫥，她就停步。她爸爸肯定相信確有其事，不然他爲什麼大費周章製造出這個如此精密、有如益智方盒的模型小屋？

一顆價值兩千萬法郎的藍鑽，看起來幾可亂眞，甚至說服了爸爸。如果它看起來像顆眞鑽，她若拿給叔公看看，叔公會怎麼做？如果她跟他說他們應該把它丟到海裡，叔公會怎麼說？

她想起當年參觀博物館時有個男孩曾說：

妳什麼時候看過有人把價值五座艾菲爾鐵塔的鑽石丟到海裡？

誰願意自動自發跟它說再見？詛咒呢？如果詛咒是眞的，那該怎麼辦？她竟然打算把鑽石交給叔公？但是詛咒不是眞的。地球只不過是岩漿、地殼和海洋。重力與時間。對不對？她握起拳頭，走入她的臥房，把鑽石放回模型小屋裡，把屋頂的三塊木板推回原處，把煙囪扭轉九十度，悄悄把小屋放進口袋。

早已過了半夜，海面湧起滔天巨浪，轟轟隆隆拍打著城牆的牆基。青綠的大海滾滾翻騰，布滿月光映照、起起伏伏的白沫。瑪莉蘿兒從夢中醒來，聽到艾提安叔公輕敲她的房門。

「我要出門了。」

「現在幾點？」

「快要天亮了。我一個鐘頭就回來。」

「你爲什麼非得出門不可？」

「妳最好不要知道爲什麼。」

「宵禁呢？」

「我手腳很快。」她跟叔公相處了四年，叔公始終是個慢郎中。

「如果開始炮轟呢？」

「快要天亮了，瑪莉，我得趁著天亮之前趕快出去。」

「叔公，一旦開始炮轟，任何一間屋子都會中彈，是不是？」

「他們不會隨便轟炸屋子。」

「炮轟很快就會結束吧？」

「跟燕子一樣飛快。睡吧，瑪莉蘿兒，等妳醒來，我就回來了。妳等著瞧吧。」

「既然我已經醒了，我可以再爲你朗讀幾句嗎？我們快要讀完了。」

「等我回來，我們再來朗讀，一起把書看完。」

她設法鎮定思緒，放緩呼吸。她試著不要想到擱在她枕頭底下的模型小屋，以及屋裡那個可怕的累贅。

「叔公，」瑪莉蘿兒輕聲說，「你可曾懊惱我們過來投奔你？我變成了你的負擔，你和曼奈克太太不得不照顧我？你可曾感覺我爲你帶來了詛咒？」

「瑪莉蘿兒，」他牽起她的雙手，捏了一下，毫不猶豫地回答。「妳爲我帶來了生命中最美好的一切。」

寂靜之中，潮起潮落，浪花滾滾，某事已然蓄勢待發。但是艾提安只是再度重覆：「睡吧，瑪莉蘿兒，等妳醒來，我就回來了。」她數著他的腳步聲，聽著他下樓。

艾提安．勒布朗被捕

踏出大門之時，艾提安感到異常愉悅。他很高興盧瑞爾太太指派他進行最後這個任務。他已經傳送了一座防空高射炮的方位座標——那座大炮架在蜜蜂旅館旁邊的城垛上。他只需測量另外兩座大炮的方位。尋找兩個已知的地點——他打算選用大教堂的尖塔和外圍島嶼小貝島——然後計算第三個未知的地點。簡單的三角函數。他應付不了腦袋裡的鬼魅，但是這個難不倒他。

他轉彎走到埃斯特雷街，沿著學院後面偷偷前進，好不容易走到迪厄飯店後面的巷子裡。他感覺腳步輕盈，身輕如燕。周遭沒有半個人。遠方某處，太陽緩緩由霧中升起。黎明將至，市區溫煦寧靜，芳香四溢，街道兩側的房屋似乎飄飄渺渺。一時之間，他眼前浮現出一幅景象，他看到自己走過火車車廂裡長長的通道，其他乘客好夢方酣，火車緩緩穿過黑暗，駛向一個銀閃閃的城市；閃閃發光的拱門，光彩耀目的尖塔，直升天際的菸火，城市之中處處光影。

他漸漸接近陰暗的城牆，這時，一名身穿制服的男子從黑暗之中一跛一跛向他走來。

一九四四年八月七日

瑪莉蘿兒在陣陣重炮的轟擊聲中醒來。她走過樓梯口，打開大衣櫥，舉起手杖，伸過一件件掛在衣櫥裡裙子，用杖尖輕敲三下背板上的假門。無人回應。然後她走到五樓，敲敲艾提安的房門。他的床鋪空盪冰冷。

他不在二樓，也不在廚房。門旁那個曼奈克太太用來掛鑰匙的鐵釘空空如也。他的鞋子也不在門邊。

她遏制心中的恐慌。切勿把情況想像成最糟，這點非常重要。她站在玄關，檢查一下絆腳線；嗯，完好如初。然後她扯下一塊昨天從盧瑞爾太太店裡買的麵包，站在廚房大口嚼。又有自來水了，眞是奇蹟，於是她把兩個鍍鋅水桶裝滿清水，提到樓上，把它們放在她臥室的角落。她想了想，走到三樓，在浴缸裡也注滿清水。

然後她翻開她的小說。尼莫艦長已經把他的旗幟插在南極，但他若不趕緊啟動潛水艇，朝北航行，他們就會被困在寒冰之中。春分剛過；他們面臨六個月無情的極夜。

瑪莉蘿兒數一數還剩下幾章。九章。她好想繼續閱讀，但是她和叔公始終一起搭乘鸚鵡螺號飄洋過海，等他回來，他們馬上繼續航行。他隨時可能回來。

她再度檢查她枕頭底下的模型小屋，克制取出鑽石的衝動，反而把小屋裝回床腳旁邊的模型城市。窗外，一部卡車隆隆發動。海鷗飛過，粗嘎的叫聲有如驢鳴。遠方又傳來砰砰的槍聲，隆隆的卡車聲漸漸遠去，瑪莉蘿兒試圖專注於先前讀過的章節，將一個個突出的小點化爲字母、一個個字母化爲文句、一個個文句化爲世界。

下午之時，絆腳線微微顫動，藏在三樓桌下的鈴鐺咚咚一響。她頭頂上的閣樓隨之傳來微弱的咚咚聲，兩相呼應。瑪莉蘿兒從書頁上挪開手指，心裡想著：叔公終於回來了，但是當她飛快衝下樓梯，伸手按住實心鎖，大喊一聲：「誰啊？」她聽到的卻不是叔公輕緩的嗓音，而是香水商克勞德．萊維特油滑的聲調。

「拜託幫我開門。」

即使隔著大門，她依然聞得到他的味道：薄荷、麝香、刺鼻的乙醛，隱隱之中夾帶著汗味以及恐懼。

她打開兩道鎖，把門開到一半。

他透過半開的鐵門說：「妳必須跟我走。」

「我在等我叔公。」

「我跟妳叔公談過了。」

「你跟他談過了？在哪裡？」

瑪莉蘿兒可以聽到萊維特先生逐一扳動指關節，雙肺在胸腔裡咻咻作響。「如果妳眼睛沒瞎，小姐，妳就看得到疏散命令。他們已經關閉城門。」

她沒有回應。

「他們拘捕了每一個年齡介於十六歲到六十歲之間的男人，人人奉命到城堡的塔台集合，然後趁著落潮之時步行前往『國際碉堡』，老天保佑他們。」

弗柏瑞街上似乎相當平靜。燕子俯衝飛越房舍，兩隻鴿子高踞簷槽，咕嚕咕嚕地抬槓。有人騎著腳踏車嘎答嘎答地經過，然後安靜無聲。他們眞的已經關閉城門？這個男人眞的跟叔公談過？

「萊維特先生，你會跟他們一起去嗎？」

「我可沒有這個打算。妳必須馬上前往避難所。」萊維特先生用力吸了口氣。「或是洛卡貝的聖母院的土窖，我已經帶我太太過去，妳叔叔請我送妳過去。好，請妳馬上跟我走，什麼都別帶。」

「為什麼？」

「妳叔公知道為什麼。每個人都知道為什麼。這裡不安全，來，跟我走。」

「但是你說城門已經關閉。」

「沒錯，小姑娘，我確實這麼說。好了，妳問得夠多了。」他嘆了一口氣。「妳待在這裡不安全，我過來幫妳忙。」

「叔公說我們的地窖很安全，他說地窖已有五百年歷史，再撐幾個晚上沒問題。」

香水商清清嗓子。她想像他伸長粗大的脖子，探向屋裡，查看衣帽架上的外套和廚房桌上的麵包碎屑。大家都查看別人擁有什麼。她叔公不可能請香水商送她過去避難所——叔公什麼時候跟克勞德·萊維特說過話？她再度想起樓上那個模型，以及藏匿其中的鑽石，耳邊響起葛伐德博士所言：**這麼一個微小的東西卻是如此美麗、如此昂貴**。

「小姐，帕拉梅的房子陷入火海。他們緊急撤離港口的船隻，他們炮轟大教堂，醫院缺水，醫生們只能用酒洗手。酒耶！」維萊特先生的聲音微微顫抖。她記得曼奈克太太曾說，每次市區裡傳出竊案，萊維特先生就把皮夾塞在屁股裡上床睡覺。

瑪莉蘿兒說：「我還是待在家裡吧。」

「老天爺啊，小姑娘，我得強押著妳走嗎？」

她想起那個德國人在胡博·巴贊的鬧門外踱步，他報紙的一角窸窸窣窣擦過鐵桿，不禁把大門往前微微一推。有人指使香水商過來抓她。「萊維特先生，」她說，「今天晚上市區裡肯定不止只有我叔公跟我還待在家裡。」

她盡全力擺出無動於衷的模樣，萊維特先生的氣味令人受不了。

「小姐，」這會兒他苦苦相勸。「理智一點，跟我走，什麼東西都別帶。」

「等我叔公回來，你再跟他談談。」她鎖上大門。

她可以聽到他站在門外，說不定正在衡量輕重。然後他轉身，有如拖拉手推車似地拽著一股懼意，沿著街道緩緩離去。瑪莉蘿兒在玄關的桌旁蹲下，摸到鐵線，重新架好絆腳線。他剛才看到了什麼？一件大衣？吃了一半的麵包？叔公肯定稱許她的表現。廚房窗外，褐雨燕俯衝而下攫取小蟲，蛛網的一隅捕捉到陽光，閃閃發亮，瞬時即逝。

但是話又說回來：如果香水商說的是眞話呢？

日光漸趨陰暗，西沉的夕陽閃爍著金黃的光芒。地窖裡的幾隻蟋蟀開始鳴唱，啾啾啾啾，節奏規律分明，八月天的黃昏。瑪莉蘿兒拉一拉她那雙破爛的褲襪，走進廚房，又撕下一塊盧瑞爾太太的麵包。

傳單

天黑之前，奧地利人端來豬腰佐一整顆番茄，餐點盛在旅館的瓷器上，每個餐盤的盤緣都蝕刻著一隻銀白的蜜蜂。大家坐在沙包或是彈藥箱上，貝納德在餐盤前面睡著了，沃克海默在角落跟中尉商討地窖裡的收音機，奧地利人沿著房裡的四面方牆而坐，頭戴鋼盔，慢慢咀嚼食物。他們是一群動作敏捷、經驗老道、深具使命感的男人。

吃完東西之後，韋納聽任自己走到頂樓，站在六角形的浴缸裡。他輕推百葉窗，窗片開啟幾公分。傍晚的夜風眞是上天的恩賜。窗戶下方，巨大的八八毫米炮靜候在面海的稜堡炮台上。炮口之外，遙望遠方，城牆直墜十二公尺，沒入一股股青綠雪白的浪花之中。往左望去，市區稠密灰黑；往東望去，某個恰在視野之外的戰場升起一道紅光。美國人已經把他們逼到海邊。

依韋納之見，無論過去發生何事、或是其後有何發展，過往與未來之間是個朦朦朧朧的邊境，一邊是已知，一邊是未知。他想著先前看到的那個女孩，她可能還在他身後城市裡，也可能已經離去。他想像她拿著手杖沿著一個個排水渠匆匆前進，以她空洞的雙目、她蓬鬆的亂髮、她明亮的臉頰面對世界。最起碼他沒有洩漏她住在哪裡。最起碼他保護了她的安全。

戰地指揮官親自簽署的諭令已經張貼在住家大門、市場攤位，以及街燈上。**嚴禁民眾離開舊城。若無特別授權，嚴禁民眾在街上行走。**

韋納剛想拉上百葉窗，一架飛機忽然穿過晨曦而來，機腹之中播散出一團慢慢擴展的白點。

鳥群嗎？

白點漸漸分離，四散紛飛：原來是成千上百張白紙。白紙急急落在斜斜的屋頂，飄過城垛，軟趴趴地黏附在海灘的潮汐漩渦之中。

韋納下樓，走向大廳，大廳裡一個奧地利人對著燈光舉起白紙。「用法文寫的，」他說。

韋納接下。白紙的油墨簇新，甚至沾汙了他的手指。**緊急通告本市居民，紙上印著，即刻前往空曠地區。**

TEN

CHAPTER 10

12 AUGUS 1944

被埋

她又在朗讀：**誰能算出我們最起碼需要多少時間才可逃脫？我們難道不可能在鸚鵡螺號浮出水面之前就窒息而死？我們注定連同艦艇裡每一個人葬身於這個冰雪陵墓嗎？情況似乎相當不妙。但是人人坦然面對，決定堅守職責，直到最後一刻……**

韋納聆聽。船員們砍穿困住潛水艇的冰山；潛水艇沿著南美洲的海岸朝北航行，行經亞馬遜河口，結果卻在大西洋遭到巨大的章魚追逐。潛水艇的螺旋槳故障；尼莫艦長數星期以來頭一次從他的艙房裡露面，神情凝重。

韋納勉強從地上站起，一手拿著收音機，另一手拖著電池。他在地窖裡來回走動，直到找到坐在金黃扶手椅上的沃克海默。韋納放下電池，一手搭上這個彪形大漢的手臂，摸尋他的肩膀，找到他碩大的頭顱，把耳機緊緊貼上他的耳朵。

「你聽得到她的聲音嗎？」韋納說。「那是一個奇怪而優美的故事，我眞希望你聽得懂法文。一隻巨大的章魚把巨大的喙口伸進潛水艇的螺旋槳，這會兒艦長說他們非得浮出水面、與這隻巨獸肉搏。」

沃克海默慢慢吸了口氣，動都沒動。

「她使用那個我們應當找到的傳輸器。我找到了，我好幾個星期之前就找到了。他們說那是恐怖份子的通訊網路，但那只是一個老人和一個女孩。」

沃克海默什麼都沒說。

「你自始至終都曉得，對不對？你始終知道我找到了？」

沃克海默戴著耳機，肯定不知道韋納說些什麼。

「她一直說：『幫幫我。』她哀求她的爸爸、她的叔公。她說：『他在這裡。他會殺了我。』」上方的瓦礫傳來一陣顫動，四周一片漆黑，韋納置身地底六公尺，感覺自己好像受困鸚鵡螺號之中，承受十二隻北海巨妖的怒擊。他知道傳輸器肯定在屋子高處，容易遭到炮擊。他說：「我救了她，卻只落得聽著她送死。」

沃克海默毫無反應，不知是否聽了進去。他死了、或是決心一死？兩者又有什麼差別嗎？韋納拔下耳機，坐到電池旁邊的灰土上。

大副瘋狂地與其他爬上鸚鵡螺號的怪獸纏鬥，她朗讀，**船員們拿著斧頭用力揮砍。康賽爾和我也拿起武器刺進它們柔軟的身軀。一股強烈濃郁的麝香瀰漫空中。**

國際碉堡

艾提安哀求監守的獄卒、碉堡的守衛，以及其他囚犯。「我的姪孫女，她眼睛看不見，而且落單……」他跟他們說他六十三歲，而非他們所宣稱的六十歲，他還說他的文件未經正當程序就遭到沒收、他不是恐怖份子；他顫抖地站到主事的軍士面前，結結巴巴地擠出幾句勉強拼湊的德文——「*Sie müssen mich helfen!*」「*Meine Nichte ist herein dort!*」（「你得幫幫我！」「我的姪女在那裡！」）——但是軍士跟其他人一樣聳聳肩，回頭看著對岸陷入火海的城市，好像在說：在那種狀況下，誰有辦法做些什麼？

一枚美軍的流彈擊中碉堡，傷者在藏放軍需品的地窖大聲哭號，死者掩埋在海灘邊的岩石下，艾提安閉嘴，不再開口。

潮水緩緩退去，而後又漫回岸邊。艾提安僅存的精力全都用來抑制腦中的噪音。城市西北角面海的華屋全都燒得剩下骨架，有時他幾乎相信自己可以望穿一個個悶燒中的骨架，看到自家的屋頂。他幾乎說服自己他的屋子依然屹立，但是過了一會，它卻又消失在層層濃煙之後。

沒有枕頭，沒有毯子。公廁慘不忍睹。食物供應不定，時有時無，守衛的太太趁著落潮走過半公里的岩石，從營區帶來食物，一顆顆炮彈在她身後的城中轟然爆炸。東西永遠不夠吃。艾提安幻想脫逃，藉此轉移注意力。他想像自己悄悄翻牆，游過幾百公尺，奮力衝過瘋狗浪，毫無防禦地跑過布滿地雷的海灘，直奔其中一個封閉的城門。荒謬至極。

在這裡，囚犯們先看到炮彈，然後才聽到它們擊中城市的聲響。上一次的大戰中，艾提安結識了一些炮兵，他們拿起望遠鏡觀望，藉由竄升到空中的顏色就可以判定炮彈擊中了什麼。灰色代表石頭。褐色代表泥土。粉紅代表血肉之軀。

他緊緊閉上眼睛。他想起赫伯爾德先生的書店，天色昏黃、燈火通明的時刻，他在店裡頭一次聽到收音機的廣播。他想起爬上唱詩班的高壇，聆聽亨利的歌聲緩緩上揚，直升大教堂的天花板。他想起爸媽帶他們出去吃晚飯，餐廳的窗戶鑲著鉛框花飾，牆板雕著雲狀波紋，始終擁擠不堪；他想起海盜的鄉間別墅，別墅裡矗立著古希臘式的圓柱與扇貝式的中楣，一枚枚金幣抹上砂漿，嵌入牆中；他想起槍炮工、船主、貨幣兌換商、旅館主人的店面；他想起亨利刮寫在城牆上的塗鴉：**這個他媽的鬼地方，我等不及想要走人**。他想起勒布朗家的屋宅、他的屋宅！屋子高聳，狹長，中央的樓梯盤旋而上，好像一枚豎立的螺旋貝。他哥哥的鬼魂不時遊走於屋中的牆壁之間；曼奈克太太在屋中度日，也在屋中辭世；不久之前，他和瑪莉蘿兒才坐在屋中的小書桌上，假裝飛越夏威夷的火山和祕魯的密林；僅僅一個星期之前，瑪莉蘿兒才盤腿坐在地上，為他朗讀錫蘭近岸有座採珠場、尼莫艦長和阿羅納克斯穿上潛水服、個性衝動的加拿大人尼德蘭打算拿起魚叉用力揮刺鯊魚……這些全都陷入火海。他編織的回憶全都付之一炬。

「國際碉堡」上空，曙光漸明，璀璨奪目，天空澄淨清明，銀河宛若緩緩消逝的川流。他望著城市另一頭的大火，心裡想著：宇宙之中處處可燃。

尼莫艦長的遺言

到了八月十二日中午，瑪莉蘿兒已經對著麥克風朗讀了最後九章之中的七章。尼莫艦長已從章魚巨獸的手中解救了他的潛水艇，結果卻衝進了颱風眼。幾頁之後，他猛然撞上一艘載滿士兵的軍艦，潛水艇擦撞軍艦的船殼，凡爾納寫道，有如制帆工的粗針穿過帆布。這會兒鸚鵡螺號擱淺在大海的荒洲，艦長彈奏風琴，奏出一曲哀戚、令人毛骨悚然的悲歌。只剩下三頁。

她的廣播究竟為誰提供了慰藉，她那個隨同上百名男子蹲伏在某個陰冷地窖裡的叔公是否聽到了她的廣播——美國大兵們是否橫臥在夜晚的田野裡，一邊擦拭他們的武器、一邊跟著她踏上鸚鵡螺號的神祕之旅——瑪莉蘿兒無從得知。

但她慶幸一切即將落幕。

那個德國人已經在樓下氣餒地大喊兩聲，然後靜了下來。她考慮了一下，何不乾脆悄悄爬出衣櫥，把小屋交給他，看看他會不會饒她一命？

她得先念完故事。然後再做決定。

她再度打開模型小屋，小心翼翼地把鑽石倒進掌心。如果女神解除詛咒，結果將會如何？大火將會熄滅，地球將會復原，白鴿將會重返窗臺？爸爸將會回返家園？

大口吸氣。拍拍胸口。她把小刀擱在身旁，指尖輕輕按上書中一行行文句。加拿大魚叉手尼德蘭已經找到逃生之路。**「大海無情，」**他對阿羅納克斯教授說，**「海風強勁……」**

「你說的沒錯，尼蘭德。」

「但是我跟你說，如果我們被逮到，我會為自己而戰，即使一死也在所不惜。」

「尼蘭德、我的好兄弟，我倆同歸於盡。」

瑪莉蘿兒扭開傳輸器。她想起巖穴裡的海螺；海螺數以萬計，蜷伏在胡博．巴贊所說的犬舍裡；它們緊貼在地面；它們縮進螺殼之中；它們藏身在巖穴之中，海鷗無法入內咬著它們飛到空中，把它們拋擲到岩石上摔得粉碎。

巡查者

馮．朗佩爾就著瓶口，直接喝起一瓶他在廚房裡找到的酒，氣味酸臭。他在這個屋子裡待了四天，天知道他已經犯下多少錯誤！火海星鑽說不定自始至終藏放在巴黎的博物館——當他受騙上當、遭到愚弄、摸摸鼻子離開，那個皮笑肉不笑的礦石學家和副館長說不定暗自竊笑。香水商說不定背叛了他，遣走女孩之後私吞了鑽石。說不定香水商帶著她離開市區，渾然不知她把鑽石擱在她那個破爛的背包裡；說不定老傢伙把鑽石塞進直腸，這會兒跟拉屎一樣它拉出來，兩千萬法郎掉進一坨大便。

說不定鑽石根本不是真的。說不定全都只是傳言，不過是一場騙局。

他先前始終相當肯定。他確信自己找到藏匿之處，解開了謎團。女孩不知情，老傢伙也已無法插手——事事布署得完美至極。現在呢？現在他只確信那個可怕的腫瘤在他體內滋生，侵蝕著每一個細胞。他的耳邊響起他父親的話語：**你只是受到考驗**。

有人用德語大喊：*Ist da wer?*（有人在屋裡嗎？）

女孩的爸爸？

「你在屋裡！」

馮．朗佩爾靜靜聆聽。聲音穿過煙霧，愈飄愈近。他慢慢走到窗邊，穩穩戴上鋼盔，把頭探出破損的窗框。

一個德軍下士從街上瞇著眼睛抬頭張望。「長官？我沒想到……長官，屋裡通過安檢嗎？」

「是的，屋裡沒人。下士，你要到哪裡去？」

「報告長官，『城市碉堡』。我們正在撤退，什麼都不帶走。我們依然固守城堡和荷蘭堡壘，其他人員都將撤離。」

馮．朗佩爾把下巴靠在窗框上，他覺得自己的頭顱說不定會跟脖子脫節，噗噗通通滾到街上，轟然爆炸。

「整個市鎮都將陷入炮轟範圍，」下士說。

「爲時多久？」

「他們說明天暫時停火，大概中午左右，以便疏散市民，然後他們會再度炮轟。」

馮．朗佩爾說：「我們打算棄守這個城市？」

不遠之處，一枚炮彈引爆，隆隆的爆炸聲迴盪於坍塌的房屋之間，街上那名下士緊緊按住鋼盔，一顆顆碎石彈跳掠過鵝卵石地。

他大喊：「士官長，您是哪個單位？」

「繼續巡查吧，下士，我快要完成任務了。」

最後宣判

沃克海默動也不動。不管筆桶桶底的汙水有沒有毒，他們已經喝得乾乾淨淨。韋納已經多久沒有在任何一個頻道上聽到女孩的廣播？一個鐘頭？或是更久？她先前讀到鸚鵡螺號被捲入漩渦之中，海浪比樓房更高，潛水艇直直立起，鋼筋底座劈啪破裂，然後她朗讀他覺得八成是全書最後一段話：因此，那個六千年前傳道書提出的疑問：「萬事之理，離我甚遠，而且最深，誰能測透呢？」如今只有兩個人有權回答：尼莫艦長和我自己。

過了一會，傳輸器啪地關閉，全然的漆黑將他團團包圍。過去幾天來——究竟已經過了多少天？——他始終感覺飢餓像一隻伸進體內的大手，用力翻攪他的胸腔，往上攫取他的肩胛骨，往下探進他的骨盆，刮擦他的骨頭。但是今天——或是今晚？——飢餓卻逐漸消逝，好像一朵燃料燒盡的火花。不知怎麼地，飢餓與飽足的感覺終究沒什麼兩樣。

韋納抬頭，眼睛一眨，看到那個身穿斗篷的維也納女孩穿過天花板緩緩而降，好像僅僅是個黑影。她手裡拿一整疊有如紙張的枯草，逕自在瓦礫之中坐下，一群蜜蜂有如雲朵般繞著她飛舞。

他什麼都看不到，但看得到她。

她扳著指頭數數。因爲在隊伍裡胡鬧，她說。因爲工作效率太慢。因爲爲了麵包吵架。因爲在營區的洗手間裡消磨太多時間。因爲啜泣。因爲沒有按照程序整理她的東西。

這當然是胡言亂語，但是話中隱隱帶著他不允許自己理解的眞理。說著說著，她漸漸衰老，銀髮覆蓋了她的頭顱，她的衣領起了毛邊；她變成了一個老婦人——他似乎隱隱知道她是何人。

因爲抱怨頭痛。

因爲歌唱。

因爲晚上在她的鋪位講話。

因爲晚間集合之時忘了她的生日。

因爲卸貨慢吞吞。

因爲沒有好好歸還她的鑰匙。

因爲沒有知會警衛。

因爲太晚起床。

史瓦茲柏格太太——沒錯，她正是史瓦茲柏格太太。那個弗雷德瑞克家電梯裡的猶太婦人。她數了半天，十隻指頭已經數不夠。

因爲別人跟她講話之時她閉上眼睛。

因爲窩藏麵包皮。

因爲試圖走進公園。

因爲有一雙腫脹的手。

因爲索討香菸。

因爲缺乏想像力。在漆黑之中，韋納感覺沉到了谷底，他似乎一直迴旋而下，愈沉愈深，就像鸚鵡螺號被捲進強大的渦流，就像他爸爸沒入礦坑；「同盟礦區」、舒爾普福塔、悲慘的蘇俄和烏克蘭、維也納那對母女，一路走來，始終是一條單向的不歸路，他的雄心壯志和恥辱已經融爲一體，難分難解，最後淪落到這個歐陸邊緣的地窖，聆聽鬼魂胡言亂語——史瓦茲柏格太太朝他走來，一邊逼近，一邊搖身一變，從婦人變爲女孩——她的頭髮又變紅，肌膚恢復柔潤，轉眼之間，一個七歲的小女孩站到他的面前，幾乎跟他臉貼著臉，他可以看到她額頭正中央有個小洞，洞口比伸手不見五指的周遭更加漆黑，洞底湧現一個黑暗的城市，城市之中處處都是鬼魅，一萬、五十萬，每一張臉孔都從巷弄、窗戶、悶燒中的公園抬頭凝視，他聽到雷聲。

閃電。

炮火。

女孩消失了。

地面震盪。他的五臟六腑隨之搖動。橫樑發出呻吟。縷縷塵土緩緩飄落，一公尺之外，沃克海默頹然地輕輕喘氣。

音樂#1

八月十三日午夜之後的某個時刻，當她在叔公的閣樓裡苟延殘喘了五天之後，瑪莉蘿兒左手握著一張唱片，右手輕輕撫過唱片的音槽，在腦海中重新播放整首樂曲。樂聲起起落落，一一重現。然後她把唱片按入叔公那部電唱機的轉盤軸心。

一天半沒喝水。兩天沒進食。閣樓瀰漫著一股悶熱、灰塵、囚禁的氣味，還有她自己在角落那個鬍皀碗裡的尿液。

尼蘭德、我的好兄弟，我倆同歸於盡。

圍城之戰似乎永不休止。石牆倒塌，散落街上；城市崩坍，支離破碎；但有棟屋子依然矗立。

她從叔公外套口袋裡拿出那個還沒打開的罐頭，放在閣樓地板中央。她保留了好久，說不定因爲它是曼奈克太太遺留的最後紀念品。說不定是因爲如果她打開卻發現裡面的東西已經發臭，她肯定承受不了這種打擊。

她把罐頭和磚塊擺在鋼琴長椅下方，一個她確知稍後找得到的地方。然後她再次檢查唱片和轉盤軸心，放低唱臂，把唱針放在唱片外緣，左手找到麥克風的開關，右手找到傳輸器的按鈕。

她打算把音量調到最大。如果那個德國人在屋裡，他肯定聽得見。他會聽到鋼琴的樂聲從樓上流洩而下，把頭一偏。他會像個貪婪的魔鬼搜尋六樓。最後他會把耳朵貼在衣櫥的木門，發現此處的樂聲更宏亮。

世間存在著多少迷陣？大樹的樹枝，莖部的根鬚，水晶的晶體，她爸爸在模型中複製的街道。還有骨螺貝殼的微小顆粒，菩提樹皮的細緻紋理，老鷹中空的骨架。但是沒有一樣比得上人類的頭腦，艾提安叔公常說，世間萬物之中，說不定就數人腦最爲繁複；這麼一個濕淋淋、一公斤重的腦袋瓜，編寫得出天地萬象。

她把麥克風放進電唱機的鐘形喇叭，扭開開關，唱盤開始轉動。閣樓劈啪作響。在她的腦海中，她走在植物園的小徑，空氣金黃，微風青綠，柳樹長長的樹梢輕輕刷過她的肩膀。她爸爸走在前頭，伸出一隻手，靜靜等待。

鋼琴開始彈奏。

瑪莉蘿兒把手伸到長椅底下，摸到小刀。她沿著地板爬到那把七階木梯的旁邊，坐到最上頭的一階，雙腳晃來晃去，口袋的模型小屋裡擱著鑽石，拳頭裡握著小刀。

她說：「過來抓我吧。」

音樂#2

城市上空的群星之下，人人墜入夢鄉。炮手們睡了。大教堂土窖裡的修女們睡了。迪南飯店地下室裡的醫生睡了。海盜的古老地窖裡，孩童們趴在沉睡中的母親膝上墜入夢鄉。城門碉堡底下的地道裡，受了傷的德國士兵沉沉入睡。國際碉堡的牆後，艾提安好夢方酣。除了岩石上緩緩爬行的蝸牛、廢墟中四處奔竄的老鼠，萬物皆已沉睡。

蜜蜂旅館斷垣殘瓦下的地窖裡，韋納也墜入了夢鄉。只有沃克海默醒著。他坐在地上，膝上擺著那部韋納先前放上去的收音機，那個電力即將告罄的電池擱在他的雙腿之間。沙沙的雜訊在他耳中輕輕作響，這倒不是因為他希望聽到任何聲響，而是因為韋納把耳機留在他的耳邊。因為他提不起精神拿下耳機。因為他幾個小時之前就已說服自己，如果他移動身子，地窖另一端的石膏頭像就會殺了他。

不可思議，沙沙的雜訊竟然凝聚成悠揚的樂聲。

沃克海默盡量睜大眼睛。他瞪著一片漆黑，竭盡全力地搜尋每一絲零散的光源。鋼琴獨奏，琴音上行，而後下行。他聆聽每個音符、每個琴音之間休止符，聽著聽著，他不知不覺想像自己牽著馬匹走過黎明之時的森林，曾祖父走在前頭，一把鐵鋸垂掛在寬闊的肩頭，祖孫兩人踏雪而行，積雪被皮靴和馬蹄踩得吱吱響，頭頂上的大樹全都輕聲低語，吱吱嘎嘎。他們走到一個結冰的池塘旁邊，池旁的松樹跟大教堂一樣高聳。他的曾祖父有如懺悔般地雙膝跪地，把鐵鋸嵌入樹幹上的凹溝，動手鋸樹。

沃克海默站起來，在黑暗中摸到韋納的大腿，幫他戴上耳機。「你聽，」他說，「你聽、你聽……」

韋納醒了過來。和弦悠緩，透明清澈，裊裊飄揚。《月光曲》。宛如一個清澈到你可以直直看穿的女孩。[22]

沃克海默說：「把野戰燈接上電池。」

「爲什麼？」

「你照做就是了。」

樂曲尚未播送完畢，韋納已經拆下收音機的電池，鬆開野戰燈的燈環和燈泡，把電力耗盡的野戰燈接上電池引線，爲兩人照亮方寸之地。沃克海默站到地窖後頭的角落，從斷瓦殘垣之中拖出一塊塊磚石、一根根木材，以及部分碎裂的石牆，偶爾停手，只是爲了彎腰喘口氣。他把所有東西堆成一個護欄，然後拉著韋納躲進這個勉強湊合的壕溝，鬆開一顆手榴彈的底部，用力一拉引線，引燃爲時五秒的引信。韋納一手按住鋼盔，沃克海默用力一扔，把手榴彈丟向曾是樓梯井之處。

音樂#3

馮．朗佩爾的兩個女兒小時候都胖嘟嘟、圓滾滾，不是吧？她們總是掉了手中的搖鈴玩具或是橡皮奶嘴，不停把自己纏繞在毛毯裡，小天使們啊，妳們怎麼如此折磨人？但是她們長大了！即使他這個當爸爸的長年不在家。而且她們的歌喉還不錯，尤其是維若妮卡。她們或許不會成名，但是美妙的嗓音已經足使父親開懷。她們經常穿上大大的氈靴和母親親手縫製的無肩帶洋裝，領口繡著報春花和雛菊，鬆垮垮又醜巴巴的。她們雙手搭在背後，大聲唱出那些她們還沒有大到可以理解的歌詞。

男士們向我圍攏
好像飛蛾環繞焰火
如果它們的翅膀燒灼
我知道錯不在我[23]

可能是回憶，也可能是夢中，馮．朗佩爾看著早起的維若妮卡跪在瑪莉蘿兒的臥室裡，在破曉時分的昏暗日光中，她拿起一個身穿白袍的洋娃娃，連同另一個身穿灰服的洋娃娃，推著她們行走於在模型城市的街道之間。她們左轉，右轉，最後走到大教堂的台階，第三個洋娃娃在台階上等候，她身穿黑

22 德布西的《月光曲》原名為「Clair de Lune」或是「Claire de Lune」。
23 歌詞出自「Falling in Love Again」，原曲是一首一九三〇年德國作曲家 Friedrich Hollaender 為德國女星瑪琳．黛德麗量身打造的歌曲，瑪琳．黛德麗曾在電影「藍天使」中演唱，後來也成為她的招牌歌曲之一。披頭四亦曾於一九六〇年代翻唱。

衣，一手抬起，至於是婚禮或是祭祀，他看不出來。然後維若妮卡低聲哼唱，歌聲是如此輕柔，他甚至聽不到她唱些什麼，他只聽見旋律，聽來不太像是人們的歌聲，而比較像是鋼琴的音符，洋娃娃們翩然起舞，左右搖擺。

樂聲歇止，維若妮卡消失無蹤。他坐起。床腳邊的模型城市緩緩消逝，花了好長一段時間才又恢復原狀。他頭頂上的某處，一名年輕男子口操法文，開始講起煤炭。

脫困

剎那之間，韋納的周遭赫然分裂爲二，好像最後一絲氧氣全被狠狠抽出。石塊、木屑、金屬碎片隨之如同雨點般落下，叮叮噹噹打中他的鋼盔，噗噗啪啪落向他們背方的磚牆，沃克海默的護欄轟然崩塌，漆黑之中，四處劇烈晃動，物品散落，他呼吸不到一絲空氣。但是層層斷垣殘瓦因爲爆炸而移位，黑暗之中，陣陣土石有如瀑布般崩落，接著突然啪地一響。韋納不再咳嗽，推開胸前的瓦礫，他發現沃克海默仰望著一圈微小的紫色光影。

天空。夜空。

一縷星光斜斜劃穿塵土，漫過成堆瓦礫，映照地面。一時之間，韋納沉醉於星光之中。沃克海默催他回過神來，然後爬上坍塌的樓梯，拿起一節鋼筋，動手猛敲洞口。鋼筋鏗鏘作響，他的雙手傷痕累累，六天未刮的鬍子沾滿塵土，變得雪白，但是韋納看得出沃克海默進展迅速：銀白的光圈化爲刺眼的光影，光影斜斜映照，韋納伸出雙手都遮擋不住。

沃克海默再敲一下，勉強敲碎一大塊瓦礫，碎片轟然落下，大多打中他的鋼盔和肩膀，接著他們只需胡亂攀爬。他挺起上身，擠過洞口，肩膀擦過洞緣，外套刮得破裂，臀部不停扭動，不一會兒就爬出洞口。他把手往下一伸，抓住韋納、他的帆布袋和他的步槍，一併拉了上來。

他們跪在曾是小巷的地面，星光籠罩萬物，韋納四下環顧，不見月光。沃克海默高舉血淋淋的手掌，似乎想要捕抓空氣，讓它像是雨水般滲入自己的肌膚。

旅館只剩下兩面牆壁依然豎立，牆角相連，點點水泥沾黏在牆壁內側。牆外的另一邊，屋宅門戶洞開，屋內袒露在黑夜之中。旅館後方的城牆依然矗立，但是沿著牆頂布設的炮口多已損毀。城牆另一側依稀傳來浪濤聲，幾乎難以聽聞。除此之外只見殘垣斷瓦，四下一片沉寂。星光有如雨水般傾照每個炮門。多少具屍體在他們面前的石堆下腐化？九具。說不定更多。

他們奮力走向城牆的掩蔽處，兩人都像醉鬼一樣步履蹣跚。走到牆邊之時，沃克海默低頭朝著韋納眨眨眼，然後望向漆黑的遠方。他的臉沾滿了灰土，一片雪白，整個人看起來像是粉末製成的巨人。

朝南五條街之處，女孩依然播放著唱片嗎？

沃克海默說：「把步槍帶著，去吧。」

「你呢？」

「找東西吃。」

韋納朝著閃亮的星光揉揉眼睛。他沒有飢餓的感覺，好像自己已經永遠擺脫吃東西這項煩人的差事。「但是我們會不會——？」

「去吧，」沃克海默再說一次。韋納最後再看他一眼，凝視他那破裂的外套、他那有如鐵鏟的下顎，以及他那柔和的大手。**你將來肯定是個人才**。

他知情嗎？他始終知情嗎？

韋納沿著各個掩蔽處行進。左手抓著帆布袋，右手拿著步槍。還剩五發子彈。在他的腦海中，他聽到女孩輕聲耳語：**他人在這裡，他會殺了我**。他往西前進，街道兩側堆滿小山般的瓦礫，路面有如溪谷，他爬過磚塊、纜線和屋頂的磚瓦，大多依然冒著熱氣，街道顯然遭到遺棄，但是哪雙眼睛躲在破碎的窗後監看他的蹤跡？德國人、法國人、美國人，或是英國人？他無從得知。此時此刻，說不定一個狙擊手正瞄準他的胸口。

單單一隻平底鞋。一座廚師的木頭浮雕，廚師仰躺在地，手裡舉著黑板，黑板上依然用粉筆寫著今日例湯。一大團胡亂纏繞的鐵絲網。四處飄散著腐屍的臭味。

韋納蹲在一個掩蔽處後方，盤算自己置身市區何處——掩蔽處本是一家販賣觀光紀念品的商店，架上陳列著幾個紀念品餐盤，盤緣印著不同的地名，而且按照字母順序排列。對街是家美髮店。一家缺了窗戶的銀行。一匹死馬，屍身繫在它拖拉的手推車上。偶爾可見一棟完好的房屋，縷縷煙霧從缺了玻璃的窗戶裡飄出，彷彿常春藤留下的暗影。

夜光竟然如此閃耀奪目！他始終不知曉。白日將至，日光將蒙蔽他的視線。

韋納在他覺得是埃斯特雷街之處右轉。弗柏瑞街四號依然屹立。屋牆的每一扇窗戶都已破損，但是牆壁幾乎沒有受到燒灼；兩座木製花壇依然懸掛在上。

他在我的正下方。

他們說他需要確切感、使命感、明晰感。平胸的司令官巴斯提恩強調犧牲奉獻；他說這三項準則將一掃大家心中的猶豫。

我們是迸發的子彈，我們是大炮的炮彈。我們是劍刃的刀尖。

誰是弱者中的弱者？

衣櫥

馮．朗佩爾在巨大的衣櫥前面搖晃，把頭探進陳舊的衣物之內。西裝背心，條紋長褲，高領、衣袖長得可笑、遭到蠹蟲嚙咬的丹寧布織紋襯衫。男裝服飾，數十年的舊衣服。

這是怎樣一個房間？衣櫥對開，兩面櫥門掛著大鏡子，鏡子陳舊到鏡面點點霉印，一雙古舊的皮靴擱在小桌下，一把掃帚掛在木釘上，桌上擺著一張照片，照片裡的小男孩穿著馬褲，站在微暗的海灘上。

無風的黑夜徘徊在破損的窗外。灰燼在星光中迴旋飄浮。透過天花板傳來的話聲不斷重複：**各位小朋友，大腦當然妥善藏放在百分之百的黑暗之中……然而，它所架構的世界卻……**隨著電池的電力逐漸減弱，聲音愈來愈低微，斷斷續續，廣播教學也愈來愈緩慢，好像授課的年輕人累了。而後話聲歇止。

心臟狂跳。頭顱低垂。一手端著蠟燭，另一手拿著手槍。馮．朗佩爾再度轉身面向衣櫥。衣櫥大到爬得進去。這麼一個龐然大物怎麼可能搬得上六樓？

他把蠟燭拿近一點，仔細端詳，衣櫥裡懸掛著一件件襯衫，在襯衫的暗影中，他看到先前檢視之時錯失之處：薄薄的灰塵留有一道道痕跡，可能是手印，也可能是腳印，說不定兩者皆是。他用手槍的槍托推開衣服，這個衣櫥究竟多深？

他整個人探進衣櫥裡，探看之時，他聽到叮噹一聲，一對鈴鐺自上自下同時作響，他嚇得往後一跳，頭撞上衣櫥頂端，蠟燭從手中滑落，人也摔著仰倒在地。

他看著蠟燭滾開，燭火直直朝上。燭火爲什麼始終朝上？究竟根據哪個奇怪的定律，蠟燭的火焰始終朝向空中消散？

他在這棟屋子待了五天，五天之中，布列塔尼最後一個由德軍掌控的港口幾乎失陷，大西洋防線也幾乎隨之崩潰，鑽石卻是依然下落不明。他已經活到超過醫生的估算。這會兒一對鈴鐺叮叮作響？難不成這就是喪鐘？

蠟燭緩緩滾動，滾向窗戶，滾向窗簾。

樓下的大門嘎嘎開啟。有人踏進屋裡。

同志

玄關到處都是破碎的瓷器——進門之時，他不可能不發出噪音。長廊盡頭的廚房滿地碎片。走道塵土飛揚。椅子傾覆。樓梯在前方。除非她幾分鐘之前才搬進這裡，否則她肯定在屋中高處，靠近傳輸器。

韋納雙手抓著步槍，帆布袋甩到肩頭，邁步上樓。每走到一個樓梯口，黑暗始終迎面襲來，模糊了他的視線。他低頭，光點在他腳邊忽明忽暗。書本沿著樓梯拋下，連同紙張、電線、瓶罐，以及說不定是古董娃娃屋的碎片。二樓、三樓、四樓、五樓；全都一個模樣。他已經顧不得自己發出多少噪音，或是出聲是否打緊。

走到六樓，階梯似乎就此打住。三扇半開的房門夾住樓梯口：一扇在左側，一扇在右側，一扇在前方。他舉高步槍，走向他的右側；房門一推就開，有如魔鬼的顎口，他以為會聽到一陣槍響，但反而只見日光透過一扇破損的窗戶，照亮一張微微凹陷的床鋪。一件女孩的洋裝掛在衣櫃裡。數百件小東西沿著護壁板陳列——是不是小圓石？兩個水桶擱在角落，桶內半滿，可能是清水。

他來遲了嗎？他把沃克海默的步槍搭在床沿，抬起一個水桶，喝了一、兩口。窗外，遠在鄰街的那一邊，遠在城牆的另一端，一艘小船隨著海浪起起伏伏，一盞孤燈忽明忽暗。

他背後傳來聲音：「啊。」

韋納轉身，前方有個德國軍官一跛一跛朝他走來，軍官身穿野戰服，是個三線五星的士官長。這人臉色蒼白，帶著瘀傷，清瘦到近似虛弱，他朝著床鋪蹣跚前進，喉嚨右側腫脹，緊綳的衣領掩飾不了腫塊，看來怪異。「嗎啡和波爾多紅酒，」他說，「我可不建議兩者混和服用。」他額頭一側的青筋微微跳動。

「我見過你，」韋納說。「你坐在麵包店的前方，拿著一份報紙。」

「下士小夥子，我也見過你。」由他臉上的笑容，韋納看得出他認定他們是同夥、同志、同謀，各自來到這棟屋子裡尋找同一樣東西。

士官長後方，走廊的另一頭竟然冒出火苗，令人難以置信。樓梯口另一頭的房間裡，一片窗簾著了火。火苗現正吞噬天花板。士官長伸出一隻指頭勾住衣領，調整一下鬆緊。他臉色憔悴，咬牙切齒。他在床上坐下，星光映照他的手槍，閃閃爍爍。

韋納只能勉強看出床邊有張矮桌，桌上一個個按照比例縮製的木頭小屋櫛比鱗次，架構出一個城市。這是聖馬洛嗎？他的目光一閃，從模型城市移向火苗，匆匆瞥向那把搭在床沿的步槍。士官長往前一傾，身影籠罩模型城市，有如一尊神情苦惱的石像鬼。

縷縷黑煙已經悄悄飄進走廊。「窗簾，長官，窗簾著火了。」

「雙方排定正午時分停火，最起碼他們是這麼說，」馮．朗佩爾說，聲調呆板。「不急、不急，我們有的是時間。」他不疾不徐地伸出一隻手，輕輕撫摸床邊的模型街道。「我們想要同一樣東西，你和我都一樣，下士。但是只有一人能夠得手，而且只有我知道東西在哪裡。這正是你的難題。東西在這裡、這裡，還是這裡？」他搓揉雙手，然後往後一仰，躺到床上。他拿起手槍指指天花板。「東西在上頭嗎？」

樓梯口旁的房間裡，著了火的窗簾已從橫桿墜落。說不定火苗會熄滅，韋納心想，說不定火苗會自行熄滅。

韋納想到葵花田裡的人們和其他數以百計的士兵：人人倒臥在小屋、卡車或是戰壕之中，一命嗚呼，臉上那副神情，彷彿聽到一首熟悉的歌曲——眉頭微微一皺，嘴巴懶懶一垂，似乎說著「怎麼這麼快」。但是人人面對死神的樂曲之時，不都帶著同樣的神情嗎？

火光在走廊對面跳躍。士官長依然仰躺，雙手握住手槍，把玩後膛，開開閉閉。「多喝一點，」他指指韋納手中的水桶。「我看得出你很渴。我沒有在裡面撒尿，我跟你擔保。」

韋納放下水桶。士官長坐起，頭一歪，前後晃動，好像鬆弛一下脖子的肌肉。然後他把手槍瞄準韋納的胸膛。走廊另一頭，也就是窗簾著火的那個方向，依稀傳來卡搭卡搭的聲響，有人蹦蹦跳跳走下梯子，劈劈啪啪踏上地板，士官長的注意力轉向聲響，手槍的槍管稍微下垂。

韋納衝過去拿起沃克海默的步槍。你等了一輩子，終於等到出手的時刻，你準備好了嗎？

同時發生的事

磚塊啪地掉到地上。語聲停歇。她可以聽到一陣扭打，然後槍聲響起，有如一道劃穿周遭的深紅閃光，聽來像是喀拉喀托火山爆發。一時之間，屋子似乎裂成兩半。

瑪莉蘿兒半滑半跌地爬下梯子，雙耳緊貼衣櫥背板的假門。腳步聲匆匆跨過樓梯口，走進她祖父的房間。接著噗通一聲、嘶嘶一聲，她聞到煙霧和蒸氣的味道。

這時腳步聲變得遲疑；聽起來跟那位士官長的腳步聲不太一樣。比較輕緩。走走停停。有人打開衣櫥木門。有人正在思索。有人想要弄清楚怎麼回事。

她可以聽到他的手指輕輕撫過衣櫥的背板，沙沙作響。她握緊手中的小刀。

朝東三條街，法蘭克·沃克海默坐在羅雷爾街和泰弗納德街轉角的一棟廢棄公寓裡，眨眨眼睛，用手指挖食一罐甜薯。河口對岸、一公尺水泥的下方，一位副官幫戰地指揮官拿起外套，指揮官手臂一伸，先套上一隻衣袖，再套上另一隻。同一時刻，一位十九歲的美國偵察兵攀爬山丘，朝向碉堡前進，爬著爬著，他轉身，伸出手臂，拉拔後面的另一位士兵；同一時刻，艾提安·勒布朗把臉頰貼著「國際碉堡」的花崗岩磚石，暗自做出決定：如果他和瑪莉蘿兒逃過這一劫，他將不管三七二十一，讓她挑選赤道上任何一處，兩人一起啟程出發，他們會買張機票，搭船坐飛機，直到一起站在雨林裡，被他們從未聞過的花朵所圍繞，聆聽他們從未聽過的鳥類歌唱。「國際碉堡」五百公里之外，萊茵霍爾德·馮·朗佩爾的太太叫女兒們起床做彌撒，心中暗想那個從戰場歸來、少了一條腿的鄰居，長相眞是英挺。離她不遠之處，佳妲·芬尼在女子宿舍紫藍的暗影中沉睡，夢見了光，夢中光影漸濃，有如白雪般鋪蓋了田野；離佳妲不遠之處，元首端起一杯溫熱的牛奶（只是溫熱，從未煮沸），送到唇邊，一片奧爾登堡的黑麵包擱在他的盤中，旁邊還有一整顆蘋果，他每天早上固定食用這些餐點；同一時刻，基輔的一個壕溝內，兩名囚犯在沙堆裡搓揉雙手，因爲他們的手變得滑溜溜，然後再度抬起擔架，一名專門處理死囚的納粹特遣隊員坐在一旁，拿著一根鋼管撥弄火堆；柏林的一處庭院中，一隻鶺鴒輕快地跳躍於石板之間，尋覓蝸牛食用；舒爾普福塔的納粹軍校中，一百一十九名十二、三歲的學生列隊站在卡車後方，等著領取重達三十磅的反坦克地雷，再過將近八個月，在俄軍的進襲中，整所軍校將像孤島般受到隔離，學生們將處於孤獨無援之境，這些男孩將接下德意志帝國最後一盒黑巧克力，以及從捐軀士兵身上收取的國防軍鋼盔，然後這些國家最後一批少年軍將頂著一頭剛剛修剪的短髮，匆匆趕赴戰場，巧克力在他們的肚裡融化，過大的鋼盔在他們的頭上晃動，他們手執鐵拳火箭發射器，進行徒勞無功的最後突擊，抵禦一座再也不需抵禦的橋樑，在此同時，白俄軍團的 T-34 坦克車轟轟隆隆地朝著他們駛來，將他們全數殲滅，無一倖存；聖馬洛天亮了，衣櫥另一邊稍有動靜——韋納聽到瑪莉蘿兒吸了一口氣，瑪莉蘿兒聽到韋納三隻指頭刮過木板，那個聲音真像唱片在唱針下滑動，兩人的臉龐僅僅一臂之隔。

他用法文說：「妳在那裡嗎？」

妳在那裡嗎？

他是鬼魅。他來自另一個世界。他是爸爸、曼奈克太太、艾提安叔公；他是每一個曾經離開她、最後終究回到她身旁的人。他隔著嵌板大喊：「我不會殺妳。我聽到妳的聲音。在收音機裡。所以我來了。」他停了一下，笨拙地解釋。「那首曲子，月亮的光？」她幾乎露出微笑。

我們的生命皆以單一細胞作爲開端，細胞比一粒灰塵更小。微小多了。分裂。增殖。加加減減。物質易主，原子流進流出，分子迴旋轉動，蛋白質組合凝聚，粒線體下達氧化指令；蜂擁成群、精細微小、具有能量的細胞，爲我們的生命拉開序幕。肺，腦，心。四十星期之後，六兆萬細胞被擠入我們母親的產道，我們呱呱墜地，嚎啕大哭，世界於焉在眼前開展。

瑪莉蘿兒推開衣櫥。韋納牽起她的手，幫她爬出來。她的雙腳踏上她祖父臥室的地板。

「我的鞋子，」她說，「我還找不到我的鞋子。」

第二個罐頭

女孩挺直坐在角落，一件外套包住她的膝蓋。她盤起雙腿，腳踝貼著肚子。她揮舞手指，摸索身旁四周。他希望自己永遠記得她每一個模樣。

東方槍聲隆隆；營區再度受到轟炸，營區也再度還擊。

倦意席捲他的全身。他用法文說：「等一下有個 *Waffenruhe*，嗯，就是停火。大概是中午。好讓大家可以出城。我可以帶妳出城。」

「你知道這個消息屬實？」

「不，」他說。「我不知道這個消息是否屬實。」四下安靜無聲。他檢查一下他的長褲和沾滿塵土的外套。這套制服讓他成了幫兇，協同作出每一樁這個女孩憎恨之事。「那邊有水，」他說，然後走到六樓另一個房間，看也不看她床上那具馮．朗佩爾的屍體，拿著另一個水桶走回來。她整個頭埋進桶裡，細瘦的雙臂抱住水桶，咕咕嚕嚕地暢飲。

他說：「妳很勇敢。」

她放低水桶。「你叫什麼名字？」

他告訴她。她說：「我失去視力時，韋納，大家說我很勇敢。我爸爸離開時，大家說我很勇敢。但那不是勇敢；我沒有選擇。我起床，繼續過我的日子。你不也是如此嗎？」

他說：「我已經好多年不是如此。但是今天，今天我說不定辦到了。」

她的眼鏡丟了，雙眼的瞳孔看起來好像盈滿牛奶，一片混濁，但奇怪的是，他看了並不害怕。他想起一個伊蓮娜太太說過的生字：*belle laide*。醜中帶俏。

「今天是星期幾？」

他四下環顧。窗簾燒得焦黑，煙塵飄過天花板，窗戶的紙板剝落，拂曉之前的第一道天光緩緩滲入。「我不知道。現在是早上。」

一枚炮彈颼颼飛過屋子上空。他心想：我只想跟她坐在這裡，共度成千上百個鐘點。但是炮彈在某處引爆，屋子吱嘎作響，韋納說：「以前有位先生使用妳那部傳輸器，他廣播科學課程，我小時候跟我妹妹一起收聽。」

「那是我祖父。你聽到他的廣播？」

「聽到好多次。我們非常喜歡他。」

窗戶閃閃發光。暈灰的晨光漸漸瀰漫房內。一切都是那麼短促、那麼辛酸；一切都是稍縱即逝。此時此刻，他自地窖脫身，身處這棟屋子的高處，跟她一起坐在這間臥室裡，感覺就像服下一劑良藥。

「我吃得下培根，」她說。

「妳說什麼？」

「我吃得下一整頭豬。」

他微微一笑。「我吃得下一整頭牛。」

「以前住在這裡的老太太，她是我們的管家，她煎的蛋捲非常可口，全世界沒有人比得上。」

「我小時候，」他說——或說他希望自己表達得出來——「我們以前在魯爾河畔採野莓。我妹妹和我。我們採到的野莓跟我們的拇指一樣大。」

女孩鑽進衣櫥，爬上梯子，帶著一個凹損的罐頭回來。「你看得出這是什麼罐頭嗎？」

「上面沒有貼標籤。」

「我想也是。」

「裡面的東西可以吃嗎？」

「我們打開來看看。」

他拿起磚塊一敲，小刀的刀尖刺穿罐蓋。他馬上聞到一股香氣：氣味是如此甜膩、如此濃郁，幾乎令他昏厥。那個字是什麼來著？*Les pêches*。蜜桃。

女孩往前一傾；她深深吸了一口氣，雀斑似乎在她臉上漫開。「我們一起吃，」她說。「因爲你先前幫了我。」

他再把刀尖敲入罐蓋，沿著罐緣拉鋸，扳開金屬罐蓋。「小心，」他邊說邊把罐頭推向她。她兩隻指頭伸進罐內，掏出一塊軟綿綿、滑溜溜、濕淋淋的東西。他也跟著做。第一塊蜜桃緩緩滑過他的喉口，感覺有如置身天堂般狂喜。他口中是一塊塊黃澄澄的陽光！

他們又吃又喝。他們暢飲糖汁。他們伸出手指，來回抹拭罐內，一滴不剩。

這棟屋子眞是神奇！她帶他參觀閣樓裡的傳輸器；雙子電池，老式電唱機，手控天線，藉由匠心獨具的槓桿裝置，天線可以沿著煙囪升降。甚至還有一張老唱片，她說唱片收錄了她祖父的廣播，也就是那些爲了孩童灌製的科學課程。還有一冊冊藏書！低矮的樓層到處都是書本——貝克勒爾[24]、拉瓦節[25]、費雪[26]——一輩子取之不盡，用之不竭。若能花上十年待在這棟狹長高聳的屋裡，與世隔絕，研習屋裡的祕密，閱讀屋裡的藏書，凝視著這個女孩，那將是什麼感覺？

「依妳之見，」他問，「尼莫艦長從漩渦中脫身了嗎？」

瑪莉蘿兒穿著她那件不合身的外套坐在五樓樓梯口，好像等待火車到來。「說不定逃不過，」她說。「嗯，說不定逃得了。我不知道。我想這就是重點，不是嗎？讓我們猜想？」她頭一歪。「他是個狂人。但我不想他死。」

他在她叔公書房角落胡亂堆疊的書籍中找到一本《美國鳥類圖鑑》。這本圖鑑是副本，比他在弗雷德瑞克家中看到的眞本輕巧多了，但書中四百三十五幅雕版畫依然令人驚豔。他把書拿到樓梯口。「妳叔公有沒有讓妳看看這個？」

24 Antoine Henri Becquerel，1852—1908，法國物理學家，一九〇三年發現天然放射線而獲頒諾貝爾獎。
25 Antoine Lavoisier，1743—1794，法國化學家，人稱「近代化學之父」。
26 Hermann Emil Fischer，1852—1919，德國化學家。

「讓我看什麼？」

「小鳥。一隻、一隻、一隻小鳥。」

屋外，炮彈颼颼飛來飛去。「我們得下樓，」她說。但是一時之間，他們動都不動。

加州鵪鶉

塘鵝

軍艦鳥

韋納依然可以看見弗雷德瑞克跪在他家的窗邊，鼻子貼著玻璃窗。小小的灰鳥在枝頭跳躍。**看起來不怎麼起眼，是不是**？

「我可以留下這一頁嗎？」

「請便。我們很快就可以離開，對不對？什麼時候才安全？」

「中午。」

「我們怎麼知道什麼時候可以離開？」

「當他們停止射擊，我們就曉得了。」

飛機越過上空。幾十部、幾十部地飛過。韋納不由自主地打冷顫。瑪莉蘿兒帶著他走到一樓，這裡的每樣東西都蓋上一層一公分的灰燼和煙塵，他把翻倒的家具推到一旁，用力拉開地窖的門，兩人爬了下去。上空某處，三十架轟炸機拋擲機上的炮彈，韋納和瑪莉蘿兒感覺岩床震盪，聽到河流對岸傳來爆炸聲。

可不可能發生某些奇蹟，讓他得以持續現況？他們可不可能躲藏在此，直到戰爭結束？直到各方軍隊再也不會在他們上方來回走動？直到他們只需推開大門，移開一些石塊，屋子已成爲海邊的廢墟？直到他可以把她的手指握在掌心，牽著她走向豔陽？他願意奔向任何一處，背負任何重擔，只求讓這一切成眞；再過一年、三年、或是十年，法德兩國的局勢將會改觀，他們兩人的國籍也將代表著與現今截然不同的意義；他們可以離開家中，走到一家觀光客造訪的餐廳，一起點些簡單的餐點，靜靜地用餐，共享情人之間應有的安逸與沉默。

「那個樓上的男人，」瑪莉蘿兒以輕柔的聲調說，「你知道他爲什麼來這裡嗎？」

「因爲收音機？」此話一出，連他自己都感到懷疑。

「或許吧，」她說。「說不定就是爲了收音機。」

過了一分鐘，兩人皆墜入夢鄉。

停火

夏日璀璨的日光漫過敞開的活板門，緩緩滲入地窖。說不定已是午後。沒有槍響。在那短短的幾秒鐘，韋納凝視她的睡容。

然後他們趕緊行動。他找不到她問起的鞋子，但在衣櫥裡找到一雙男用休閒鞋，幫她穿上。他抓了一件艾提安的軟呢絨長褲，連同一件袖子太長的襯衫，套在自己的制服外。如果他們碰見德國人，他打算只講法文，就說他幫她逃往市外。如果他們碰見美國人，他就說他是逃兵。

「那邊會有一個敵俘收容站，」他說，「專門收容難民。」但他不確定自己說得對不對。他在一個翻倒的櫃櫃裡找到一個白枕頭套，他把枕頭套對折，塞進她的外套口袋。「時候一到，妳就儘量舉高這個東西。」

「我會試試看。我的手杖？」

「在這裡。」

他們站在玄關，稍微遲疑，兩人都不確定門外有何狀況。他想起四年前入學考試那個悶熱的歌舞廳：梯子釘在牆上，深紅的旗幟有個白色圓圈和黑色的十字。你往前一步；你往下一跳。

戶外，到處都是堆積如山的瓦礫。煙囪的外層剝落，向陽的磚瓦一片光禿。濃煙漫過天際。他知道炮彈肯定從東方發射，他也知道美國人六天之前幾乎已經攻至帕拉梅，因此，他拉著瑪莉蘿兒朝著那個方向前進。

他們隨時可能被發現，若非美國人，就是他自己的同僚，他們將被迫做些事情：勞動，投降，告解，一死。某處傳來火焰的聲響，聽起來好像乾枯的玫瑰花被揉成一團。除此之外，四下一片寂靜；沒有汽車聲，沒有飛機聲，沒有槍炮劈劈啪啪，沒有傷兵痛苦哀號，沒有狗犬胡亂吠叫。他牽著她的手，幫她走過一堆堆瓦礫。沒有炮彈落下，沒有步槍扣動，日光柔和，映照著點點塵灰。

佳妲，他心想，我終於仔細聆聽。

他們走了兩條街，沒看到半個人。沃克海默說不定正在吃東西——高大魁梧的沃克海默坐在一張面海的小桌旁，一邊觀賞海景，一邊獨自進餐，這就是韋納樂於想像的光景。

「好安靜。」

她的聲音宛如一方清澈明亮的藍天。她的臉龐宛如一片雀斑點點的田野。他心想：我不想放手讓妳走。

「他們在看著我們嗎？」

「我不知道。我想沒有。」

他看到前方一條街有些動靜：三名女子扛著一綑綑東西。瑪莉蘿兒拉拉他的衣袖。「這條街跟哪條街交叉？」

「羅磊爾街。」

「來，」她說，她右手拿著手杖，行走之時，手杖前前後後輕觸路面。他們右轉、左轉，走過一棵胡桃樹和兩隻正在啄食的烏鴉——燒焦的胡桃樹好像一根插進地裡的巨大牙籤，烏鴉啄食的東西難以辨識——最後終於走到城牆的牆基。朝天攀爬的常春藤從窄巷上方的拱門垂掛而下，朝右遠遠望去，他可以看到一個身穿藍色塔夫綢的女子把一只塞得滿滿的大皮箱拖過路邊石，一個男孩跟在她的後面，男孩的長褲太小，身穿某種閃閃發亮的外衣，貝雷帽往後一壓，遮住後腦杓。

「有些民眾正要出城，我該叫住他們嗎？」

「一下子就好。」她帶著他沿著巷子往前走，愈走愈裡面。清香、強勁的海風從一個他看不到牆孔徐徐吹來，周遭的空氣隨之顫動。

他們走到巷底一個狹窄的閘門。她把手伸進外套口袋，掏出一把鑰匙。「潮水高漲嗎？」

他從閘門只看得到一個低矮的空地，空地最裡頭有個格柵。「那邊下面有水。時間不多，我們得快一點。」

但是她已經穿過閘門，穿著她那雙大鞋走下巖穴，腳步充滿自信，手指輕撫一道道石牆，好像它們是一個個她以為再也見不到面的老朋友。潮水隨同低淺的漣漪漂過小池，漫過她的小腿，濺濕她的裙擺。她從外套裡拿出某個木製的小東西，放入水中。她輕聲細語，回音裊裊：「你得告訴我，它是不是在海水裡？它非得在海水裡不可。」

「是的，它在海水裡。我們得走了，小姐。」

「你確定？」

「我確定。」

她爬出來，上氣不接下氣。她把他推過閘門，隨手把門鎖上。他把手杖遞給她，然後兩人沿著小巷往回走，行走之時，她的鞋子嘎吱作響。他們穿過低垂的常春藤，左轉，正前方是一群衣衫襤褸、正要穿越十字路口的民眾：一名女子、一名孩童、兩名抬著擔架的男子，擔架上躺著第三名男子，三人口中都叼著菸。

韋納眼前再度一片漆黑，感覺頭暈目眩。他的雙腿快要支撐不住。一隻貓咪坐在路上舔拭爪子，抓抓耳朵，盯著他看。他想起他在「同盟礦區」看到的那些礦工，身心俱疲的老礦工坐在椅子或木箱上，幾個鐘頭動也不動，靜候死神到來。對於像他們那樣的人們而言，時光始終過剩，你把它放進木桶，看著它慢慢耗竭。但他心想，其實時光是一掬捧在手心、閃閃發亮的清水；你應該竭盡所能地護衛它、為它奮戰。你應該好好努力，絕對不可濺灑任何一滴。

「好，」他盡全力用他所知的法文解說。「這是枕頭套。妳摸著那道牆往前走，妳摸得到嗎？妳會走到一個十字路口，然後繼續直走。街上看起來大多暢通。盡量高舉枕頭套，像這樣舉在前頭，妳明白嗎？」

她轉向他，咬著下唇。「他們會開槍。」

「妳舉著白旗，他們就不會。他們也不會開槍打一個女孩子。前面還有其他人。來，沿著牆走。」

他再次拉起她的手貼在牆上。「趕快，別忘了枕頭套。」

「你呢？」

「我會朝著另外一個方向前進。」

她把臉轉向他，雖然她看不到他，但是他感覺自己無法承受她的凝視。「你不打算跟我一起去？」

「如果沒有人看到妳跟我在一起，對妳比較好。」

「但是你怎麼再找到我？」

「我不知道。」

她伸手抓住他的手，把某個東西放在他的掌心，捏捏他的手，握成一個拳頭。「再見，韋納。」然後她就離去。每走幾步，她手杖的尖端就打中街上的碎石，她花了一會兒才設法繞過。走走停停，停停走走，她的手杖小心探測，她潮濕的裙襬微微晃動，白色的枕頭套高高舉起。他一直看著她，直到她穿過十字路口，沿著下一條街前進，消失在視線之外。

他等著聽到聲響。槍聲。

他們會幫她。他們非得幫她不可。

他攤開手掌，一把小小的鐵鑰匙躺在他的掌心。

巧克力

那天傍晚，盧瑞爾太太在一所被徵用的學校找到瑪莉蘿兒。她緊緊握住女孩的手，再也不放開。民政事務人員把沒收得來的德國巧克力堆放在長方形的紙盒裡，瑪莉蘿兒和盧瑞爾太太吃了一條又一條，數也數不清。

早晨時分，美國人攻下城堡和最後一個防空飛彈炮台，釋放關在「國際碉堡」的囚犯。盧瑞爾太太從緩緩前進的隊伍裡拉出艾提安，他張開雙手，把瑪莉蘿兒抱在懷中。河口對岸地下碉堡裡的上校又固守了三天，直到一架叫做「閃電號」的美國軍機從排氣孔拋下一桶凝固汽油彈，疾霆不暇掩目，五分鐘之後，一根綁著白床單的桿子豎起，聖馬洛圍城之戰宣告終止。掃雷部隊清除所有他們找得到的縱火裝置，軍方攝影師帶著他們的三腳架進城，民眾三三兩兩從農場、田野和地窖返家，緩緩走過滿目瘡痍的街道。八月二十五日，盧瑞爾太太獲准進入市區，查看麵包店的狀況，但艾提安和瑪莉蘿兒朝著另一個方向前進，前往雷恩，他們在雷恩一家叫做「寰宇」的旅館訂了一個房間，旅館供應熱水的鍋爐依然管用，他們泡了兩小時的熱水澡。夜幕低垂之時，他從旅館玻璃窗的倒影中，看著她摸索走向床鋪。她的雙手貼著臉頰，而後緩緩垂落。

「我們去巴黎，」他說。「我從來沒有去過巴黎，妳可以帶我四處瞧瞧。」

韋納在聖馬洛南方一點五公里被三名身穿便服、坐著貨車在街上晃蕩的法國反抗軍逮捕。他們起先認定自己解救了一個白頭髮的小老頭，然後他們聽出他的口音，注意到他那件舊襯衫底下的德國軍服，判定他們逮到了一個間諜，這可是非常了不得。接著他們意識到韋納相當年輕，於是他們把他帶到一個受到徵用、權充裁武中心的旅館，交給一位美軍文書官。韋納起先擔心他們會把他帶到樓下——拜託、別又把我囚禁在另一個地洞——但是他被帶到三樓，那裡有個看來疲倦、已經連著一個月幫德國囚犯造冊的翻譯官，他記下韋納的姓名和軍階，問了幾個例行問題，文書官在旁翻尋韋納的帆布袋，然後交還給韋納。

「一個女孩，」韋納用法文說，「你們有沒有看見——？」但是翻譯官只是敷衍地笑笑，用英文跟文書官說了幾句話，好像受到訊問的德國士兵都問起一個女孩。

他被押進一個鐵絲網圍起來的中庭，另外八、九名德國士兵也坐在那裡，人人穿著高筒靴，手執破破爛爛的水壺，其中一人身穿女裝，顯然意圖打扮成女人逃跑。還有兩名士官和三位下士，沒有沃克海默的蹤影。

晚間時分，他們送上大鍋爐燒煮的熱湯，他狼吞虎嚥，喝下四錫杯。五分鐘之後，他卻病懨懨地躺在角落。到了早上，肚子裡的湯全都吐了出來。層層雲朵飄過天空。他的左耳聽不到聲音。他不停回想瑪莉蘿兒的模樣——她的雙手、她的秀髮——即使他擔心自己花太多時間回想，說不定沖淡了她的影像。被捕一天之後，他們一行二十人往東前進，加入另一群人數更多的士兵，一同被監禁在倉庫裡。

庫門敞開，他看不到門外的聖馬洛，但他聽到數百架飛機的聲響，不分日夜，地平線始終籠罩在一大團煙霧之中。醫護兵兩度幫維納送上稀粥，但他全都吐了出來。自從吃了蜜桃之後，他的腹胃留不住任何食物。

說不定他又開始發高燒；說不定他們在旅館地窖裡喝的髒水害他中毒。說不定他的身體放棄求生。他知道他若不進食，恐怕難逃一死。但當他進食，他感覺自己跟死了一樣難受。

他們從倉庫被送往迪南。囚犯多半是男孩或是中年男子，連隊只剩下這些殘兵敗將。他們拿著斗篷、雨衣、帆布袋、木箱；其中幾人拖著色彩豔麗、天知道從何處得來的皮箱。有些並肩作戰的戰友走在一起，但是大多都是素不相識的陌生人，人人都曾見證但願能夠遺忘之事。他們始終帶著一股怒氣，怒氣有如潮水般緊隨即後，愈漲愈高，愈積愈深，懷帶著冷冷、呆滯的憤恨。

他穿著瑪莉蘿兒叔公的軟呢絨長褲前進；肩上背著他那只帆布袋。他們說他十八歲。畢生之中，他的師長、他的收音機、他的長官始終與他講述未來。但是未來還剩下什麼？前方的道路一片空虛，他的思緒日漸深沉；他看到瑪莉蘿兒拿著手杖消失在街道盡頭，好像被風吹散的灰燼，他的心中忽然冒出一股強烈的渴慕，猛烈撞擊著胸骨。

九月的第一天，韋納醒來，無法站立。兩名囚友扶他上洗手間，扶他回來，幫他躺在草地上。一位年輕、頭戴鋼盔的加拿大醫療兵手執鋼筆型小手電筒照照韋納的眼睛，把他抬到卡車上。卡車載著他開了一段路，把他送進一個帳篷，帳篷之中躺滿滿奄奄一息的病人。一位護士在他的手臂注射液體。一匙溶液送入他的口中。

接下來的一星期，他躺在那個大帳棚詭譎的綠色燈光下，一手抓著他的帆布袋，另一手捏著木頭小屋堅硬的屋角。稍有體力時，他把玩小屋，扭動煙囪，推開屋頂三塊小木板，看看裡面。小屋眞是巧奪天工。

在他的左右兩側，天天有人撒手西歸，他覺得自己聽到了遠方的樂聲，好像有人啪地一聲關上房門，把一座巨大古老的收音機關在門後，他只能把那隻沒有受傷的耳朵緊緊貼在小床上，藉此收聽廣播，即使樂聲非常輕柔，即使有時他甚至不確定是否眞有樂聲。

有些事情讓人氣惱，韋納相當確定，但說不出是何事。

「不肯吃東西，」一位護士用英文說。

一位醫護官的臂章。「發燒？」

「高燒。」

有人講話。有人講到數據。在他的夢中，他看到澄淨明亮的夜空，渠道全都結冰，礦工家門前的提燈火光熊熊，農夫們在田野中溜冰。他看到一艘潛水艇停歇在無光的大西洋深處；佳妲的臉頰貼著舷窗，靠著玻璃窗呼吸；他幾乎期盼看到沃克海默伸出大手，扶他起來，架著他坐上歐寶卡車。

瑪莉蘿兒呢？她是否跟他一樣，依然感覺兩人指間的掌心緊緊相貼？

有天晚上，他坐起。他周圍的小床躺著幾十位病人或是傷者。一陣九月的暖風穿過鄉野，帳篷的篷面隨之波紋四起。

韋納輕輕轉頭。風勢強勁，陣陣急猛，大風之中，帳篷各角的拉索更加緊繃。入口的簾布被風吹起，透過縫隙，他可以看到篷外的樹木劇烈晃動，左右搖擺，萬物窸窣作響。韋納把他的舊筆記簿和木頭小屋擺進帆布袋，拉上拉鍊，他旁邊的男人喃喃自問，其他傷殘袍澤皆已沉睡。韋納覺得連他心中的渴慕都已淡去，他只感覺明月映照頭頂上的帳篷，瞬時之間，四周盈滿冷冷、淒涼的月光。透過帳篷微掀的簾布，他看到遠處的雲朵急急飛過樹梢，飄向德國，飄向家鄉。

銀白澄藍。澄藍銀白。

一張張白紙沿著一排排小床飛舞，韋納胸口一緊，一顆心噗噗跳動。他看到伊蓮娜太太跪在炭爐邊控制爐火。孩童們在他們的床上沉睡。女嬰佳妲睡在她的搖籃裡。他的爸爸點亮礦燈，踏入電梯，消失無蹤。

沃克海默的聲音：**你將來肯定是個人才**。

韋納的軀體似乎在毛毯下失去了重量，噗噗啪啪的帳篷簾布外，樹木晃動，雲層凝聚，滾滾奔騰。

他一腳先跨下床，再跨出另一腳。

「厄斯特，」他旁邊的男子說。「厄斯特。」但是周遭沒有人名叫厄斯特；小床上的人們沒有回應；帳篷門口的那個美國士兵沉沉入睡。韋納走過他身邊，邁向草地。

大風吹透他的汗衫。他是只風箏，是個氣球。

有次他和佳妲利用廢棄的木材製造一艘小帆船，帶到河邊。佳妲幫小船漆上絢爛的紫色和綠色，一本正經地把小船擱在水面。但是小船一被捲入水流就斜斜倒下，小船漂向下游，他們搆不到，不久就被漆黑平緩的河水吞噬。佳妲淚眼汪汪，對著韋納眨眼，雙手拉扯毛衣上破爛的線球。

「沒關係，」他對她說，「凡事很難頭一次就上手。我們會製造另一艘性能更優良的小船。」

他們辦到了嗎？他希望他們果真辦到。他似乎記得有艘小船——而且是一艘比較經得起風浪的小船——緩緩順著河水滑行，漂過彎口，拋下他們而去。他們辦到了，不是嗎？

月光耀目，滾滾翻騰；殘缺的雲朵急急飛過枝頭，落葉四處紛飛。但是大風吹不動月光，一道道光芒依然好整以暇地越過雲朵與天空，感覺似乎慢得不能再慢，高高籠罩著飄搖的小草。

風爲什麼吹不動光？

田野另一頭，一個美國人看著一個男孩走出傷兵帳篷，行進於樹木之間。他坐起。他舉起一隻手。

「停，」他大喊。

「停步，」他大喊。

但是韋納已經踏入田野，觸動一顆他的袍澤們三個月前布下的地雷，消失在如同噴泉般迸裂的土石之中。

ELEVEN

CHAPTER 11

1945

柏林

一九四五年一月，伊蓮娜太太連同「兒童之家」的最後四個女孩——克勞蒂亞．福斯特、十五歲的佳妲．芬尼、雙胞胎姐妹漢娜和蘇珊娜．葛麗茲——從埃森被載送到柏林的一家機器零件廠工作。

一星期六天，一天十小時，她們不停拆卸巨大的鍛壓機，把可用的金屬堆放在等著運上火車的木箱裡。鬆開螺絲釘，鋸砍，拖拉搬運。大多時候，伊蓮娜太太穿上一件破破爛爛、她自個兒找到的滑雪夾克，站在佳妲附近，一邊工作一邊口操法文自言自語，或是哼唱小時候的童謠。

她們住在一家印刷公司的樓上，公司一個月前已遭到棄置。數百箱印刷錯誤的字典堆放在走廊上，女孩們一張張撕下，在火爐裡焚燒取暖。

昨天燒了Dankeswort、Dankensworte、Dankgebet、Dankopfer。

今天燒了Frauenverband、Frauenverein、Frauenvorsteher、Frauenwahlrecht。

她們中午以工廠福利社的包心菜和大麥果腹，傍晚站在永無止盡的隊伍裡領取配糧。奶油切成小小塊；一星期三天，她們每個人分配到半顆方糖。兩條街外的水龍頭才有清水。身邊帶著小寶寶的母親們沒有嬰兒衣物、沒有嬰兒車，只有少許牛奶。有些人撕裂床單權充尿布；有些人找些報紙摺成三角形，別在小寶寶的雙腿之間。

工廠裡工作的女孩最起碼半數以上都不識字，因此，佳妲為她們朗讀男友、兄弟、或是父親從前線捎來的信，有時還幫她們回信：**你記得我們以前吃開心果、還有形狀像是花朵的檸檬冰嗎？你記得你以前說……**

整個春天，轟炸機每晚報到，唯一的目的乎是把城市燒成焦土。大多晚上，女孩們匆匆跑到街尾，爬進狹窄的防空洞，石牆被炸得劇烈晃動，她們也因而難以入眠。

走到工廠的途中，她們偶爾看到屍體，乾扁的屍體已經化爲灰燼，焦黑得辨識不出是誰。有時，屍體似乎沒有明顯的傷痕，死者好像再過一秒鐘就會起身，跟著大家拖著沉重的步伐回去上工，這種屍體才讓佳妲害怕。

但是死者並未醒來。

有次她看到三個孩童並排臥躺，背上擱著背包。她頭一個念頭是：醒來吧。去上學。但她接著又想：那些背包裡可能裝著食物。

克勞蒂亞．福斯特再也不開口說話。日子一天天過去，她成天一語不發。工廠的機件逐漸耗盡。根據謠傳，工廠再也無人監管，大家拚命搜集的銅、鋅和不銹鋼被搬上火車，棄置在鐵軌外側，無人使用。

郵務中斷。三月底，機器零件工廠關閉，伊蓮娜太太和女孩們被派到一家民間公司工作，負責清掃炮轟之後的街道。她們搬抬石磚，鏟除灰土和碎玻璃。佳妲聽說有些思鄉心切、驚慌恐懼的十六、七歲的男孩，戰戰兢兢地出現在他們母親的大門口，結果兩天之後被人從閣樓裡拖了出來，以逃兵之名當街槍斃。童年的景象一一重返她的腦海之中——坐在手推車上跟著哥哥到處跑，翻尋垃圾堆，希冀從泥濘之中搶救出一件絢爛的物品。

「韋納，」她悄悄大聲呼喚。

去年秋天，她在「同盟礦區」收到兩封宣告他死訊的信函，各自提到不同的下葬之處。弗雷奈[27]，瑟堡[27]——她得查地圖才知道它們在那裡。啊，法國的兩個小鎮。有些時候，在她的夢中，她和他站在一張堆滿工具、運輸帶和馬達的桌旁。**我在製造某樣東西**，他說，**我正在努力**。但他沒有繼續下去。

到了四月，女人們成天談論俄國人、他們會做出什麼好事、他們會尋求什麼報復。她們說俄國人非常野蠻。韃靼人，俄國蠻子，大老粗，卑鄙小人。法西斯主義者進駐斯特勞斯堡。妖魔鬼怪進駐市郊。

漢娜、蘇珊娜、克勞蒂亞和佳妲擠成一團，睡在地板上。這個蒼涼荒蕪的最後據點，是否仍有一絲恩慈？或許吧。有天下午，佳妲回家發現克勞蒂亞偶然拾獲一個貼著金色封條的糕餅店紙盒，一團團油漬透過紙板，清晰可見。女孩們一起瞪視，好像那個東西來自尚未淪亡的世界。

紙盒裡擺著十五塊糕點，塊塊以蠟紙方格相隔，而且內陷塞滿草莓果醬。市內飄著春雨，泥濘的灰燼從廢墟中漫流，一隻隻老鼠從落磚堆成的洞穴往外觀看，四個女孩和伊蓮娜太太坐在她們漏水的公寓裡，一人吃下三個走味的糕點，沒有人留下一丁點稍後享用，她們的鼻子沾了糖粉，齒縫沾了果醬，頭暈目眩，咯咯傻笑，血液之中流竄著閃閃發光的愉悅。

壯若母牛、心驚膽怯的克勞蒂亞居然造就了這麼一個奇蹟，而且用心良善，願意與大家共享，誰說世間已無恩慈？

留下的年輕女孩個個穿上破爛的舊衣服，畏畏縮縮地躲在地下室。佳妲聽說奶奶們在孫女們的臉上塗抹糞便，用麵包刀截斷她們的頭髮，用盡一切方式，只求避免引起俄國人的注意。

她聽說母親們把女兒們淹死。

她聽說人們在一公里之外就聞得到血腥味。

「苦日子快結束了，」伊蓮娜太太邊說邊把雙手伸到爐前，爐上燒著開水，水卻一直燒不開。

一個晴空萬里的五月天，俄國人找上門。他們一行只有三人，而且只出現那麼一次。他們闖入樓下的印刷公司找酒喝，但是遍尋不獲，很快就猛敲牆壁，打出一個個坑洞。劈劈啪啪，窸窸窣窣，一顆子彈颼地彈過一部解體的老舊印刷機，屋牆隨之顫動，伊蓮娜太太坐在樓上的公寓裡，身上穿著她那件破爛的滑雪外套，口袋裡擺著一本簡約版的新約聖經，拉上口袋的拉鍊，握著女孩們的手，嘴唇輕輕抽動，喃喃念誦無聲的禱詞。

佳妲容許自己一廂情願地認定他們不會上樓。其後幾分鐘，他們確實沒有走上樓梯，但是他們終究還是上門，靴子踢踢躂躂，重重踏步，一路走到樓上。

「保持鎮定，」伊蓮娜太太告訴女孩們。漢娜、蘇珊娜、克勞蒂亞、佳妲——她們全都不到十六歲。伊蓮娜太太的聲音低沉沮喪，但是聽起來似乎不害怕。說不定有點失望。「保持鎮定，他們不會開槍。我會確保我是頭一個，他們接下來就會溫和一點。」

佳妲的十指交纏貼著後腦杓，克制雙手顫抖。克勞蒂亞似乎又聾又啞。

「閉上眼睛，」伊蓮娜太太說。

漢娜低聲啜泣。

佳妲說：「我要看著他們。」

「好吧，那麼妳就張著眼睛。」

27 La Fresnais，法國布列塔尼地區的小城。

腳步聲停駐在樓梯井。俄國人搜尋衣櫃，她們聽著掃帚的帚柄被亂踢一通，一整箱字典砰砰咚咚滾下樓梯，然後有人格格轉動門把，其中一人跟另一個人說了幾句話，門口側柱劈啪斷裂，砰砰一聲，有人猛然推開房門。

其中一人是個軍官，其他兩人頂多十七歲，三人全都髒得不像話，但是先前幾小時，他們不曉得什麼時候擅自在身上噴了女用香水，兩個男孩子聞起來更是令人受不了。他們或似睡眼惺忪的男學生，或似只剩下一小時可活的瘋子。頭一個人只以一條繩子權充皮帶，而且瘦到無需解開繩子即可脫下長褲。第二個人放聲大笑：笑聲詭異，令人困惑，好像不太相信德國人居然進犯他的國家，棄守一個像這樣的城市。軍官坐在門邊，雙腿伸直，遙望街上。漢娜尖叫了半秒鐘，但是很快就伸手蒙住叫聲。

伊蓮娜太太把男孩們帶到另一個房間。她只咳了一聲，好像有個東西堵在喉嚨裡；從頭到尾，她只發出這麼一個聲響。

接下來輪到克勞蒂亞。她只發出呻吟。

佳妲不允許自己發出任何聲響。一切出奇地有序。最後才輪到軍官，逐一凌辱她們每一個人。壓在佳妲身上時，他喃喃說些單字，睜開眼睛，但視而不見。從他扭擠、痛苦的神情中，難以判定這些單字代表親暱或是侮辱。儘管噴了香水，他聞起來依然像是一匹馬。

多年之後，佳妲將在回憶之中聽到他不斷重複這些字眼——Kirill、Pavel、Afanasy、Valetin——她將判定這些都是陣亡士兵的名字。但她可能想錯了。

俄國人離開之前，年紀最輕的一人朝著天花板開了兩槍，灰泥有如雨水般輕輕落在佳妲身上，在震耳欲聾的回音中，她可以聽見跟她一起躺在地上的蘇珊娜並未啜泣，而只是靜靜聆聽軍官扣上皮帶。然後三個男人湧向街上，伊蓮娜太太套上滑雪外套，拉上拉鍊，光著腳，右手揉揉左手，好像試圖幫那一小部分的軀體取暖。

巴黎

艾提安租下族長街那一棟瑪莉蘿兒自幼生長的公寓。他每天買報紙，瀏覽獲釋囚犯的名單，不停輪流收聽三部收音機。戴高樂云云，北非洲云云，希特勒、羅斯福、但澤、布拉提斯拉瓦，各個人名地名之中，唯獨缺了她爸爸。

每天早晨，他們走到奧斯特立茲車站等候。車站的大鐘一秒接著一秒，嘰嘰嘎嘎走個不停，瑪莉蘿兒坐在叔公身邊，聆聽火車發出悲戚、蒼涼的聲響。

艾提安看到一個個士兵，人人臉頰凹陷，好像杯口朝外的罩碗。明明是三十歲，看起來卻像是八十歲。他還看到一個個男子，人人穿著破舊到露出絨線的西裝，雙手舉到頭上，想要脫下早已遺失的帽子。從他們鞋子發出的聲音之中，瑪莉蘿兒推斷有些人身材瘦小，有些人體重驚人，有些人簡直不存在。

傍晚時分，她閱讀，艾提安在旁打電話、寫信，跟遣送民眾回國的單位申訴。她發現自己一次只能睡兩、三個小時。幽靈炮聲叫醒了她。

「那只是公車，」艾提安說，他最近始終睡在她床邊的地上。

或說：「那只是鳥叫。」

或說：「沒什麼，瑪莉。」

大多時候，老邁的軟體動物學家葛伐德博士跟他們一起在奧斯特立茲車站等候，這位蓄鬍、戴著領結的老先生挺直身子坐著，身上飄散著迷迭香、薄荷、紅酒的味道。他叫她「小蘿兒」；他說他非常想念她、每天思念著她，他說見到了她，他更相信至真與至善遠比其他一切經得起時間的考驗。

她靜靜坐著，肩膀緊貼著艾提安叔公或是葛伐德博士。她爸爸可能在任何一處。這會兒有個聲音愈來愈近，說不定就是他。她的右邊傳來腳步聲，說不定就是他。他可能在地窖裡、戰壕裡，距離此地一千五百公里之遙。他說不定早已撒手西歸。

她挽著叔公的手臂走進博物館跟不同的人交談，其中很多人依然記得她。館長親自跟她解釋，館方正盡力搜尋她爸爸的下落，也會繼續協助她的住宿與教育。沒有人提到火海星鑽。

春天徐徐臨風招展；廣播中充斥著官方公告。柏林投降；戈林元帥投降；龐大而神祕的納粹體系崩盤瓦解。民眾隨興結隊遊行慶祝。在奧斯特立茲車站等候的其他人悄悄說，每一百人就有一人回得了家；你圈起大拇指和食指就可以繞住他們的脖子；他們一脫下襯衫，你就看得到他們的雙肺在胸腔裡鼓動。

每吃下一口食物，她都覺得是背叛。

即使回得了家，她可以感覺那些人跟先前大不相同，他們似乎比實際年齡蒼老，好像始終居住在另外一個時間過得比較快的星球。

「說不定啊，」艾提安叔公說，「我們永遠查不出發生了什麼事。我們必須有心理準備。」瑪莉蘿兒聽到曼奈克太太的聲音：**妳絕對不能放棄信念**。

整個夏天，他們等了又等，艾提安叔公始終坐在一側，葛伐德博士經常坐在另一側。直到八月的一個中午，瑪莉蘿兒帶著叔公和葛伐德博士走上長長的階梯，走向璀璨的日光，她請問過馬路是否安全，他們說是的，於是她帶著他們沿著碼頭前進，穿過植物園的鐵門。

碎石小徑上，男孩們沿路大喊大叫。不遠之處，有人吹奏薩克斯風。她在一個藤架旁停了下來，蜜蜂鬧哄哄地飛舞，藤架顯得生氣盎然。天空似乎好高、好遠。世間某處，有人正在盤算如何擺脫悲傷的牽絆，但是瑪莉蘿兒不行。最起碼現在不行。她是個殘障的女孩，沒有家，也沒有父母，這就是現實。

「現在要怎樣？」艾提安問。「午餐？」

「上學，」她說。「我想上學。」

TWELVE

CHAPTER 12

1974

沃克海默

法蘭克·沃克海默住在西德普福爾茨海姆郊區的一棟公寓，公寓沒有電梯，他住三樓。巷子對面有個廣告看板，看板裝設在樓房的檐口，遮擋了他家三扇窗戶的視線；光滑的看板在玻璃窗三公尺之外閃爍著微光，上頭印著與他齊高、色澤鮮紅粉嫩的加工肉品和切片冷盤，佐以灌木叢大小的芫荽嫩枝。夜晚時分，他的公寓沐浴在廣告看板四盞聚光燈的慘淡燈光中，煥發著怪異的炫光。

他五十一歲。

四月的雨絲斜斜飄過廣告看板的聚光燈，沃克海默的電視機一閃一閃，藍光顫動。走過廚房和客廳之間的門口時，他習慣性地低下頭。他沒有小孩，沒有寵物，沒有室內盆栽，書架上零星幾本書。公寓裡只有一張輕便小桌、一個床墊、一張擱在電視機前面的扶手椅，這會兒他坐在扶手椅上，膝上擱著一罐奶油餅乾，他一個接著一個，先吃光小花餅乾，接著吃下蝴蝶結餅乾，最後才吃三葉草餅乾。

電視機裡，一匹黑馬幫忙救出一名被壓在倒塌大樹下的男人。

沃克海默裝設維修屋頂上的電視天線。每天早晨，他穿上藍色的連身工作服，套上一雙黑色的大靴子，走路上班。工作服的肩部被他寬闊的肩胛撐得褪色，下緣太短，露出一截腳踝。因爲他身強力壯、一個人就搬得動巨大的伸縮梯，說不定也因爲他寡言，所以沃克海默通常獨自爲客戶服務。人們打電話到分公司要求裝設天線，或是抱怨鬼影信號、雜訊、小鳥停在天線上等等，沃克海默就外出服務。他拼接斷掉的線路，捅掉吊桿上的鳥巢，升抬支架上的天線。

只有在風勢最強勁、天氣最寒冷的日子裡，普福爾茨海姆感覺才像個家。沃克海默喜歡空氣悄悄溜進工作服衣領的感覺，他喜歡看著大風把日光吹得透明澄淨，遠處的山丘蒙上薄薄的積雪，鎮上一棵棵戰後栽種、樹齡全都相同的大樹結了冰，閃閃發光。冬天的午後，他遊走於天線之間，好像水手穿越帆纜。在暈黃的藍光中，他可以看著下方街道上的人們趕著回家，有些時候，海鷗俯衝而上，急急飛過，雪白的翅膀映著漆黑的夜空。工具一件件掛在他的皮帶上，有點沉甸甸，感覺牢固，小雨斷斷續續，他聞著雨水的氣味，看著黃昏如水晶般澄淨的雲朵，只有這些時刻，沃克海默才稍感心中沒有缺憾。

但大多時日，尤其是天氣溫暖之時，生活是個沉重的負擔，耗盡他的精力；日漸壅塞的路況、街上的塗鴉、公司的人事糾紛，人人大發牢騷，抱怨獎金、福利、加班。有些時候，夏夜漫漫，似乎好久才會天亮，他在廣告看板刺目的燈光中來回踱步，感覺寂寞有如病痛般上身。他看到高聳的冷杉在風雨中飄搖，聽到樹木的心材發出痛苦的呻吟。他看到童年的故居，晨曦透過松柏照進屋內，東邊的地板泛出一道道蛛網般的光影。其他時候，他被那些垂死之人的目光苦苦糾纏：羅茲的死者，盧布林的死者，拉多姆的死者，克拉科夫的死者，他再度動手，把他們全都殺了。[28]

雨水落在窗口，雨水落在屋頂。上床睡覺之前，沃克海默走下三樓，到中庭查看信箱。他已經一個多星期沒有查看信箱，兩份傳單、一張薪資支票和一張水電費帳單之間夾著一個小小的包裹，寄件人是一個位於西柏林的退伍軍人服務處。他拿著郵件上樓，打開包裹。

三樣不同的物品擺在同一個白色的背景之前拍了照片，每樣物品旁邊都貼上一張仔細編號的小

28 羅茲、盧布林、拉多姆、克拉科夫的原文分別是 Lodz、Lublin、Radom、Cracow，皆為波蘭的都市。

卡片。

一四─六九六二。一個軍用帆布袋，顏色鼠灰，兩條墊肩肩帶。

一四─六九六三。一個模型小屋，木製，部分毀損。

一四─六九六四。一本軟皮的長方形筆記簿，封面只寫著：**疑問**。

他不認得小屋，帆布袋可能隸屬任何一個軍人，但他馬上就認出筆記簿。封底角落印著W．P．。

沃克海默伸出兩隻手指，輕輕撫過這張照片，好像他可以扯下筆記簿，逐頁翻閱。

當年他只是個男孩。他們都只是男孩。即使是身材最魁梧的一人也不例外。

信中解釋，服務處設法將物品寄交無名陣亡將士的近親。信中還說，他們認爲他──法蘭克．沃克海默上士──曾與這個帆布袋的主人在同一個單位服役，而且是該單位的上級軍官，帆布袋於一九四四年在法國伯奈的一處美軍戰俘處理營尋獲。

他知道這些物品屬於何人嗎？

他把照片放在桌上，兩隻大手叉在腰上，站起了來。他聽到車軸顛簸震動，排氣管隆隆作響，雨水敲打卡車車頂。成群小蟲嗡嗡鳴叫。長筒釘靴邁開大步，男孩們扯著嗓門高聲喧擾。

沙沙雜音，然後是槍聲。

但是把他像那樣留在外面，人死了都不放過，這樣莊重嗎？

你將來肯定是個人才。

他瘦小。他一頭白髮，兩隻招風耳。一覺得冷，他就豎起領口，扣上鈕釦裹住喉嚨，袖子裡的雙手往裡一縮。沃克海默知道這些物品屬於何人。

佳妲

佳妲・威特在埃森教授整數、機率、拋物線之類的六年級代數。每天早上，她穿上同樣的服裝：黑色長褲搭配尼龍布料的上衣——上衣的顏色爲米白、炭灰、或是淺藍，輪流替換。如果心情放得開，偶爾嘗試亮黃。她的膚色乳白，頭髮依然如同紙張般雪白。

佳妲的先生亞柏特是個心地善良、個性溫呑、頭髮日漸稀疏的會計師，最熱衷的嗜好是待在地下室玩模型火車。長久以來，佳妲認定自己無法受孕，但三十七歲時，她竟然發現自己懷了身孕。他們的兒子麥克斯今年六歲，喜歡泥巴、小狗和沒有人回答得出來的問題。最近麥克斯迷上摺法複雜的紙飛機，沒有任何東西更討他歡心。放學回家之後，他跪在廚房的地板上，摺了一架又一架，屏氣凝神，專注得讓人害怕，他仔細評估不同的翼尖、機尾、機頭，他喜歡親自動手改造這些扁平之物，讓它有辦法飛上天。

六月初的一個星期四下午，學年已近尾聲，他們在公共泳池游泳，藍灰的雲朵遮蔽天空，孩童們在淺池大喊大叫，家長們聊天、閱讀雜誌，或是坐在椅子上打瞌睡，一切如常，毫無異狀。亞柏特穿著泳褲，站在販賣零食的櫃台前，他那條小浴巾披在寬闊的背上，考慮該點哪一種口味的冰淇淋。

麥克斯泳姿笨拙，兩隻手臂一前一後，好像風車似地轉動，偶爾抬頭看看，確定媽媽在旁觀望。游完泳之後，他把自己裹在毛巾裡，爬到她身旁的椅子裡，麥克斯個頭結實矮小，有對招風耳。水滴在他的睫毛上閃閃發光。暮色透過濃濃的雲層滲流而下，微微的寒意潛入空中，家家戶戶逐一離開泳池，走路、騎單車，或是搭公車回家。麥克斯從硬紙盒裡掏出小餅乾，咬得卡滋卡滋響。「媽媽，我好喜歡萊布尼茲動物餅乾，」他說。

「我知道，麥克斯。」

亞柏特開著他們那部離合器嘎嘎作響的 NSU Prinz 4 小車，載著他們回家，佳妲從她的書袋裡拿出一疊期末考考卷，坐在餐桌旁批改。亞柏特爆炒洋蔥，燒水準備煮麵。麥克斯從繪圖桌裡拿出一張白紙，動手摺疊。

有人敲著大門，咚、咚、咚，敲了三下。

佳妲的一顆心開始砰砰跳，她聽著自己轟轟的心跳聲，卻說不出所以然。她的筆尖停在考卷之上。門口只是——鄰居、朋友，或是住在街尾的小女孩安娜，安娜有時跟著麥克斯一起坐在樓上，教他怎樣用塑膠積木堆出一座座精巧的市鎮。但是這個敲門聲聽起來一點都不像安娜在敲門。

麥克斯一手拿著飛機，蹦蹦跳跳過去開門。

「親愛的，哪一位？」

麥克斯沒有回答，這表示他不認識這位訪客。她走過玄關，一個魁梧的巨人站在她家門口。

麥克斯雙手抱胸，一臉好奇，印象還不錯。一架紙飛機躺在他腳邊的地上。巨人脫下他的鴨舌帽，大頭金光閃閃。「威特太太？」他穿了一件跟帳篷一樣寬大的運動服，兩側各有一排深紅色的潑墨斑點，拉鍊拉到咽喉。他輕輕地奉上一個褪色的帆布袋。

廣場上的小霸王。漢斯和賀瑞伯特。光是他的身材就讓她想到他們那些人。她心想，這個男人說不定曾經找上其他人家，而且懶得敲門，長驅直入。

「有何貴幹？」

「妳本姓芬尼？」

她甚至還沒點頭，他甚至還沒說「我有個東西給妳」，她甚至還沒請他走入紗窗門之前……她已經知道這事攸關韋納。

巨人跟著她走過玄關，身上那件尼龍布料的運動褲摩擦發出聲響。亞柏特從爐前抬頭一看，甚爲訝異，但只說了一聲「哈囉」，然後補了一句「小心別撞到頭」，巨人低頭避開燈飾之時，他朝著巨人揮揮湯杓。

他請巨人留下來吃飯，巨人欣然應允。亞柏特把桌子從牆邊拉過來，擺上第四套餐具。沃克海默端坐在木頭椅子上，佳妲看了不禁想起麥克斯圖畫書裡的一景：一隻大象擠進飛機的座椅裡。他帶來的帆布袋擱在玄關的桌上。

大家一開始慢慢聊。

他搭了好幾個鐘頭的火車來到這裡。

他從火車站走過來。

謝謝，他婉謝雪莉酒。

麥克斯吃得很快，亞柏特細嚼慢嚥，佳妲偷偷把兩隻手貼著大腿，掩飾雙手顫抖。

「他們一查到地址，」沃克海默說，「我就問說可不可以讓我親自送過來。他們附了一封信，你們瞧瞧？」他從口袋裡拿出一張對摺的信紙。

屋外，車輛駛過，鶇鶘顫鳴。

佳妲多多少少不想接下這封信。她不想聽到這個彪形大漢遠道而來所要傳達的消息。日子一星期一星期過去，佳妲始終不允許自己想到戰爭、伊蓮娜太太，以及戰爭結束之前在柏林度過的悲慘數月。現在她一星期七天都可以買到豬排。現在如果屋裡感覺寒冷，她只需轉一下廚房的刻度表，哇啊，馬上萬事ＯＫ。她不願成爲一心惦念痛苦往事的中年婦人，有時她看著一些年紀比較大的同事，心中不禁懷疑，當年停止供電、蠟燭付之闕如、雨水滲過屋頂滴流而下之時，他們做出了什麼。他們看見了什麼。只在非常偶然之時，她才卸下心防，允許自己想到韋納。從許多方面而言，她對哥哥的回憶已經變成必須鎖藏的往事。一個一九七四年執教於文理中學的數學老師，最好不要提及一位曾經就讀舒爾普福塔納粹軍校的兄長。

亞柏特說：「在東邊，是嗎？」

沃克海默說：「我跟他是同學，然後一起上戰場。我們去了蘇聯、波蘭、烏克蘭、奧地利，然後是法國。」

麥克斯大口咬一片蘋果。他說：「你多高？」

「麥克斯，」佳妲說。

沃克海默微微一笑。

亞柏特說：「佳妲的哥哥，他非常聰明，是不是？」

沃克海默說：「沒錯。」

亞柏特問他要不要再來一盤、要不要加點鹽，又問一次要不要喝杯雪莉酒。亞柏特比佳妲年輕，戰爭期間，他在漢堡的防空洞之間跑來跑去，傳遞信件。一九四五年之時，他才九歲，還是個小男孩。

「我最後一次看到他，」沃克海默說，「是在法國北海岸一個叫做聖馬洛的小鎮。」

佳妲隱隱想起一個句子：**今天我想寫信跟妳說說大海**。

「我們在那裡待了一個月。我覺得他說不定愛上了一個女孩。」

佳妲在椅子裡坐直。語言是如此粗拙、如此不足，令人汗顏。一個法國北海岸的小鎮？愛？在這個廚房裡，傷口依舊是傷口，無一得以療癒。有些傷痛永遠也無法撫平。

沃克海默從桌旁起身。「我無意讓妳傷心。」他徘徊不定，讓他們顯得矮小。

「沒關係，」亞柏特說。「麥克斯，請你把我們的客人帶到院子裡，好嗎？我會端一些蛋糕出去。」

麥克斯幫沃克海默推開玻璃門，他頭一低，走出門外。佳妲把碗盤放進水槽。她忽然覺得好累。她只希望那位魁梧的男子趕快離開，連同帆布袋一起帶走。她只希望生活恢復常態，讓一切沉浸在尋常的氛圍中。

亞柏特摸摸她的手肘。「妳還好嗎？」

佳妲沒有點頭，也沒有搖頭，只是伸出一隻手，慢慢撫過眉毛。

「我愛妳，佳妲。」

她往窗外一看，沃克海默跟麥克斯一起跪在水泥地上。麥克斯鋪平兩張白紙，雖然聽不到他們說些什麼，但她看得出這個魁梧的男人跟麥克斯仔細解釋一套步驟。麥克斯專心觀看，沃克海默把白紙翻過來之時，他有樣學像，跟著摺紙，用口水沾濕手指，撫平一道摺痕。

兩人很快各自摺出一架機翼寬長、機尾分叉的紙飛機。沃克海默那一架穩穩飛到院子另一頭，不偏不倚，機頭朝下，直直衝進籬笆之間。麥克斯鼓掌叫好。

薄暮之中，麥克斯跪在院子裡查仔細檢查他的紙飛機，查看機翼的角度。沃克海默跪在他旁邊，耐心地點頭。

佳妲說：「我也愛你。」

帆布袋

沃克海默走了。帆布袋擱在玄關的桌上。她幾乎不敢看它一眼。

佳妲幫麥克斯穿上睡衣，親親他，說聲晚安。她刷牙，刻意不看鏡中的自己，走回樓下，站在門口，望著窗外。地下室裡，亞柏特啟動他的模型火車，火車駛過他精心粉刷的小天地，穿過地下隧道，開過他的電動開閉式吊橋；從一樓聽來，聲音不至於太大，但始終不曾中斷，聲聲洞穿屋子的木材。

佳妲把帆布袋拿到她樓上的臥室，放在桌邊的地上，繼續批改學生的考卷。她改了一疊，再改一疊。她可以聽到火車停了下來，然後再度傳來單調的馬達聲。

她試著批改第三疊，但是無法專心；數字一個個飄過紙張，堆積在底端，令人難以辨識。她把帆布袋擱在膝上。

他們剛結婚、亞柏特到外地出差時，佳妲經常不到天亮就醒來，回想韋納離家上軍校之後的頭幾個晚上，心中再度因爲哥哥不在身邊而一陣刺痛。

如此陳舊的帆布袋，拉鍊倒是一下子就拉開。袋裡是一個厚厚的信封和一個裹著報紙的包裹。她打開報紙，看見一個模型小屋，小屋高聳狹長，頂多跟她的拳頭一樣大。

信封裡裝著她四十年前寄給他的筆記簿——他的疑問書冊。他那手彎曲、細小的草體字，字字微微上揚。草圖，線路圖，一張張單子。

某個形似果汁機，藉由踩腳踏車供電的裝置。

一個爲模型飛機設計的馬達。

為什麼某些魚有鬍鬚？

蠟燭熄滅之後，每一隻貓咪都是灰色，是真的嗎？

閃電擊中大海時，海裡的魚為什麼不會死？

讀了三頁之後，她不得不闔上筆記簿。回憶從她腦海中翻轉而出，滾過地板。韋納在閣樓裡的小床，小床上方的牆上貼滿她的繪畫，畫中盡是一個個想像中的城市。急救箱，收音機，伸到牆外、穿過屋簷的電線。地下室裡，火車駛過亞柏特的三層鐵道，隔壁房裡，她兒子在夢中開戰，嘴唇喃喃自語，睫毛微微顫動。佳妲憑藉意志力，硬生生逼著數字爬回它們在試卷上的原處。

她重新翻開筆記簿。

爲什麼線結固定得住？

如果五隻貓在五分鐘之內抓到五隻老鼠，那麼需要多少隻貓才可以在一百分鐘之內抓到一百隻老鼠？

爲什麼旗幟在風中飄動，而不是直直挺立？

她發現筆記簿最後兩頁夾著一個密封的信封。他在信封上寫著「致弗雷德瑞克」。弗雷德瑞克：韋納信中提過這個跟他睡上下鋪的室友，一個喜歡禽鳥的男孩。

他看見了其他人看不到的光景。

戰爭對滿懷夢想的人做出了什麼好事！

當亞柏特終於上樓，她低著頭，假裝批改考卷。他脫下一身衣服，一邊輕輕嘆氣，一邊爬到床上，關掉檯燈，說聲晚安，而她仍然靜靜坐著。

聖馬洛

佳妲交了成績，麥克斯開始放暑假，每天去游泳，纏著他爸爸猜謎，摺三百架那個巨人教他摺的紙飛機，如果帶他到另一個國家走走，學些法文，看看大海不是很好嗎？她對亞柏特提出這些問題，但是他們都知道必須應允的是她。她必須准許自己去一趟，她必須准許自己帶著他們的兒子去一趟。

六月二十六日、天亮之前一小時，亞柏特做了六個火腿三明治，包上鋁箔紙。然後他開著Prinz 4汽車送佳妲和麥克斯去車站，在她唇上印上一吻，她帶著韋納的筆記簿坐上火車，皮包裡擱著模型小屋。

這趟路花了一整天。火車還沒開到雷恩，太陽就已垂落在地平線上方，溫熱畜肥的氣味飄入敞開的車窗，一排排截去樹梢的大樹飛馳而過，隻數相等的海鷗和烏鴉隨著卡車揚起的塵土飛翔。麥克斯吃著第二個火腿三明治，重讀一本漫畫書，田野中綻放著漫天遍野的黃色花朵，佳妲眞想知道其中哪一朵的下方埋著她哥哥的屍骨。

天黑之前，一個衣冠楚楚、裝了一隻義肢的男子登上火車。他在她旁邊坐下，點燃一根香菸。佳妲緊緊夾住雙腿之間的包包；她確定他在戰時受了傷、他會試圖跟她交談、她那口程度欠佳法文會洩漏她的身分。說不定麥克斯會說些什麼。說不定男子已經看出來。說不定她聞起來像是德國人。

他會說：妳害我變成這樣。

拜託，別在我兒子面前這麼說。

但是火車猛然一晃，緩緩開動，男子抽完菸，心不在焉地對她微微一笑，很快就沉沉入睡。

她把玩指間的木頭小屋。他們半夜左右抵達聖馬洛，計程車司機把他們載到夏特布里昂廣場的一家旅館，櫃台小姐收下亞柏特幫她兌換的法郎，麥克斯半睡半醒，靠著她的臀部，她好怕說法文，結果餓著肚子上床。

隔天早晨，麥克斯拉著她穿過古老石牆的缺口，走到海灘上。他全速衝過海灘，然後停下來仰頭凝視聳立在眼前的城牆，似乎想像著牆垛上矗立著一排三角旗、大炮和中古世紀的弓箭手。

佳妲的視線一刻都離不了大海。海面有如翡翠般碧綠，遼闊得令人費解。一道白帆緩緩出航，兩艘拖撈船出現在海平面，隨即消失在浪濤之間。

有些時候，我赫然發現自己盯著大海，忘了執行我的任務。大海是如此遼闊，似乎足以包容每一個人心中的種種感受。

他們支付一個銅板的門票，攀爬城堡的塔樓。「來，」麥克斯說，他飛快衝上蜿蜒狹窄的樓梯，佳妲氣喘吁吁地跟在後面，每個轉角處都出現一扇窄窗，窗外是碧藍的天空。麥克斯幾乎拖著她爬上樓梯。

從塔樓頂端，他們看著小小的觀光客閒適地走過商店櫥窗。她讀了聖馬洛圍城之戰；她研究了舊城戰前的照片。但是現在她遙望一棟棟高聳莊嚴的房屋和數以百計的屋頂，她看不出任何炮轟、彈坑或是殘垣斷瓦的痕跡。市鎮似乎完全改頭換面。

他們點了酥皮餡餅當作午餐。她以為大家會盯著他們看，但是沒有人注意到他們。服務生似乎不曉得、或是不在乎她是德國人。午後，她帶著麥克斯走到市鎮另一頭的迪南城門，他們穿過高聳的拱形城門，走過堤岸，爬上舊城河口對岸的岬角，園林之中有座碉堡，碉堡早已崩塌，雜草叢生。麥克斯沿著小徑往前走，碰到陡峭的岩角就停步，朝著下方的大海扔石頭。

每隔一百步，他們就看到一個巨大的鐵罩，當年可能有個士兵躲在底下，將大炮瞄準任何一個試圖佔領山丘的敵軍。有些機槍堡被炸得如此焦黑，她幾乎無法想像陣雨般的炮彈火力多麼強大、速度多麼驚人、令人多麼驚恐。一公尺長的鋼鐵看起來好像變成了溫熱的奶油，而且被小孩伸出指頭挖了一個個小洞。

你能想像站在這裡所聽到的聲響嗎？

如今機槍堡裡滿地鬆脆的袋子、香菸濾嘴、包裝紙。美國和法國的旗幟在園林一角的山丘上飄揚。根據標示牌，德軍曾經藏匿在此處的地下隧道中，奮戰到最後一員。

三個青少年大笑走過，麥克斯非常專注地看著他們。坑坑洞洞、沾滿苔癬的水泥牆上釘著一個小小的石匾。**拜伊．蓋斯敦．馬瑟，十八歲，一九四四年八月十一日在此地為法國捐軀**。佳姮在地上坐下。海面凝重灰黑。四下望去，沒有任何一個牌匾紀念在此喪生的德國人。

她爲何來此？她希冀尋求什麼答案？第二天早晨，他們坐在夏特布里昂廣場一座歷史博物館的對面，這裡擺著一張張堅實的長椅，前方的花壇圍繞著一圈閃閃發亮、與小腿齊高的金屬環鉤，涼蓬之下，觀光客瀏覽藍白條紋的毛衣和裱裝的海盜船水彩畫；一個爸爸一邊唱歌，一邊伸手攬住他的女兒。

麥克斯放下書本，抬起頭說：「媽媽，什麼東西留在角落，卻可以環繞世界一周？」

「我不知道，麥克斯。」

「郵票。」

他對她微微一笑。

她說：「我一會兒就回來。」

博物館櫃台後面的男人留著鬍子，說不定五十歲，年紀大到記得過去那場戰爭。她打開皮包，攤開報紙，拿出那個部分毀損的木頭小屋，竭盡全力用她最標準的法文說：「這是我哥哥的。我相信他在這裡找到它，我是說打仗的時候。」

男人搖搖頭，她把小屋放回皮包裡。然後他請她讓他再看一次。他把模型小屋擺在檯燈下，翻轉一下，好讓凹進去的大門面向自己。

「我知道了，」他終於說。他比劃一下，指示她在外面等候，一分鐘之後，他把門鎖好，帶著她和麥克斯沿著狹窄傾斜的街道往前走。左彎右拐了十二次之後，他們站到一棟屋子前面，屋子跟麥克斯這時拿在手裡轉來轉去的木頭小屋一模一樣。

「弗柏瑞街四號，」男人說。「勒布朗家的房子。好多年前就被隔建爲度假公寓。」

石牆上布滿苔癬；雨水溶濾的礦物雜質留下一條條細長的污漬。花壇一簇簇盛開的天竺葵，把窗戶裝飾得漂漂亮亮。模型小屋可能出自韋納之手嗎？還是跟別人買的？

她說：「這裡以前有沒有住著一個女孩？你認識那個女孩嗎？」

「是的，戰時有個瞎了眼的女孩住在這棟屋子裡，我媽媽提過她的事情，戰爭一結束，她就搬走了。」

青綠的光點在佳妲眼前閃閃爍爍；她感覺自己似乎一直瞪視著太陽。

麥克斯拉拉她的手腕。「媽媽、媽媽。」

「這麼說來，」她結巴巴地用法文說，「我哥哥爲什麼會有這棟屋子的迷你模型？」

「說不定住在這裡的女孩知道爲什麼？我可以幫妳查出她的地址。」

「媽媽、媽媽，妳看，」麥克斯說，他拉得好用力，引起了她的注意。她低頭看看。「我覺得這個小屋子打得開。我覺得有辦法把它打開。」

實驗室

瑪莉蘿兒．勒布朗執掌巴黎自然歷史博物館的一個小型實驗室，她對軟體動物的研究貢獻良多，而且發表多篇文獻，其中包括一本闡述西非格子核螺演化原理的專刊，還有一篇廣受引用、闡述加勒比海帝王渦螺雌雄二型的論文。她已爲石鱉屬兩個新亞種命名。攻讀博士學位時，她遠至南太平洋的波拉波拉島和巴哈馬群島的比米尼島；她足跡遍布三大洲，頭戴遮陽帽，手執採集桶，奮力踏上礁石，拾取海螺。

瑪莉蘿兒跟葛伐德博士都是採集家，但是葛伐德博士始終遵循科、屬、種、亞種的從屬關係，急於採集更基層的生物，瑪莉蘿兒跟他不一樣，她喜歡與活生生的動物爲伍，不管是置身大海礁石之上、或是她自己的水族箱之中。她喜歡感覺海螺沿著岩石緩緩爬行，這些精微、濡濕的小東西擷取海中的鈣質，旋紡爲一個個平滑柔潤、馱負在背、有如夢境般優美的殼屋——這就足以令她心滿意足，別無所求。

趁著艾提安叔公還走得動的時候，她和叔公周遊天下。他們造訪薩丁尼亞和蘇格蘭，坐上倫敦空港公車的上層座位，感覺樹梢拂過車身。艾提安幫自己買了兩部精良的電晶體收音機，活到八十二歲在澡缸裡安然辭世，留給她一筆爲數不小的財富。

儘管聘僱一位私家偵探、花了數千法郎、詳盡閱讀一疊疊德文文件，瑪莉蘿兒和艾提安依然始終無法判定她爸爸究竟出了什麼事。他們確知他一九四二年間被關在布列特奈勞的一個勞改營裡，根據一位德國卡塞爾營區的醫生留下的紀錄，一九四三年初有個名叫丹尼爾．勒布朗的囚犯患了重感冒。除此之外，他們一無所知。

瑪莉蘿兒依然住在她自幼生長的公寓，依然走路到博物館。她曾有兩位情人。第一位是個一去不返的訪問學者，第二位是個名叫約翰的加拿大人，這人走進任何一個房間就亂丟東西，領帶、零錢、襪子、薄荷糖，散置四處。他們讀研究所的時候相識；他好奇心驚人，卻沒有耐性，從一個實驗室換到另一個實驗室，每次總是有如蜻蜓點水。他深愛洋流、建築和查爾斯・狄更斯，他興趣廣泛，涉獵繁多，相形之下，她感覺自己格局有限，過於專精。當瑪莉蘿兒發現自己懷孕，他們心平氣和地分手，不吵不鬧，一點都不戲劇化。

他們的女兒海蓮娜已經十九歲。這個女孩短髮、嬌小，一心想當個小提琴家，她的個性沉穩，雙親之一是個盲人的小孩通常具有這種特質。她跟媽媽一起住，但是他們三人——約翰、瑪莉蘿兒和海蓮娜——每星期五共進午餐。

一九四〇年代初期的法國，事事以戰爭爲中心，熬過那段時期，下半輩子很難擺脫戰爭的陰影。瑪莉蘿兒穿上過大的鞋子，或是聞到水煮大頭菜的味道，心中依然升起強烈的憎惡。她也沒辦法聆聽列出姓名的單子。足球隊員名單、期刊末頁的引註表、教職員會議的人員介紹——她聽在耳裡，始終感覺那是一份有欠完備、永遠缺了她爸爸姓名的監獄名冊。

她依然計數排水渠口：從她家走到她的實驗室，一共是三十八個。她在她小小的鍛鐵陽台上種花，夏天之時，她可以輕撫月見草，藉由花瓣的綻放，判定當下的時刻。當海蓮娜跟朋友們出門，家中似乎過於安靜，瑪莉蘿兒總是走到「蒙日之鄉」小館——館子離家不遠，就在植物園旁邊——點一客烤鴨，以示緬懷葛伐德博士。

她快樂嗎?每天的某些時刻，她確實心滿意足。比方說當她站在樹下聆聽樹葉在風中顫動，或是當她打開一位採集家寄來的包裹，迎面襲來一股熟悉的海螺氣味，或是當她回想自己爲海蓮娜朗讀儒勒・凡爾納，海蓮娜在她身邊睡著了，小女孩溫熱堅硬的頭沉沉地頂著她的肋骨。

但有些時候，海蓮娜遲遲未歸，焦慮沿著她的脊骨流竄而上，她靠在實驗室桌旁，意識到她周遭的各個展館：一櫃櫃防腐保存的青蛙、鰻魚和蠕蟲，一箱箱釘裝陳列的昆蟲和壓扁的蕨草，一個個滿是骨骸的地窖，忽然之間，她感覺自己在一座壯麗的陵墓裡工作，每個部門都是系統完備的墓園，館內每一個人——科學研究人員、守衛、警衛和參訪民衆——全都進佔死靈的展廳。

但是這種時候相當稀少。在她的實驗室裡，六部海水水族箱咕嚕作響，令人心安；三個檔案櫃矗立在後方的牆邊，每個櫃子設有四百個抽屜，皆是多年之前接收自葛伐德博士的辦公室。每年秋天，她在大學部開授一門課，學生們來來去去，身上飄散著醃牛肉、古龍水，或是機車的汽油味，她喜歡詢問他們生活諸事，想像他們歷經哪些冒險，心中懷藏哪些慾望，還有哪些不欲人知的荒唐事。

七月的一個星期三夜晚，她的助理輕叩半敞的實驗室。水族箱冒著水泡，過濾器嗡嗡低鳴，溫控器喀噠喀噠，忽明忽暗。他說外面有個女人想見她。瑪莉蘿兒雙手按著點字打字機的按鍵，「一位採集家?」

「我覺得不是，教授。她說她從布列塔尼的博物館拿到妳的地址。」

她眼前一陣天旋地轉。

「她身邊有個小男孩。他們在走廊盡頭等候，我是否請她明天再來?」

「她長得什麼模樣?」

「一頭白髮。」他傾身向前。「很不會打扮。瘦得像隻雞。她說她想跟妳談談一棟木頭屋子？」

瑪莉蘿兒好像聽到身後傳來一萬道門鎖的一萬副鑰匙咚咚作響。

「勒布朗博士？」

研究室一斜。再過一秒鐘，她將從桌邊滑落墜地。

訪客

「妳小時候學了法文，」瑪莉蘿兒說，即使她不知道自己怎麼有辦法開口說話。

「是的。這是我的兒子麥克斯。」

「您好，」麥克斯用德文喃喃說道。他的小手感覺溫暖。

「他小時候沒學法文，」瑪莉蘿兒說，兩個女人同時笑了笑，但很快再度沉默。

女子說：「我帶了某個東西過來——」即使隔著報紙，瑪莉蘿兒一摸就知道包在報紙裡的是那個模型小屋；她感覺眼前這名女子將一粒霉點斑斑的記憶之核丟進她的雙手。

她幾乎站不住。「法蘭西斯，」她跟她的助理說，「麻煩你帶麥克斯在博物館裡走走，好嗎？說不定帶他參觀一下金龜子？」

「沒問題，教授。」

女子跟她兒子用德文說了幾句話。

法蘭西斯說：「我要不要把門帶上？」

「好，麻煩你。」

門閂卡搭扣上。瑪莉蘿兒可以聽到水族箱冒著氣泡，女子深深吸口氣，也可以聽到自己移動坐姿之時高腳椅椅腳的橡膠防滑墊吱吱作響。她伸出手指，摸尋小屋屋側的刻痕和屋頂的斜坡。她以前多常拿在手中把玩！

「我爸爸製造的，」她說。

「妳知道我哥哥怎麼拿到的嗎？」

諸多往事天旋地轉，在室內翻騰飄盪，而後悄悄潛回瑪莉蘿兒的腦海之中。那個男孩。那個模型小屋。它從來沒被打開嗎？她忽然放下小屋，好像它非常燙手。

那位名叫佳妲的女子肯定非常專注地看著她。她說：「他從妳手中搶走的嗎？」語氣之中帶著歉意。隨著時光流逝，瑪莉蘿兒心想，種種渾沌不明的往事要嘛變得更加困惑，要嘛慢慢沉澱，自行明朗。那個男孩救了她三次。他大可揭發艾提安叔公，但是他沒有，這是第一次。第二次是解決了那個士官長。第三次是幫她出城。

「不是，」她說。

「那個時候，」佳妲詞窮，她會的法文已經差不多用完了。「很難當個好人。」

「我跟他共度一天。嗯，還不到一天。」

佳妲說：「妳當時幾歲？」

「圍城的時候十六歲。妳呢？」

「戰爭快要結束的時候十五歲。」

「我們都尚未成年就成了大人。他有沒有——？」

佳妲說：「他死了。」

果眞如此。在戰後的故事中，地下反抗軍的英雄全都英俊瀟灑，身強力壯，拿著迴紋針就製造得出機關槍。德國人要嘛從敞開的坦克車頂高高抬起天神般燦爛的腦袋瓜子，看著殘破的城市從眼前消逝，要嘛就是心理變態、需索無度地凌虐美麗的猶太女子。那個男孩呢？他的出現是如此輕飄飄的，有如跟一支羽毛共處一室。但是他的靈魂卻散發出基本的純良，閃爍著人性的光芒，不是嗎？

我們以前在魯爾河畔採野莓。我妹妹和我。

她說：「那時他的手比我的手還小。」

女子清清嗓子。「他的個子始終比實際年齡小。但他照顧我，關照我。他很難不做大家期望他做的事情。我這麼說對嗎？」

「完全正確。」

水族箱冒出氣泡。海蝸牛嚙食。瑪莉蘿兒無法想像這位女子承受了多少痛楚。模型小屋呢？韋納聽任自己回去巖穴，拾回小屋嗎？他有沒有把鑽石留在小屋裡？她說：「他說妳跟他曾經一起收聽我叔公的廣播，他說你們遠在德國就聽得到。」

「妳的叔公——？」

瑪莉蘿兒不禁懷疑哪些往事悄悄潛回這名女子的腦海之中。她剛要開口再說幾句，走廊就傳來腳步聲，踢踢躂躂停在實驗室門外。麥克斯結結巴巴說了一句讓人聽不懂的法文，法蘭西斯大笑說：「不、不，『derrière』的意思是我們背後，不是我們的臀部。」

佳姮說：「眞是抱歉。」

瑪莉蘿兒笑笑說：「孩子的莽撞爲我們解圍。」

門一開，法蘭西斯說：「教授，妳還好嗎？」

「我沒事，法蘭西斯，你可以下班了。」

「我們也得走了，」佳姮說，她把她的高腳凳推回實驗桌下。「我想請妳收下這個小屋。它留在你身邊比較恰當。」

瑪莉蘿兒兩隻手貼在實驗桌上。她想像這對母子大手牽著小手走向門口，不禁哽咽。「等等，」她說。「戰爭結束之後，我叔公賣了房子，他回去聖馬洛一趟，搶救了我祖父碩果僅存的一張唱片。唱片裡提到月亮。」

「我記得。還提到光？」

地板吱吱嘎嘎，水族箱咕嚕咕嚕，海蝸牛沿著玻璃慢慢爬行。小屋擱在桌上，她的雙手之間。

「請把妳的地址留給法蘭西斯。唱片非常舊，但是我會把它寄給妳。麥克斯說不定會喜歡。」

紙飛機

「法蘭西斯說那裡有四萬兩千個裝了乾枯植物的抽屜，他給我看巨人章魚的嘴巴和蛇頸龍……」他們腳下的碎石嘎吱作響，佳妲不得不靠在一棵樹上。

「媽媽？」

光芒轉向，朝她湧來，而後遠去。「我累了，麥克斯，我只是累了。」

她攤開觀光地圖，試圖琢磨出如何走回他們的旅館。街上車輛稀少，他們經過的每一扇窗戶幾乎都閃耀著電視機的藍光。我們看不到任何一具遺體，她心想，因而得以遺忘。草地已將他們全數覆蓋。

在電梯裡，麥克斯按下６，他們緩緩上升。通往他們房間的走道鋪了地毯，長長的地毯有如紫紅色的河流，黃澄澄的梯型圖案交錯其間。她把鑰匙遞給麥克斯，他笨手笨腳地開鎖，推開房門。

「媽媽，妳有沒有爲那位女士示範怎麼打開小屋？」

「我想她曉得。」

佳妲打開電視機，脫下鞋子。麥克斯推開陽台門，用旅館的信紙摺了一架紙飛機。這半條巴黎的市街讓她想起她小時候手繪的城市：上百棟房屋，上千扇窗戶，一群群盤旋飛舞的小鳥。電視機上，身穿藍色球衣的球員們沿著一個三千公里之外的球場奔跑，比數三比二，但是守門員滑了一跤，側翼球員腳尖一踢，剛好讓球慢慢滾向球門線。沒有人在球門線旁把球踢開。佳妲拿起床邊的電話，撥了九個號碼，麥克斯把紙飛機射向街上，紙飛機飛了幾公尺，剎時之間盤旋空中。然後她先生接起電話，說了聲哈囉。

鑰匙

她坐在她的實驗室裡，輕撫盤中一個又一個文蛤。往事歷歷，一閃而過：她緊貼著爸爸的長褲，褲管拂過她的臉頰。沙蚤繞著她的膝蓋輕快跳動。尼莫艦長的潛水艇隨著他悲戚的輓歌震盪搖擺，漂過一片漆黑。

她搖搖小屋，即使她很清楚小屋不會洩漏它的祕密。

他回去拾取。把它帶出巖穴。帶著它走到人生的盡頭。他是個怎樣的男孩？她記得他坐在地上，逐頁翻閱艾提安叔公的那本書。

小鳥，他說。**一隻、一隻、一隻小鳥**。

她看到她自己拖著一個白色枕頭套，走出煙霧裊裊的城市。她一走出他的視線之外，他馬上轉身，聽任自己穿過胡博·巴贊的閘門。眼前高聳的城牆已成坍塌的壁壘。格柵遠方的大海平靜無波。她看到他解開小屋的謎團。說不定他把鑽石丟進小水池成千上萬的海蝸牛之中，闔上有如益智方盒的小屋，鎖上閘門，快步離去。

說不定他把鑽石放回小屋裡。

說不定他把鑽石悄悄放進口袋裡。

她的記憶深處響起葛伐德博士的耳語：**這麼一個微小的東西卻是如此美麗、如此昂貴，只有意志力最堅強的人才抵抗得了這種誘惑**。

她把煙囪扭轉九十度，煙囪平穩轉動，好像她爸爸才剛造好。她試圖推開屋頂的三塊木板，卻發現木板卡住了。但她用一支筆的末端勉強撬開，一塊、二塊、三塊。

某樣東西落入她的掌中。

一把鑰匙。

火海星鑽

從赤焰融融、三百公里之下的地球底層之中，它緩緩現形。一顆顆結晶相互擠壓。純淨的碳石，每一個原子與四個等距相鄰的原子連爲一體，結構完美，四面晶體，硬度無與倫比。它已具有古老的歷史；古老得令人難測。世世代代悄悄流逝，難以計數。地球動一動，抖一抖，伸伸懶腰。年年、日日、時時，一股聲勢龐大、噴流而上的岩漿夾帶著一顆顆結晶流向地表，大地燃燒，綿延數里；它置身煙霧裊裊的角礫雲母橄欖岩地層，慢慢冷卻，靜靜等候。一世紀又一世紀。風風雨雨，數以立方公里計的寒冰。岩床化爲巨礫，巨礫化爲石頭；寒冰退卻，湖泊成形，星雲般的淡水蛤蚌在陽光下啪嗒啪嗒地張開蚌殼、闔上蚌殼、悄然死去，湖泊漸漸乾涸。一座座史前林木生長、倒塌、再生，接連不斷，生生不息，直到另一年、另一日、另一時，暴風雨從峽谷中挖出那顆特別的寶石，將之吹入嘩啦嘩啦、緩緩移動的沖積礫石之中，直到一個傍晚，一個知道自己在找尋什麼的王子終於注意到它。

它被切割，它被磨光；它從一人手中傳到另一個人手中，暫且喘息。

另一年另一日另一時，時光荏苒，悄然流逝。一塊碳石，頂多跟顆栗子差不多大小。海草覆蓋了它，藤壺裝點了它，海蝸牛緩緩爬過它。它躺在一顆顆小圓石之間，微微一動。

弗雷德瑞克

他跟他母親住在柏林西方的郊區。他們的公寓在一棟三層樓房的二樓。從唯一的一扇窗戶看出去，只見一排楓香樹，一個巨大、幾乎無人使用的超市停車場，以及遠方的快速道路。

大多時日，弗雷德瑞克坐在後陽台上，看著廢棄的塑膠袋被風吹過停車場。有時它們迴旋飛舞，飄到高空，胡亂打轉，直到纏困在枝頭、或是飛到視線之外。他拿著鉛筆畫漩渦，一圈又一圈凌亂、深黑、沉重的螺旋。他經常拿兩、三張紙蓋住一張紙，把紙翻過來，畫滿另一面。公寓塞滿一張張畫紙；櫃檯上、抽屜裡、馬桶水缸上，數以千計。他母親以前趁他不注意的時候把畫紙扔掉，但是最近她已放棄嘗試。

「那個男孩啊，跟座工廠一樣，」她以前常跟朋友們說，臉上帶著絕望的微笑，想讓自己看起來很勇敢。

現在只有幾個朋友造訪。朋友已所剩無多。

一個星期三——但對弗雷德瑞克而言，星期三有何意義？——他母親拿著信件走進來。「這裡有封信，」她說，「你的信。」

戰後數十年來，她始終直覺地想要藏匿。藏匿她自己，藏匿她兒子出了什麼事。她不是唯一一個被迫認為自己是共犯的寡婦，大家似乎覺得她也該為戰時極其惡劣的罪行負責。大信封裡裝了一封信和一個比較小的信封。寄信人是一名住在埃森的女子，女子循線追蹤那個比較小的信封曾經流落何方，從她哥哥、法國的一個美軍戰俘營、紐澤西州的一個軍方庫房、西柏林的一個退役軍人服務處，一路追查到一位退役上士，最後信封落入她自己手中。

韋納。她依然記得那個男孩的模樣：白髮，侷促的雙手，溫柔的微笑。弗雷德瑞克唯一的朋友。她大聲說：「他個子好小。」

弗雷德瑞克的母親把尚未拆開的小信封拿給他看——信封皺巴巴，髒兮兮，看來陳舊，他的名字以細小的草體字寫在信封上——但他看來毫無興趣。暮色漸濃，她把信留在流理台上，量了一杯米，燒水煮飯，跟往常一樣打開每一盞檯燈和天花板的燈飾，倒不是為了看東西，而是因為她孤單，因為左右兩側的公寓都無人居住，因為燈光讓她感覺自己似乎等待著某人造訪。

她把他的蔬菜磨成泥狀。她把湯匙放進弗雷德瑞克的嘴裡，他輕哼一聲，吃了一口；他心情很好。她擦擦他的下巴，把一張紙放在他面前，他拿起他的鉛筆，開始畫畫。

她在水槽裡注滿肥皂水。然後她拆開信封。

信封裡是一頁對折的書紙，上面印著兩隻鳥，全色印刷，多彩繽紛。**水生林鸛鴒，雄鳥1，雌鳥2**。兩隻鳥棲息在天南星的枝頭。她又盯著信封裡，看看是否夾了一張字條、或是一封書信，但是裡面什麼都沒有。

她幫弗雷德瑞克購買那本書的那一天；書店老闆花了好久把書包起來。當時她不了解那本書的吸引力，但她知道她兒子會喜歡。

醫生們宣稱弗雷德瑞克完全失去記憶，他的大腦只能維持基本功能，但有些時候，她仍不免懷疑。她盡量撫平一條條摺痕，拉近一盞立燈，把書紙放在她兒子面前。他頭一歪，她試圖說服自己他正仔細研究。但他的雙眼灰茫茫，目光狹隘而空洞，過了一秒鐘，他又低頭畫他的漩渦。

清洗碗盤之後，她依循他們母子的日常作息，帶著弗雷德瑞克走到外面架高的陽台，他坐在陽台上，脖子上依然繫著圍兜，望向一片空茫。她明天再試試那張印了禽鳥的書紙。

時值秋季，大批紫翅椋鳥成群結隊，翩然飛過城市上空。有時她覺得當他看到鳥群，他似乎精神一振，抬頭聆聽一隻隻鳥兒急急拍打翅膀，颼颼、颼颼、颼颼地飛過。

她坐下，望穿一排樹木，凝視空空蕩蕩的大停車場，這時，一個漆黑的影子急急掠過街燈的光輪，忽而不見蹤影，而後再度現身，匆匆、靜靜地落在不到兩公尺之外的露臺欄杆上。

一隻貓頭鷹。個頭跟孩童一樣。它旋轉頭頸，眨眨黃色的雙眼，她的腦中忽然浮起一個念頭，隆隆作響：**你為了我而來**。

弗雷德瑞克坐直。

貓頭鷹聽到動靜。它站在原處，專心聆聽，神情之專注爲她生平所僅見。弗雷德瑞克不停瞪視。然後它拍拍翅膀，噗噗、噗噗、噗噗，展翅高飛，黑夜隨即吞噬了它的身影。

「你看到它了？」她輕聲說。「弗雷德瑞克，你看到了，是不是？」

他的目光依然停駐在重重陰影。但是眼前只有枝頭颼颼作響的塑膠袋，以及遠處停車場幾十個閃亮的燈光光影。

「媽媽？」弗雷德瑞克說。「媽媽？」

「我在這裡，弗雷迪。」

她一隻手擱在他的膝上，他的手指緊緊握住椅子的把手，整個身子變得僵硬，脖子的青筋暴露。

「弗雷德瑞克？怎麼了？」

他看著她。眼睛眨都不眨。「媽媽，我們在幹嘛？」

「噢，弗雷迪。我們只是坐坐。我們只是坐坐，看看外面的夜色。」

THIRTEEN

CHAPTER 13

2014

她活到見證了新世紀揭開序幕。她依然健在。

三月初的一個星期六上午，她的孫子米契爾到她的公寓接她，陪她散步穿過植物園。空中閃爍著冰霜的銀光，瑪莉蘿兒慢呑呑地往前走，握著手杖，杖尖的小圓球輕點前方的地面，微風把她稀薄的頭髮吹到一側，光禿禿的樹頂左右搖晃，她走過樹下，想像著一群群拖著細長觸手的葡萄牙僧帽水母。

碎石小徑的積水結了一層薄冰。手杖一打中薄冰，她就停步，彎腰，試著完整拾起，不要弄破。她把薄冰拿到眼前，好像那是一片鏡片，然後小心翼翼放回地上。

男孩耐著性子，只有在她似乎需要幫忙之時才攙扶她的手腕。

他們慢慢走向園中西北角的樹籬迷宮，腳下的小徑似乎開始攀升，一直朝著左邊扭轉。攀爬幾步，停下來喘口氣。繼續攀爬。當他們走到最頂端的鑄鐵涼亭，他把她帶到狹窄的長椅旁，祖孫兩人坐下。

除了他們之外，沒有其他訪客；或許天氣太冷，或許季節太早，說不定兩者皆是。她聽著寒風滲過涼亭圓頂的透雕花飾，迷宮的樹牆文風不動，巴黎在下方呢喃輕語，述說星期六早晨的閒散與慵懶。

「米契爾，你下個星期日就滿十二歲，是嗎？」

「沒錯，我終於十二歲了。」

「你等不及滿十二歲？」

「媽媽說我滿十二歲就可以騎機動自行車。」

「原來如此。」瑪莉蘿兒笑笑。「機動自行車。」

在她的指尖下，結霜化爲長椅條板上數以億萬計的冰晶，或似鑽冠，或似月華，結構之繁複，令人咋舌。

米契爾緊貼在她的身側，變得非常安靜。只有兩手動來動去，壓按按鍵，喀啦喀啦，一陣輕響。

「你在玩什麼？」

「大軍閥。」

「你跟你的電腦玩？」

「我跟傑克玩。」

「傑克在哪裡？」

男孩忙著打電動。傑克在哪裡並不重要；傑克已在電玩的世界裡。她坐著，手杖收折擱在碎石地上，男孩瘋狂地按鍵，過了一會，他大聲驚呼：「啊！」掌機啾啾響了幾聲，遊戲宣告結束。

「你還好嗎？」

「他殺了我。」米契爾聽起來好像恢復意識；他又把頭抬起來。「我的意思是傑克。我死了。」

「在遊戲裡？」

「沒錯。但我始終可以重新開始，再來一局。」

微風在他們下方吹拂，掃去樹梢的冰霜。她專心感受陽光輕觸手背的感覺，還有她身邊這個暖烘烘的孫兒。

「奶奶？妳十二歲生日的時候，有沒有想要什麼禮物？」

「有啊。我想要一本儒勒．凡爾納的書。」

「那本媽媽念給我聽的書？妳收到了嗎？」

「是的，多少算是吧。」

「那本書裡有好多艱深的魚名。」

她大笑。「還有珊瑚礁和軟體動物。」

「尤其是軟體動物。奶奶，今天早上天氣眞好，不是嗎？」

「好極了。」

人們在下方的花園小徑散步，微風在樹籬間頌唱，迷宮入口處幾株高大古老的西洋杉發出吱吱嘎嘎的聲響。瑪莉蘿兒想像電磁波從米契爾的掌機進進出出，環繞著他們飛舞，正如艾提安叔公以前的描述，不同的是，現今電磁波交叉劃過空中，速度比他在世之時快了一千倍——說不定甚至一百萬倍。錯綜複雜的光纖與纜線在城市之下交織成龐大的網路，一波波滔滔不絕的簡訊、手機對話、電視節目、電子郵件，有如奔流的潮水越過樓房，交錯飛掠於地鐵隧道中一個個傳輸器，左右迸射於家宅屋頂上一條條天線；家樂福、愛維養天然礦泉水、預焙式糕點的廣告，從內建無線傳輸器的燈柱之中，一閃一閃投射空中，而後傳回地面：**我會遲到**、**說不定我們應該訂位**、**順便買幾個酪梨**、**他說了什麼**、一萬句**我想你**、五萬句**我愛你**、充滿恨意的郵件、診約叮嚀、股市更新、珠寶廣告、咖啡廣告、傢俱廣告，字字句句無影無形地飛越巴黎鬧區、戰場與墳場、阿登高地、萊茵河、比利時、丹麥，以及一個個歷經創傷、不斷變遷、人稱國家的地景。難道靈魂不可能依循那些路徑周遊？她爸爸、艾提安叔公、曼奈克太太、那個叫做韋納．芬尼的德國男孩，難道不可能有如白鷺、燕鷗、或是紫翅椋鳥，吵吵鬧鬧地飛翔於天際？靈魂說不定熙攘成群，漫天飛舞，雖然終究緩緩消逝，但你若仔細聆聽，難道聽不到他們的聲響？他們飛過煙囪上空，躍過人行步道，悄悄穿過你的外套、襯衫、胸骨和心肺，從另一頭飛了出去，天空是一座博物館，記載著每一個曾經活過的生命；每一句曾經說過的話語；每一個曾經傳輸、至今依然在空中顫動的字句。

每一個小時，她心想，某一個記得那場戰爭的人將會離開世間。

但是我們將在草坪、花朵、歌曲之中重生。

米契爾挽著她的手，祖孫兩人慢慢走下蜿蜒的小徑，穿過鐵門，走到居維葉街。她踏過一個、兩個、三個、四個、五個排水渠口，當兩人走到她的公寓，她說：「把我送到這裡就行了，米契爾，你知道怎麼回去嗎？」

「當然知道。」

「好，下星期見囉。」

他在她的兩頰各親一下。「下星期見，奶奶。」

她一直聆聽，直到他的腳步聲遠去，直到她只聽到汽車輕聲嘆息，火車隆隆作響，人人疾行於寒冽之中。

致謝詞

在此謹向 American Academy in Rome、Idaho Commission on the Arts 以及 John Simon Guggenheim Memorial Foundation 致上誠摯的謝意。Francis Geffard，謝謝你帶著我頭一次造訪聖馬洛。Binky Urban 和 Clare Reihill，謝謝兩位的熱誠與信賴。Nan Graham，妳耐心等候十年，衷心喜愛這部小說，奉獻無數鐘點，全心編輯潤飾，在此特別說聲謝謝。

由衷感謝下列作家及其作品：Jacques Lusseyran 的大作《*And There Was Light*》、Curzio Malaparte 的大作《*Kaputt*》、Michel Tournier 的大作《*The Ogre*》、Richard Feynman 的大作《*Surely You're Joking, Mr. Feyman*》（「他想一想就修好了收音機！」）。同時感謝 Cort Conley 不斷提供各種珍貴的資訊。Hal Eastman、Jacque Eastman、Matt Crosby、Jessica Sachse、Megan Tweedy、Jon Silverman、Steve Smith、Stefani Nellen、Chris Doerr、Mark Doerr、Dick Doerr、Michele Mourembles、Kara Watson、Cheston Knapp、Meg Storey、Emily Forland，謝謝諸位抽空試閱。尤其感謝我的母親 Marilyn Doerr，您是我的葛伐德博士、我的儒勒．凡爾納。

Owen 和 Henry，你們兩兄弟從出生就與這部小說爲伍，在此致上最誠摯的謝意。Shauna，一切有賴於妳，少了妳，這一切都無法實現。

藍小說259

呼喚奇蹟的光

作　者—安東尼・杜爾
譯　者—施清真
主　編—嘉世強
編　輯—鄭雅菁
裝幀設計—王志弘
企　畫—王君彤
董事長—趙政岷
出版者—時報文化出版企業股份有限公司
108019臺北市和平西路三段二四○號四樓
發行專線—(○二)二三○六—六八四二
讀者服務專線—○八○○—二三一—七○五
(○二)二三○四—七一○三
讀者服務傳真—(○二)二三○四—六八五八
郵撥—一九三四四七二四時報文化出版公司
信箱—10899臺北華江橋郵局第99信箱
時報悅讀網—http://www.readingtimes.com.tw
電子郵件信箱—liter@readingtimes.com.tw
法律顧問—理律法律事務所　陳長文律師、李念祖律師
印　刷—勁達印刷有限公司
初版一刷—二○一七年六月二十三日
初版三刷—二○二一年十一月二十六日
定　價—新臺幣四八○元
(缺頁或破損的書，請寄回更換)

時報文化出版公司成立於一九七五年，
並於一九九九年股票上櫃公開發行，於二○○八年脫離中時集團非屬旺中，
以「尊重智慧與創意的文化事業」為信念。

呼喚奇蹟的光 / 安東尼.杜爾著；施清真譯. -- 初版. -- 臺北市：時報文化, 2017.06
面；　公分. -- (藍小說；259)
譯自：All the light we cannot see

ISBN 978-957-13-7032-3(平裝)

874.57　　106008412

ISBN 978-957-13-7032-3
Printed in Taiwan